[illegible]

[illegible]

L214

Une voix pour les animaux

Jean-Baptiste Del Amo
Préface de Brigitte Gothière

L214

Une voix pour les animaux

ARTHAUD POCHE

87, quai Panhard-et-Levassor
75647 Paris Cedex 13

ISBN : 978-2-0814-2821-8

Aux animaux,
À celles et ceux qui les défendent.

« La vraie bonté de l'homme ne peut se manifester en toute pureté et en toute liberté qu'à l'égard de ceux qui ne représentent aucune force. Le véritable test moral de l'humanité [...], ce sont les relations avec ceux qui sont à sa merci : les animaux. »

MILAN KUNDERA

1

Introduction de Brigitte Gothière, cofondatrice et porte-parole de l'association L214

Pour l'équipe qui anime cette association, L214 n'est qu'un outil au service de la justice pour les animaux.

N'est-il pas présomptueux de consacrer un livre à cet outil ? Quel est l'intérêt de parler de ce qui se passe en coulisse et des personnes qui s'investissent pour le faire fonctionner ? Parler des animaux, oui, mille fois oui ; mais de l'équipe, de nous ? Vraiment, ce projet ne m'emballait pas, et j'ai mis beaucoup d'énergie à le freiner. C'était sans compter sur la détermination de l'équipe des éditions Arthaud, motivée par ce projet depuis près de trois ans.

Il y a deux ans, notre chemin croise celui de Jean-Baptiste Del Amo, partageant avec nous le même désir de voir notre monde respecter réellement les animaux. Nous passons alors d'un projet de livre vaguement planifié à sa réalisation concrète. Jean-Baptiste rencontre toute l'équipe et d'autres personnes qui comptent dans l'histoire de L214, nous accompagne pendant plusieurs mois, partage nos questionnements, nos déceptions et nos espoirs. Ce livre balaye le passé, le présent et esquisse les contours de l'avenir de L214 et du mouvement pour le droit des animaux. Tranches de vies, réflexions, récits d'enquêtes vous font partager ce qu'est le quotidien de notre combat, et les raisons pour lesquelles nous le menons. Il nous invite également à percevoir autrement les animaux d'élevage, et à reconsidérer les rapports que nous entretenons avec eux.

Ce livre vous propose de rencontrer quelques-unes des personnes qui composent L214. C'est une équipe fabuleuse qui se donne à fond, bien consciente de la gravité et de l'urgence de la situation. C'est aussi une équipe qui grandit de façon exponentielle, s'enrichissant en continu des compétences et des expériences des uns et des autres, chacun poursuivant résolument l'objectif d'apporter sa pierre à l'édifice d'un monde plus juste. C'est une équipe embarquée pour le pire et le meilleur, qui tire son énergie de l'espoir et du soutien que lui témoignent de plus en plus de sympathisants.

Loin d'être les seuls – et heureusement – nous tentons chaque jour rien moins que de provoquer une révolution. Il n'y a guère d'autre mot. Cette révolution s'apparente à celle provoquée par Nicolas Copernic lorsqu'il a déclaré que notre Terre n'était pas le centre de l'univers. La révolution que nous menons aujourd'hui est du même ordre : elle consiste à démontrer que l'être humain n'est pas le centre du monde. Un décentrage radical, un cataclysme annoncé pour nos pratiques.

Au même titre que les révolutions sociales, médicales ou technologiques, la révolution antispéciste conduit inévitablement à des mutations de métiers et d'organisation de notre société. Les révolutions font souvent peur parce qu'elles bouleversent nos habitudes, nous sortent de notre zone de confort, nous demandent de nous aventurer en terrain inconnu. Voici le défi devant lequel nous nous trouvons aujourd'hui. Tout le monde s'accorde à considérer que les autres animaux avec lesquels nous partageons cette Terre ne devraient pas pâtir inutilement de nos actions. Pourtant, jamais autant d'animaux n'ont souffert si intensément, pour la seule raison que nous souhaitons satisfaire notre appétit. La révolution morale que nous défendons nous intime de renoncer à un monde connu, reposant sur l'exploitation des animaux. Imaginer et bâtir une société qui se soucie du sort de chacun, qu'il soit un être humain ou non humain, c'est le grand défi devant lequel nous nous trouvons, celui auquel les militants de l'association L214 participent du mieux qu'ils le peuvent.

Au fil de ces pages, vous constaterez que notre motivation n'est pas de chercher des coupables, mais bien de montrer la réalité, de poser le problème à plat et d'appeler à trouver collectivement des solutions. Nos actions, résolument bienveillantes et non violentes, peuvent déranger, bousculer nos certitudes. Mais elles ne sont rien en comparaison de la violence subie au quotidien par des centaines de milliards d'animaux pour fournir le marché de la viande, du poisson, des produits laitiers ou des œufs.

L214, c'est une série de petits actes. Ce n'est pas encore la révolution végane, ni l'avènement de l'antispécisme. Pragmatiques et ambitieux, nous cherchons toujours à être le plus efficace possible, sans jamais perdre de vue notre objectif. Curieux, nous observons, discutons et remettons en question nos choix en permanence, toujours motivés par le chemin le plus court. Ce livre vous montrera à quel point nous sommes des gens ordinaires, animés et réunis par un désir de paix et de justice. Il vous prouvera que nous pouvons déstabiliser la dictature de la viande et installer une démocratie attentive à tous les êtres *sentients*. Chaque jour, chez nous. Ensemble dans notre société.

2

Avant-propos

En 2011, pour les besoins d'un projet de scénario, j'ai visité un élevage porcin en Charente-Maritime. Jusqu'alors, je n'avais jamais véritablement interrogé la légitimité de l'élevage, qui me semblait être un « mal nécessaire ». Comme beaucoup de mes concitoyens, je m'attachais à consommer de façon responsable et préférais acheter de la viande ou des œufs issus d'une production labellisée bio, pensant ces conditions d'élevage préférables à celles des filières de production intensive. De l'abattage des animaux, je ne savais presque rien, sinon qu'un animal est mis à mort à l'abattoir après avoir été étourdi, dans des conditions que je devinais peu enviables. Quant à la question de la sensibilité animale, je l'avais étrangement circonscrite à celle des animaux familiers : chiens, chats, et – parce que je les ai côtoyés durant de nombreuses années – chevaux.

Depuis l'enfance, j'ai toujours eu une tendresse particulière pour les cochons, et j'ai adopté en 2010 un porcelet de type vietnamien issu d'un sauvetage. Je n'ignorais donc rien de l'intelligence et de la sensibilité de cet animal, et si le terme de *sentience* m'était encore inconnu, j'avais déjà régulièrement l'occasion d'expliquer aux amis et aux curieux qu'il n'est pas plus étonnant de cohabiter avec un cochon qu'avec un chien ou un chat, tous étant dotés de personnalités propres, capables d'éprouver des émotions et d'interagir avec leurs semblables comme avec des animaux appartenant à d'autres espèces.

Je continuais pourtant de manger de la viande de porc, parce qu'il me semblait acquis que le cochon fasse partie de cette famille des animaux d'élevage qui, pour quelque obscure raison, inhérente à leur nature de « bête », sont destinés à notre alimentation et ne peuvent être nos familiers que par accident ; la considération que nous leur portons alors ne pouvant être elle aussi qu'exceptionnelle et n'avoir en aucun cas valeur de « jurisprudence morale » à l'égard des autres individus d'une même espèce.

Durant mon enfance passée dans le sud-ouest de la France, j'ai vu de nombreux troupeaux dans des pâturages : moutons, vaches, chevaux, canards… Souvent incapable de différencier les animaux d'un même groupe, j'avais inconsciemment acquis l'idée qu'un mouton est un mouton, qu'une vache est une vache, et que retirer et abattre l'une ou l'autre de ces « têtes de bétail » était sans conséquence, le troupeau étant voué à se renouveler indifféremment par la naissance d'individus en tous points semblables.

Quant à la question de la souffrance, qui aujourd'hui me semble de façon évidente au cœur même de tout système de considération morale des êtres vivants, je ne me la posais simplement pas. Je la pressentais, mais j'évitais d'y penser pour ne pas me retrouver dans une position inconfortable, mis face à mes propres contradictions : comment pouvais-je *sincèrement* m'accommoder de ce paradoxe-là qui consiste à estimer le droit à la vie et au bonheur de certains animaux au seul prétexte qu'ils partagent mon quotidien, et à le renier à d'autres ? Fort heureusement l'existence, la mise à mort, mais aussi la simple vision des animaux d'élevage intensif avaient de tout temps été soustraites à mon regard, pudiquement dérobées par les murs des bâtiments d'élevage et des abattoirs, m'évitant ainsi une pénible confrontation ; en vérité un séisme intime et profond qui devait bientôt redéfinir ma vision du monde et des individus, humains et non humains.

Il y a six ans, j'ai donc passé pour la première fois les portes d'un bâtiment d'engraissage au petit matin, à l'heure du nourrissage. Je savais bien évidemment à quoi m'attendre, et je n'ai rien vu ce jour-là de spectaculaire, sinon des animaux parqués dans des enclos, ce qui me semblait jusque-là dans l'ordre des choses, puisque je me trouvais dans un élevage. Je n'ai pas même assisté à ces pratiques qui, pour aussi légales ou admises qu'elles soient, auraient pu m'éprouver : castration à vif, claquage des porcelets, coupe des queues, meulage des dents. Non, ce qui me reste aujourd'hui de ce moment, ce sont simplement des images et des sensations : le bruit insoutenable des cris, l'odeur pestilentielle, le lisier dans lequel pataugeaient les animaux, ces corps roses et massifs, jaillis de l'obscurité du bâtiment, ces regards hallucinés… Car c'est une chose de savoir que des animaux naissent et vivent dans des bâtiments d'élevage, privés de tout accès à l'extérieur, et c'en est une autre d'entrevoir ce qu'est véritablement leur existence.

J'ai accompli la tâche qui m'était confiée sans me poser de question, déversant la nourriture dans les auges de chaque enclos, mais il me semble aujourd'hui que le regard que je portais sur ces animaux s'est alors *déplacé*. Dans le bâtiment de maternité, des truies étaient encagées, incapables de se mouvoir, des grappes de porcelets accrochées à leurs mamelles de l'autre côté des grilles de contention. Spontanément, j'ai pris dans mes bras l'un des porcelets qui s'est aussitôt mis à hurler ; la truie s'est agitée et m'a regardé, mais, contrainte par les barreaux, n'a pu esquisser un mouvement de protestation. Ces cochons, que j'avais d'abord considérés comme les membres indistincts d'un simple troupeau – dont l'organisation ne pouvait être régie que par la suprématie des hommes et les bas instincts des bêtes –, me sont apparus, loin de tout anthropomorphisme, comme autant d'individus dotés d'une subjectivité propre, qui percevaient, à leur manière, cet instant du nourrissage, ou de la soustraction du porcelet. Quelle devait alors être leur vie dans l'espace clos de la porcherie ; à quelles privations et à quelles souffrances les condamnait-elle ?

Ce jour-là, en discutant avec l'éleveur, je lui ai demandé de quelle façon il percevait les animaux de son cheptel. Avait-il remarqué chez eux une sensibilité, une intelligence, une personnalité ? Était-il parvenu à établir avec eux une relation ? Il m'a répondu par la négative : les cochons lui semblaient dépourvus de tout trait d'individualité. Plus tard, j'ai rencontré des éleveurs qui ont longtemps partagé cette opinion, jusqu'à ce qu'un lien particulier se soit créé, souvent par hasard, entre eux et l'un de leurs animaux qui s'était distingué de la masse indifférenciée du cheptel, soit parce qu'il possédait une particularité physique, soit parce qu'il avait été sorti de l'élevage et nourri au biberon, ou bien encore parce qu'il était par nature moins farouche que ses congénères et recherchait de façon insolite le contact de l'homme. Par la survenue d'un événement *a priori* anodin, la logique même d'indifférenciation de l'élevage s'était trouvée dérangée, et le regard de l'éleveur s'était lui aussi *déplacé*, l'animal se révélant alors dans toute sa singularité.

Ainsi, j'ai croisé Andrew L., un éleveur plein air de cochons Middle White, une race anglaise de porcs charcutiers, qui possédait un verrat reproducteur d'une taille impressionnante. L'animal avait été importé en France encore jeune et, habitué à la présence humaine, se montrait particulièrement proche de ses propriétaires. Contrairement aux autres mâles et aux truies de l'élevage, il était destiné à la saillie, et non à partir prématurément à l'abattoir. L'éleveur et son épouse ont donc eu le temps de nouer une relation avec lui, et l'ont baptisé du nom d'Heston. À mesure que le verrat leur devenait de plus en plus familier, leur vision des cochons a considérablement changé, au point qu'il leur est peu à peu devenu insupportable d'envoyer leurs animaux à l'abattoir. Ils ont finalement fait le choix de cesser leur activité d'élevage. Parce qu'il leur était impossible de placer tous leurs cochons, ils se sont résolus à les faire abattre, et n'ont pu sauver qu'Heston, qui vit désormais dans un refuge consacré aux animaux de ferme, situé dans la Sarthe.

Je pense aussi à Émilie R., une ancienne salariée d'élevage industriel qui cherchait à sauver les animaux dits « mal-à-pieds [1] » et voués à l'abattage, et a ainsi adopté deux truies sorties de l'élevage. C'est elle qui, en 2015, a fait appel à l'association L214 pour sauver une truie qui s'était brisé une patte durant son transfert d'une salle de gestation à une salle de maternité. La fracture s'était infectée et le vétérinaire consulté n'a eu d'autre choix que de faire euthanasier l'animal, mais trois de ses petits ont été sauvés et vivent désormais libres dans un refuge. Aujourd'hui, Émilie a fait le choix de devenir végétarienne. Je reviendrai plus en détail sur les témoignages de ces éleveurs dans le chapitre consacré au regard que nous portons sur les animaux d'élevage.

Si ces anecdotes sont rares, c'est en partie parce que la nature même de l'élevage intensif interdit toute possibilité de considérer l'animal comme un individu ; par le nombre et l'organisation systématique, elle le met à distance, le rend invisible. De la même façon, nous, consommateurs, sommes soigneusement tenus à distance de la réalité des élevages et des abattoirs, devenus des boîtes noires dont nous ignorons tout ou presque. Le lecteur opposera peut-être à cet argument l'image des troupeaux de vaches qui paissent dans de vertes pâtures normandes, les œufs frais et le lait cru que lui-même ou ses parents vont encore chercher à la ferme voisine, dans le Cantal, ou l'excellente boucherie de quartier

1. Animaux réformés car ils sont atteints de malformation, blessés ou malades et ne peuvent plus se déplacer par eux-mêmes.

qui ne vend que de la viande provenant de petits producteurs en circuit court. Les chiffres parlent pourtant d'une tout autre réalité. Aujourd'hui en France, 82 % des poulets de chair, 68 % des poules pondeuses, 95 % des porcs charcutiers et 99 % des lapins sont élevés en élevage intensif, c'est-à-dire mis au monde, exploités et abattus après une brève existence de souffrances et de privations, sans jamais avoir fait un pas hors d'un bâtiment d'élevage.

Même en éludant la question éthique que pose la mise à mort des animaux et en ne considérant que la qualité de leurs conditions de vie (celle-ci fût-elle brève), force est de constater que « l'élevage respectueux », si tant est qu'il existe, n'est plus aujourd'hui qu'une part négligeable d'une production globale qui a chosifié l'animal, et nous l'a dès lors rendu étranger. Qui sait en effet dire aujourd'hui de quel individu provient le morceau de viande présent dans son assiette ? Tout au plus sait-on qu'il est issu d'une vache, d'un mouton, d'un poulet. Jamais nous ne pensons qu'il provient du cadavre d'un animal, souvent mort depuis plusieurs jours. Un parmi des milliards d'autres anonymes. Une abstraction. À moins que, comme le suggère la philosophe Florence Burgat, nous ne soyons au contraire bien conscients de manger les animaux, et ne fassions perdurer leur exploitation qu'afin de les garder loin de nous et de marquer par leur mise à mort une rupture symbolique avec notre animalité ?

À partir de 2011, j'ai progressivement commencé à remettre en question mes habitudes alimentaires et à lire des documents sur la condition animale. La prise de conscience de l'impact dévastateur de l'élevage sur l'environnement, du monopole des terres de culture et du gaspillage des ressources creusant de profondes inégalités dans l'accès des peuples aux denrées de première nécessité, m'a aussi fortement encouragé à changer de mode de vie, et j'ai cessé de manger des animaux. Ce combat-là, souvent caricaturé comme l'expression d'une forme de misanthropie, me semblait au contraire se trouver au confluent de préoccupations environnementales et humanitaires.

En parallèle, mon projet de cinéma n'a pas tardé à battre de l'aile, et j'ai pensé qu'un roman me laisserait une plus grande liberté ; j'ai donc continué de visiter des élevages dans le cadre de mes recherches, me heurtant de façon quasi systématique à une fin de non-recevoir de la part des éleveurs, des groupements et des chambres d'agriculture.

En novembre 2014, j'ai entendu parler pour la première fois de l'association L214 par le biais d'une vidéo diffusée sur Internet. Ces images, tournées par un employé dans un couvoir de Bretagne, dévoilaient le tri des poussins mâles, étouffés dans des sacs-poubelle, broyés vivants ou jetés dans des bennes à ordures. Je n'avais jamais songé au fait que seules les femelles, destinées à devenir pondeuses à leur tour, présentent un intérêt pour la filière avicole. Contrairement aux poulets de chair, les mâles de ces races ne grossissent en effet pas assez vite, et ne présentent donc pas d'intérêt pour leur viande. Comme 123 557 internautes, j'ai signé la pétition adressée au ministère de l'Agriculture.

J'ai également commencé à suivre de loin en loin les publications de l'association.

La méthode utilisée par l'association L214 est frontale et d'une efficacité redoutable : donner à voir sans pathos la réalité des élevages. Les faits parlent d'eux-mêmes. Nul besoin de maîtriser les nuances de la philosophie utilitariste ni d'être familier de la notion d'antispécisme pour s'émouvoir de ces images. Ces campagnes d'information ne stigmatisent ni les consommateurs, ni les éleveurs, ni les employés d'abattoir ; elles dénoncent simplement des pratiques et des dérives inhérentes au système d'exploitation d'êtres vivants qu'est l'élevage.

En découvrant les actions menées par L214, il m'a semblé, pour la première fois, que le combat mené par les défenseurs des animaux pouvait être remporté, et qu'il ne s'agissait peut-être pas d'une douce utopie. Celui-ci repose en effet sur un principe moral élémentaire : reconnaître la capacité des animaux à éprouver de la souffrance physique ou morale et notre responsabilité à diminuer ou supprimer cette souffrance. La diffusion de ce discours coïncide aussi avec la reconnaissance scientifique, au niveau international, de l'impact désastreux de l'élevage sur l'environnement, des effets néfastes de la consommation de viande sur la santé, ou encore de la possibilité d'avoir une alimentation équilibrée, répondant à l'ensemble de nos besoins nutritionnels, sans consommer de produits d'origine animale – autant d'éléments ménageant de multiples portes d'entrée pouvant mener à une réflexion sur la condition des animaux d'élevage. À cela s'ajoutent les progrès des sciences et de l'éthologie cognitive en particulier qui, depuis quelques dizaines d'années, s'attachent à démontrer l'intelligence et la sensibilité des animaux et nous engagent à les percevoir autrement, démontant la thèse de l'animal-machine développée par Descartes dans le *Discours de la méthode*, et à réinventer notre lien avec eux.

Si L214 condamne toute forme d'exploitation des animaux, elle axe plus particulièrement son action sur les animaux d'élevage ; c'est là l'une de ses singularités, et ce qui fait aussi qu'elle parvient à toucher un public de plus en plus large. Pour des raisons personnelles ou culturelles, nous ne nous soucions pas tous de la même façon du sort réservé aux animaux. Même si nous mangeons de la viande, nous préférerions majoritairement que cela n'entraîne ni la souffrance ni la mise à mort d'animaux. Si le choix nous était donné, nous préférerions manger de la viande provenant d'un animal dont nous aurions l'assurance qu'il n'a pas souffert. De même, s'il était possible de produire de la viande qui ne proviendrait pas d'animaux mis à mort (grâce aux recherches menées sur la viande en vitro, il faut parier que ce sera bientôt possible), nous nous accorderions à dire qu'il s'agirait là d'une avancée scientifique et morale.

Et, quand bien même nous serions indifférents à la souffrance des animaux et estimerions que celle-ci est inhérente à leur condition, la majeure partie d'entre nous reconnaît que, face à des images de famine diffusées au journal télévisé de 20 heures, nous nous sentons révoltés et impuissants. En effet, que pouvons-nous faire de façon concrète et immédiate ? Pourtant, à l'heure où huit cents millions de personnes souffrent de la faim dans le monde, il faut en moyenne trois kilos de végétaux comestibles pour produire un seul kilo de viande. Ceci n'est qu'un exemple parmi tant d'autres[1], qui tend à montrer que végétaliser son assiette est un engagement militant qui n'oppose aucunement la souffrance des animaux humains à celle des animaux non humains, mais aussi un mode d'action concret et accessible pour chaque consommateur.

En octobre 2015, l'association L214 diffuse une enquête réalisée à l'abattoir d'Alès, dans le Gard. L'onde de choc provoquée par ces images est sans précédent. En les visionnant, j'ai compris la révolte et la détermination qui animent les militants de la cause animale, mais aussi pourquoi ils font souvent le choix de consacrer leur vie à cet engagement. Bien qu'ayant cessé de consommer des produits d'origine animale, j'ai moi aussi acquis la conviction que, face à la violence infligée à des êtres sensibles par tout mode d'élevage et d'abattage quel qu'il soit, il me fallait essayer de faire plus. N'étais-je déjà pas resté trop longtemps – plus de trente ans – dans l'ignorance et la complicité passive d'un système d'exploitation à grande échelle, qui met à mort chaque année soixante-neuf milliards d'animaux terrestres dans les abattoirs à travers le monde ?

Durant l'été 2015, en visitant un refuge accueillant des animaux rescapés des élevages et des abattoirs, j'ai rencontré Bérénice Riaux, chargée de campagne pour l'association L214, qui tenait ce jour-là un stand d'information. En l'écoutant parler avec les

---

1. Voir le chapitre 5 : « Réalités de l'élevage ».

visiteurs, j'ai été séduit par la pédagogie et la pertinence de son discours. Nous avons discuté du fonctionnement de l'association, qui m'intriguait. L214 était alors composée d'une quinzaine de salariés, et Bérénice m'a parlé des différents projets et outils mis en place pour accompagner les personnes sensibilisées par les enquêtes de l'association dans une transition vers une alimentation végétale. Quelque temps plus tard, j'ai rejoint une des nombreuses listes de réflexion Internet utilisées par l'équipe, consacrée à l'actualité. Durant plusieurs mois, mon engagement est resté très modeste, pour ne pas dire inexistant ; j'ai surtout observé ce support et appris à connaître des salariés et des bénévoles, croisés aussi à l'occasion de manifestations parisiennes. Bien que j'aie de tout temps été un militant du milieu associatif, je découvrais un domaine d'action que je méconnaissais. Lire les échanges entre les membres de l'équipe s'est avéré passionnant, tant sur le fond, avec la réflexion menée sur la condition animale et l'antispécisme, que sur la forme, avec la découverte du fonctionnement de L214.

Au mois de mars 2016, l'association m'a demandé de présenter les images d'une nouvelle enquête réalisée à l'abattoir de Mauléon-Licharre, dans les Pyrénées-Atlantiques. J'ai d'abord hésité. Jusqu'alors, mon engagement était resté personnel. Je m'apprêtais aussi à publier un roman dont l'une des thématiques était celle de la relation de l'homme avec l'animal, et je n'ignorais pas qu'en rendant public mon militantisme, je courais le risque que le roman soit majoritairement présenté sous cet aspect-là (ce qui n'a d'ailleurs pas manqué de se produire), risque qui m'a tout de même paru bien dérisoire en comparaison de ceux que prennent les militants qui infiltrent les élevages et les abattoirs pour en révéler la réalité… J'ai donc accepté l'invitation de L214 et rendez-vous a été pris quelques jours plus tard avec Sébastien Arsac, cofondateur, porte-parole et responsable du pôle enquête de l'association. Avant ce rendez-vous, je n'avais pas vu les images tirées de l'abattoir ni eu connaissance du texte qui les accompagnerait. J'ai donc rejoint Sébastien dans un café parisien du IXe arrondissement. Nous étions convenus de tourner la vidéo dans l'appartement d'une amie qui avait accepté de nous recevoir. Sébastien m'attendait avec son ordinateur portable sur lequel il m'a montré la vidéo de l'enquête. Les images étaient particulièrement éprouvantes, montrant des animaux frappés violemment avec un crochet, saignés ou découpés en pleine conscience, et un agneau littéralement écartelé vivant à cause d'un crochet mal positionné et d'une surveillance défaillante. Ce jour-là a confirmé mon impression que je continuerais de cheminer de près ou de loin avec L214 et que mon engagement ne pouvait se limiter au seul choix de cesser de consommer des produits animaux.

Vous l'aurez compris, ce livre n'est pas une enquête journalistique et factuelle sur L214. Il est écrit par un sympathisant, acquis à la cause défendue par l'association. On pourra lui faire aisément (et peut-être à juste titre) le reproche de sa subjectivité et de son parti pris. Lorsque l'équipe de l'association m'a demandé si j'accepterais de cosigner ce projet et de répondre à l'invitation des éditions Arthaud, il m'a semblé évident d'accepter la proposition. À cette même période, le 27 avril 2016, Brigitte Gothière, cofondatrice et porte-parole de l'association, et Antoine Comiti, président de L214, ont été auditionnés à l'Assemblée nationale par la première commission d'enquête parlementaire sur les conditions d'abattage des animaux de boucherie dans les abattoirs français.

Ce jour-là fera sans doute date dans l'histoire de la lutte pour les droits des animaux en France. La création de cette commission historique faisait suite à la diffusion de plusieurs enquêtes menées dans trois abattoirs français entre fin 2015 et début 2016. Ces images, filmées en caméras cachées, ont été massivement visionnées (1 700 000 vues pour la seule enquête menée à l'abattoir d'Alès), relayées et commentées par les médias nationaux et les réseaux sociaux, suscitant une indignation publique inespérée. Sous la pression, les représentants politiques ont été contraints de réagir. Certains des abattoirs concernés ont été fermés à titre conservatoire, des enquêtes judiciaires et administratives ont été ordonnées. Enfin, une tribune signée par une centaine de personnalités publiques a demandé la création d'une commission d'enquête. En moins de deux ans, la question de l'exploitation animale, jusqu'alors souvent considérée comme négligeable, s'est retrouvée propulsée sur le devant de la scène médiatique et est devenue l'objet d'un vaste débat national.

Mis sous les feux des projecteurs, les militants de l'association L214 suscitent les passions. Soutenus par ceux qui défendent une égalité de considération des intérêts pour tous les êtres sensibles, ils sont aussi vivement critiqués par les lobbies de la viande qui contestent leurs méthodes et les accusent de désinformation. L'association intrigue ses sympathisants comme ses détracteurs. De multiples articles et reportages interrogent son fonctionnement, cherchent à comprendre comment un simple groupe de militants est parvenu à faire voler en éclats la loi du silence qui pesait jusqu'alors et depuis plusieurs décennies sur la question de la souffrance animale dans les élevages et les abattoirs.

Comment les membres de l'association ont-ils encouragé les médias et les plus hautes instances politiques à s'engager dans le débat ? Comment ont-ils conduit une société entière à interroger ses habitudes de consommation et son rapport avec les animaux ? Quelle est enfin l'histoire de L214, et comment fonctionne l'association ?

Parce que L214 est avant tout une aventure humaine – celle de militants qui ont choisi de porter le discours de la libération animale et, bien souvent, de consacrer leur vie à ce combat –, il m'a semblé que la meilleure façon de partager cette expérience et de faire comprendre le fonctionnement de cette association serait de la raconter à travers les actions menées jusqu'à ce jour, mais aussi à travers le parcours de ces femmes et de ces hommes animés et réunis par un idéal commun : celui d'un monde sans souffrance inutile, dans lequel humains et non-humains vivraient en harmonie, hors de tout système de domination et d'exploitation. C'est pourquoi j'ai voulu donner à lire les histoires individuelles de ces militants, et l'histoire collective d'un projet associatif en perpétuel mouvement, en espérant que se dégage, au croisement de ces regards et de ces expériences, un portrait honnête et sensible de l'association L214.

3

Une vie pour les animaux

10 juin 2017. Près de trois mille cinq cents militants sont réunis place de la République, à Paris, à l'occasion de la marche pour la fermeture des abattoirs. Chacun d'eux tient à bout de bras un visuel représentant la silhouette d'un animal – vache, cochon, poule, lapin, poisson, canard – ornée d'un cœur rouge, symbole de leur *sentience* et de leur droit à la vie. Sur une estrade, au pied de la statue de la République, se tient un couple de jeunes quadras. Le message qu'ils délivrent et qu'ils ont crié au mégaphone en tête de cortège durant près de deux heures est sans équivoque possible : « Fermons les abattoirs. »

Aux yeux des adhérents et sympathisants de l'association, comme à ceux du grand public, Sébastien Arsac et Brigitte Gothière incarnent la voix et le visage de L214. Leur douceur respective n'a d'égale que leur détermination commune à mener à bien un combat débuté il y a plus de vingt ans contre toutes les formes de domination, et pour l'abolition de l'exploitation des animaux. En l'espace de quelques années, ces militants de la première heure, cofondateurs et porte-parole de l'association, se sont imposés comme les nouvelles figures de proue d'un mouvement français en faveur de la libération animale. Convaincus qu'un changement profond ne pourrait advenir que par une remise en cause de nos modes de consommation et par la dénonciation systématique de la violence intrinsèque à tout système d'exploitation des animaux, ils sont parvenus à faire de la question animale un véritable débat de société.

Héros et modèles pour les uns, activistes radicaux et ennemis déclarés pour les autres, Brigitte Gothière et Sébastien Arsac ont su fédérer autour d'eux plusieurs dizaines de milliers d'adhérents, mais aussi défier les puissants lobbies de l'industrie de la viande. Retour sur le parcours de ce couple de militants passionnés et animés par un idéal de justice et d'équité pour tous les êtres sensibles.

Lui a cette dégaine d'éternel adolescent, le rire communicatif et le visage souvent éclairé d'un grand sourire sur lequel semble parfois planer l'ombre d'une légère nostalgie ; celle, peut-être, d'une enfance et d'une innocence perdues. Il faut le voir s'enthousiasmer de faire décoller le drone dernier cri acheté par l'association pour comprendre que celui qui est aujourd'hui chargé des enquêtes L214, a infiltré un certain nombre d'élevages et d'abattoirs mais aussi dérushé des centaines d'heures d'images de mises à mort et de violences insoutenables, garde intacte sa capacité d'émerveillement. Ses détracteurs peuvent pourtant difficilement faire à Sébastien Arsac le reproche d'être un citadin, ignorant d'une réalité paysanne. Et pour cause, celui que certains défenseurs de la viande considèrent comme un fauteur de troubles a grandi en Auvergne et passé une partie de son enfance à la ferme, auprès de grands-parents agriculteurs.

Du côté paternel, le grand-père est un personnage haut en couleur : durant la Seconde Guerre mondiale, il fabrique de la gnôle de contrebande et travaille comme maquignon, achetant des lots de vaches atteintes de tuberculose qu'il envoie par train en Allemagne. Plus tard, il tient une boucherie, puis une blanchisserie dans le Puy-de-Dôme, mais garde intacte son affection pour les marchés à bestiaux dans lesquels, jusqu'aux années 1980, il emmène son petit-fils. Côté maternel, les grands-parents sont cultivateurs et élèvent quelques têtes de bétail, dont un porc qu'il est de coutume de sacrifier chaque année, au mois de février, pour la « fête du cochon ». La famille est très attachée aux traditions gastronomiques régionales. « C'était véritablement une fête, se souvient Sébastien. Il y avait aussi les oncles, les tantes, les cousins, etc. La viande du cochon était partagée entre les uns et les autres. De mon point de vue d'enfant, c'était un moment exceptionnel et impressionnant. Je me souviens des hurlements du cochon que les hommes ligotaient sur un char normalement utilisé pour les fenaisons, et dont ils avaient démonté les portants. »

C'est au grand-père que revient la charge de la saignée, à lui seul que l'on fait appel aux alentours lorsqu'il faut sacrifier le cochon. Le rituel et les gestes marquent durablement l'esprit du jeune garçon : « Une fois le cochon saigné, il y avait des rôles attribués aux hommes, et d'autres aux femmes. On demandait à ma grand-mère d'apporter le seau et mon grand-père relevait ses manches pour brasser le sang à la main afin d'éviter qu'il coagule. Son bras était rougi jusqu'au coude. » La dépouille du cochon est ensuite placée sur un lit de paille et les grosses soies brûlées, puis la peau raclée au couteau. Le feu et l'odeur fascinent et exaltent les enfants présents. Lors de la découpe, les adultes leur expliquent que l'anatomie interne du cochon est en tout point semblable à celle de l'homme. Bien que le rituel soit immuable et qu'il y ait assisté depuis son plus jeune âge, Sébastien se souvient s'être révolté, à l'adolescence, contre cette tuerie. En grandissant, le moment de la saignée lui est devenu insupportable. Un beau jour, il quitte la ferme et s'enfuit à travers champs. Une tante se lance à sa poursuite pour le raisonner et le convaincre de revenir à la ferme. Cet événement fait date dans l'histoire familiale, et Sébastien n'assistera jamais plus à la tuerie du cochon. Pourtant, les scènes liées à la préparation de la charcuterie dans la grande cuisine de la ferme restent pour lui aujourd'hui un souvenir empreint d'émotion. Il parle des gestes précis que l'on transmet volontiers aux enfants, de la complicité familiale, d'une effervescence joyeuse et innocente.

Les parents de Sébastien ont fait construire un pavillon dans le village, non loin de la ferme des grands-parents maternels dans laquelle les deux fils passent le plus clair de leur temps libre. Le père de Sébastien est instituteur spécialisé, sa mère travaille comme secrétaire administrative. Lorsqu'un poste d'enseignant est proposé au père de Sébastien dans la région de Brioude, la famille s'installe dans cette paisible commune de Haute-Loire. C'est ici que le garçon fera ses années de collège, avant de rejoindre son frère aîné à Clermont-Ferrand lorsqu'il entre en classe de seconde. Les deux frères partagent alors un petit studio acheté par leurs parents. Deux ans plus tard, en classe de terminale, Sébastien fait la connaissance de Brigitte.

Aujourd'hui, Brigitte est porte-parole de L214 et coordonne l'ensemble des équipes et des projets menés par l'association. Depuis deux ans, elle est devenue une invitée particulièrement prisée des médias. Bien que l'association veille à diversifier ses porte-parole, c'est elle qui écume les plateaux télé et les studios de radio au lendemain des révélations d'enquêtes menées dans les élevages et les abattoirs. Ne cédant jamais à la colère, elle rappelle les faits, répond aux questions, commente les images, fait parfois face aux détracteurs de l'association. Le propos est clair : si certaines techniques d'élevage sont moins violentes que d'autres, elles ne sauraient être qu'un pis-aller ; l'exploitation et la mise à mort des animaux, même dans le respect le plus strict de la réglementation, sont à l'origine de souffrances moralement condamnables et dispensables. Il est donc nécessaire de changer nos modes de consommation et de végétaliser notre alimentation afin d'amorcer une transition économique et sociale en faveur de l'abolition de l'élevage. Brigitte répète patiemment le même message, avec une égale force de conviction. Chaque enquête est mûrement préparée, réfléchie, chaque image étudiée, soumise à l'expertise de vétérinaires. En décembre 2016, les auditeurs de RMC ont élu L214 « grande gueule de l'année ». Une ironie pour Brigitte qui confie, en aparté, combien l'exercice médiatique lui est parfois pénible.

Pour le grand public, elle est ce regard franc derrière ses lunettes cerclées de métal, cette voix parfois hésitante, parce que rien ne la préparait à endosser ce rôle de porte-drapeau d'un mouvement animaliste qui s'est imposé dans le paysage sociopolitique français. Si, au premier abord, elle peut paraître distante, c'est sans doute que vingt ans de militantisme l'ont aguerrie à la complexité des relations humaines. Ses collègues reconnaissent son exigence, sa force de travail, mais aussi sa capacité à faire confiance et à déléguer les responsabilités. Les plus proches savent sa sensibilité et sa dévotion totale à la cause qu'elle défend.

Durant son enfance passée à Saint-Dizier, en Haute-Marne, rien ne semble pourtant prédisposer la jeune fille à la réflexion qu'elle mènera plus tard sur la condition animale. Elle et ses deux sœurs grandissent auprès d'une mère infirmière, très investie dans le milieu associatif local, et d'un père ingénieur en électricité. En juin 1990, lorsque celui-ci est muté près de Clermont-Ferrand, Brigitte n'a d'autre choix que de suivre la famille et de laisser derrière elle son lycée et ses amis d'enfance. Ce départ est un déchirement. À Clermont, elle ne tarde pourtant pas à nouer de nouvelles amitiés, et rencontre Sébastien. Les deux adolescents font partie de la même bande, et les soirées se passent dans les bistrots du coin, autour d'interminables parties de billard. Si Brigitte a toujours connu une scolarité exemplaire, ses résultats accusent une chute pour le moins spectaculaire depuis son arrivée à Clermont-Ferrand : « J'étais très en colère. J'avais demandé à rester interne à Saint-Dizier, mais ça n'a pas été possible. J'ai choisi de ne plus travailler… Quand il a fallu s'inscrire à l'université, je n'étais même pas certaine d'avoir mon bac. Quant à Sébastien, les professeurs l'encourageaient à suivre une classe préparatoire et à intégrer une école d'ingénieur. »

L'année 1990 est aussi, pour les deux adolescents, celle des prémices d'un engagement militant. Les manifestations lycéennes contre la réforme de Lionel Jospin battent leur plein. Bien qu'il soit un élève modèle, Sébastien est alors particulièrement mobilisé : « On formait un petit groupe très engagé. Nous étions les derniers à entrer en cours après une manif pour marquer notre désapprobation. J'ai grandi dans une famille de gauche, plutôt socialiste, très investie auprès de l'amicale laïque… » Quant à Brigitte, dès son arrivée à Clermont-Ferrand, elle a rejoint la délégation locale de la Croix-Rouge : « Bien que ma famille soit moins “marquée” politiquement, j'ai toujours vu mes parents s'investir dans une vie sociale, et je crois qu'ils m'ont transmis ce souci de l'autre, la valeur d'un engagement citoyen. » Elle obtient finalement son baccalauréat, et intègre le campus scientifique des Cézeaux en classe de physique, tandis que Sébastien choisit les mathématiques.

« Au bout de six mois, on avait la possibilité de changer d'orientation, se souvient Brigitte. J'ai bifurqué en maths, pour me rapprocher de Sébastien, en réalité ! Quand nous avons commencé à sortir ensemble, je suis retournée en physique. Je commençais aussi à mieux comprendre le fonctionnement de la fac. Au début, j'allais en cours en pointillé et je me plantais aux partiels. Puis, j'ai bachoté et continué d'avancer dans mon cursus. Mon niveau s'est considérablement amélioré et, parvenue en maîtrise, les professeurs m'ont encouragée à faire un diplôme d'études approfondies (DEA) et une thèse. » À cette même époque, le frère de Sébastien quitte Clermont-Ferrand pour effectuer son service militaire, et le jeune couple s'installe dans le studio. Sébastien rejoint Brigitte à la Croix-Rouge où ils tiennent des stands de secourisme à l'occasion de manifestations sportives ou culturelles. Ils passent également leur brevet d'aptitude aux fonctions d'animateur (BAFA) et s'investissent dès lors bénévolement auprès des Éclaireurs et des Éclaireuses de France. L'été, ils travaillent comme animateurs en colonies de vacances, centres aérés et villages vacances. Sébastien milite à l'Union nationale des étudiants de France (UNEF), participe à la réalisation de tracts et à des actions d'information au sein du campus universitaire. « J'étais libertaire, anticlérical, anti-chasse, plutôt attiré par l'anarchisme… En bref, j'avais vraiment la panoplie *Charlie Hebdo* ! Nous étions clairement de gauche, mais nous n'avions pas encore de réflexion sur le végétarisme. »

C'est à la lecture du *Lama blanc*, d'Alejandro Jodorowsky, que Sébastien doit sa prise de conscience. Dans cette bande dessinée qui retrace l'histoire du saint tibétain Milarépa, le héros se retrouve aux portes d'un monastère et demande qu'on lui offre le gîte. Les moines le mettent alors à l'épreuve : il lui faudra d'abord passer trois jours et deux nuits (deux nuits de glace et trois jours de fournaise) en posture de méditation dans la cour du temple. Durant la première nuit, le jeune lama voit deux moines introduire dans le temple la carcasse d'un cochon cachée sous une toile et dévoilée par une rafale de vent. Il s'étonne alors que des moines puissent manger de la chair alors que leur religion leur interdit de verser le sang des bêtes. « Ça a été pour moi une révélation, explique Sébastien. Il existait donc des cultures dans lesquelles on ne consommait pas de viande. Nous qui étions contre la chasse et la corrida, comment pouvions-nous continuer de consommer des animaux morts ? Alors que certaines personnes ont une prise de conscience très précoce, je ne me souviens pas d'avoir réfléchi à la condition des animaux avant ce jour-là, sinon lorsque j'ai refusé d'assister à la tuerie du cochon. J'ai pourtant vu les porcs engraissés, les veaux enfermés dans de petites cases de l'étable, que nous nourrissions au biberon, les lapins entassés dans les clapiers, dont mon père "déshabillait" les dépouilles. J'ai toujours su d'où venait la viande, mais c'est véritablement à la lecture du *Lama blanc* que toute la contradiction de notre mode de vie m'est apparue. »

Brigitte se souvient que la décision prise ce jour-là n'a pas fait l'objet de la moindre discussion : « Ça m'a semblé logique. C'était une évidence. Pourtant, nous ne connaissions pas de végétariens. Plus tard, nous avons rencontré les parents de la belle-sœur de Sébastien qui étaient de la génération 68 et se disaient végétariens, tout en mangeant de la viande ou du poisson de temps en temps. Mais ils cuisinaient du tofu, en Auvergne ! On a choisi de terminer ce qu'il restait de viande dans le frigo, puis de ne jamais plus en racheter. Cette décision ne venait pas de notre dégoût de la viande, mais c'en était bel et bien terminé pour nous. Je n'ai pas le souvenir que les gens nous aient alors particulièrement questionnés sur notre alimentation. Lorsque c'est arrivé, je me contentais de dire que c'était pour les animaux. »

Internet n'a pas encore fait son apparition dans le foyer des Français. Le jeune couple ne trouve que des livres de cuisine végétarienne et continue de manger du lait et des œufs. Dans la famille de Sébastien, cette décision fait plutôt sourire : « Il n'y a eu ni colère ni rejet. J'étais un peu considéré comme l'original de la famille, et notre choix n'a finalement étonné personne. »

En 1996, Brigitte passe les épreuves du certificat d'aptitude au professorat de l'enseignement du second degré (CAPES) et débute un stage à Boulogne-sur-Mer, où elle prend la responsabilité d'une classe, tout en suivant ses cours à l'Institut de formation des maîtres (IUFM) de Lille. Le jeune couple souhaite alors adopter un enfant. « Ce qui a motivé ce projet, c'était l'idée que deux désirs puissent se rencontrer : celui d'un enfant qui voudrait des parents, aurait besoin d'accompagnateurs, et le nôtre, d'accompagner et de voir grandir un enfant, explique Brigitte. Mais nous n'avions pas encore 25 ans, l'âge minimum pour être candidat à l'adoption. En nous mariant, nous pouvions gagner deux ans sur la procédure. Au mois de juillet, nous sommes donc passés devant le maire. Malheureusement, nous nous sommes pris en pleine figure le parcours du combattant qu'est le chemin d'une adoption… On a renoncé une première fois. »

De son côté, Sébastien entreprend un DEA didactique des disciplines scientifiques à Grenoble. En parallèle, il s'engage auprès d'un refuge animalier. « J'avais dans l'idée de faire quelque chose pour les animaux, mais je n'ai pas trouvé ce qui m'interpelle dans l'idée d'une action associative et militante. Je me contentais de nettoyer des cages. J'étais heureux de le faire, mais j'imaginais une action plus politique, et il me semblait que le combat pour la défense des animaux devait aussi se jouer à un autre niveau. J'ai demandé aux responsables du refuge s'ils envisageaient de distribuer des tracts, de sensibiliser le public… Mais c'était ce qu'on appelle aujourd'hui la “vieille protection animale” et, même dans ces milieux-là, la question du végétarisme était inexistante. »

Brigitte reconnaît quant à elle n'avoir jamais eu d'affection particulière pour les animaux. Son engagement et son combat sont avant tout guidés par un idéal de justice : « De même, je ne me suis pas engagée à la Croix-Rouge parce que j'avais une affection démesurée pour les êtres humains. Je crois qu'on peut ne pas “aimer” particulièrement les animaux, ne pas rechercher leur compagnie, tout en estimant nécessaire de les considérer et de reconnaître leur droit à ne pas souffrir. » Côté professionnel, Brigitte essaie d'être le plus possible à l'écoute de ses élèves. Quant à son engagement pour la cause animale, il se limite alors au fait de ne pas manger les animaux.

Sébastien passe à son tour le certificat d'aptitude au professorat des écoles (CAPE) pour devenir instituteur et commence une thèse. Il accepte un premier poste à proximité d'Annemasse, en école maternelle. Après une année à Lille et Boulogne-sur-Mer, Brigitte obtient une mutation en région grenobloise. Le couple décide alors d'avoir un premier enfant, Ryzlane, leur fille aînée, aujourd'hui âgée de 18 ans. Bien qu'il ait achoppé sur un premier échec, le désir d'adoption de Brigitte et Sébastien reste présent. Ils entament une nouvelle procédure, qu'ils poursuivront jusqu'à se voir opposer une fin de non-recevoir.

Avant de valider une deuxième année d'IUFM, Sébastien doit cependant effectuer son service militaire obligatoire. Pour cet antimilitariste déclaré, l'objection de conscience est une évidence. À Lyon, il découvre la Maison de l'écologie. « Le lieu était né d'une scission du réseau Sortir du nucléaire, se souvient Sébastien. On y trouvait des produits issus du commerce équitable, du papier recyclé, une partie librairie qui proposait des livres d'écologie politique, des ouvrages sur l'anarchisme, des revues… Tout cela correspondait évidemment à ma sensibilité politique. Lors de ma visite, à l'occasion de portes ouvertes organisées par la Maison de l'écologie, j'ai trouvé sur une table une brochure à couverture jaune sur laquelle était écrit : *Nous ne mangeons pas de viande pour ne pas tuer d'animaux*. Qui avait bien pu oser écrire un truc pareil ? Pour nous, qui étions végétariens et osions à peine dire pourquoi, c'était énorme. »

Cette brochure de cinquante-six pages, initialement publiée en auto-édition en 1989, peut être considérée comme l'un des textes fondateurs du mouvement antispéciste en France. Elle est alors rédigée par plusieurs militants libertaires et égalitaristes qui seront à l'initiative de la création des *Cahiers antispécistes*, revue fondée en 1991, ayant pour objectif la remise en cause du spécisme et l'exploration des implications scientifiques, culturelles et politiques d'un tel projet. Brigitte et Sébastien se procurent les premiers numéros, qu'ils lisent avec passion.

Dans un premier temps, la Maison de l'écologie ne souhaite pas accueillir d'objecteur de conscience, mais Sébastien, fort de son enthousiasme, demande à défendre son projet devant le conseil d'administration, auquel il propose de renoncer à sa rémunération. « Ils m'ont accepté, et j'y ai passé dix-sept mois. À partir de là, nous avons vécu sur le seul salaire de Brigitte, qui était en congé maternité. Grâce à un livret d'épargne que m'avaient fait mes parents, on a pu acheter un petit appartement à Lyon. Nous dépensions le moins possible. » À cette même période, Sébastien découvre *La Libération animale*[1], du philosophe australien Peter Singer. Cette lecture est une nouvelle révélation : « Une claque. C'était une philosophie claire, pratique et implacable, presque mathématique. Les arguments sont logiques, et évidents. J'ai eu le sentiment de gagner un temps fou dans ma

1. Peter Singer, *La Libération animale* (1975), Payot, « Petite Bibliothèque Payot », 2012.

réflexion, d'y voir soudain plus clair, d'agencer des idées, d'acquérir des arguments, de pouvoir aussi répondre à des objections. Et puis, je découvrais que la question animale est un véritable débat dans les pays anglo-saxons, que des universitaires travaillent sur le sujet. »

La rencontre avec les fondateurs des *Cahiers antispécistes,* Françoise Blanchon, Yves Bonnardel et David Olivier, achève de convaincre Sébastien Arsac de la nécessité de son engagement : « Les écouter parler, les entendre échanger, se confronter, c'était fascinant… Ils étaient anarchistes, libertaires, proféministes. Toutes ces valeurs, dans lesquelles je me reconnaissais, semblaient converger dans le combat animaliste. Bien sûr, la question de la viande s'inscrivait dans une même dynamique, dans un même idéal de justice, mais je n'avais pas fait ce lien jusqu'alors. Je découvrais un groupe de gens libres qui menaient une réflexion sur toutes les formes de domination, d'oppression, et tout se rejoignait, correspondait : le spécisme, le racisme, l'homophobie, la transphobie, le questionnement sur l'éducation et sur l'école, etc. J'avais le sentiment d'être dans le "bon camp", et tout le reste n'avait soudain plus d'importance, aller bosser, même être professeur des écoles… Ce que je découvrais donnait du sens à tout, mais me pressait aussi d'être acteur de ce combat. Je comprenais que notre société repose sur de profondes inégalités, et le retour à une vie normale, déconnectée de cette réalité-là, me semblait désormais impossible. »

Lorsque Ryzlane naît, il est évident pour les jeunes parents que l'enfant sera végétarienne. « On savait qu'il existait des sociétés végétariennes, et nous mangions encore du lait et des œufs à cette époque. Nous savions que notre enfant pouvait l'être également sans que cela lui pose le moindre problème de santé, se rappelle Brigitte. Nos parents étaient un peu plus inquiets, mais nous avons bien clarifié les choses avec eux : il était hors de question qu'elle consomme de la viandc lorsqu'elle leur rendrait visite. C'était important pour nous. »

Le couple rejoint les *Cahiers antispécistes* et participe à l'organisation de la première Marche internationale pour l'égalité animale, à Strasbourg, en 1998. Le nom pour le moins ambitieux de la manifestation les fait aujourd'hui sourire. « Nous avons marché jusqu'à l'abattoir d'Holtzheim. C'était notre première grosse manif. Jusque-là, nous avions surtout tenu des stands d'information, à l'occasion de concerts, par exemple. On vendait des sandwiches au pâté végétal, et on distribuait des prospectus. La plupart du temps, les gens se foutaient de nos tracts et utilisaient notre table pour poser leur verre de bière. Mais tout ça nous a beaucoup appris. On participait à des réunions collectives, et on proposait des brochures qui mélangeaient tout. Il fallait utiliser le nombre maximal de caractères d'un tract de format A5 pour n'oublier aucun combat : antispécisme, antimilitarisme, anticapitalisme, proféminisme… Nous avons aussi fait une tournée dans plusieurs villes de France, baptisée La Caravane antispéciste. On avait customisé une vieille caravane tirée par un fourgon Mercedes dans lequel nous dormions, et on allait de ville en ville pour proposer des conférences dans les squats, les MJC, les lieux alternatifs. À mesure qu'on avançait, la caravane partait en morceaux. À chaque étape, il fallait mettre des rivets, scotcher des pièces. Il n'y avait bien sûr aucune méthodologie lors de ces conférences. On lançait le sujet, puis on discutait à bâtons rompus avec les gens. »

Brigitte et Sébastien apprennent à fabriquer leur propre lait de soja et leur propre tofu. Dans un magasin d'alimentation et de produits exotiques, ils découvrent les protéines de soja texturées, importées d'Inde, et s'essaient à cuisiner de la daube provençale végétalienne. Brigitte se souvient d'un mode de vie alternatif, de rencontres inattendues et passionnantes, d'amitiés fidèles : « À la Croix-Rouge, nous avions parfois des bénévoles qui s'engageaient parce qu'ils cherchaient un réconfort personnel dans l'idée d'aider les autres. Dans le mouvement animaliste, c'était autre chose, les gens étaient portés par un engagement politique. J'ai été marquée par leur gentillesse, leur capacité de considération, d'attention. Nous étions liés par des valeurs communes, ce qui a créé des liens très forts. Nous gardons des amitiés de quinze, vingt ans, qui ont connu Ryzlane alors qu'elle venait de naître. La mouvance Food not Bombs[1] était encore présente à cette époque et

1. Mouvement collectif international né à Boston en 1980 composé de groupes de volontaires participant à la collecte de surplus alimentaires en vue de la préparation de plats végétaliens. Les plats cuisinés sont alors distribués dans des lieux publics ou aux personnes en situation de précarité et servent de support pour interroger notre rapport à la consommation, au gaspillage, alors

alimentait de nombreux débats, mais s'étendait aussi à des sujets sociétaux. On parlait de pluriamour, d'enjeux de domination dans le couple. Le couple n'était pas bien perçu dans les milieux libertaires, il était vu comme un enfermement. Sébastien et moi détonnions un peu. Nous étions ensemble depuis plusieurs années, et nous avions un bébé. Je me rappelle avoir participé à des réunions féministes à Lyon et m'être entendu dire qu'en ayant un enfant et un mari, il était impossible que je sois féministe. »

Si l'arrivée d'Internet a grandement facilité l'information et la mobilisation des militants, en 1998, l'organisation de la Marche pour l'égalité animale repose sur l'ensemble des collectifs qui mobilisent localement leurs troupes et se retrouvent ensuite à Strasbourg. « On collait des timbres par centaines, et on envoyait des lettres, raconte Sébastien. À Strasbourg, un collectif faisait le relais et gérait l'organisation sur place. Des concerts étaient prévus après la manifestation, ainsi que des débats le lendemain. » La marche se termine donc devant l'abattoir d'Holtzheim, au pied d'une statue représentant une vache posée sur une stèle que les militants recouvrent de faux sang. Cette action leur vaut un procès pour dégradation de biens intenté par l'abattoir ; procès que le collectif gagne en première instance, mais perd en appel, écopant d'une amende de 50 000 francs. « C'était pour nous une somme colossale, précise Brigitte. La plainte avait été déposée contre les organisateurs de la manifestation, car nous n'étions pas constitués en association. Nous avons dû

---

que la famine affecte des millions d'êtres humains à travers le monde.

organiser des concerts de solidarité pour parvenir à payer l'amende. C'est en quelque sorte notre premier procès et notre première condamnation. »

À Strasbourg, cette année-là, Brigitte et Sébastien font la connaissance d'activistes avec lesquels ils se lient d'amitié et décident de s'installer en colocation, d'abord au nord de Lyon, puis dans les Cévennes. Ensemble, ils mènent des actions dans les supermarchés, au Salon de l'agriculture : « On était dans une forme d'urgence à agir, comme le sont aujourd'hui les militants d'associations telles que 269 Life, témoigne Sébastien. C'était la même colère, le même besoin de crier sur les toits, de dénoncer la violence faite aux animaux. On appliquait des techniques d'activistes anglo-saxons, animalistes ou antinucléaires. On a mené quelques actions coup de poing, à la Greenpeace, mais avec les moyens du bord. »

Le groupe profite des travaux du tramway à Lyon pour dérober de grands morceaux de tissu, destinés à l'isolation des câbles, qu'ils transforment en banderoles, y inscrivant à la bombe de peinture : « Non à l'exploitation animale ». À l'occasion du Salon de l'agriculture, les activistes déroulent ces banderoles sur la devanture du Parc des expositions, mais aussi depuis les toits de l'immeuble qui lui fait face. Ils parviennent à bloquer l'entrée du Parc en passant les mains dans des tuyaux de PVC dans lesquels ils se menottent afin de ne pouvoir être délogés par les forces de l'ordre. Certains vident des sacs-poubelles remplis de faux sang, tandis que d'autres distribuent des tracts au public. Le groupe n'a alors pas prévu de militant chargé de la sécurité et plusieurs d'entre eux se font bousculer par la foule massée aux portes du Salon.

En 2001, la première Veggie Pride est organisée à Paris, toujours à l'initiative de collectifs. Trois ou quatre cents personnes défilent derrière le camion de tête, depuis lequel Sébastien encourage déjà les militants : « J'avais l'impression d'une véritable marée humaine. Jusque-là, la question animaliste était principalement portée par la mouvance libertaire, et restait donc relativement confidentielle. À cette époque, Internet devenait accessible, et j'avais créé une liste de discussion intitulée *Éthique animale*. Cette liste n'était absolument pas modérée, ouverte à tous, et offrait un espace de réflexion et d'échange à tous ceux qui rêvaient d'égalité animale. L'idée de cette manifestation est née du constat suivant : dans la mesure où les animaux n'ont pas de droits, nous pouvons leur en obtenir par ricochet en revendiquant notre droit au végétarisme. Les végétariens ont alors pu se reconnaître dans le mouvement, et le cercle des participants s'est considérablement élargi. Des gens nous ont rejoints, de tous horizons. Le mot d'ordre restait pourtant radical, puisque nous clamions que nous ne mangions pas de viande pour ne pas tuer d'animaux. Sur les banderoles, il y avait aussi la célèbre citation de Jeremy Bentham : « La question n'est pas "peuvent-ils raisonner ?", ni "peuvent-ils parler ?", mais "peuvent-ils souffrir ?" »

L'année suivante, le groupe d'amis s'installe près de Saint-Jean-du-Gard. Le couple se sent néanmoins rapidement isolé, comme en témoigne Brigitte : « On rêvait d'un mode de vie alternatif et communautaire. Cela aurait peut-être pu fonctionner si nous avions seulement ce projet-là, mais nous avons eu l'impression de nous refermer sur une expérience de vie personnelle et de nous éloigner finalement de notre engagement politique. » Sébastien a lui aussi le sentiment d'être revenu de cet idéal de communautarisme et d'autogestion : « Non seulement les enjeux de pouvoir sont aussi présents qu'ailleurs, mais tout est analysé par ce filtre-là, et cette suspicion permanente finit par fausser les rapports humains. » Brigitte et Sébastien choisissent de retourner vivre à Clermont-Ferrand et d'avoir un second enfant, Matiù, aujourd'hui âgé de 14 ans.

Depuis 1998, les membres des *Cahiers antispécistes* organisent chaque été des Campings antispécistes, devenus en 2001 les Estivales de la question animale. Ces rencontres ont pour objectif d'alimenter une réflexion sur l'antispécisme et de favoriser les échanges entre personnes d'horizons divers intéressées par la question animale. En juillet 2003, Antoine Comiti, futur président de l'association L214, et déjà participant actif à la liste de discussion *Éthique animale,* apporte au collectif un nouvel élan : « Antoine nous a éclairés sur tout un volet de réflexion stratégique qui nous manquait jusque-là, se souvient Sébastien. Il avait lu les textes consacrés à Henry Spira[1] et nous a proposé une méthodologie. Nous

1. Henry Spira (1927-1998) est un militant américano-belge pour les droits des animaux, fondateur d'Animal Rights International. En 1998, Peter Singer, auteur de *La Libération animale*, lui consacre un livre intitulé *Ethics into Action : Henry Spira and the Animal Rights Movement* (éd. Rowman & Littlefield, Boston).

avons regardé des vidéos sur les actions menées par des activistes américains et sommes sortis bouleversés de cette réunion, avec le sentiment qu'il se passait quelque chose d'incroyable, un élan semblable à celui que nous avions ressenti à la découverte des *Cahiers antispécistes*. Nous avions conscience que, si nous continuions comme cela, de façon si alternative, le mouvement resterait dans l'ornière. La volonté d'être dans la radicalité prenait le pas sur le combat que nous menions, et il y avait aussi une forme d'arrogance à juger et condamner ceux qui ne se s'interrogent pas au sujet de la condition animale. Brigitte et moi avons toujours été ennuyés par cette position-là. Antoine nous a montré la voie d'un mouvement réfléchi, pratique, qui considérerait et accepterait les gens, où qu'ils se trouvent dans leur processus de réflexion, sans jugement ; ce qui était moins l'idée auparavant, quand nous cherchions à imposer une façon de voir, et non à ménager un chemin. »

L'expérience de Spira sert alors de modèle. À partir de son expérience personnelle, le militant a défini une stratégie d'action qui a profondément marqué le mouvement animaliste contemporain et s'articule en dix points[1] :

1. Essayer de comprendre l'état d'esprit du public aujourd'hui, et ce qu'on peut l'encourager à

1. Une traduction du chapitre que Peter Singer consacre à la stratégie de Henry Spira dans son livre *Ethics into Action* est disponible sur le site des *Cahiers antispécistes* : http://www.cahiers-antispecistes.org/henry-spira/ [consulté le 17 juillet 2017].

devenir demain. Par-dessus tout, garder le contact avec la réalité ;

2. Choisir une cible en fonction de sa vulnérabilité à l'opinion publique, de l'intensité de la souffrance et des possibilités de changement ;
3. Fixer des buts atteignables. Amener un changement significatif en avançant d'un pas à la fois. Élever le niveau de conscience ne suffit pas ;
4. Établir des sources crédibles d'information et de documentation. Ne jamais rien supposer. Ne jamais tromper les médias ou le public. Maintenir sa crédibilité ; ne pas en rajouter, ne pas exagérer le problème ;
5. Ne pas diviser le monde en saints et en pécheurs ;
6. Chercher le dialogue et tenter de travailler ensemble pour résoudre les problèmes. Présenter les choses comme des problèmes qui ont des solutions. On y parvient mieux en présentant des alternatives réalistes ;
7. Être prêt à la confrontation si votre cible ne se montre pas coopérative. Si les canaux normaux ne fonctionnent pas, préparez une campagne crescendo de sensibilisation du public pour mettre votre adversaire sur la défensive ;
8. Éviter la bureaucratie ;.
9. Ne faites pas l'hypothèse que seule la législation ou l'action en justice peuvent résoudre le problème ;
10. Se demander : « Est-ce que ça va marcher ? »

« Nous avons compris l'intérêt d'une campagne sectorielle, explique Sébastien, et nous avons choisi le gavage, qui nous semblait être une bataille gagnable. Nous voulions faire interdire le gavage pour une raison éthique et viser une pratique d'élevage pour élargir le débat sur les animaux. Car cette campagne se devait d'être un levier pour une réflexion plus large : pourquoi interdire le gavage ? Parce que les animaux sont des êtres sensibles. » C'est dans cette perspective qu'est créé le collectif Stop Gavage, et c'est sur cette méthodologie que s'appuieront les futures campagnes menées par l'association.

Lors de la troisième édition des Estivales de la question animale, Ghislain Zuccolo, directeur de la PMAF[1], est également présent. Pour Sébastien, cette rencontre est une occasion de poursuivre sa réflexion et d'envisager un retour à la vie active : « Depuis notre départ dans les Cévennes, nous n'avions plus d'emploi et vivions sur nos petites économies. Ce n'était pas une situation vivable sur le long terme. Même si le projet de la PMAF n'est pas abolitionniste, il est ciblé en direction des animaux de ferme, et nous avions compris que le combat que nous menions devait avoir lieu sur le terrain de l'élevage. J'ai donc postulé, et nous sommes partis vivre à Metz, où se trouve le siège de la PMAF. »

---

1. Protection mondiale des animaux de ferme : association défendant le principe d'élevages respectueux du bien-être des animaux de ferme et la consommation durable. La PMAF était originellement la branche française de CIWF (Compassion in World Farming), organisation internationale créée au Royaume-Uni en 1967. Aujourd'hui, l'association est rebaptisée Welfarm. Lien du site Internet : http://welfarm.fr/ [consulté le 17 juillet 2017].

La PMAF est membre de l'Eurogroup for Animals, organisation de lobbies animalistes basée à Bruxelles. Sébastien découvre que le débat sur la question de la condition animale est bien plus avancé au niveau européen qu'il ne l'est en France : « Je me suis rendu compte qu'il existait des réunions plénières avec des associations de différents pays, des commissaires européens qui viennent à l'estrade présenter leur travail, des traductions simultanées, etc. Par rapport au milieu militant alternatif duquel je venais, c'était une tout autre planète. » Cette expérience est aussi pour lui l'occasion de mener plusieurs enquêtes de terrain et de donner des formations, notamment à destination de la gendarmerie nationale, sur le thème de la réglementation du transport des animaux d'élevage. Brigitte y participe également et se souvient encore aujourd'hui de sa rencontre avec une truie de réforme dans une bétaillère qui la mène à l'abattoir. L'animal a une patte brisée et un abcès à cette même patte. Son regard implorant marque profondément la jeune militante. Lors du déchargement, la truie est incapable de se mouvoir, terrassée par la douleur. Un ouvrier va donc chercher un treuil qu'il attache au membre brisé (et non exploitable) de l'animal. Les militants présents à cet instant essaient de l'en dissuader, mais le vétérinaire appelé sur la plateforme de déchargement assure que la blessure de la truie ne nécessite aucun traitement de faveur. Brigitte comprend alors que les services vétérinaires présents, théoriquement chargés de veiller *a minima* au respect de la réglementation, ne peuvent empêcher que l'abattoir reste un lieu dans lequel s'exerce une violence faite aux animaux et dans lesquels ceux-ci essaient de résister à la mise à mort qui les attend.

En parallèle, le projet Stop Gavage continue de s'élaborer. Dès 2003, une initiative citoyenne pour l'abolition du gavage est lancée. Les internautes sont invités à signer un manifeste contre le foie gras[1]. D'avril à novembre 2004, une première enquête est menée par le collectif dans le sud-ouest de la France, dans les départements du Gers et des Landes. Sébastien, quelques membres du collectif et deux militants américains de l'APRL (Animal Protection and Rescue Ligue) se font passer pour des étudiants vétérinaires ou pour un simple groupe de curieux et parviennent à filmer les différentes étapes de la production du foie gras, depuis le couvoir, le sexage des canetons, jusqu'à l'abattage dans un abattoir coopératif, en passant par le gavage des canards. Différentes vidéos sont publiées à partir de ces images, dont une d'une durée de quinze minutes, intitulée *Le Gavage en question*, portant sur les pratiques de la filière foie gras, et deux autres vidéos d'une durée de trois minutes visant plus spécifiquement le foie gras surgelé de la marque Picard pour l'une, et le label IGP canard à foie gras du Sud-Ouest pour l'autre. L'enquête est reprise par les médias, et la pétition lancée par le collectif *via* Internet rencontre un certain succès, réunissant 70 957 signatures. La PMAF est la première association à signer la pétition,

1. https://stop-foie-gras.com/manifeste [consulté le 17 juillet 2017].

bientôt suivie par la Fondation Brigitte-Bardot[1] et l'association One Voice[2].

« Stop Gavage est longtemps resté un collectif, une initiative citoyenne, explique Brigitte. Nous avons finalement déposé des statuts associatifs car des gens souhaitaient faire des dons, et que nous avions besoin d'un compte pour les recevoir et financer de futures campagnes. Antoine Comiti en était le président. Suite à cette première enquête, nous avons commencé à envoyer des communiqués de presse et des articles ont paru dans des journaux nationaux. Nous avions bien préparé notre dossier, lu les études scientifiques, étudié la législation. On s'était intéressé à la filière. Nous nous étions demandé pourquoi l'INRA[3] maintient que le gavage est sans conséquence sur les canards alors qu'un rapport du Comité scientifique de la Commission européenne de la santé et du bien-être des animaux daté de 1998[4] dit que c'est une technique préjudiciable aux animaux. Antoine a fait un travail de synthèse phénoménal, un rapport de deux cent

1. Fondation française fondée en 1986 par Brigitte Bardot, vouée à la protection des animaux et reconnue d'utilité publique depuis 1992.

2. Association de loi 1908 créée en 1995 par Muriel Arnal, sous le parrainage du scientifique Théodore Monod, ayant pour objet la défense du droit absolu des animaux au respect.

3. Institut national de la recherche agronomique, créé en 1946 sous la double tutelle du ministère de la Recherche et du ministère de l'Agriculture.

4. Directive 98/58/CE du Conseil du 20 juillet 1998 concernant la protection des animaux dans les élevages : eur-lex.europa.eu/legal-content/FR/TXT/HTML/?uri=CELEX : 31998L0058 [consulté le 17 juillet 2017].

soixante-quatorze pages mis à disposition des journalistes qui souhaitaient le lire, mais aussi à destination de l'INRA. Nous avions bien entendu le souci de ne pas être attaqués pour diffamation et de fournir des arguments valables, étayés par des preuves. »

Le collectif transmet ce dossier à Robert Dantzer, docteur vétérinaire et docteur ès sciences, ancien directeur de recherche à l'INRA et directeur de l'Unité de recherches de neurobiologie intégrative de l'Institut national de la santé et de la recherche médicale (INSERM) à Bordeaux. En 2006, à l'occasion de la publication du livre *L'INRA au secours du foie gras*[1], le scientifique, interviewé par *Le Monde*, reconnaît la qualité du rapport et remet en question l'objectivité de l'INRA qu'il accuse « de pseudo-science et de recherches d'opportunité, conduites par des chercheurs élevés dans le moule de la production animale[2] ». C'est un soutien de poids pour Stop Gavage et un sévère désaveu pour l'INRA. « La tutelle du ministère de l'Agriculture pose évidemment la question d'une expertise indépendante de l'INRA, explique Sébastien. Cette expérience nous a permis de nous composer une solide base de connaissances sur la filière foie gras, mais aussi de comprendre l'importance d'aller sur le terrain pour mieux connaître la réalité de l'élevage et découvrir des pratiques parfois inconnues du grand public.

---

1. Antoine Comiti, *L'INRA au secours du foie gras, enquête sur une expertise publique*, éditions Sentience, 2006. Voir : https://stop-foie-gras.com/inra [consulté le 17 juillet 2017].

2. « L'INRA accusé de connivence avec la filière du foie gras », *Le Monde*, 29 décembre 2006.

C'est avec Stop Gavage que nous avons fait nos armes, et c'est cette méthode que nous continuons d'appliquer aujourd'hui avec L214 : croiser les informations, rédiger des rapports et des communiqués, donner à lire un vrai contenu, factuel et objectif, ne jamais être dans le pathos. Quand on parle d'une maladie liée à l'élevage, nous devons savoir exactement de quoi il s'agit, quels sont par exemple les effets produits par le gavage sur l'organisme d'un canard. On parle souvent des blessures occasionnées par le passage de l'embuc, mais moins des pathologies qui résultent de la suralimentation : des canards qui ne parviennent plus à réguler leur température corporelle, du foie qui ne fonctionne plus correctement et de l'empoisonnement du sang qui résulte de la stéatose. En maîtrisant ces connaissances-là, nous sommes en mesure de contrer les arguments répétés par la filière à propos de la migration des canards sauvages et de l'engraissement naturel. À la suite de cette enquête, les médias ont vu que nous avions du répondant et nous sommes en quelque sorte devenus des invités fréquentables, car nous n'étions plus dans l'émotion mais dans les arguments et dans les faits. »

Brigitte et Sébastien continuent de mener par ailleurs des actions de rue et d'organiser de nouvelles Veggie Pride. Lorsqu'ils s'installent à Metz en 2005, ils créent une nouvelle association, Veg Lorraine, dont l'objet est de mener au niveau local et départemental des actions d'information et de sensibilisation sur la question animale. Sébastien poursuit son travail à la PMAF, mais commence à se sentir à l'étroit dans ses fonctions, limité par la politique non abolitionniste de l'association. L'équipe Stop Gavage propose à la PMAF d'absorber le projet et son équipe, à condition que l'organisation intègre une dimension végétarienne à son action, en mentionnant notamment dans ses campagnes la possibilité de ne pas manger les animaux. La direction de la PMAF décline la proposition, une telle évolution allant à l'encontre de ses fondements. Brigitte et Sébastien réfléchissent alors à la création d'une nouvelle structure associative : « Le projet serait clairement abolitionniste et antispéciste, explique Brigitte, tout en étant audible par le grand public et les médias. Nous avions l'intention de mener des campagnes sectorielles qui serviraient de levier pour avancer vers l'abolition de l'élevage. »

Brigitte et Sébastien envoient un mail à l'équipe Stop Gavage, dans lequel ils soumettent l'idée d'une association dont le nom, L214, leur a été inspiré par *L.627*, film de Bertrand Tavernier sorti sur les écrans en 1992, dont le titre fait référence à l'ancien article du Code de la santé publique prohibant la consommation et le trafic de stupéfiants. Depuis 1976, l'article L214-1 du Code rural spécifie que « tout animal étant un être sensible doit être placé par son propriétaire dans des conditions compatibles avec les impératifs biologiques de son espèce », et reconnaît ainsi que l'animal n'est non seulement plus un objet, mais qu'il est aussi un être vivant doté de sensibilité. Le nom de l'association serait facilement mémorisable, mais demanderait aussi aux journalistes de l'expliciter en mentionnant la référence à l'article du Code rural et au statut des animaux, mettant ainsi la sensibilité animale au centre du débat.

S'ils ont conscience de ne pouvoir incarner le mouvement animaliste en une seule entité associative, Brigitte et Sébastien suggèrent dans le même mail que l'association L214 pourrait être un véritable outil fédérateur et tirer le mouvement vers un idéal d'abolition de la viande et d'effondrement de la pensée spéciste. L'action de L214 s'inscrirait ainsi pleinement dans la droite lignée de la déclaration abolitionniste définie à l'occasion des Estivales de la question animale :

« Parce que la production de viande implique de tuer les animaux que l'on mange,

parce que nombre d'entre eux souffrent de leurs conditions de vie et de mise à mort,

parce que la consommation de viande n'est pas une nécessité (une alimentation saine sans chair animale étant ou pouvant être disponible en quantité suffisante),

parce que les êtres sensibles ne doivent pas être maltraités ou tués sans nécessité,

l'élevage, la pêche et la chasse des animaux pour leur chair, ainsi que l'importation, la vente et la consommation de chair animale, doivent être abolis. »

L214 assumerait pleinement cette orientation et étendrait son action aux autres filières de production de la viande. Des campagnes seraient menées dans l'objectif premier de cibler des chaînes et des industries, et pourraient avoir pour effet une évolution de la réglementation. Cependant, ces évolutions ne sauraient être une finalité. En clair, L214 militerait pour des réformes en faveur du mieux-être des animaux en élevage, tout en défendant une idéologie abolitionniste. Dans le message adressé aux militants de l'association Stop Gavage, Sébastien souligne aussi l'importance de s'appuyer sur un réseau national de bénévoles afin de constituer une véritable force de frappe, et de développer des relais dans toutes les grandes villes de France, puis de fournir à chacune de ces délégations les moyens de mener des campagnes d'information au niveau local : « Il faut que l'objectif des campagnes soit clair et précis, mais aussi que les militants aient le sentiment d'être engagés dans un mouvement d'ampleur, en les tenant informés des actions menées dans les autres villes. »

Si les statuts de l'association L214 sont déposés en 2008[1], les militants mènent dès 2007 plusieurs enquêtes en élevages et abattoirs de bovins, lapins, poules, poulets et cochons. Une campagne sur la filière cunicole est mise en place, régulièrement alimentée par de nouvelles vidéos. Brigitte et Sébastien se présentent alors aux portes des élevages en tant que producteurs de matériel pédagogique à destination des jeunes. Lors d'une de ces enquêtes portant plus spécifiquement sur la production de fourrure et commandée par PETA[2], ils rencontrent le président

1. L'association Stop Gavage est alors dissoute et devient l'un des pôles d'action de L214. Plus tard, à l'initiative de Florent Ourth, militant et webmaster, l'affixe *éthique & animaux* est ajouté au nom L214. Antoine Comiti est élu président de la nouvelle entité.

2. People for the Ethical Treatment of Animals : organisation internationale et non gouvernementale à but non lucratif créée en 1980 à Norfolk, en Virginie aux États-Unis. Son objet est la

d'un regroupement d'éleveurs de lapins Orylag[1] qui leur donne rendez-vous aux portes de l'abattoir dont il est client. « Nous sommes arrivés sur les lieux plus tôt que prévu, se souvient Sébastien, et il se trouve que l'abattoir recevait justement une livraison de lapins provenant du groupement. Sur un quiproquo, les salariés ont pensé que nous avions l'autorisation du président de visiter l'abattoir, et nous avons pu filmer et prendre des photos à découvert. » Dans les élevages, ils découvrent des pratiques inconnues du grand public, telles que l'équilibrage des nids : « Les lapines ont été sélectionnées de façon à devenir de plus en plus productives. Les éleveurs "optimisent" les nids en "claquant[2]" certains lapereaux pour n'en laisser que huit ou neuf par lapine, et avoir ainsi des portées plus homogènes. Nous ignorions cette pratique car, lorsque la

défense des droits des animaux. PETA est également présente en France : http://www.petafrance.com/ [consulté le 17 juillet 2017].

1. Marque déposée en 1989, désignant une sous-espèce de lapin européen issue de croisements et de sélections entre le lapin domestique et le lapin Rex du Poitou. L'Orylag a été créé en 1979 et « perfectionné » par l'INRA de Toulouse, puis par l'INRA de Poitou-Charentes afin d'obtenir des animaux à la fourrure particulièrement soyeuse, prisée par l'industrie du luxe, mais également exploitables pour leur chair. Les peaux des lapins Orylag ont une telle valeur que les éleveurs les amènent eux-mêmes à l'abattoir et attendent que les animaux soient abattus afin de repartir avec les fourrures, mises sur cintres.

2. Terme d'usage dans les filières cunicoles et porcines pour désigner la mise à mort de lapereaux ou de porcelets qui sont saisis par les pattes arrière et violemment frappés sur une surface dure.

filière communique sur la mortalité, elle n'en justifie pas les raisons. »

Les militants parviennent à filmer l'équilibrage des nids, mais la présence des éleveurs ne leur permet pas de capter les pathologies des lapins liées au confinement et aux conditions sanitaires des élevages : blessures, abcès, animaux moribonds, etc. L'enquête s'inscrit alors dans un partenariat avec l'association Vier Pfoten[1] et vise à dénoncer les pratiques d'élevage au niveau européen. « Nous étions accompagnés par un enquêteur allemand qui avait tourné des images dans des élevages de plusieurs pays européens, explique Sébastien, et lorsque nous avons monté le film, nous avons emprunté à Vier Pfoten quelques secondes d'images qui montraient ces pratiques que nous n'étions pas parvenus à capturer. Par mesure de précaution, nous les avions intitulées "images représentatives de l'élevage en France" et nous avions référencé les images par pays. »

Le collectif met en place une première « tournée lapins ». Pendant deux semaines, Brigitte et Sébastien parcourent quinze villes dans lesquelles ils tiennent des stands d'information et font signer des cartes pétition avant de les remettre aux enseignes de grandes surfaces : « Il y avait des antécédents en Allemagne, raconte Brigitte. Des supermarchés s'étaient engagés à ne plus vendre de viande de

1. Organisation internationale autrichienne créée en 1988, œuvrant pour le bien-être animal, Vier Pfoten est représentée dans dix pays européens, en Afrique du Sud et aux États-Unis sous le nom Four Paws.

lapin. Mais nous avons été assignés en référé par le CLIPP (Comité lapin interprofessionnel pour la promotion des produits) pour "trouble manifestement illicite selon l'article 809 du code de procédure civile" ; Sébastien et Antoine se sont rendus à l'audience, et j'ai continué seule la tournée. Nous avons dû préparer le procès en urgence. Nous avons obtenu une relaxe en première instance, mais le CLIPP a fait appel et nous avons perdu l'usage des images, notamment celles qui concernaient l'équilibrage des nids. Nous avons dû jeter tous les DVD. Nous continuions tout de même les actions de rue sur l'élevage de lapins, et le CLIPP a commandé à un huissier de venir sur l'un de nos stands, à Toulouse, contrôler que nous n'utilisions plus les images. Nous avons tiré la leçon de cet événement. Face à une industrie prête à user de tous les moyens pour se défendre et dissimuler la réalité des élevages, nous devons veiller à ne jamais prêter le flanc au moindre doute, à être très rigoureux. Et surtout, depuis cet épisode, L214 est accompagnée par deux avocates sérieuses, déterminées, disponibles et engagées. Ça change tout. »

Lors de ces enquêtes, le nom des entreprises n'est pas cité par l'association. « Le premier abattoir que nous avons publiquement désigné était l'abattoir Charal, à Metz, en 2009, explique Brigitte. Jusque-là, nous avions souhaité dénoncer les violences structurelles inhérentes à tout système d'élevage, et il ne nous semblait pas judicieux de focaliser l'attention sur un cas particulier. On craignait que les gens pensent que les dysfonctionnements dénoncés aient été propres à un seul élevage, comme nous l'avons vu bien plus tard dans certaines des réactions suscitées par l'enquête sur l'abattoir Charal d'Alès. Ce qui nous importait, c'était de révéler des pratiques inhérentes à l'élevage quel qu'il soit, où qu'il soit, et préjudiciables aux animaux. »

Pour Sébastien, la question du *name and shame*, reste souvent un dilemme : « Nous sommes partagés, parce que nous voulons que le débat soit généralisé, mais nous savons aussi d'expérience que les médias s'intéressent surtout aux cas particuliers. Le rôle de l'association est de permettre, par le discours que nous tenons sur les enquêtes, de généraliser le débat. Et puis, sans citer l'élevage ou l'abattoir, il n'est pas possible de lui demander des comptes, il n'y a pas de droit de réponse. »

Afin de mener à bien cette enquête, Sébastien se fait embaucher par l'abattoir Charal en septembre 2008, alors que sévit l'épidémie de vache folle. Il y travaille durant trois semaines : « J'étais chargé de l'aspiration des moelles, une mesure sanitaire. J'étais sur une plateforme qui montait et descendait et, après que les carcasses avaient été coupées en deux, mon rôle consistait à y apposer un coup de tampon, à retirer une étiquette d'identification, et à aspirer la moelle tout le long de la colonne vertébrale. »

Brigitte se rappelle la fatigue physique et psychologique qui est celle de son compagnon lorsqu'il rentre au soir, après une journée de travail. Leurs enfants se souviennent quant à eux de l'odeur qui imprégnait ses vêtements. Durant la première semaine, Sébastien se contente de repérer les lieux, les postes et les gestes. La deuxième semaine, il embarque avec lui une caméra et tente de filmer. « Au début, raconte-t-il, je cadrais mal. La caméra filmait le plafond ou ne se mettait simplement pas en route. Puis, elle est tombée en panne, et il a donc fallu en commander une autre sur Internet, attendre qu'elle arrive… Les heures me semblaient une éternité. Le vendredi de la deuxième semaine, j'étais satisfait car j'avais réussi à assister à plusieurs minutes d'abattage et à saisir des scènes édifiantes, des images épouvantables. En rentrant à la maison, je me suis rendu compte que la caméra n'avait pas fonctionné. Je me suis effondré, car cela signifiait que j'allais devoir y retourner. » La fatigue physique et la tension psychique liées à l'impératif de filmer prennent cependant le pas sur l'émotion que pourrait susciter la vision de la mise à mort des animaux : « De mon poste, je ne pouvais pas voir la tuerie des animaux car la pièce était disposée en L et seules trois ou quatre personnes avaient accès au poste d'abattage. Dans la plupart des abattoirs, cette étape est même dérobée au regard des ouvriers. Si je n'avais pas profité de mes moments de pause pour aller sur le poste d'abattage, je n'aurais probablement rien vu. Et lorsque j'ai pu m'y rendre, ce qui dominait, c'était la nécessité de filmer, de pouvoir montrer. J'étais totalement concentré sur la prise d'images, comme dans un autre monde… C'est plus tard, lorsque j'ai dérushé les images, que j'ai tout pris en pleine figure. J'ai compris ce à quoi j'avais assisté sans le voir à l'instant T. J'ai vu les animaux. »

La crainte d'être démasqué ajoute une tension supplémentaire : « Dès lors que tu portes une caméra cachée, tu as l'impression que tout le monde te regarde. Quand une personne arrive dans ton dos, qu'une autre se met à courir, tu penses être démasqué. À cette époque, nos actions commençaient à être médiatisées et nos visages, nos noms circulaient. Il aurait suffi d'une recherche sur Internet pour que je sois identifié. J'étais aussi traversé par des sentiments contradictoires vis-à-vis de mes collègues. La plupart des employés d'abattoirs sont issus de l'immigration et n'ont aucune qualification. Je ne voulais pas les accuser de quoi que ce soit. C'était déjà dur pour moi, qui n'étais là que pour trois semaines, alors pour eux qui font ça à longueur de journée, pendant des années, parfois toute une vie… Je me sentais vraiment solidaire d'eux, mais je devais veiller à garder le plus de distance possible pour ne pas être repéré. Je ne venais pas chercher des témoignages, mais des images. Ce qui m'a néanmoins frappé, à l'abattoir, c'est la normalité de la violence, à ce point acceptée, institutionnalisée, que tu n'éprouves pas le sentiment de participer à quelque chose de moralement condamnable. Il y a des gens en blanc, des ingénieurs, une hiérarchie, des règles, des codes. Cela évoque inévitablement la monstruosité des camps durant la Seconde Guerre mondiale. On se demande comment une chose pareille a été possible, tout en la perpétrant chaque jour sur des millions d'êtres vivants, au seul prétexte qu'ils sont différents de nous. Ce que m'a appris l'abattoir, c'est que n'importe lequel d'entre nous peut participer à un tel système d'extermination. J'ai senti ce glissement, cette habituation à la violence. »

Les images sont filmées en septembre 2008, mais ne sont diffusées par l'association qu'un an plus tard, en septembre 2009. « Nous avions cette matière, mais nous ne savions pas trop quoi en faire, raconte Brigitte. Nous n'avions pas d'avocat solide, alors que nous savions que nous nous exposions à des poursuites judiciaires. Il y avait aussi tout le travail de recherche à effectuer. Enfin, la campagne foie gras annuelle s'est intercalée, puis l'assemblée générale de l'association au mois de mars, une nouvelle campagne lapins… Aujourd'hui, nous sommes plus nombreux, mieux organisés, plus réactifs, mais à cette époque, le fonctionnement se mettait en place progressivement. Nous avons d'abord fait appel aux chercheurs de l'INRA pour étudier les images, mais ils ont décliné l'invitation, au prétexte que leur hiérarchie ne souhaitait pas qu'ils commentent nos enquêtes. »

L214 porte plainte contre l'abattoir Charal et l'entreprise dépose deux plaintes en retour, une à l'encontre de l'association, et une à l'encontre de Sébastien. L'ensemble des procédures entamées en 2009 est cependant classée sans suite. En 2012, à l'occasion d'un *Thema* sur Arte, les images des enquêtes sont diffusées à nouveau. Les journalistes proposent alors à Charal un droit de réponse auquel l'entreprise ne donne pas suite. Charal engage pourtant des poursuites afin de faire interdire la diffusion des images. La procédure judiciaire est conduite à son terme, et l'entreprise finalement déboutée.

Pour Brigitte et Sébastien, l'engagement auprès de L214 devient inévitablement un sacerdoce. Matiù et Ryzlane sont respectivement âgés de 5 et 10 ans en 2009, lorsque l'affaire Charal bat son plein. « Pour le meilleur et pour le pire, ils ont grandi avec notre engagement, ont vu la naissance de l'association et sa progression, confie Brigitte Gothière. À cette époque, nous vivions dans un minuscule appartement, et notre pièce à vivre nous servait de bureau. Un jour, Ryzlanc nous a fait comprendre que c'était trop. Elle s'est levée un matin, alors que nous préparions une exposition sur le foie gras et avions disposé les panneaux dans le salon et même dressé le stand, et elle nous a demandé si nous ne pouvions pas les installer ailleurs. Nous ne leur avons jamais tenu aucun discours, n'avons jamais eu besoin d'argumenter en faveur de la question animale. L'un et l'autre n'ont jamais mangé de viande et n'en ont pas manifesté le désir, simplement parce qu'ils ont toujours eu connaissance de la réalité de l'élevage et des abattoirs. »

Ryzlane et Matiù ont aussi vu leurs parents devenir des personnalités particulièrement sollicitées par les médias. Pourtant, ni Brigitte ni Sébastien n'avaient imaginé se retrouver un jour si exposés. « L'idée était de faire de L214 un outil au service de la question animale et que l'association participe à la lutte contre le spécisme, explique Sébastien. Nous avions l'objectif de la faire grandir et de nous assurer qu'elle ait le plus d'impact possible. Si nous incarnons aujourd'hui le combat mené par L214, c'est sans doute car nous avons été des acteurs constants de l'association, présents depuis ses débuts. Parmi les fondateurs, certains ont pris des chemins de vie différents, ont mené des carrières professionnelles hors de L214. D'autres nous ont rejoints. Brigitte et moi portons l'historique de l'association, la culture du mouvement, ce qui nous permet d'avoir une vision globale. Et puis, nous vivons ensemble et L214 est au cœur de notre histoire commune. Nous en parlons évidemment beaucoup, nous confrontons nos idées, nous essayons d'analyser nos interventions respectives, de comprendre quels arguments sont les plus pertinents. Cette concertation se fait aussi évidemment avec l'équipe. »

L'équipe dirigeante et salariée, surnommée (non sans dérision) « le Pentagone », définit les orientations de L214 et veille à la coordination de l'ensemble des actions menées. Initialement composée de Sébastien Arsac, Brigitte Gothière, Johanne Mielcarek, Florent Ourth et Bérénice Riaux, elle reste garante de la cohérence et de l'efficacité de l'association, tout en veillant à encourager un fonctionnement participatif, comme l'explique Brigitte : « Au départ, notre fonctionnement était très collégial, car nous étions peu nombreux. Nous ouvrions des listes de discussions selon les projets et tout le monde y avait accès. Ce fonctionnement est rapidement devenu ingérable, ne serait-ce qu'en raison du volume de mails à traiter. Nous avons à ce jour près de soixante listes, sur lesquelles entrent par période jusqu'à deux mille mails quotidiens. Depuis sa création, L214 voit chaque année le nombre de ses adhérents doubler, compte désormais une quarantaine de salariés et plusieurs milliers de militants de terrain, dont mille pour la délégation de Paris. Nous avons été obligés de nous structurer, notamment par la mise en place de pôles d'actions. » Pour

Sébastien, le développement de l'association a confronté l'équipe aux limites d'un fonctionnement collégial: «Il n'était plus possible que tout le monde fasse tout ou donne son avis sur tout. Nous avançons plus vite aujourd'hui avec une équipe de direction qui définit un cadre et des perspectives, tout en attribuant des rôles et des responsabilités. Nous avons cette histoire qui est la nôtre et nous encourage à ne pas être dans un fonctionnement trop pyramidal, mais aussi cette nécessité de gagner en efficacité.»

Pour l'équipe de direction, le défi est désormais de devancer l'évolution de l'association en recrutant chaque année de nouveaux salariés, tout en veillant à préserver la plus grande transversalité possible et un véritable esprit d'équipe. Si les compétences sont nécessaires sur des postes spécifiques, tels que la comptabilité ou l'informatique, la motivation et la capacité à travailler en équipe restent les deux premiers critères de sélection selon Brigitte, qui supervise les recrutements: «C'est une des premières choses que nous disons en entretien d'embauche: vous avez des compétences, c'est formidable, mais ce qui prévaut, c'est votre aptitude à travailler en groupe. Nous ne sommes pas là pour gérer des conflits de personnes. La simplicité et la motivation sont des qualités nécessaires. Nous-mêmes avons été formés sur le tas; nous n'avions par exemple aucune compétence en communication. L214 est aussi un lieu où l'on apprend, où l'on se forme au contact des autres.»

La plupart des salariés de L214 sont aujourd'hui en télétravail, même s'il existe un local situé à Paris et un autre à Lyon, utilisés pour le stockage du matériel nécessaire aux actions de rue et des produits vendus en ligne *via* la boutique de l'association, mais aussi pour l'accueil des bénévoles. Une à deux fois par semaine, chaque responsable de pôle s'entretient par Skype avec Brigitte afin de réaliser un point sur l'avancée des actions menées. L'ensemble des salariés utilise également les listes de discussions, et se réunit pour une audioconférence hebdomadaire. Enfin, deux fois par an, l'équipe se retrouve à l'occasion d'un séminaire de cinq jours durant lequel le bilan des six mois précédents est réalisé et les objectifs du semestre à venir sont définis. « Certains d'entre nous sont isolés, explique Brigitte, c'est pourquoi il est nécessaire d'aménager des moments d'échanges et de réflexion avec le reste de l'équipe, car nous ne nous voyons pas forcément. Cela dit il n'y a ni suspicion ni contrôle. Notre plus grosse difficulté est plutôt d'évaluer la charge de travail de chacun afin de l'alléger. La plupart des salariés de L214 étaient bénévoles avant d'être embauchés, et certains ne comptaient pas leurs heures ; il n'est donc pas toujours évident de se limiter à des horaires de travail. Si trente-cinq heures ne suffisent pas à mener à bien les attributions d'un poste, cela veut dire qu'il y a besoin d'une personne supplémentaire, et c'est très bien ainsi. Mais chacun de nous sait que nous faisons plus qu'un “travail”. Nous avons conscience du nombre de vies qui sont en jeu. Nous sommes tous engagés dans un combat dont on ne décroche pas parce qu'il est 17 heures. La société, le cadre légal nous obligent à considérer notre investissement comme un métier dès lors qu'il est rémunéré, mais c'est évidemment bien plus que cela pour chacun de nous. » Lorsque l'association a été en mesure de créer des postes, l'équipe de direction a décidé de rémunérer l'ensemble des postes à hauteur du SMIC, quelles que soient les attributions et les responsabilités. Ces salaires ont, depuis, été valorisés, et l'ancienneté prise en compte. La base salariale reste néanmoins la même pour tous. L214 espère pouvoir proposer à ses employés un salaire médian, soit équivalant à 1 772 euros net par mois, d'ici deux ou trois ans.

Depuis 2009, L214 a mené près d'une trentaine d'enquêtes en élevages de poules pondeuses en cages de batterie, couvoirs de poussins, élevages intensifs porcins, élevages de lapins, couvoir de canetons mulards et centres d'insémination, élevages de canards et salles de gavage, élevages de poulets de chair, élevages de dindons, élevages de cailles, mais aussi enquêtes sur le transport des chevreaux, des agneaux, des chevaux, et sur des marchés à bestiaux. Des enquêtes ont dévoilé les pratiques d'abattage au sein de plusieurs abattoirs, de petits abattoirs de proximité (Alès, Le Vigan, Pézenas, Mauléon-Licharre) au plus grand abattoir public de France (Limoges). Des milliers d'actions de rue ont été menées dans les principales villes de France. Des outils tels que VegOresto ou Vegan Pratique ont été élaborés afin d'informer et d'accompagner les consommateurs dans leur transition vers une alimentation végétale. Un travail de longue haleine, mené par le pôle poules pondeuses auprès des grandes surfaces, a conduit nombre d'enseignes à s'engager en faveur d'un abandon de la vente d'œufs issus de poules élevées en cages. L'association n'a cessé de toucher et de fédérer autour d'elle un public de plus en plus large, de végétariens ou de végétaliens convaincus, mais aussi de sympathisants omnivores sensibilisés par les vidéos diffusées.

En 2015, L214 connaît pourtant une mobilisation sans précédent après la diffusion des images d'une enquête réalisée à l'abattoir d'Alès[1], dans le Gard, réunissant 277 097 signatures pour demander au ministre de l'Agriculture et au préfet du Gard la fermeture immédiate de l'abattoir, plus de 1 733 000 vues pour la vidéo diffusée sur YouTube et 775 658 vues sur la page Facebook de l'association. L'émoi suscité par ces images est national et L214 obtient qu'une enquête soit ouverte. L'abattoir est fermé le jour même à titre conservatoire. L'information est reprise par la quasi-totalité des médias français. Cependant, pour Brigitte et Sébastien, le retentissement de l'enquête s'inscrit dans une progression, et résulte du travail mené par L214 depuis Stop Gavage et de la crédibilité acquise par l'association auprès des médias et du grand public : « L'affaire d'Alès a effectivement été très médiatisée, mais nous n'avions pas imaginé un tel emballement, explique Brigitte. Sans doute, les enquêtes publiées durant près de dix ans ont en quelque sorte préparé le terrain. C'est comme si les médias avaient décrété que nous étions légitimes, voire incontournables. Pendant longtemps, lorsqu'on envoyait des communiqués de presse, nous devions faire des relances. Aujourd'hui, ce n'est non seulement plus

1. Voir détail de l'enquête au chapitre 7.

nécessaire, mais les médias nous contactent eux-mêmes et nous demandent des exclusivités avant la sortie des futures enquêtes. »

Avec plus de 650 000 « J'aime », la page Facebook de l'association s'est aussi imposée comme un outil majeur de communication. À l'heure où la presse papier peine à préserver ses acquis et à trouver de nouveaux lecteurs, L214 a parfaitement intégré que sa présence sur les réseaux sociaux pouvait suffire à rendre virale une information et à provoquer l'intérêt des médias[1]. L'équipe dirigeante reste tout à fait consciente de la difficulté de pérenniser cet « état de grâce ». Les images diffusées depuis l'affaire de l'abattoir d'Alès, tirées des enquêtes menées dans les abattoirs du Vigan, de Mauléon-Licharre ou de Limoges, ont révélé de nouvelles pratiques inconnues du grand public et ont semblé aller crescendo dans l'horreur.

L'association ne court-elle pas le risque de voir les médias, avides de sensations nouvelles, se lasser lorsque de futures enquêtes dénonceront des pratiques déjà évoquées par le passé ? Brigitte relativise : « Lorsque nous avons publié l'enquête du GAEC du Perrat[2], nous étions au milieu d'une série d'enquêtes sur les abattoirs dont les images auraient pu éclipser l'intérêt du public pour ces 200 000 poules détenues dans des conditions épouvantables. Au contraire, le

---

1. Voir le témoignage de Johanne Mielcarek sur L214 et les médias sociaux au chapitre 8.

2. Enquête menée en 2016 dans un élevage de poules pondeuses qui approvisionnait la marque des œufs Matines : https://www.l214.com/enquetes/2016/05/oeuf-poules-pondeuses/ [consulté le 17 juillet 2017].

retentissement a été énorme, alors même que nous avions déjà fait paraître plusieurs enquêtes sur des élevages de poules pondeuses en batterie, dont une en 2014 dénonçant l'approvisionnement des magasins Système U, et qui n'avaient pas suscité un tel intérêt. Nous sommes cependant conscients que nous ne pouvons pas répéter indéfiniment les mêmes choses. Cela étant, il n'est pas nécessaire que des images montrent des actes de sadisme sur des animaux pour susciter l'indignation du public ou des médias. Les violences dénoncées dans l'enquête menée à l'abattoir d'Alès relevaient pour la plupart de violences structurelles et d'infractions à la réglementation, contrairement aux images tirées des abattoirs du Vigan ou de Mauléon-Licharre qui montraient des actes de violence volontaires sur les animaux. L'intérêt des médias est aussi conditionné par les réactions des politiques : si le ministre de l'Agriculture réagit, il y a plus de chances que les médias s'empressent de couvrir l'affaire. Enfin, lorsqu'un quotidien d'importance tel que *Le Monde* dévoile une enquête en exclusivité, nous sommes assurés de voir l'information reprise plus largement. L'impact d'une enquête est conditionné par tout un faisceau de facteurs que nous ne maîtrisons certes pas, mais que nous pouvons au moins chercher à favoriser. »

Brigitte et Sébastien reconnaissent s'être habitués à la violence des images, et n'être jamais certains de l'écho qu'une enquête rencontrera auprès des médias et du grand public. « Je suis finalement plus touché par les images que tournent d'autres associations, explique Sébastien. Pour moi, elles sont nouvelles, même si elles montrent sensiblement la même chose. Je vois vraiment les animaux.

Lorsqu'il s'agit de nos images, je vois avant tout leur provenance, le contexte technique, la façon dont elles ont été tournées. Dernièrement, j'ai visionné des images diffusées par Animals Australia[1] sur les poissons et les animaux marins. On voyait un homme manger une pieuvre vivante et arracher son cœur avec les dents. Ça m'a révolté. Mais même dans ces cas-là, je ne peux m'empêcher de penser à la technicité : comment la caméra est placée, etc. J'ai du mal à prévoir ce que seront les réactions des gens face à nos enquêtes, quel est leur degré d'indignation. Le sang semble être la limite. Les médias arrivent à diffuser des images de cochons descendus dans une fosse à CO_2, alors qu'elles sont particulièrement violentes, mais les images d'abattage sont floutées la plupart du temps. »

Si les enquêtes révèlent aussi des actes de sadisme sur les animaux, L214 veille pourtant à ne pas stigmatiser les ouvriers des abattoirs en dénonçant avant tout un système : « Les violences sont inhérentes à la fonction même de l'abattoir qui favorise aussi les dérives, rappelle Brigitte. Il ne s'agit pas de déresponsabiliser les individus qui commettent ces actes, mais d'insister sur le fait qu'ils sont le bras armé de nos modes de consommation. »

Désormais connue de tous, L214 permet aux salariés témoins d'actes de maltraitances de lancer l'alerte, tel Mauricio Garcia-Pereira, ancien ouvrier

1. Organisation associative australienne de défense des animaux créée en 1980 à l'initiative de Peter Singer et de Christine Townend.

de l'abattoir de Limoges[1]. L'association a également conservé ses fondamentaux et fonctionne à la manière des journalistes d'investigation, par infiltration. Ainsi dans la nuit du lundi 12 au mardi 13 décembre 2016, à l'abattoir de Houdan, dans les Yvelines, spécialisé dans l'abattage de cochons d'élevage, Sébastien et un salarié de l'association sont interpellés alors qu'ils se sont introduits dans l'enceinte du bâtiment afin de récupérer des caméras placées plus tôt à différents endroits de l'abattoir. Les activistes ont fixé une caméra aux parois des caissons d'une fosse à CO_2 et espèrent ainsi filmer l'« endormissement » des cochons – un euphémisme, utilisé par l'industrie de la viande et largement repris par les médias pour désigner une technique de gazage infligeant aux animaux de terribles souffrances. Sébastien et son partenaire sont placés en garde à vue durant dix-sept heures. Leur matériel, d'une valeur de 10 000 euros, est saisi. Les militants sont convoqués au tribunal de grande instance (TGI) de Versailles le 12 juin 2017 pour « violation de domicile » et « tentative d'atteinte à la vie privée par fixation, enregistrement ou transmission de l'image ».

En avril 2016, l'abattoir Guy Harang de Houdan a pourtant fait l'objet d'une inspection des services vétérinaires de l'État, qui a seulement relevé « quelques gestes inappropriés » et noté l'abattoir en catégorie B (non-conformité mineure), certifiant que « la maîtrise de la protection animale est en grande partie satisfaisante malgré le constat de points de

1. Voir le témoignage de Mauricio Garcia-Pereira dans le chapitre 7 : « Enquêtes dans les abattoirs ».

fragilité ». L'abattoir Guy Harang est l'un des premiers à s'être équipé d'un système de contrôle vidéo, avant même que l'Assemblée nationale ait adopté, dans le cadre de la loi sur les abattoirs, une mesure expérimentale de contrôle vidéo à l'horizon 2018. Treize caméras ont ainsi été installées par la direction, à l'intérieur et à l'extérieur de la structure. Le contenu de ces captures vidéo n'est cependant accessible qu'aux services vétérinaires et au(x) salarié(s) de l'abattoir désigné(s) comme RPA (responsable de la protection animale), et la mesure est dénoncée par L214, qui rappelle que les contrôles menés par le ministère de l'Agriculture ont révélé que 80 % des abattoirs ne respectent pas les normes minimales n'empêchant déjà pas d'immenses souffrances. L'association revendique l'accessibilité des images à des tierces personnes. Au jour de l'interpellation des deux militants de L214, le directeur de l'abattoir de Houdan évoque ce système de vidéosurveillance en gage de respect de la réglementation. Ce qu'il ignore encore, c'est que l'association est déjà en possession d'images tournées entre la fin du mois de novembre et le début du mois de décembre 2016, qui seront dévoilées le 17 février 2017, montrant des employés qui s'acharnent sur des cochons pour les faire avancer sur la rampe qui les mènera au dispositif de gazage, des chocs électriques et des coups assénés jusqu'à sonner parfois les animaux. Le jeudi 8 juin 2017, à quelques jours de l'audience qui doit se tenir au TGI de Versailles, L214 dévoile de nouvelles images[1],

1. https://www.l214.com/enquetes/2017/abattoir-made-in-france/houdan-gaz-co2/ [consulté le 17 juillet 2017].

présentée par l'humoriste et chroniqueur radio Guillaume Meurice, montrant la lente et douloureuse agonie de cochons asphyxiés au gaz carbonique à l'abattoir de Houdan. L'association demande l'interdiction de cette pratique d'étourdissement, infligeant aux animaux de « graves souffrances, provoquant réactions de fuite, hurlements, convulsions, détresse respiratoire, etc. ».

Avec ces images, L214 apporte une fois de plus la preuve fracassante que les contrôles menés par les services vétérinaires de l'État n'ont eu aucune conséquence sur les pratiques des abattoirs, et n'ont finalement eu pour vocation que de rassurer temporairement le consommateur, mais aussi que le contrôle vidéo ne saurait prévenir les violences gratuites faites aux animaux tant qu'il restera à la seule disposition de salariés et des services vétérinaires dédiés aux abattoirs.

Dans une lettre adressée aux sympathisants de l'association après son interpellation, Sébastien rappelle : « Être sur le terrain avec les lanceurs d'alerte, c'est prendre des risques. Nous les prenons, car sans images le calvaire des animaux resterait soigneusement dissimulé. Grâce à nos enquêtes, nous montrons ce que personne ne devrait voir et permettons que la détresse de ces animaux terrifiés soit entendue par des millions de personnes, les médias, des élus […]. Vouloir témoigner est légitime et indispensable. Cette épreuve ne nous empêchera pas de continuer notre mission : montrer ce qu'endurent les animaux dans les élevages et les abattoirs. »

4

Changer notre regard sur les animaux

Qu'est-ce qui nous différencie des autres animaux ? Dans son livre fondateur du mouvement antispéciste, *La Libération animale*, le philosophe australien Peter Singer affirme : « Je soutiens qu'il ne peut y avoir aucune raison – hormis le désir égoïste de préserver les privilèges du groupe exploiteur – de refuser d'étendre le principe fondamental d'égalité de considération des intérêts aux membres des autres espèces. » Comme nous, les animaux non humains aspirent à vivre une vie heureuse et à ne pas souffrir. La capacité d'un être vivant à éprouver de la souffrance (physique et morale) devrait être le premier critère de considération des individus, et se trouve au cœur même de la réflexion antispéciste : qu'importent les différences de capacité qui peuvent exister entre les individus, l'appartenance à une espèce donnée ne saurait être un critère justifiant la domination d'un groupe et son exploitation au profit d'un autre, au nom d'une quelconque et prétendue supériorité.

Depuis quarante ans, l'éthologie, et plus particulièrement l'éthologie cognitive, tend à démontrer que les comportements et les facultés des animaux sont bien plus complexes que nous l'avons longtemps pensé, et que ce que nous estimions être le propre de l'homme (le langage, la capacité d'abstraction, les émotions, la perception du temps, la mémoire, ou encore l'apprentissage, etc.) est en réalité partagé par la majorité des animaux. La thèse de l'animal-machine décrite dans la cinquième partie du *Discours de la méthode* par René Descartes en 1646, selon laquelle les animaux ne seraient que des automates répondant à des stimuli, a longtemps été préjudiciable aux animaux, mais semble aujourd'hui, au vu des découvertes de la biologie et de l'éthologie cognitive, totalement archaïque. À la lumière des études menées sur les processus mentaux des animaux (pensée et émotions), les spécialistes n'hésitent plus à parler de « culture », de « conscience », d'« altruisme », de « langage » ou de « relations sociales complexes ».

Le 7 juillet 2012, un groupe d'éminents chercheurs en neurosciences cognitives, neuropharmacie, neurophysiologie, neuroanatomie et neurosciences computationnelles se réunit à l'université de Cambridge pour réévaluer les substrats neurobiologiques de l'expérience consciente et des comportements afférents chez les animaux humains et non humains. Lors de la présentation de cette déclaration, le professeur Philip Low explique : « Nous avons décidé de parvenir à un consensus et de faire une déclaration destinée à un public qui n'est pas scientifique. Il est évident pour toutes les personnes présentes dans cette salle que les animaux ont une conscience, mais ce n'est pas évident pour le reste du monde. Ce n'est pas évident pour le reste du monde occidental ni pour l'Extrême-Orient. Ce n'est pas évident pour la société[1]. »

Ces chercheurs s'accordent sur le fait que les « recherches sur la conscience chez les sujets humains et non humains évoluent rapidement » et que « de plus en plus de données sont disponibles et exigent de réévaluer les conceptions dans ce domaine[2] ». Des études menées sur les animaux non humains ont montré que « les substrats cérébraux des émotions ne semblent pas restreints aux structures corticales » et que « les réseaux de neurones sous-corticaux excités lors d'états affectifs chez les humains sont également d'une importance critique pour l'apparition de comportements émotifs chez les animaux[3] ». Des expériences ont également prouvé que « l'excitation artificielle des mêmes régions cérébrales engendre des comportements et des ressentis correspondants chez les animaux humains et non humains[4] ».

Même les jeunes animaux humains et non humains ne possédant pas de néocortex « possèdent néanmoins ces fonctions mentales/cérébrales[5] ». Les chercheurs rappellent dans leur déclaration que « les oiseaux semblent représenter [...] un cas frappant d'évolution parallèle de la conscience. On a pu observer, de manière particulièrement spectaculaire,

1. http://www.cahiers-antispecistes.org/declaration-de-cambridge-sur-la-conscience/ [consulté le 17 juillet 2017].

2. *Ibid.*

3. *Ibid.*

4. *Ibid.*

5. *Ibid.*

des preuves de niveaux de conscience quasi humains chez les perroquets gris du Gabon. Les réseaux cérébraux émotionnels et les microcircuits cognitifs des mammifères et des oiseaux semblent présenter beaucoup plus d'homologies qu'on ne le pensait jusqu'à présent. Il a été démontré que les pies, en particulier, présentaient des similitudes frappantes avec les humains, les grands singes, les dauphins et les éléphants, lors d'études de reconnaissance de soi dans un miroir[1] ». Enfin, la déclaration fait état d'expériences ayant prouvé les effets similaires d'hallucinogènes administrés à des animaux humains et non humains.

Selon les scientifiques réunis à Cambridge : « L'absence de néocortex ne semble pas empêcher un organisme d'éprouver des états affectifs. Des données convergentes indiquent que les animaux non humains possèdent les substrats neuroanatomiques, neurochimiques et neurophysiologiques des états conscients, ainsi que la capacité de se livrer à des comportements intentionnels. Par conséquent, la force des preuves nous amène à conclure que les humains ne sont pas seuls à posséder les substrats neurologiques de la conscience. Des animaux non humains, notamment l'ensemble des mammifères et des oiseaux ainsi que de nombreuses autres espèces telles que les pieuvres, possèdent également ces substrats neurologiques[2]. »

Pour Pierre Jouventin, éthologiste, directeur de recherche au CNRS et David Chauvet, juriste, la

1. *Ibid.*
2. *Ibid.*

déclaration de Cambridge prouve que « le néocortex n'est donc plus considéré comme indispensable pour penser finement. Dès 1920, on a démontré que les abeilles utilisent des concepts mathématiques pour indiquer leur butin aux congénères. Or les insectes ne possèdent pas de cerveau mais des ganglions nerveux, de même que le poulpe, mollusque de génie ! Ces vingt dernières années, une avalanche de découvertes nous a réconciliés avec le règne animal dont nous nous croyions si éloignés. Les éléphants coopèrent pour trouver des solutions. Les rats estiment plus urgent de délivrer leurs congénères enfermés que de déguster des friandises. Les chimpanzés apprennent à leurs jeunes à fabriquer et à utiliser des outils pour casser des noix. Les grands singes, les dauphins, les cochons, les éléphants et même les pies se reconnaissent dans un miroir, test classique de la conscience de soi que les enfants ne réussissent pas avant dix-huit mois. Mais les implications ne sont pas uniquement scientifiques. Elles sont aussi éthiques, juridiques et politiques. Pourrons-nous continuer de traiter les animaux comme des choses [1] ? »

Nombre d'études en éthologie cognitive ont porté sur les animaux sauvages, observés en milieu naturel. Les documentaires animaliers, très prisés des téléspectateurs, ont appris au grand public que les singes possèdent des capacités étonnamment proches des nôtres, que les dauphins sont remarquablement intelligents, que les pies savent fabriquer des outils ou que les baleines ont un langage élaboré. La cohabitation

1. « Les animaux en toute conscience », *Libération*, 30 août 2012.

avec nos animaux de compagnie nous porte à considérer nos chiens ou nos chats comme des individus, ou même des membres de nos familles. Nous percevons leur singularité, leur personnalité propre. À la lumière de ces connaissances, nous estimons généralement qu'il est de notre devoir de préserver ces animaux ou de cohabiter avec eux en les respectant.

En revanche, nous connaissons moins les capacités des animaux que nous mangeons. Les études sur le sujet sont encore peu connues, et souvent mises uniquement au service de l'optimisation de l'élevage. En laissant les animaux d'élevage dans cette zone d'ombre que serait leur « bestialité », nous les tenons à distance et n'avons pas l'opportunité de les connaître. Cette méconnaissance contribue à préserver l'idée de leur possible infériorité et de la légitimité de notre domination. Pourtant, si la *sentience* (c'est-à-dire la capacité des êtres à éprouver des perceptions et des émotions) doit être le premier critère de considération morale des individus, les nouvelles connaissances apportées par l'éthologie cognitive nous engagent à percevoir autrement les animaux d'élevage, non comme des biens exploitables à l'envi, mais comme des êtres sensibles et complexes.

La vie secrète des vaches

L'anecdote suivante est extraite d'un témoignage du docteur Holly Cheever[1]. « J'aimerais vous

1. Diplômée de l'université Harvard et du Collège de médecine vétérinaire de l'université Cornell, récompensée pour ses

raconter une histoire touchante et vraie. Après avoir obtenu mon diplôme à l'école vétérinaire de Cornell, j'ai fréquemment exercé dans les exploitations laitières de Cortland. J'y étais appréciée du fait de la douceur de mes interventions sur les vaches.

» L'un de mes clients me sollicita un jour pour résoudre un mystère : la veille, dans une prairie, l'une de ses vaches Brune des Alpes avait mis bas pour la cinquième fois dans sa vie. Une fois rentrée à la ferme avec son nouveau-né, son veau lui fut retiré, et elle, conduite en salle de traite. Mais son pis était vide, et il le resta pendant plusieurs jours.

» Après la naissance de son veau, cette vache aurait dû produire près de 47 litres de lait par jour. Cependant, et en dépit du fait qu'elle se portait bien par ailleurs, son pis restait vide. Elle partait au pré le matin après la première traite, revenait pour la traite du soir, et restait la nuit en prairie – c'était un temps où les bovins étaient autorisés à profiter un minimum de certains plaisirs au cours de leur vie – mais jamais son pis n'était gorgé de lait comme celui d'une vache qui a mis bas.

» Je fus appelée deux fois sur place pendant la première semaine suivant son accouchement, mais je ne trouvai aucune explication. Finalement, le onzième jour, l'éleveur m'appela. Il avait trouvé la réponse : la vache avait donné naissance à des jumeaux, et par un "choix de Sophie", elle avait

---

travaux par l'American Society for the Prevention of Cruelty to Animals et par la Humane Society of the United States, Holly Cheever a également été élue vétérinaire de l'année par la New York State Humane Association en 1991.

livré l'un de ses veaux à l'éleveur et gardé l'autre dans un bois en bordure de prairie. Chaque jour et chaque nuit, elle retrouvait et nourrissait son petit – le seul qu'elle ait jamais pu garder auprès d'elle. Malgré mes efforts pour convaincre l'éleveur de laisser la mère et son petit ensemble, il lui fut enlevé et envoyé dans l'enfer des box à veaux[1]. »

L'anecdote rapportée par le docteur Cheever est exceptionnelle, mais, comme l'explique l'éthologue Frans de Waal dans son dernier livre intitulé *Sommes-nous trop bêtes pour comprendre les animaux ?*[2], les découvertes en éthologie naissent parfois de l'observation de comportements encore inconnus : « Je suis toujours émerveillé par le niveau de capacités mentales des animaux. Je sais bien qu'il ne faut pas tirer de conclusions d'une anecdote isolée. Mais ces histoires nous donnent des idées d'observations et d'expérimentations qui nous aident à mieux comprendre ce qui se passe. "L'expression scientifique la plus exaltante n'est pas 'eurêka', mais 'tiens, c'est bizarre'…" a dit un jour l'auteur de science-fiction Isaac Asimov. Je ne le sais que trop ! […] Une observation initiale simple peut avoir des répercussions énormes. »

L'observation d'Holly Cheever suggère que la vache se souvenait de la perte de ses précédents veaux, et en aurait déduit qu'elle risquait de se les voir retirer une fois encore. Elle aurait alors, en

1. https://blog.l214.com/2013/02/28/le-choix-de-sophie-d-une-vache-laitiere [consulté le 11 juin 2017].

2. Frans de Waal, *Sommes-nous trop bêtes pour comprendre les animaux ?*, Les liens qui libèrent, 2016.

réaction, intentionnellement caché l'un de ses petits. Il est permis d'imaginer que la vache a associé le retour à l'étable avec l'enlèvement du veau. Le docteur Cheever va plus loin et interroge aussi le fait que l'animal ait possiblement « sacrifié » l'un des deux petits au profit de l'autre, peut-être afin de tromper la vigilance de l'éleveur.

Les vaches nous sont étrangement familières. Si nous vivons en milieu rural, nous les apercevons dans les pâtures de nos campagnes. Si nous habitons en ville, elles occupent notre imaginaire de consommateurs, notamment à travers l'iconographie utilisée par l'industrie laitière et l'industrie de la viande, qui nous ramène sans cesse à l'image de vaches libres et supposément heureuses. Pourtant, nous connaissons en vérité aussi peu la réalité de l'élevage bovin que les vaches elles-mêmes en tant qu'individus. Ainsi, en 2012, le réalisateur Emmanuel Gros leur consacrait un très beau documentaire, *Bovines*, largement acclamé par la critique et le public, à travers lequel il cherchait à saisir le mystère d'un troupeau de vaches par sa seule contemplation. C'est dire que les bovins, pourtant domestiqués depuis dix mille ans, peuvent encore nous fasciner et nous surprendre.

Selon une étude menée en 2007[1], les troupeaux de bovins composent des groupes sociaux dans lesquels les relations de « subordination et les relations d'affinités occupent une grande place. [...] Mais les techniques modernes d'élevage imposent aux

1. Marjorie Coulon *et al.*, *Cognition sociale et bien-être chez les bovins : étude des capacités de discrimination visuelle de l'espèce.*, Institut de l'Élevage, 2007.

animaux des changements répétés d'environnement, au sens large, et d'environnement social en particulier ». Dans la mesure où des individus de ces groupes constitués sont systématiquement retirés pour être envoyés à l'abattoir, il est aisé d'imaginer les perturbations que cela sous-tend au sein même du troupeau dont les relations doivent être sans cesse redéfinies.

Les vaches sont pourtant loin d'être indifférentes les unes aux autres. Elles établissent non seulement des liens d'affinités, mais elles sont également capables de différencier leurs congénères des membres d'autres espèces. L'étude précitée fait ainsi état d'une expérience pour les besoins de laquelle des photos de vaches de différentes races, mais aussi de moutons et de chiens, ont été soumises à dix génisses Prim'Holstein nées en 2004 et âgées de six à onze mois. Les animaux représentés sur les visuels étaient inconnus des animaux testés. Lorsqu'une vache testée reconnaissait une autre vache parmi ces images, elle recevait une récompense alimentaire. Seule une génisse sur les dix testées n'a pas atteint l'objectif, et les chercheurs font état de la « rapidité avec laquelle les sujets les plus performants [ont atteint] le critère de réussite fixé ». Les auteurs de l'étude ajoutent : « Nos résultats montrent également que les génisses sont capables dans un premier temps d'associer les images de vaches à la récompense alimentaire, puis les images des autres animaux et donc d'inverser l'apprentissage préalable. Cette capacité d'inversion confirme l'existence de performances cognitives remarquables chez ces bovins. »

Quant à la différence de capacités remarquées entre certaines de ces vaches, l'étude cite comme explication possible une étude antérieure, datée de 1992, notant « une influence des conditions d'élevage, du sexe et de l'origine génétique (l'influence du père) sur les capacités d'apprentissage des veaux », ainsi qu'une autre étude, datée elle aussi de 2004, selon laquelle « les différences de performances peuvent dépendre aussi du stress et de l'état physiologique des sujets. » Il n'apparaît pas inutile de rappeler ici les sélections génétiques auxquelles ont été soumis la plupart des bovins d'élevage dans l'objectif de produire plus de viande ou plus de lait. La race Bleu Blanc Belge, dont la croissance excessive a été obtenue par suppression du gène de la myostatine (protéine qui limite normalement la croissance musculaire), est un des exemples des dérives de la sélection, dont nous pouvons aussi supposer les conséquences sur les capacités cognitives des animaux.

Les vaches composent des groupes sociaux selon leurs affinités et sont également capables d'une communication complexe, basée sur un panel de vocalisations et de signaux visuels et olfactifs. Un article[1] publié en 2005 par des chercheurs de l'INRA explique que, si les bovinés ont peu d'expressions faciales (contrairement à d'autres ongulés, tels que les chevaux), la mobilité de leur tête leur permet néanmoins d'adopter différentes postures par le biais

1. Marie-France Bouissou, Alain Boissy, *Le Comportement des bovins et ses conséquences en élevage*, INRA, Unité de recherches sur les herbivores, 2005.

desquelles ils communiquent. Différents types de vocalisations, qui ont été décrits grâce à l'utilisation de sonogrammes, permettent aux bovins d'exprimer des émotions telles que la frustration ou l'excitation, mais aussi d'appeler un autre animal. De plus, les bovins disposent de nombreuses glandes odoriférantes et sont capables de différencier deux individus en se basant sur leur odeur. Ce même article, évoquant une étude datée de 1998, précise qu'ils sont en mesure de « communiquer leur état psychologique, en particulier leur peur, au moyen de phéromones ».

Les conflits au sein d'un même troupeau de bovins sont rares. Cela est dû à la stabilité de la hiérarchie sociale et aux affinités liant les individus du groupe. On peut facilement observer au sein d'un troupeau des relations de proximité entre certaines vaches, qui recherchent leur présence respective, se toilettent mutuellement, se promènent et broutent ensemble. Le léchage est une pratique hygiénique, mais également sociale, comme l'est l'épouillage (acte de débarrasser l'autre de ses parasites) chez les primates. Les vaches lèchent leurs congénères préférentiellement sur les parties du corps auxquelles la vache toilettée ne peut accéder elle-même, comme la tête et le cou. Les vaches amies font preuve d'une grande tolérance mutuelle en cas de compétition (pour l'accès à une ressource, par exemple). Souvent, ces liens se tissent chez les veaux entre la naissance et six mois. Il s'agit fréquemment des veaux les plus proches en âge. Ces relations sont extrêmement stables dans le temps. En abattant des individus au sein d'un troupeau, on détruit inévitablement ces relations entre les individus qui le composent.

Comme l'anecdote du docteur Cheever l'illustre, la relation d'une vache avec son veau est un lien puissant. En France, chaque année, des centaines de milliers de veaux naissent afin que leurs mères produisent du lait. Pour la plupart, ils sont envoyés à l'abattoir avant l'âge de 2 ans. Lorsque les mères sont séparées de leurs petits, généralement entre douze et vingt-quatre heures après la mise bas, elles les cherchent et les appellent en meuglant, parfois pendant des jours. Les femelles sont destinées à renouveler le cheptel et les mâles sont engraissés avant d'être abattus. En élevage intensif, les veaux nés de l'industrie du lait passent les huit premières semaines de leur vie seuls dans des cases individuelles, souvent à peine plus grandes qu'eux, et parfois sans litière. Ils sont nourris de lait entier, de lait en poudre reconstitué et d'aliments composés.

Ces veaux, généralement élevés en batterie, sont volontairement anémiés pour que leur chair soit claire, afin de répondre aux habitudes des consommateurs français. Le minimum légal d'apport en fer dans leur alimentation est en effet en dessous des recommandations de l'Autorité européenne de sécurité des aliments (EFSA). L'écornage des veaux et la castration des jeunes mâles, des interventions reconnues douloureuses, sont très souvent effectués sans anesthésie. Quant aux vaches laitières, elles continuent d'être traites durant leur grossesse et sont simultanément exploitées pour leur lait et pour leur veau. Le scientifique John Webster estime que cet effort épuisant fourni quotidiennement par leur organisme équivaudrait, pour un être humain, à l'énergie dépensée par une course folle de six à huit heures par jour[1].

Poussées à l'hyperproductivité, beaucoup de ces vaches souffrent de maux douloureux : mammites (infections des pis) et boiteries sont des pathologies très courantes dans les élevages laitiers, tout comme les troubles métaboliques et de la fertilité. Les vaches ont souvent un accès limité à l'extérieur, et les élevages en bâtiments clos (« zéro pâturage ») favorisent les boiteries sévères.

Alors que les bovins ont une espérance de vie d'au moins vingt ans, les vaches laitières sont généralement tuées au bout de cinq ans. Après une moyenne de deux ou trois vêlages et une production de lait intensive, épuisées, malades, blessées ou stériles, les vaches sont conduites à l'abattoir : 40 % de la viande dite de bœuf provient en réalité de vaches laitières de réforme[2].

Des vaches laitières en lactation sont parfois transportées vers l'abattoir sans être traites. Certaines vaches sont incapables de se déplacer mais sont quand même souvent transportées, au mépris de la législation. D'autres sont abattues alors qu'elles attendent un petit. Une enquête menée à l'abattoir de Limoges par l'association L214 et révélée en novembre 2016 montre des images de vaches découpées, du ventre desquelles sont retirées des poches placentaires contenant des veaux à des stades

1. John Webster, « *Health and Welfare of Animals in Modern Husbandry Systems : Dairy Cattle* », *In Practice*, 1986.

2. « La filière bovine française face à la sortie des quotas laitiers », *Les synthèses de FranceAgriMer*, n° 12, février 2012.

parfois très avancés de formation. Certains meurent d'asphyxie dans le placenta avant d'être mis au rebut.

À l'abattoir, la peur et le stress des animaux sont palpables. Il arrive fréquemment qu'ils patientent de longues heures dans une odeur de sang et d'excrément avant d'être menés sans ménagement en salle d'abattage où certains seront étourdis avant d'être égorgés, et d'autres tués en pleine conscience.

Si les études en éthologie menées sur les vaches sont encore rares, elles laissent néanmoins supposer l'étendue des découvertes possibles en termes de cognition chez les bovins, et soulignent la cruauté des méthodes d'exploitation auxquelles l'élevage les soumet, dans l'ignorance et le mépris de leurs capacités cognitives, de leurs besoins réels et de leur évidente sensibilité.

Copains comme cochons

Le cochon n'occupe pas vraiment la place d'animal favori dans nos représentations. Réputé sale, goinfre, agressif, il est victime de nombreux préjugés qui ne résistent pas pour la plupart à l'étude sérieuse des mœurs de cet animal, en réalité si proche de l'homme qu'il est légitime de se demander si nous ne transposons pas sur lui nos propres travers…

La littérature scientifique concernant l'étude de la cognition chez les cochons est aussi rare que celle concernant les vaches ou les autres ongulés. Elle aussi s'est longtemps limitée à l'objectif d'optimiser l'élevage intensif de ces animaux. Cependant, les limites (ne serait-ce que physiques) de ce type d'élevage impactent inévitablement les recherches menées sur les cochons, et donc leurs conclusions et notre compréhension de ces animaux. Dans un passionnant article consacré à la recension d'études relatives à la cognition[1], à l'émotion et à la personnalité chez le porc domestique, les docteurs Lori Marino[2] et Christina M. Colvin[3] expliquent que, bien que nous disposions de relativement peu d'informations sur la psychologie des cochons domestiques, nos connaissances actuelles suggèrent que les cochons sont cognitivement complexes et partagent de nombreux points communs avec des animaux que nous considérons comme intelligents.

Marino et Colvin rappellent que les cochons, comme leurs cousins sangliers, sont des animaux très sociables et de nature grégaire. Les informations tactiles jouent un rôle très important dans leur comportement. En effet, leur groin comporte une haute densité de capteurs sensoriels. Ils utilisent cet organe pour creuser, porter et pousser, mais aussi pour interagir avec d'autres individus. L'odorat est le sens le plus pointu chez les cochons, et cette

---

1. Lori Marino et Christina M. Colvin, « *Thinking Pigs : a Comparative Review of Cognition, Emotion, and Personality in sus Domesticus* », The Kimmela Center for Advocacy, The Someone Project, Emory University, 2014.

2. Neurobiologiste et experte en comportement animal à l'université Emory d'Atlanta et directrice du Kimmela Center for Animal Advocacy.

3. Docteur en littérature américaine à l'université Emory d'Atlanta, spécialiste des représentations de la question animale dans la littérature américaine des XXe et XXIe siècles.

capacité est fortement mobilisée dans leurs relations sociales, leur permettant par exemple de déterminer l'identité d'autres cochons, leur sexe ou leur état émotionnel, et contribuant à définir une hiérarchie dans le groupe. L'audition est également un sens important chez cet animal, capable de vocalisations diverses, mais aussi d'entendre les ultrasons.

Différentes expériences ont démontré que les cochons sont capables d'identifier des objets, et de faire preuve d'une mémoire remarquable. Une étude comparative, citée par Marino et Colvin, a permis d'établir un parallèle entre les tests de reconnaissance visuelle auxquels ont été soumis des cochons et les recherches menées sur la compréhension du langage symbolique chez les dauphins et les otaries : ces mammifères marins peuvent utiliser des stimuli visuels (gestes) et auditifs pour parvenir à élaborer les composants sémantiques et syntaxiques (liés aux sens et aux séquences) d'un langage artificiel. Mis face à des exercices similaires, deux cochons de type vietnamiens ont démontré leur compréhension de symboles gestuels et verbaux désignant des objets et des actions : s'asseoir, chercher, sauter[1]. Ils se sont également montrés capables de comprendre et de mémoriser des combinaisons de symboles désignant des actions et des objets : par exemple, aller chercher un frisbee. Même s'il existe une controverse quant au fait que ce type de résultat puisse représenter plus qu'un apprentissage de réponses à des stimuli, les

1. Lori Marino et Christina M. Colvin, « *Thinking Pigs : A Comparative Review of Cognition, Emotion, and Personality in sus Domesticus* », *op. cit.*, p. 5.

cochons, tout comme les dauphins, démontrent une capacité complexe à identifier les objets et à les associer, ce qui mériterait que l'éthologie continue d'explorer les similitudes et les différences de niveaux de cognition entre les cochons et les mammifères marins.

La cognition spatiale (mémoire et apprentissage) est la faculté mentale à se représenter l'espace, à assimiler des connaissances, à se souvenir, organiser et utiliser des informations au sujet des données spatiales d'un environnement donné, incluant la capacité à se déplacer et à distinguer l'emplacement d'objets. La cognition spatiale est hautement liée aux représentations mentales de la mémoire à court et long terme et compose souvent la base d'une perception cognitive complexe de l'environnement. Les cochons sont des animaux fouisseurs particulièrement doués pour utiliser des informations spatiales. Ils sont parfaitement capables de se déplacer dans des labyrinthes ou d'autres types d'environnements, même hautement artificiels, tels que dans des labyrinthes aquatiques[1]. Plus probantes et révélatrices encore sont les études menées sur leurs aptitudes spatiales lorsqu'il s'agit de fourrager. Une étude des plus concluantes d'un point de vue éthologique pour évaluer la mémoire et autres capacités cognitives des cochons utilise un *holeboard*[2]. Le *holeboard* est un espace à ciel ouvert comprenant un certain nombre de trous dont certains contiennent de la nourriture.

1. *Ibid*, p. 6.
2. *Ibid*, pp. 6-7.

Cette installation permet donc aux cochons de fourrager en utilisant leur groin comme ils le feraient en milieu naturel. Il s'est avéré que les cochons sont capables de se souvenir des endroits dans lesquels ils ont précédemment trouvé de la nourriture et d'éviter ceux qui étaient vides, à dix minutes ou deux heures d'intervalle[1].

Les cochons sont également des animaux particulièrement joueurs. Les jeux qui impliquent de créer de nouvelles interactions et situations ont un rôle important dans le développement des mammifères sociaux. La curiosité et l'intérêt pour la nouveauté sont également liés à la complexité cognitive et à la personnalité des individus. Le jeu se rencontre de façon prédominante parmi les espèces non humaines les plus complexes d'un point de vue cognitif, et les plus douées de facultés d'adaptation. Diverses études ont recensé un large panel de comportements liés au jeu chez les cochons : secouer la tête, sautiller, faire la toupie, se rouler sur le sol, jouer avec des objets, se bagarrer, se pousser et se courir après, etc. La plupart de ces comportements se retrouvent chez les chiens et les autres mammifères. Le jeu ne répond pas uniquement au besoin d'exploration et de découverte, mais est aussi nécessaire au bon développement de l'animal. Les comportements de jeu sont mieux stimulés lorsqu'ils sont diversifiés, complexes, ludiques et mobilisent des objets nouveaux. En élevage intensif, les cochons naissent et grandissent dans des milieux particulièrement pauvres. Il leur

1. *Ibid*, p. 7.

est impossible de courir, creuser, de découvrir et de jouer. L'ennui, l'enfermement et la surpopulation contribuent au développement de pathologies physiques, mais aussi mentales : agressivité, cannibalisme, prostration, stéréotypies, etc. L'éthologie appliquée à l'élevage prescrit « l'enrichissement du milieu », mais cet enrichissement dans un environnement inadapté aux besoins de l'espèce est inefficace et se limite souvent à des simulacres de divertissements.

Récemment, une équipe néerlandaise a conçu *Pig Chase*, un jeu interactif permettant aux cochons de jouer avec des hommes par le biais d'un iPad interposé. Cette expérience, conçue par le philosophe Marc Bracke, le chercheur Clemens Driessen, tous deux spécialisés en éthique animale, et des designers, avait pour objectif d'offrir un enrichissement du milieu aux cochons d'élevage. Les animaux pouvaient suivre des stimuli lumineux sur des écrans tactiles, stimuli dirigés par des joueurs humains depuis leur propre tablette. Les cochons capables de suivre les cercles lumineux recevaient une récompense. À l'issue de cette expérience, Driessen se demande cependant quel serait l'impact moral de *Pig Chase* sur l'élevage et le consommateur : « Devrons-nous noter le score du cochon sur l'emballage des côtes de porc ? Si oui, aurons-nous toujours envie de consommer du cochon ? Préfère-t-on qu'une viande soit intelligente ou pas [1] ? »

1. « Des jeux vidéo pour égayer la vie des porcs », *Courrier international*, 3 octobre 2012.

L'habileté des cochons à utiliser des jeux vidéo est en vérité connue depuis les années 1990. Stanley Curtis, professeur en sciences animales à l'université d'État de Pennsylvanie, étudie les cochons depuis plus de trente ans et a prouvé par le biais de plusieurs expériences qu'ils peuvent rivaliser de dextérité avec les chimpanzés lorsqu'il s'agit d'apprendre à utiliser un jeu vidéo. Il leur fallait alors manier un joystick et déplacer un curseur dans certaines zones de l'écran pour obtenir une récompense. S'ils ont appris à maîtriser plus vite le jeu que les chimpanzés, leur attention est en revanche de plus courte durée. Au bout de quinze minutes, les cochons se sont lassés du jeu, alors que les grands singes pouvaient y jouer durant des heures. L'espoir de Curtis est que les cochons puissent un jour communiquer avec les humains par l'usage d'un langage symbolique. « La première chose que nous devions faire est de mieux connaître leur mode de pensée. Jusque-là, dans la maîtrise des jeux vidéo que nous leur avons donnés, ils ont réussi remarquablement vite et bien. » À l'avenir, le professeur Curtis veut se concentrer sur des exercices plus complexes afin de voir si les cochons peuvent choisir entre différents caractères ou icônes représentant des objets. Cela constituerait une forme rudimentaire de langage symbolique. Avec des techniques similaires, les primates ont été capables de s'exprimer par eux-mêmes et d'assimiler jusqu'à près de cinq cents mots. « Nous pensons que les humains sont spéciaux, confie Curtis, et nous pensons que les primates non humains (à cause de leur ressemblance avec les humains) sont probablement spéciaux eux aussi. Quand un cochon apprend aussi vite que des chimpanzés, c'est remarquable[1]. »

La capacité à distinguer les individus les uns des autres est à la base de toute relation sociale. Comme d'autres animaux présentant des relations sociales élaborées, les cochons sont capables de distinguer leurs congénères, mais aussi de montrer des préférences pour des personnes qui leur sont familières, et de la réserve envers les étrangers[2]. L'odorat joue également un rôle important dans la reconnaissance des individus : des porcelets sont capables de distinguer des individus familiers ou des étrangers en sentant simplement des échantillons d'urine[3]. Les cochons utilisent aussi l'ouïe pour reconnaître leurs semblables. En écoutant une série d'enregistrements, des truies ont reconnu les appels de leurs porcelets parmi les cris de porcelets inconnus.

Les chiens sont capables non seulement de distinguer les humains les uns des autres, mais également de faire la différence entre un visage souriant et un visage affichant une expression neutre[4]. Ce type d'aptitudes n'est pas surprenant chez une espèce dont la domestication implique d'avoir développé une sensibilité aux caractères humains. Cependant, les cochons sont eux aussi capables de

---

1. *« Pig Video Arcade Critique Life in the Pen »*, *Wired*, 6 juin 1995.

2. Lori Marino et Christina M. Colvin, *« Thinking Pigs : A Comparative Review of Cognition, Emotion, and Personality in sus Domesticus »*, *op. cit.*, p. 8.

3. *Ibid*, p. 9.

4. *Ibid.*

différencier les humains, et de reconnaître un être humain qui a pris soin d'eux. Une expérience menée par les chercheurs Koba et Tanida a démontré que les cochons peuvent différencier les êtres humains par leur taille et certains détails du visage lorsqu'ils sont confrontés de façon répétée à des personnes portant les mêmes vêtements[1]. Des chercheurs ont prouvé que de jeunes cochons sont capables d'utiliser des expressions faciales pour distinguer des états d'attention chez les humains. Ils préfèrent des humains témoignant de l'attention à ceux qui leur témoignent de l'indifférence.

Dans leur article, Marino et Colvin recensent également les études qui ont démontré la capacité des cochons à visualiser une situation, et à l'évaluer tout en étant capables d'adopter un point de vue différent. Cette faculté est souvent associée chez d'autres espèces à des capacités cognitives telles que la conscience de soi, la théorie de l'esprit, la déception ou l'empathie. Les cochons font preuve de comportements et de modèles d'interactions sociales tout à fait comparables à ceux qui ont été observés chez les primates ou chez certains oiseaux. Ils montrent par exemple une habileté particulière à utiliser et manipuler leurs congénères à leur avantage. On parle alors « d'intelligence machiavélique ». Au cours d'une expérience menée en 2000, des chercheurs ont démontré la capacité des cochons à utiliser et manipuler leurs congénères pour en tirer parti en situation de fourragement[2]. Dans le cadre d'un protocole, des

1. *Ibid.*
2. *Ibid*, p. 10.

cochons devaient chercher de la nourriture cachée. Lorsque l'un des cochons avait déjà eu connaissance de l'endroit dans lequel se trouvait la récompense, et que l'autre l'ignorait, le second cochon suivait le premier afin d'utiliser sa connaissance et d'être mené vers la source de nourriture. Le premier cochon essayait alors de faire diversion en le menant dans une mauvaise direction avant de se précipiter sur le lieu de la récompense pour s'empresser de la consommer. Si les deux cochons se connaissaient et étaient proches, la récompense était en revanche partagée.

Une autre expérience a permis de prouver que les cochons réussissent le fameux test du miroir, utilisé pour évaluer la capacité des animaux à reconnaître le reflet de leur propre corps, et donc leur conscience de soi. Des chercheurs en éthologie de l'université de Cambridge ont placé huit cochons dans un enclos, face à un miroir[1]. Dans un premier temps, les animaux ont pris leur reflet pour des congénères inconnus et ont chargé le miroir. Mais, au bout de quelques heures, les cochons ont compris que ces « inconnus » n'étaient en réalité qu'un reflet d'eux-mêmes. Les chercheurs ont alors placé de la nourriture cachée derrière une barrière, mais visible dans le miroir. Pour y accéder, les cochons devaient donc utiliser le reflet de l'enclos. Afin que les cochons ne puissent pas utiliser leur odorat pour définir la source de la récompense, des ventilateurs ont été utilisés pour dissiper les effluves. Sept cochons sur les huit

1. *Ibid*, p. 11.

ont résolu le problème en vingt-trois secondes, seul le huitième est allé vérifier… derrière le miroir. Selon les chercheurs, ce test démontre chez les cochons « un certain degré de conscience de soi ».

Les cochons éprouvent aussi des émotions et sont capables d'empathie. Les émotions tendent à influencer plus d'un individu au sein d'un groupe. Elles peuvent être partagées par le biais d'un processus de « contagion émotionnelle ». La contagion émotionnelle est considérée par certains chercheurs comme une forme d'empathie, la capacité de ressentir l'état émotionnel d'un autre individu et d'adopter son point de vue[1]. La contagion émotionnelle a été démontrée dans de nombreux groupes socialement complexes tels que les chiens, les grands singes, ou les cochons. En 2014, des chercheurs ont suggéré que le jeu pouvait servir de support à l'étude des émotions chez les cochons[2]. En effet, ceux-ci mobilisent dans le jeu tout un panel de comportements sociaux dont la plupart sont motivés par des affects positifs et sont des indicateurs indirects d'émotions.

Enfin, les cochons ont une personnalité propre. Les études portant sur la personnalité chez les animaux ont montré que les traits de personnalités sont omniprésents dans le monde animal ; une large part des poissons, des oiseaux et des mammifères montrent des différences individuelles qui peuvent être considérées comme des dimensions essentielles de la personnalité, dont beaucoup recoupent celles

1. *Ibid*, p. 13.
2. *Ibid*, pp. 13-14.

rencontrées chez l'homme[1]. Bien que certains auteurs préfèrent se référer à des « schémas comportementaux » ou parler de « tempérament » chez les autres animaux, il y a peu de différences entre ces phénomènes et les personnalités telles qu'elles sont observées et documentées[2]. Ces différences se réfèrent, avec une légère variation de sens, à une même catégorie de phénomènes. Les cochons présentent des caractéristiques émotionnelles et comportementales communément acceptées comme des types de personnalité. Les différences entre individus tendent à être plus significatives avec l'âge et un certain nombre d'études ont démontré, chez les porcs, des profils de personnalité comparables à ceux d'autres espèces[3]. Les différentes études menées chez les cochons prouvent l'existence de comportements individuels et de signes complexes de personnalité que l'on retrouve chez d'autres animaux, humains compris.

De nombreux témoignages et anecdotes de particuliers vivant avec des cochons de compagnie abondent en ce sens. Par exemple, en juillet 1984, une truie a sauvé de la noyade un enfant victime d'un handicap mental, en le ramenant sur la rive du lac Sommerville, au Texas[4]. En 1998, une autre truie de type vietnamien prénommée Lulu s'est étendue au beau milieu d'une route pour alerter un

1. *Ibid*, p. 14.
2. *Ibid*.
3. *Ibid*.
4. *« Swimming Pig Saves Boy from Drowning »*, *Lodi News Sentinel*, 6 août 1984.

automobiliste et le mener auprès de sa propriétaire terrassée par une crise cardiaque[1]. Plus récemment, en 2014, à Mount Carmel dans l'Illinois, un cochon a sauvé une famille entière en prévenant ses propriétaires de l'incendie qui menaçait leur logement[2]. Si ces faits divers n'apportent pas de validité scientifique aux expériences décrites ci-avant, ils les complètent et nous invitent à poursuivre les recherches menées en éthologie porcine et à repenser notre rapport avec ces animaux.

La viande de porc est la première viande consommée en France. Chaque année, près de 25 millions de cochons sont tués dans les abattoirs par électronarcose, un procédé d'étourdissement par choc électrique, ou bien plongés dans des fosses à CO_2, une méthode de gazage infligeant aux animaux des souffrances évidentes. Ils se débattent, hurlent et convulsent avant de s'effondrer, comme l'ont révélé les images tournées à l'abattoir d'Alès diffusées en octobre 2015[3] et celles tournées à l'abattoir de Houdan diffusées en juin 2017[4].

Cette mort met un terme à une courte vie de réclusion et de violences. En France, 95 % des cochons d'élevage survivent derrière les murs des

1. *« LuLu, the Pot-Bellied Pig, Meets Untimely Death »*, *The Times*, 6 février 2003.

2. http://time.com/2852984/hero-pig-saves-family-from-fire/ [consulté le 12/06/2017].

3. http://ales.abattoir-made-in-france.com [consulté le 17 juillet 2017].

4. http://houdan.abattoir-made-in-france.com [consulté le 17 juillet 2017].

élevages intensifs, dans des enclos exigus, sur des caillebotis en béton, sans aucun accès à l'extérieur. L'enfermement et la surpopulation altèrent souvent le comportement des animaux de façon irréversible et provoquent de nombreuses pathologies physiques telles que des blessures, des abcès et des infections bactériennes. En mars 2017, une enquête menée par L214 dans un élevage industriel porcin du Finistère a montré des cochons détenus dans des enclos insalubres, contraints de vivre sur des caillebotis, au-dessus de leurs déjections, auprès des cadavres en putréfaction et des ossements de certains de leurs congénères[1].

La souffrance des cochons d'élevage commence dès leur naissance. Par croisement et sélection génétique, les truies ont été rendues plus prolifiques. L'une des conséquences de cette fertilité décuplée est la naissance de porcelets moins développés ou atteints de malformations, qui sont alors éliminés, le plus souvent par « claquage », c'est-à-dire fracassés contre un support solide (le sol, un mur ou le barreau d'une cage). Les mieux portants seront sevrés très précocement, entre vingt-et-un et vingt-huit jours au lieu des trois ou quatre mois habituels chez l'espèce. Le stress et les conditions de détention favorisent l'apparition de comportements agressifs entre les animaux. En prévention, les porcelets subissent des opérations douloureuses telles que la coupe de la queue et le rognage des dents sans anesthésie. À cela s'ajoute souvent la castration à vif des mâles

1. https://www.l214.com/enquetes/2017/elevage-made-in-france/quimper/ [consulté le 17 juillet 2017].

quelques jours après leur naissance, afin de prévenir l'effet des hormones sur l'odeur de la viande. Cette pratique a déjà été abandonnée par 60 % des élevages aux Pays-Bas et son interdiction est envisagée à moyen terme en Belgique.

Dès leur maturité sexuelle (entre six et huit mois), les truies sont inséminées artificiellement et forcées de mettre bas dans des cages de fer dans lesquelles il leur est impossible de se retourner, pour y allaiter les porcelets. Aussitôt que leurs petits leur sont retirés, les truies sont inséminées de nouveau, la réapparition de leurs chaleurs étant provoquée à la fois par le stress et par des injections d'hormones. Après environ trois ans d'inséminations et de mises bas à répétition, elles ne sont plus considérées comme suffisamment productives et sont envoyées à l'abattoir. Nombre d'entre elles portent alors les stigmates de leur épuisement : boiterie, prolapsus (descente d'organe), incapacité de se mouvoir, etc.

Le taux de mortalité de 20 % avant le départ à l'abattoir révèle l'impitoyable loi de l'élevage intensif : ici, c'est marche ou crève. Les plus robustes seront quant à eux mis à mort à l'âge de six mois, soit cent quatre-vingts jours, alors que leur espérance de vie est en réalité de quinze ans.

Malin comme une poule

Interrogée par *The Telegraph* au sujet de la publication de son étude intitulée « Les poules ont-elles des amis ? », la docteure Siobhan Abeyesinghe, spécialiste en cognition animale, a déclaré : « Les poulets ont certainement bien plus de capacités que le grand public ne le soupçonne. Je pense qu'ils sont injustement dépréciés. Nous avons cette protection psychologique qui consiste à dévaloriser les animaux que nous utilisons pour leur viande afin de nous sentir moins concernés par le sort qui est le leur[1]. »

Les poules comptent parmi les animaux les plus étudiés en cognition animale. Pourtant leurs capacités émotionnelles et leur intelligence sont très peu connues du public. Nos représentations attestent cette croyance selon laquelle les poules seraient particulièrement idiotes. Ne dit-on pas « comme une poule qui a trouvé un couteau » pour désigner une personne déconcertée par une situation ? C'est méconnaître les capacités de logique et de déduction de ces animaux. Qu'en est-il aussi de leur sensibilité ?

De récentes études ont démontré que les poules sont douées d'empathie. Lorsque leurs poussins sont en situation de détresse, les poules sont capables de ressentir leur état émotionnel et s'inquiètent pour eux. Leur rythme cardiaque s'accélère et elles émettent des gloussements en direction des poussins. Dans ces études, leur réaction empathique était déterminée par deux choses : d'une part, les signes de détresse manifestés par les poussins[2] ; d'autre

---

1. *« Chikens 'Cleverer than Toddlers »*, *The Telegraph*, 19 juin 2013.

2. Joanne Edgar *et al.*, *« Avian Maternal Response to Chick Distress »*, *Proceedings of the Royal Society B : Biological Sciences* 278 (1721) : 3129-34, 2011.

part, la connaissance qu'ont les poules du danger encouru par les poussins, que ces derniers en aient conscience (et poussent de ce fait des cris de détresse) ou non[1].

Peu de temps après la naissance, les poussins savent compter jusqu'à cinq[2]. Lorsqu'on cache, sous leurs yeux, des objets avec lesquels ils aiment jouer (en l'occurrence des capsules plastique de Kinder Surprise) derrière des panneaux opaques, les poussins se dirigent derrière le panneau contenant le plus d'objets. L'expérience a été reproduite avec des objets de tailles différentes (pour vérifier qu'ils dénombraient bien chaque élément). Dans une troisième expérience, on a déplacé plusieurs fois les capsules d'un écran à l'autre pour simuler des additions et des soustractions. Les trois quarts des poussins ont réussi cet exercice de calcul mental et se sont dirigés vers le panneau derrière lequel se trouvaient le plus de capsules Kinder. Ces expériences montrent également que les poussins ont conscience qu'un objet continue d'exister lorsqu'il n'est plus dans leur champ visuel, compétence que les éthologues appellent « la permanence des objets », et que les humains développent aux alentours de douze mois. Les poussins perfectionnent cette compétence en explorant leur environnement, et, une fois qu'ils

---

1. Joanne Edgar *et al.*, « *Protective Mother Hens : Cognitive Influences on the Avian Maternal Response* », *Animal Behaviour* 86 (2) : 223-29, 2013.

2. Rosa Rugani *et al.*, « *Arithmetic in Newborn Chicks* », *Proceedings of the Royal Society B : Biological Sciences* 276 (1666) : 2451 60, 2009.

ont pris de l'assurance, en quittant le champ visuel de leur mère pendant des périodes de plus en plus longues.

Les poussins apprennent beaucoup de leur mère par observation. Ils apprennent par exemple à distinguer ce qui est comestible. De manière générale, les poules et poulets apprennent par observation et imitation. Il suffit que quelques poules acquièrent un comportement pour que celui-ci se répande dans tout le groupe ou tout l'élevage. Dans des conditions expérimentales, il a été constaté que les poules peuvent aussi apprendre en observant le comportement de congénères sur un écran de télévision.

Les poulets tirent aussi des enseignements de leurs expérimentations personnelles. Par exemple, lorsqu'on met à leur disposition des granulés ordinaires et des granulés (d'une autre couleur) contenant un anti-inflammatoire, les poulets se rendent compte des effets antalgiques du médicament et, lorsqu'ils sont blessés à la patte, consomment sélectivement les croquettes contenant l'anti-inflammatoire[1].

Dans les années 1960, les chercheurs Nicholas et Elsie Collias de l'université de Californie à Los Angeles ont enregistré les sons émis par les poules et établi une liste de vingt-quatre sons désignant des événements différents[2]. Lorsqu'un danger survient,

1. T. C. Danbury *et al.* « *Self-Selection of the Analgesic Drug Carprofen by Lame Broiler Chickens* », *The Veterinary Record* 146 (11) : 307 11, 2000.

2. Carolynn Smith et Sarah Zielinsky, « L'intelligence de la poule », *Pour la science*, août 2015.

tel qu'un rapace dans le ciel, les poules baissent la tête et émettent un « iiiii » très aigu. Un caquètement régulier désigne un danger en approche par le sol. Face à de la nourriture, ou lorsqu'ils souhaitent impressionner une femelle, les coqs émettent une série de sons spécifiques. Dans les années 1990, des technologies plus avancées ont permis d'étudier le sens des cris et des mouvements des poules. Le docteur Evans, de l'université Macquarie de Sydney (Australie), a utilisé des instruments digitaux de prise de son et des téléviseurs numériques haute définition afin de proposer à un groupe de poules des situations virtuelles en projetant des images de prédateurs ou des sons émis par des coqs[1]. Il s'est avéré que les sons et mouvements d'une seule poule permettaient aux autres d'adapter leur comportement. Il leur suffisait par exemple d'entendre les cris d'alerte d'un congénère pour réagir. Ce signal permettrait de créer une image mentale chez le destinataire et donc de provoquer une réaction adéquate en réponse : fuite devant le prédateur ou approche d'une source de nourriture. Cette expérience a également permis de démontrer que les poules peuvent adapter leur message. Lorsqu'un coq aperçoit un prédateur et qu'une poule est présente à proximité, il émet un cri d'alarme. En revanche, s'il est en présence d'un rival, il restera silencieux. Les poules se comportent de la même façon et ne donnent l'alerte que lorsqu'elles sont en présence de poussins. Ces réactions tendent à prouver que les poules ne réagissent

1. *« Chicken Intelligence Research Reaps Reward »*, *The Macquarie Globe*, 25 août 2010.

pas seulement à un stimulus, mais sont capables d'analyser une situation et de penser leur réaction.

Les poules sont également capables de reconnaître leurs congénères. Lorsqu'on leur apprend à sélectionner, entre deux photos, celle d'un congénère familier, elles sont capables de le désigner, et ce, même quand il s'agit d'une photo ancienne sur laquelle le congénère est plus jeune[1]. Elles sont en outre capables de reconnaître un congénère en voyant seulement la photographie d'une partie de son corps[2].

Les poules en milieu sauvage vivent en groupes de vingt à vingt-cinq individus maximum, comprenant plusieurs femelles et un mâle, ou bien des mâles uniquement. Dans nos élevages industriels, les poules et les poulets sont regroupés par milliers ou dizaines de milliers dans un espace réduit. Dans cet état de promiscuité, les animaux éprouvent ennui et stress, et ne peuvent réaliser les comportements qui leur sont naturels, comme se percher, picorer, ou prendre des bains de poussière afin de se débarrasser des parasites. Ce stress, cet ennui et cette frustration les poussent à agresser leurs congénères[3].

1. René Zayan, « La représentation du congénère individuel chez les gallinacés », *Psychologie française : revue trimestrielle de la Société française de psychologie*, 1992.

2. Domken Dominique, Zayan René, « Étude de la reconnaissance individuelle par l'usage de photographies chez les primates et les oiseaux », *Primatologie*, 1, 1998, pp. 225-248.

3. Michael C. Appleby, *Poultry Behaviour and Welfare*, CABI Pub, 2004.

Les poules pondeuses sont issues d'une sélection génétique favorisant la production d'œufs : une poule pondeuse d'élevage pond environ 300 œufs par an alors qu'à l'état sauvage, une poule en pond une vingtaine seulement. En 2015, 14,7 milliards d'œufs ont été produits en France, plaçant ainsi notre pays à la première place des producteurs d'œufs de consommation de l'Union européenne[1].

Cette souche de gallinacé, spécialisée dans la production des œufs, est très différente de celle utilisée pour la production de volailles de chair : les souches de volailles de chair sont optimisées pour atteindre le poids d'abattage en trente-cinq jours en moyenne, alors qu'un coq issu de souche pondeuse nécessiterait bien plus de temps et de nourriture. Mis à part quelques coqs sélectionnés pour être reproducteurs, les mâles donc sont éliminés par broyage ou gazage. Il reste alors 47 millions de poulettes (des reproductrices et des productrices d'œufs de consommation) et 67 000 coqs.

À l'âge d'un an et quatre mois environ, qu'elles soient issues d'élevages intensifs en cage ou au sol, d'élevages en plein air ou d'élevages bio, les poules finissent leurs jours à l'abattoir. Elles sont ramassées et entassées dans des caisses. Le ramassage, effectué à grande vitesse par des travailleurs recrutés pour l'occasion, donc souvent inexpérimentés, se fait rarement en douceur. Il occasionne fréquemment des fractures aux pattes et aux ailes, surtout pour les

1. Comité national pour la promotion de l'œuf (CNPO) : http://oeuf-info.fr/infos-filiere/les-chiffres-cles/ [consulté le 17 juillet 2017].

poules qui ont vécu un an en cage. Le transport vers les abattoirs se fait parfois sur de longues distances pour aller là où le « cours de la poule de réforme » est le plus avantageux, mais elles sont rarement achetées plus de 15 centimes d'euro pièce par les abattoirs. Là, elles sont sorties des caisses, suspendues conscientes à des crochets sur une chaîne automatique. Elles sont ensuite plongées dans un bain électrifié, saignées, déplumées, éviscérées puis conditionnées pour la consommation. L'accrochage, l'étourdissement électrique et la saignée ne sont pas des opérations indolores. Elles occasionnent stress et souffrances à un grand nombre d'oiseaux.

Une mémoire de poisson

Quel végétarien, expliquant qu'il ne consomme pas de viande, ne s'est jamais entendu demander avec une certaine inquiétude : « Mais tu manges au moins du poisson ? » Si la naïveté de la question peut prêter à sourire, elle est aussi révélatrice de la distinction que nous effectuons de fait entre la chair provenant d'animaux terrestres et celles provenant de poissons ou autres animaux aquatiques, reléguant ces derniers aux limites du règne animal. Les poissons sont effectivement très différents de nous et nous paraissent lointains : nous n'habitons pas le même milieu (ce qui limite considérablement les interactions que nous pourrions avoir avec eux), ils ne possèdent que très peu d'expressions faciales et n'émettent pas de cris audibles par l'oreille humaine. Les poissons sont aussi victimes d'une conception périmée de « l'échelle de l'évolution », selon laquelle ils seraient les plus « primitifs » des vertébrés (conception absurde puisque tous les êtres vivants sur Terre ont un arbre généalogique de 3,5 milliards d'années et sont donc tous aussi « évolués »). On les imagine peu ou pas sensibles, dépourvus d'intelligence ou de mémoire, ne réagissant que par instinct. Pourtant, dès 1969 et la parution de son livre *L'Agression : une histoire naturelle du mal*[1], Konrad Lorentz, fondateur de l'éthologie classique et objectiviste, relevait la richesse étonnante des comportements sociaux observables chez les poissons habitant les récifs coralliens. Depuis près de quinze ans, l'éthologie cognitive a démontré qu'il n'y avait plus lieu aujourd'hui d'établir une différence nette entre les poissons et les animaux à sang chaud[2].

Dans un rapport publié en novembre 2014, la Commission fédérale d'éthique pour la biotechnologie dans le domaine non humain (CENH[3]) estime qu'« il n'y a aucune bonne raison de conclure que les poissons seraient insensibles à la douleur[4] ». Le rapport rappelle que l'idée selon laquelle les

---

1. Konrad Lorentz, *L'Agression : une histoire naturelle du mal*, Flammarion, 1977.

2. Culum Brown, « *Fish Intelligence, Sentience and Ethics* », *Animal Cognition*, 19 juin 2014.

3. Organisme extraparlementaire suisse créé en 1998. Le CENH a pour mission de conseiller les autorités fédérales en matière de législation et d'exécution en ce qui concerne le génie génétique et la biotechnologie dans le domaine non humain du point de vue de l'éthique.

4. *Utilisation éthique des poissons*, rapport de la CENH.

poissons ne seraient pas capables de ressentir la douleur s'appuie sur le fait qu'ils présentent des structures cérébrales différentes de celles des mammifères. La question de la sensibilité des poissons a longtemps fait débat au sein de la communauté scientifique. L'opinion dominante était alors que « les poissons naissaient avec des programmes de comportements prédéfinis et étaient pilotés par des réflexes et des instincts. Selon cette conception, les poissons sont certes considérés comme des organismes relativement complexes, mais ils ne sont pas capables d'éprouver quelque chose de manière négative, c'est-à-dire désagréable ou nuisible, et ne sont pas non plus dotés de compétences cognitives[1] ». Cependant, des recherches menées depuis une vingtaine d'années prouvent que, malgré une structure cérébrale différente, les poissons disposent de mécanismes leur permettant de ressentir la douleur, mais sont aussi bel et bien dotés de capacités cognitives.

Le rapport de la CENH rappelle l'intérêt juridique de savoir si un être vivant est ou non sensible, et cite la loi sur la protection des animaux : « Personne ne doit de façon injustifiée causer à des animaux des douleurs, des maux ou des dommages, les mettre dans un état d'anxiété ou porter atteinte à leur dignité d'une autre manière. Il est interdit de maltraiter les animaux, de les négliger ou de les surmener inutilement », tout comme sont interdites « les autres pratiques sur des animaux qui portent atteinte à leur

1. *Ibid.*

dignité[1] ». D'un point de vue éthique, il est aisé d'imaginer le bouleversement que représente la preuve de l'existence de la souffrance chez les poissons, animaux que nous consommons de façon massive.

Afin d'évaluer la capacité d'un organisme à éprouver la douleur, sept indicateurs biologiques sont d'ordinaire pris en compte :

– la présence de nocicepteurs (récepteurs sensoriels qui font naître et transmettent un message nerveux),
– leur connexion au système nerveux central (présence de voies nerveuses reliant les nocicepteurs au cerveau via la moelle épinière),
– le traitement des signaux électriques envoyés par les nocicepteurs dans les aires ou les structures cérébrales supérieures,
– la présence de récepteurs opiacés et d'opioïdes endogènes dans le cerveau,
– la réaction aux analgésiques,
– l'apprentissage de comportements d'évitement visant à se dérober aux stimuli nocifs,
– le changement des routines normales de comportement.

En ce qui concerne la capacité des poissons à ressentir la douleur, si les avis divergent au sein de la communauté scientifique, cela s'explique à la fois

1. Art. 4 LPA (SR 455, loi fédérale sur la protection des animaux du 16 décembre 2005).

par des différences d'évaluation de la pertinence de ces indicateurs, mais aussi par l'incertitude quant à l'existence de ces facteurs chez les poissons. Ainsi, aucune étude officielle n'a, à ce jour, été menée sur la présence spécifique des nocicepteurs chez les poissons cartilagineux (ceux que nous consommons le plus), bien que nous puissions la déduire de certaines expériences déjà menées. Ainsi, des études menées sur les truites ont démontré que la stimulation de certains nocicepteurs *via* des impulsions électrochimiques était transmise au cerveau de ces poissons.

Comme le rappelle le rapport de la CENH, « chez l'être humain et les autres mammifères, la transmission des signaux douloureux au cerveau se fait à travers différents types de fibres nerveuses. Les fibres à conduction rapide induisent une douleur brève et légère, tandis que les fibres à conduction lente entraînent une douleur vive et persistante. Chez les poissons osseux, les fibres nerveuses à conduction lente sont rares en comparaison des mammifères et des oiseaux ».

Certains scientifiques considèrent que la présence de fibres lentes est nécessaire à la sensation de douleur et invoquent donc cette différence pour réfuter la sensibilité des poissons. Mais d'autres chercheurs objectent que le rôle des fibres lentes dans la sensation de la douleur reste méconnu. De plus, les poissons disposent tout de même d'un grand nombre de fibres rapides, qui jouent un rôle important dans la perception de la « douleur simple ». Il est probable qu'au cours de l'évolution, les fibres lentes aient eu une moindre importance pour les poissons, moins exposés que les animaux terrestres aux brûlures ou aux contusions dont les informations sont transmises par les fibres lentes. Il est donc difficile de tirer des conclusions sur la capacité des poissons à éprouver de la douleur en se basant uniquement sur des comparaisons d'ordre anatomique. Par exemple, les poissons, contrairement aux mammifères, ne possèdent pas de néocortex, qui joue chez l'homme un rôle central dans la perception de la douleur. Mais « la perception de la douleur résulte de l'interaction entre le néocortex et des aires cérébrales anciennes du point de vue évolutif, comme le thalamus. Dans quelle mesure le néocortex représente une condition essentielle à la sensation de douleur demeure donc un sujet de controverse[1] ». Des zones plus anciennes du cerveau pourraient permettre aux poissons d'éprouver la douleur. « Aussi, pour déterminer si les poissons sont capables de ressentir la douleur, il conviendrait de tenir compte d'autres indicateurs, comme la réaction aux stimuli nocifs et la possession de capacités cognitives importantes pour la sensation de douleur[2] ».

Des expériences visant à évaluer la capacité des poissons à éprouver la douleur ont été menées. Si leurs conclusions sont utiles à la réflexion sur la sensibilité animale, elles restent néanmoins éthiquement discutables. L'une d'entre elles, désormais classique, a notamment permis de démontrer la capacité des poissons à éprouver certains types de douleur et a évalué le rôle de la morphine dans le soulagement

1. *Utilisation éthique des poissons*, rapport de la CENH.
2. *Ibid.*

de celle-ci[1]. Une substance douloureuse est injectée dans la lèvre de truites (venin d'abeille ou vinaigre blanc) ou un placebo (liquide physiologique). Par rapport au groupe placebo, les truites ayant reçu la substance douloureuse sont plus agitées, se désintéressent de la nourriture, compressent parfois leur lèvre contre la vitre de l'aquarium. Si, en revanche, de la morphine est administrée aux truites, on n'observe plus de différence entre les deux groupes. Les truites sont normalement craintives face à un nouvel objet. Quand, pendant l'injection, une tour en Lego est placée dans leur aquarium, les truites endolories, à leur retour, ne cherchent guère à l'éviter, au contraire des truites sous placebo. Cela montre que l'attention portée à leur environnement est perturbée par la douleur. Autrement dit, les truites ressentent consciemment la douleur.

D'autres études ont mis en avant la présence de neurotransmetteurs chez les poissons, libérés en cas de stimulation nocive. Chez d'autres animaux, ces neurotransmetteurs indiquent la perception de la douleur. D'autres signaux plaident également en ce sens : accélération du pouls, activité plus rapide des branchies, modification du comportement et de l'équilibre hormonal.

En fonction des espèces, les poissons peuvent adopter des comportements sociaux qui laissent

1. Lynne U. Sneddon, « *The Evidence for Pain in Fish : The Use of Morphine as an Analgesic* », *Applied Animal Behaviour Science* 83, n° 2 (septembre 2003) : 153-162. Discuté dans Victoria Braithwaite, *Do Fish Feel Pain ?* Oxford ; New York : Oxford University Press, 2010.

supposer la capacité à éprouver certaines émotions. Dans un article publié en février 2016, la docteure Sonia Rey Planellas de l'université de Stirling (Royaume-Uni), spécialiste du comportement animal, dévoile les résultats d'une expérience menée par son équipe sur la question de la sensibilité des poissons[1]. Elle explique qu'une des caractéristiques retenues pour identifier l'état de conscience chez les animaux est la capacité de ceux-ci à ressentir une hyperthermie due au stress, autrement nommée fièvre émotionnelle. « Jusqu'à une date récente, on pensait que seuls les animaux vertébrés, les amniotes (mammifères, oiseaux et reptiles), ressentaient cette fièvre émotionnelle et, du même coup, démontraient qu'ils avaient une capacité de conscience. » Le docteur Rey Planellas et son équipe ont confiné des poissons zèbres (*Danio rerio*) dans un filet, au milieu d'un bassin : « Comme les poissons sont des ectothermes ou animaux à sang froid, ils ont besoin de se mouvoir dans un environnement où la température coïncide avec leur état physiologique interne. Après une situation de stress, vous pourriez donc vous attendre à ce qu'ils cherchent une eau plus chaude. Au bout de quinze minutes passées dans le filet, les poissons prisonniers ont été relâchés pour qu'ils puissent nager librement dans les autres parties du réservoir, dont chacune était chauffée à une température différente. Les poissons stressés ont passé beaucoup plus de temps dans les eaux chaudes

1. Sonia Rey *et al.*, « *Fish Can Show Emotional Fever: Stress-Induced Hyperthermia in Zebrafish* », *Proceedings of the Royal Society B* 2015 282 20152266 ; 25 November 2015.

que les congénères qui n'avaient pas subi de stress. Cela semble indiquer que leur température corporelle a grimpé entre 2 et 4 °C et que la cause en était la "fièvre émotionnelle". » Pour Sonia Rey Planellas, le fait que certains poissons puissent ressentir cette hyperthermie signifie que les poissons sont bel et bien capables d'éprouver des sensations.

Parce que les poissons ne possèdent pas de cortex cérébral, certains scientifiques ont conclu qu'ils ne pouvaient éprouver des émotions (tout comme la douleur) ni traiter des informations élaborées. Ils seraient ainsi incapables d'apprentissage et de mémorisation. D'autres scientifiques considèrent cependant que, bien que le cerveau des poissons soit différent de celui des mammifères, il posséderait néanmoins les structures nécessaires à la naissance des émotions (amygdale) et à l'apprentissage (hippocampe). Le docteur Rey Planellas remarque que, lorsque ces zones sont endommagées, « on observe des effets analogues chez les poissons et les mammifères, ce qui laisse à penser qu'elles remplissent la même fonction [1] ».

Diverses études prouvent la capacité d'apprentissage des poissons, mais aussi leur mémoire et la richesse de leurs comportements. Certaines espèces sont capables de mémoriser l'espace. Une étude menée en 2004 sur le poisson *Astyanax fasciatus*, dit tétra aveugle ou tétra cavernicole, a démontré

1. Manuel Portavella *et al.*, « *Avoidance Response in Goldfish : Emotional and Temporal Involvement of Medial and Lateral Telencephalic Pallium* », *Journal of Neuroscience*, 3 mars 2004.

que ces poissons, qui utilisent leur ligne latérale (organe mécano sensoriel présent sur les flancs des poissons et détectant les forces d'écoulement et la présence des objets immergés), sont capables de cartographier un environnement et de s'en souvenir[1].

Les gobies vivent quant à eux en zone côtière, dans des petits bassins qui se forment à marée basse dans les rochers. Lorsqu'un prédateur survient, les gobies sautent d'une mare à l'autre, sans s'écraser contre la roche. À marée haute, ils mémorisent les lieux, voient où se trouvent les creux et en déduisent la position des flaques à marée basse. Une expérience dans un bassin artificiel a montré qu'il leur suffit d'une seule session à marée haute pour mémoriser la topographie du bassin[2]. D'autres expériences consistant à déplacer des poissons sauvages montrent qu'ils retrouvent leur chemin sur une distance dépassant les vingt kilomètres[3], même après plusieurs mois de captivité[4].

---

1. Burt de Perera, « *Fish Can Encode Order in Spatial Map* », 22 octobre 2004.

2. Ester Ralph Aronson, « *Further Studies on Orientation and Jumping Behaviour in the Gobiid Fish, Bathygobius soporator* », *Annals of the New York Academy of Sciences*, 188, 1971, pp. 378-407.

3. Richard Carlson *et al.*, « *Evidence for a Home Site and Homing of Adult Yellowtail Rockfish, Sebastes flavidus* », *Journal of the Fisheries Research Board Canada*, 29, 1972, pp. 1011-1014.

4. John M. Green, « *High Tide Movements and Homing Behaviour of the Tidepool Sculpin Oligocottus maculosus* », *Journal of the Fisheries Research Board Canada*, 28, 1971, pp. 383-389.

Les poissons possèdent donc une capacité d'observation mobilisant plusieurs de leurs sens, mais sont aussi capables d'analyse et de mémorisation, contrairement à ce que nous laisseraient penser nos préjugés. En 2007, les résultats d'une étude publiée dans la célèbre revue *Nature* démontrent que les mâles de l'espèce *Astatotilapia burtoni*, un cichlidé africain, ont été capables de comprendre une hiérarchie instaurée dans un groupe de poissons en observant depuis un autre aquarium les combats entre rivaux de la même espèce, et d'utiliser ensuite ces informations à leur avantage lorsqu'eux-mêmes se sont retrouvés confrontés à ces individus[1].

S'ils sont nourris à une heure particulière dans un coin particulier de leur aquarium, certains poissons, comme l'omble chevalier[2] ou le méné jaune[3], s'y rendent à l'heure du repas. Ces constatations sont corroborées par des observations en milieu naturel. Les pomacentridés, des poissons qui se nourrissent de plancton, se concentrent sur les zones riches en plancton et ne revisitent pas tout de suite les zones exploitées ; ils attendent que le plancton repousse[4]. Autre exemple, les poissons qui sont les proies

1. Logan Grosenick *et al.*, « *Fish Can Infer Social Rank by Observation Alone* », *Nature* 445, 429-432, 25 janvier 2007.

2. Eva Brannas *et al.*, « *Time Learning and Anticipatory Activity in Groups of Arctic Charr* », *Ethology* 111, n° 7, juillet 2005, pp. 681-92.

3. Stephan G. Reebs, « *Can a Minority of Informed Leaders Determine the Foraging Movements of a Fish Shoal ?* », *Animal Behaviour* 59, n° 2, février 2000, pp. 403-9.

4. Mikio Noda *et al.*, « *Local Prey Search Based on Spatial Memory and Expectation in the Planktivorous Reef Fish,*

d'autres espèces évitent certains endroits à certains moments de la journée, lorsque des prédateurs s'y trouvent. Ils lient donc certains souvenirs (rencontre avec tel prédateur) à un lieu et un moment particuliers, et agissent en fonction de ces informations. Une étude a également montré que l'usage d'outils, longtemps considéré comme une spécificité humaine avant d'être observé chez les grands singes puis chez de nombreuses autres espèces animales, était également observable chez certains poissons, dont le napoléon (*Cheilinus undulatus*), qui utilise des pierres comme support afin d'ouvrir des coquilles de mollusques[1].

D'autres exemples prouvent la réalité d'une capacité mnésique chez les poissons. Une carpe blessée par un hameçon s'en souvient encore un an plus tard et l'évite[2]. Des expériences en aquarium montrent que les poissons arc-en-ciel se souviennent de leurs apprentissages pendant au moins onze mois (l'expérience n'a pas duré plus longtemps[3]). La

---

Chromis Chrysurus (Pomacentridae) », *Animal Behaviour* 47, n° 6, juin 1994.

1. Culum Brown, « *Tool use in fishes* », *Fish and Fisheries*, volume 13, Issue 1, pp. 105-115, mars 2012.

2. Jan Beukema, « *Angling Experiments with Carp* (*Cyprinus carpio L.*). *II. Decreasing Catchability through One-Trial Learning* », *Netherlands Journal of Zoology*, 20, 1970, pp. 81-92.

3. Culum Brown, « *Familiarity with the Test Environment Improves Escape Responses in the Crimson Spotted Rainbowfish, Melanotaenia Duboulayi* », *Animal Cognition* 4, n° 2, 1er octobre 2001, pp. 109-13.

mémoire des poissons a parfois de quoi étonner. Les saumons, par exemple, retournent pondre dans leur rivière d'origine, fût-elle distante de plusieurs centaines de kilomètres, et ce plusieurs années après l'avoir quittée. Ils se repèrent principalement à l'odeur, car chaque rivière a un goût et un parfum uniques[1].

Quasiment tous les poissons étudiés reconnaissent leurs congénères individuellement. Beaucoup sont des animaux sociaux et vivent dans des groupes stables. Les guppies peuvent reconnaître une quarantaine d'individus[2]. Dans les publications scientifiques, on évalue la familiarité entre poissons par leur propension à nager par groupes. Les affinités se forment sur la base du comportement antérieur du congénère, du nombre et de la durée des interactions[3]. Les poissons préfèrent ainsi les individus les moins agressifs et les plus coopératifs[4]. En

1. Hiroshi Ueda, « *Physiological Mechanism of Homing Migration in Pacific Salmon from Behavioral to Molecular Biological Approaches* », *General and Comparative Endocrinology* 170, nº 2, janvier 2011, pp. 222-32.

2. Siân W. Griffiths *et al.*, « *Schooling Preferences for Familiar Fish Vary with Group Size in a Wild Guppy Population* », *Proceedings of the Royal Society B : Biological Sciences* 264, nº 1381, 22 avril 1997, pp. 547-51.

3. Siân W. Griffiths *et al.*, « *Familiarity in Schooling Fish : How Long Does It Take to Acquire ?* », *Animal Behaviour* 53, nº 5, mai 1997, pp. 945-49.

4. Manfred Milinski *et al.*, « *Do Sticklebacks Cooperate Repeatedly in Reciprocal Pairs ?* », *Behavioral Ecology and Sociobiology*, 27, 1990, pp. 17-21.

quantifiant les affinités et les interactions, les éthologues sont capables de cartographier les réseaux sociaux au sein d'un banc de poissons[1].

Pour se reconnaître, ils utilisent l'odorat, la vue, mais aussi… l'ouïe. En effet, nous savons aujourd'hui que les poissons sont capables de produire une grande variété de sons, comme en témoigne une étude menée par une équipe de chercheurs américains[2]. Le poisson-clown émet des claquements répétés, le poisson-crapaud semble hululer comme une chouette, tandis que le grand tambour émet des sons de basse. Dans une interview accordée au *Figaro*, le docteur Frédéric Bertucci, doctorant au CNRS, spécialisé en écologie acoustique et en comportement animal, affirme que « c'est chez les poissons qu'on trouve la plus grande diversité de sons[3] ». Le « monde du silence » du commandant Cousteau est désormais bien loin…

Si des études sur les poissons sont de plus en plus couramment menées en éthologie cognitive, de nombreuses découvertes restent encore à faire. Ces connaissances sont nécessaires et nous engagent à remettre en question l'exploitation que nous faisons de ces animaux. Fishcount estime à mille milliards le

1. Darren Croft *et al.*, « *Assortative Interactions and Social Networks in Fish* », *Oecologia*, 143, 2005, pp. 211-219.

2. James V. Locascio *et al.*, « *Diel Periodicity of Fish Sound Production in Charlotte Harbor, Florida* », *Transactions of the American Fisheries Society* 137(2), 2008, pp. 606-615.

3. « Les scientifiques entendent enfin la voix des poissons », *Le Figaro*, 11 mai 2011.

nombre de poissons tués par décompression lors de la remontée des filets ou par suffocation sur le pont des chalutiers par an dans le monde [1]. La production des pêcheries n'inclut que le tonnage d'animaux débarqués et commercialisés. Mais une partie des animaux capturés est rejetée à la mer, morts ou agonisants, car trop petits ou ne correspondant pas aux espèces ciblées. C'est ce qu'on appelle les « prises accessoires », qui représentent sept à vingt millions de tonnes. Ces prises correspondent à divers poissons, mais aussi à d'autres vertébrés marins, tels que tortues et mammifères. Chaque année, plus de 300 000 petits cétacés (baleines, dauphins, marsouins) meurent empêtrés dans les filets de pêche. À ces ravages s'ajoutent ceux causés par « la pêche fantôme », c'est-à-dire par les équipements de pêche abandonnés en mer (filets, pièges, nasses), représentant 10 % des déchets marins, soit 640 000 tonnes. Quand un filet maillant est perdu ou abandonné, il continue à « pêcher » pendant des mois ou des années. L'extrémité du filet est ancrée au fond de la mer et des bouchons sont attachés au sommet. Ainsi, il forme un mur vertical sous-marin long de six cents à dix mille mètres, dans lequel vont se prendre toutes sortes d'animaux.

De très nombreuses tortues subissent le même sort, dont des espèces en danger ou en voie d'extinction (250 000 tortues caouannes et luths) [2]. La pêche cause aussi une mortalité considérable parmi les oiseaux marins (fous, guillemots, macareux, albatros,

1. http://fishcount.org.uk/ [consulté le 17 juillet 2017].
2. « Prises accessoires », Greenpeace Canada, 2008.

pétrels, etc.) : ils plongent pour capturer des poissons et se trouvent pris dans des filets ou avalent un hameçon appâté fixé à une palangre. La moitié des cent vingt-cinq espèces de pétrels et seize des vingt-et-une espèces d'albatros sont considérées en danger d'extinction[1].

Certains animaux marins souffrent de la raréfaction de leurs ressources alimentaires en raison de l'énorme prélèvement sur celles-ci opéré par les bateaux de pêche. Au large de Terre-Neuve, la raréfaction des poissons a entraîné une diminution de la taille moyenne des baleines à bosse. Des phoques affamés ont migré du Groenland vers les côtes du Canada. En Europe, dauphins et marsouins semblent descendre vers le sud tandis que l'Atlantique Nord est surexploité.

Comme nous l'avons mentionné dans le chapitre précédent, les poissons sauvages sont capturés et tués d'une manière totalement incompatible avec les concepts de traitement et d'abattage destinés à limiter le mal-être, et l'intensité autant que la durée de leur souffrance sont incontestables. La capture de poissons sauvages peut durer de quelques heures à plusieurs jours. La plupart d'entre eux sont susceptibles de mourir écrasés dans des filets, par suffocation au contact de l'air ou bien disséqués vifs. Ils peuvent être rapidement réfrigérés alors même qu'ils suffoquent encore, un procédé qui peut accroître et prolonger leurs souffrances. La durée de l'agonie diffère selon les espèces, le traitement, mais aussi la

1. Philippe Cury et Yves Miserey, *Une mer sans poissons*, Calmann-Lévy, 2008.

température. Elle varie de vingt-cinq minutes à quatre heures : à titre de comparaison, elle peut aller jusqu'à quatorze minutes pour un bovin. Les poissons représentent 97 % à 98 % de l'ensemble des animaux tués pour notre consommation.

Quitter l'élevage : paroles d'éleveurs[1]

En 2004, le documentaire *Peaceable Kingdom : The Journey Home*[2] fait entendre les voix d'éleveurs qui ont fait le choix de quitter l'élevage non par contrainte économique mais parce qu'ils ne pouvaient continuer d'ignorer la sensibilité, la personnalité et l'intelligence des animaux qu'ils conduisaient à l'abattoir. L'un d'eux, Howard Lyman, commente : « Tout ce qui avait constitué ma vie jusque-là se trouvait remis en question, parce que ma vie était entièrement construite sur la mise à mort des animaux. » Leurs interventions sont entrecoupées de séquences illustrant le traitement ordinaire des animaux dans les élevages, et plusieurs scènes montrent les émotions d'animaux retrouvant la liberté et l'intensité des liens qui les unissent entre eux.

Pour Brigitte Gothière, « *Peaceable Kingdom* ouvre une fenêtre sur un avenir différent. À l'image

---

1. Ces témoignages ont été en partie publiés par l'auteur dans le quotidien *Libération* en date du 22 mars 2017 sous le titre « Ne fais pas aux truies ce que tu ne voudrais pas… ».

2. *Peaceable Kingdom : The Journey Home*, réalisé par Jenny Stein, est visible gratuitement en ligne : http://www.tribeofheart.org/sr/pkj_french.htm [consulté le 17 juillet 2017].

de ces éleveurs reconvertis, prendre véritablement en compte la sensibilité des animaux conduira notre société à ne plus les considérer comme des biens à notre disposition, mais comme des cohabitants de notre planète ».

Si ces témoignages sont rares, ils n'en restent pas moins révélateurs de l'évolution du regard porté par notre société sur l'industrie de la viande et sur la condition animale. Éleveurs ou ouvriers agricoles, Andrew, Émilie, Olivier et Anna ont eux aussi préféré changer de voie après avoir pris conscience de la sensibilité de leurs animaux.

Andrew a 43 ans. Comme de nombreux Anglais charmés par nos campagnes, il fait le choix de s'installer en France, dans le Mâconnais, avec son épouse en 2010. Après la lecture du livre de l'auteur américain Jonathan Safran Foer, *Faut-il manger les animaux ?*[1], tous deux ont choisi de ne plus encourager l'élevage industriel et d'élever quelques cochons pour leur seule consommation familiale. Six mois plus tard, le couple décide de garder deux, puis trois reproducteurs et de débuter un élevage en agriculture raisonnée. « Nous ne connaissions rien aux cochons au début, et nous avons choisi le Berkshire pour commencer, une race rustique désormais rare au Royaume-Uni. Puis, nous avons choisi le Middle White pour étendre notre troupeau. C'est également une race rustique qui était communément élevée au Royaume-Uni au XIXe siècle. Ces cochons sont

1. Jonathan Safran Foer, *Faut-il manger les animaux ?*, Éditions de l'Olivier, 2011.

réputés pour la qualité de leur viande et sont très attractifs pour les chefs cuisiniers. »

Au quotidien, Andrew apprend à connaître les animaux de son troupeau : « Ils sont très sensibles à ce que dégagent les gens. Ils peuvent accorder leur confiance à certaines personnes et en craindre d'autres. Ils ont une excellente mémoire, et regagner leur confiance lorsqu'on leur a fait quelque chose qui leur a déplu peut prendre du temps. Par exemple, j'ai un jour utilisé un seau de nourriture pour attirer un verrat (mâle reproducteur) dans un coin afin que le vétérinaire puisse lui faire une prise de sang. Il a fallu des semaines avant qu'il accepte de manger à nouveau dans un seau ! »

Les cochons d'Andrew sont élevés en plein air. En élevage intensif, pour justifier l'encagement des truies en maternité, il n'est pas rare d'entendre dire qu'elles sont de « mauvaises mères » et écrasent leurs petits. Chez Andrew, elles ramassent des branches et aménagent des nids dans les buissons, préférant mettre bas hors des abris de façon à disposer de la place nécessaire pour allaiter sans risque pour leur progéniture. À l'observation de ces comportements, il ne fait plus de doute pour lui que les cochons sont des êtres dotés de subjectivité et capables de ressentir des émotions : « J'ai commencé à éprouver une répulsion physique lorsqu'il me fallait amener mes cochons à l'abattoir. J'en avais pris soin de la même façon que je prenais soin de mes chiens, de mes chats. Alors, pourquoi devais-je les tuer ? Cette dissonance cognitive devenait insupportable. La goutte d'eau qui a fait déborder le vase a été lorsque nous avons dû conduire à l'abattoir notre première truie. Elle ne produisait plus assez de porcelets et la garder nous aurait coûté trop cher. C'était une énorme truie de 300 kilos, adorable, d'une douceur incroyable, que nous avions nommée Suzie. »

Le couple se résout à l'envoyer à l'abattoir, mais en garde un profond sentiment de culpabilité. « Ma femme et moi en avons discuté et nous avons conclu qu'il n'était pas possible d'élever des animaux de façon éthique tout en les destinant à la mort. C'était tout simplement incompatible. »

À cette période, l'épouse d'Andrew tombe malade et il se retrouve seul pour gérer l'élevage. « Je travaillais beaucoup, sans jamais prendre de repos, pour quelque chose qui me répugnait de plus en plus… Nous avons choisi d'arrêter la reproduction et le commerce sitôt que nous aurions “écoulé” les porcs restants. Nous étions à deux doigts de la faillite si nous cessions notre activité sans avoir récupéré notre investissement de départ, et nous avons donc dû mener à terme l'engraissement des cochons qui nous restaient. »

Andrew vend la plupart de ses reproducteurs à des éleveurs français pratiquant l'élevage raisonné, mais il ne peut se résoudre à destiner l'un d'eux à l'abattoir : un verrat dénommé Heston. « C'est un cochon d'une douceur incroyable, malgré sa puissance. Il se laissait rouler sur le flanc pour être caressé, même par le plus jeune de nos enfants. Imaginer que nous aurions pu le vendre comme nous l'avons fait pour l'une de ses sœurs, et qu'il aurait fini par être abattu pour sa viande, me rend encore malade. » Andrew cherche une place pour Heston dans un refuge animalier, où le verrat vit aujourd'hui en semi-liberté.

Depuis que leur dernier cochon a pris la route de l'abattoir, Andrew est pratiquement devenu végane : « Mon expérience m'a permis de prendre conscience que rien ne légitimait que je puisse causer la souffrance, la douleur ou la mort d'un autre être doué de sensibilité, d'autant moins en sachant qu'aucune nécessité nutritionnelle ne le justifie plus aujourd'hui. »

Émilie a 25 ans. Fille de commerçants, elle grandit dans une petite ville du Finistère. En classe de troisième, quand se pose le choix de son orientation, elle décide de partir en lycée agricole, avec l'espoir de trouver plus tard un métier en rapport avec les animaux. Sitôt sortie du lycée, elle tombe sur une offre d'emploi : une place de responsable maternité est à pourvoir dans un élevage porcin industriel. Sa motivation et son intérêt pour les animaux lui permettent d'obtenir le poste.

« Ma vision des cochons était très vague. J'avais rapidement étudié leur mode de vie et leur alimentation, mais je n'avais jamais vu d'élevage. » Malgré le cadre imposé par la porcherie, Émilie parvient à établir un lien avec les 220 truies dont elle a la charge. « Ces animaux ont une capacité d'apprentissage extraordinaire. Ils sont capables de reconnaître et de différencier les personnes. Mes truies me connaissaient, j'ai établi un lien de confiance avec elles. Même mes patrons n'en revenaient pas. »

Émilie s'occupe également des porcelets après que les truies ont mis bas, et en fait naître 5 500 chaque année. Contrairement à l'usage, elle ne peut se résoudre à tuer les animaux les plus faibles en les

« claquant ». « J'ai commencé à sauver des porcelets qui étaient dans des états catastrophiques. Je les gardais plusieurs mois en soins car je savais qu'une fois arrivés en engraissement, leur corps n'aurait jamais encaissé le rythme. » Émilie commence alors à sortir plusieurs de ces cochons de l'élevage et à les placer chez des amis : « Ça s'est fait comme ça, au fur et à mesure… Je continue de prendre régulièrement des nouvelles d'eux. Ils nous font confiance dès qu'ils naissent. Lorsqu'ils sont en soin, ce lien est encore plus fort. »

Émilie dit avoir conscience du dilemme que posent l'élevage et la question de l'abattage. Elle aussi a vu les vidéos diffusées par l'association L214. « Je me suis forcée à les regarder toutes, en intégralité. Je savais comment cela fonctionne, mais je me consolais en pensant que je n'étais pas la seule à élever des animaux avec attention et affection, même s'ils connaissent tous une fin malheureuse. »

En 2015, elle cherche à sauver une truie, qui s'est brisé le jarret en glissant durant son transfert de la salle de gestation à la salle de maternité. « Je l'avais placée sous traitement, mais je me suis absentée un week-end et les injections n'ont pas été faites. À mon retour, j'ai vu que la fracture avait dégénéré en abcès. J'y suis allée au culot et j'ai demandé à mon patron de m'autoriser à la sortir de l'élevage. » Malheureusement, le refuge auquel elle fait appel pour lui éviter l'abattoir n'a d'autre choix que d'euthanasier la truie, qui allaitait une de ses premières portées. Épaulé par l'association L214, le refuge sauve quatre de ses porcelets. Tous souffrent d'abcès aux pattes causés par le contact des caillebotis de béton et la présence de germes, et l'un d'eux mourra également des suites de ses blessures, malgré les soins qui lui seront prodigués. « Le fait de voir mourir mes truies m'a toujours été difficile, confie Émilie. Avec le temps, on s'endurcit un peu, mais ça laisse des traces. À cette période, j'ai commencé à dormir de plus en plus mal et à faire des cauchemars liés à l'élevage. »

Quand le camion vient emporter les truies de réforme pour l'abattoir, elles suivent Émilie en toute confiance. Jusqu'au jour où l'une d'elles résiste. Émilie se souvient encore de son numéro d'identification : 1 362. « Inséminée à trois reprises, elle restait vide. Je lui avais déjà laissé deux chances… Je l'ai guidée dans le camion. Lorsque je suis ressortie, elle a compris et a essayé de sauter la barrière pour me rejoindre. C'en était trop. Je me suis dit : quand on aime les animaux, on n'a pas le droit de leur faire ça. »

Émilie fait alors le choix de quitter son activité. « Savoir que je l'ai abandonnée comme toutes les autres, que j'ai participé à ce système, me fait me sentir profondément mal. L'élevage intensif m'apparaît aujourd'hui comme une aberration. Même en étant un bon éleveur, un bon salarié, il est impossible de ne pas tomber dans une routine qui banalise la violence de l'élevage. »

Émilie a désormais quitté la porcherie et a renoncé à manger de la viande. Si elle confie commencer à retrouver un sommeil plus paisible, elle continue de revoir en rêve la truie n° 1 362.

Olivier a 28 ans lorsqu'il reprend, en 2000, l'exploitation laitière familiale située dans les Pays de la Loire. Il possède alors une soixantaine de bovins, élevés en plein air. Pour que les vaches aient du lait, il faut qu'elles aient eu un veau. Les femelles sont souvent destinées à devenir laitières, et les mâles retirés à la mère pour être engraissés comme taurillons ou destinés à la production de viande de veau. Lorsque leurs petits leur sont enlevés, les mères les appellent pendant des heures, parfois des jours : « Les autres femelles appellent aussi, ce qui montre leur capacité à ressentir la détresse de leurs congénères », témoigne Olivier.

S'il ne noue pas de relation affective particulière avec ses vaches, l'éleveur essaie d'être attentif à leur bien-être. Le jour où un convoi vient chercher certaines de ses vaches de réforme pour les envoyer à l'abattoir et qu'un ouvrier essaie de les faire monter dans le camion à coups d'aiguillon électrique, il s'oppose fermement : « J'ai visité des abattoirs. Je sais que ce qu'il s'y passe n'est pas reluisant, mais avant que mes animaux n'en passent la porte, il était hors de question de les voir souffrir inutilement. »

Dans le même temps, Olivier réduit sa consommation de viande. Son désir est de développer la production végétale biologique et d'abandonner l'élevage. « C'était devenu incohérent. Voir partir mes animaux pour l'abattoir, ça me faisait quelque chose. J'ai aussi visité des élevages de confrères, des porcheries et des productions laitières industrielles. Je sais combien l'élevage est devenu un double esclavage, infligé aux animaux mais aussi aux hommes. »

Olivier rapporte le témoignage d'un collègue éleveur de vaches allaitantes contraint d'intervenir de plus en plus souvent lors des vêlages car, du fait de la sélection génétique, les veaux sont devenus de plus en plus gros. « Les vaches subissent deux ou trois césariennes, puis partent à l'abattoir. » Il parle aussi d'un confrère éleveur porcin, contraint de porter un casque antibruit à l'heure du nourrissage. « Les gars risquent de devenir sourds à cause des cris des porcs. Je me souviens qu'après avoir visité une porcherie, je toussais à cracher mes poumons à cause des poussières en suspension. Mon collègue m'a dit que ça ne lui faisait plus rien. Il avait les cils des bronches brûlés. »

En 2004, Olivier vend ses derniers bovins. Aujourd'hui, cela fait quinze ans qu'il se consacre à la culture biologique. Selon lui, la transition d'une production animale à une production végétale est possible, et souhaitable. Ce n'est qu'une question d'audace.

Anna a 27 ans et est ouvrière agricole dans une exploitation porcine du Maine-et-Loire. Son rêve de petite fille était de devenir vétérinaire. Après un brevet de technicien supérieur agricole (BTSA) Productions animales et un diplôme en management et distribution, elle exerce dans une exploitation porcine de 290 truies. Les cochons y sont élevés hors sol, sur caillebotis. Anna est seule pour gérer la maternité et le post-sevrage. Ses patrons, eux, travaillent à l'engraissement et à la production de céréales. Anna est passionnée de chevaux et met ses connaissances en éthologie au service de son métier. Dans le milieu, son profil détonne : « Je ne provoque pas la mise bas de mes truies, ne lime pas les dents des porcelets, ne pratique des injections qu'en cas de nécessité absolue et préfère travailler en prévention avec de l'homéopathie ou de l'aromathérapie. Bien que les truies connaissent toutes le même sort à la fin, je voudrais que leur courte vie se passe le mieux possible. »

Anna a pourtant conscience que les cochons souffrent de leur enfermement. Bien qu'il lui soit impossible d'établir un lien avec chaque animal, elle a découvert des êtres sociaux, capables d'interagir entre eux et avec les humains, mais aussi dotés de personnalités propres. Récemment, Anna a choisi de sortir de l'élevage un mâle souffleur (utilisé pour la détection des chaleurs), destiné à l'abattage. Ce cochon baptisé Léo, elle le connaît depuis deux ans : « Il était en quarantaine lorsque j'ai été embauchée et devait être âgé de cinq ou six mois. Le fait que le verrat reste plusieurs années avec nous facilite la création d'un lien. L'élevage ne permet pas de connaître véritablement les animaux. J'aimerais dire que Léo est spécial, mais ce serait faux. Il a simplement bénéficié de plus de temps et d'attention pour démontrer son intelligence et sa sensibilité. Il répond lorsque je l'appelle, il s'assied, réclame des caresses. Mes patrons ont vu la relation que j'avais établie avec lui. C'est pourquoi ils m'ont proposé de le sauver. »

Anna est elle aussi devenue végétarienne. Professionnellement, elle dit se trouver aujourd'hui face à un dilemme. « J'aime le contact avec les animaux dont je m'occupe, et je me dis que mon remplaçant ne leur portera sans doute pas la même attention : cessera-t-il comme moi de castrer les porcelets, de limer les dents ? Permettra-t-il aux truies en cages de maternité de sortir se dégourdir les pattes ? »

Aujourd'hui, Anna a décidé d'en finir avec l'élevage et d'ouvrir une boutique de matériel équestre. Elle monte actuellement un dossier de viabilité pour le financement de son projet. Quant à Léo, il a rejoint un refuge animalier et foulé l'herbe pour la première fois, à la veille de la date à laquelle il devait être abattu.

5

Réalités de l'élevage[1]

La communication de l'association L214 sur les conséquences de la production de produits d'origine animale est principalement axée sur la question de la violence infligée aux animaux par les pratiques d'élevage, de pêche et d'abattage. En mettant cette thématique au cœur du débat, L214 entend toucher un public toujours plus large, sensible à l'idée de ne pas susciter de souffrance chez les animaux par ses pratiques de consommation. Témoin de cette évolution, un récent sondage IPSOS daté du 3 mars 2017, rapporte que 14 % des sondés comptent la lutte contre les cruautés faites aux animaux (gavage, abattage, etc.) parmi les causes les plus importantes à leurs yeux et que 49 % se disent prêts à changer leur régime alimentaire pour être en accord avec leurs convictions[2].

---

1. Les informations citées dans ce chapitre s'appuient en partie sur les données du site de l'association L214 www.viande.info

2. Sondage IPSOS, *S'engager, la démocratie à l'épreuve des passions*, 3 mars 2017.

Cependant, si la diminution de la souffrance animale est le principal objectif de ses campagnes d'information, L214 s'attache aussi à communiquer sur l'impact de l'élevage et de la pêche en termes de santé publique, d'environnement et d'économie. Ainsi, à l'occasion de la conférence sur le climat (COP21) organisée à Paris en décembre 2015, l'association a invité, *via* les réseaux sociaux, des graphistes à illustrer l'impact de la viande sur l'environnement avant de lancer (non sans peine[1]) une campagne d'affichage dans le métro parisien. L214 est également à l'initiative de l'un des premiers sites Internet (www.viande.info) réunissant une grande part des données scientifiques disponibles, attestant l'impact des productions animales sur les humains, les animaux et l'environnement.

Panorama

On estime aujourd'hui à 69 milliards le nombre d'animaux terrestres abattus chaque année dans le monde pour la production de la viande[2]. Selon une étude menée par Fishcount, l'estimation basse de poissons mis à mort pour la consommation humaine

1. Trois affiches plébiscitées par les internautes ont été successivement proposées à l'organisme de régulation de la publicité avant que l'une d'elles soit acceptée : https://blog.l214.com/2015/12/09/elevage-climat-affichage-metro-parisien [consulté le 12 juin 2017].

2. FAOstat : http://www.fao.org/faostat/fr/#home [consulté le 12 juin 2017].

atteindrait mille milliards d'individus. À titre comparatif, le nombre d'êtres humains ayant existé depuis les commencements de l'humanité serait de 108 milliards [1]. Chaque année, nous tuons donc dix fois plus d'animaux qu'il n'y a jamais eu d'hommes et de femmes sur la planète Terre. La perspective est vertigineuse et nous engage à interroger la légitimité de cette tuerie à grande échelle, et ses multiples conséquences. D'autant plus que, si la consommation de viande en France et en Europe semble connaître une diminution sensible [2] depuis quelques années, la consommation au niveau mondial ne cesse quant à elle d'augmenter, en particulier dans les pays en voie de développement. Ainsi, selon la FAO (Organisation des Nations unies pour l'alimentation et l'agriculture), la demande mondiale en viande, estimée en 2010 à 286,2 millions de tonnes, devrait progresser

1. http://www.prb.org/FrenchContent/2013/people-ever-lived-fr.aspx [consulté le 12 juin 2017].

2. Selon FranceAgriMer (établissement national des produits de l'agriculture et de la mer, la consommation de viande en France est passée de 94 kilos équivalent-carcasse (kgec) par an et par habitant en 1998 à 86 kgec en 2014. Au sein des quinze pays de l'Union européenne, la consommation de viande est passée de 89,3 kgec par habitant en 2001 à 83,2 kgec par habitant en 2013. Kgec : unité employée pour pouvoir agréger des données en poids concernant des animaux vivants et des viandes sous toutes leurs présentations : carcasses, morceaux désossés ou non, viandes séchées, etc. On applique au poids brut un coefficient propre à chaque forme du produit : 1 pour une carcasse entière par définition, 0,5 pour un gros bovin vivant, 1,3 pour les morceaux désossés, 1,8 pour les saucissons, par exemple. En appliquant un coefficient de 1,3, on peut estimer la consommation des Français à 68,4 kilos de viande par personne et par an.

de 200 millions de tonnes supplémentaires d'ici 2050, et donc pratiquement doubler.

La France fait partie des pays européens dont les habitants consomment le plus de viande. Plus d'un milliard de vertébrés terrestres sont abattus chaque année dans notre pays, dont 840 millions de poulets, 100 millions de canards, 53 millions d'autres volailles, 37 millions de lapins, 25 millions de cochons, 4,7 millions de bovins et 1,1 million de chèvres[1]. Nous ne disposons pas de chiffres pour les poissons et autres animaux marins. La consommation de viande bovine est orientée à la baisse depuis les années 1980 ; le même mouvement touche, plus faiblement et plus récemment, la viande de porc, qui reste néanmoins la viande la plus consommée en France. La consommation de viande de volaille connaît quant à elle une hausse quasi ininterrompue. Enfin, si la consommation de lait et de beurre a baissé ces dernières années, celle de fromage se maintient, tandis que la consommation d'autres produits laitiers frais (yaourts aromatisés, crème fraîche, desserts lactés, fromages frais) augmente fortement.

Pourtant, l'habitude alimentaire qui consiste à consommer de la viande chaque jour, si ce n'est plusieurs fois par jour, est historiquement récente et date de la seconde moitié du XXe siècle. Autrefois, la viande n'était présente dans nos assiettes que lors du repas principal de la journée et même, dans la plupart des familles, de façon bien plus

1. FAOstat : http://www.fao.org/faostat/fr/#home [consulté le 12 juin 2017].

occasionnelle, le dimanche, ou lors de célébrations particulières. L'augmentation du niveau de vie et la baisse relative du prix de la viande, conséquence de la sélection de races plus productives, de l'industrialisation de l'élevage et des aides financières massives apportées à ce secteur économique, ont changé nos habitudes alimentaires : la viande est devenue quotidienne et accompagne souvent chacun de nos repas. La consommation des autres produits d'origine animale a suivi le même chemin.

Cette évolution est souvent considérée comme un progrès, notamment sur le plan nutritionnel. Or, on sait aujourd'hui que le niveau actuel de consommation de viande et les modes de production de masse qui le sous-tendent peuvent nuire à la santé. Ces modes d'élevage ont aussi de graves conséquences écologiques ; il en va de même de la surpêche et de l'aquaculture intensive. Notre mode d'alimentation accapare une part excessive de ressources limitées (terres, eau, etc.) au détriment des êtres humains les plus démunis. Selon le Global Footprint Network, le 8 août 2016, la totalité des ressources renouvelables en un an avait déjà été consommée par l'humanité[1]. Nous avons donc vécu à crédit jusqu'au 31 décembre 2016. Depuis le début des années 1970, la date du "jour du dépassement" ne cesse d'avancer. En 2015, elle était établie au 9 août. Le calcul de cette consommation prend en compte les émissions de carbone, les ressources

1. En savoir plus sur https://www.lesechos.fr/08/08/2016/LesEchos/22250-023-ECH_ressources—la-planete-vit-desormais-a-credit.htm [consulté le 12 juin 2017].

consommées par la pêche, l'élevage, les cultures, la construction, et l'utilisation de l'eau. La généralisation de nos pratiques alimentaires à l'ensemble de l'humanité serait par ailleurs impossible, car il faudrait pour cela deux ou trois planètes identiques à la nôtre. Enfin, notre modèle alimentaire a un coût démesuré en termes de souffrance animale, tant par l'augmentation du nombre d'animaux consommés que par les conditions d'existence que leur impose l'élevage intensif.

Santé publique

L'élevage est en soi un facteur de risque pour notre santé. Les systèmes industriels de production sont depuis longtemps la norme dans les pays développés et deviennent de plus en plus répandus dans les pays en développement. Le nombre colossal d'animaux élevés en confinement, dotés d'une variabilité génétique très pauvre et soumis à une croissance rapide, crée des conditions idéales pour l'émergence et la propagation de nouveaux pathogènes. Les systèmes modernes d'élevage sont des incubateurs d'agents pathogènes (*Listeria monocytogenes*, salmonelles, *Campylobacters*, *E. coli*), et autres promoteurs de « grippes » en tout genre. Comme l'indique un rapport de la FAO[1]: « Il n'est pas surprenant que les trois quarts des nouveaux pathogènes ayant affecté les humains dans les dix

1. Joachim Otte *et al.*, *Industrial Livestock Production and Global Health Risks*, FAO, juin 2007, p. 2.

dernières années proviennent des animaux ou des produits animaux. »

L'EFSA a publié en 2008 un rapport alertant sur la présence significative de *Campylobacter* et de salmonelles dans les volailles[1]. Un autre rapport de l'EFSA, paru en 2009, évalue quant à lui la présence de résidus de produits vétérinaires et autres substances chez les animaux vivants et leurs dérivés[2].

Comme les élevages sont propices aux maladies infectieuses, les éleveurs sont obligés d'utiliser de nombreux antibiotiques pour soigner leurs animaux ou pour prévenir l'apparition et la propagation des maladies (on parle alors de traitement en prophylaxie). À cela s'ajoute que les antibiotiques à faible dose stimulent la croissance des animaux. Bien qu'ils soient interdits comme promoteurs de croissance en Europe depuis 2006, ils sont encore utilisés à cette fin dans de nombreux pays. L'utilisation massive des antibiotiques, à usage thérapeutique ou comme promoteurs de croissance, favorise le développement de souches bactériennes résistantes aux antibiotiques. Constat inquiétant : bien qu'on ait réussi à modérer l'usage global des antibiotiques ces dernières années, les éleveurs ont de plus en plus recours aux antibiotiques dits « de dernière ligne », utilisés lorsque les

---

1. EFSA, *Analyse de l'étude de référence de la prévalence de* Campylobacter *dans des lots de poulets de chair et de* Campylobacter *et Salmonella sur des carcasses de poulets de chair dans l'Union européenne*, 2008.

2. EFSA, *Report for 2008 on the Result from the Monitoring of Veterinary Medicinal Product Residues and Other Substances in Food of Animal Origin in the Member States*, 2009.

antibiotiques classiques ont échoué[1]. Un rapport récent sur l'antibiorésistance n'invite pas à l'optimisme. Le directeur adjoint de l'OMS (Organisation mondiale de la santé), Keiji Fukuda, estime ainsi que mourir des suites d'une infection banale ou d'une blessure mineure pourrait bientôt redevenir une réalité courante. Dans la même optique, une récente étude britannique estime qu'en 2050 le risque lié aux antibiorésistances pourrait conduire, au niveau mondial, à la perte annuelle de dix millions de vies humaines[2].

Certains ont cru pouvoir favoriser le poisson en remplacement de la viande. Mais aux ravages de la pêche sur la faune aquatique et sur les écosystèmes sont venus s'ajouter les effets de l'aquaculture, qui représente désormais 44 % de la production totale de poisson[3]. Or « l'aquaculture utilise des produits chimiques, des engrais, des antibiotiques qui sont nocifs alors que les contrôles sont très limités[4] » selon le responsable du rapport de 2003 sur l'aquaculture en Méditerranée. D'après les données de l'Agence norvégienne de contrôle de la pollution, les rejets d'une ferme piscicole de moyenne importance produisant

1. ANSES, « Suivi des ventes d'antibiotiques vétérinaires », janvier 2015.

2. Ministère de l'Agriculture (Centre d'étude et de prospective), « Les antibiorésistances en élevage : vers des solutions intégrées », *Analyse* n° 82, septembre 2015.

3. FAO, *La Situation mondiale des pêches et de l'aquaculture*, 2016. Lien : http://www.fao.org/3/a-i5555f.pdf [consulté le 12 juin 2017].

4. Actu-Environnement, « L'aquaculture nouvelle source de pollution en Méditerranée », *Actu-Environnement.com*, 2003.

3 120 tonnes de saumons sont équivalents aux rejets d'une ville de cinquante mille habitants[1]. De plus, en raison de la pollution des eaux, la chair de certains poissons prédateurs dont la consommation est fréquemment conseillée en raison de leur apport en oméga-3 présente parfois des taux inquiétants de concentrations en métaux lourds, tels que le mercure, qui, ingérés à fortes doses, peuvent être la cause dc maladies neurodégénératives[2]. Une étude récente menée par des chercheurs du Dartmouth College (New Hampshire, États-Unis), auprès d'un panel de cinq cent dix-huit patients dont deux cent quatre-vingt-quatorze étaient atteints par la maladie de Charcot, pointe la probable responsabilité d'une consommation régulière de poisson et de fruits de mer dans l'apparition de la maladie. Les patients dont la consommation était plus importante voyaient ainsi doubler leur risque d'être atteints par la maladie de Charcot[3]. Quant à la viande de poissons issus de l'aquaculture biologique, une étude menée en 2016 par *60 millions de consommateurs*[4] sur des pavés de saumon a démontré que la contamination en métaux (mercure et arsenic) était plus importante sur ces

1. « La Norvège veut lutter contre la pollution piscicole », *Le Monde*, 12 novembre 2009.

2. ANSES, *Consommation de poissons et exposition au méthylmercure*, 2016.

3. *Mercury in Fish, Seafood May Be Linked to Higher Risk of ASL*, American Academy of Neurology, 20 février 2017. Lien : https://www.aan.com/PressRoom/Home/PressRelease/1522 [consulté le 12 juin 2017].

4. http://www.60millions-mag.com/2016/11/24/saumon-le-bio-n-est-pas-irreprochable-10800 [consulté le 12 juin 2017].

échantillons que sur des échantillons issus de l'élevage conventionnel.

En France, depuis quelques décennies, nos pratiques culturelles nous poussent à consommer à chaque repas une proportion considérable de produits d'origine animale et à craindre d'inverser la tendance par peur de perdre le plaisir gustatif et la santé.

Pourtant, la surconsommation de viande, en particulier de viande rouge, tendrait à augmenter le risque de maladies. Un rapport de l'Agence nationale de sécurité sanitaire de l'alimentation, de l'environnement et du travail (ANSES [1]) publié en novembre 2016, précise que la consommation de viande est associée à un risque de prise de poids, chez l'homme en particulier, mais aussi que l'ensemble des études menées sur la question observent une relation entre diabète de type 2 et consommation de viande rouge. Le risque de maladies cardiovasculaires et de cancer colorectal est également accru. En 2015, l'OMS [2] a officiellement classé la viande rouge parmi les cancérigènes probables chez l'humain et les viandes transformées (charcuteries, nuggets, corned-beef, cordons-bleus, etc.) parmi les cancérigènes certains chez l'humain.

L'école de santé publique de Harvard recommande de limiter notre consommation de viande à

1. ANSES, *Actualisation des repères du PNNS : études des relations entre consommation de groupes d'aliments et risques de maladies chroniques non transmissibles*, 2016.

2. http://www.who.int/mediacentre/news/releases/2015/cancer-red-meat/fr/ [consulté le 12 juin 2017].

90 grammes par jour (nous en consommons actuellement 180 grammes par jour) et de limiter la consommation de laitages à deux portions par jour (nous en consommons entre 2,5 et 3 portions dans les pays occidentaux). Le rapport de 2015 du Dietary Guidelines Committee (qui sert de base scientifique aux recommandations nutritionnelles officielles) enjoint les Américains à végétaliser leur alimentation. Il fait du régime végétarien (incluant le régime végétalien) l'un des trois régimes alimentaires de référence, et ajoute qu'il a l'avantage d'être bénéfique à l'environnement.

Contrairement à une idée reçue, les produits animaux ne sont pas indispensables à la santé humaine. Selon l'Académie de nutrition et de diététique (États-Unis), « les alimentations végétariennes correctement menées, dont le végétalisme, sont saines, adéquates sur le plan nutritionnel, et peuvent présenter des avantages dans la prévention et le traitement de certaines maladies. Les alimentations végétariennes bien menées sont adaptées à tous les stades de la vie, notamment aux femmes enceintes, aux femmes qui allaitent, aux nourrissons, aux enfants, aux adolescents ainsi qu'aux sportifs[1] ». L'association Dieteticians of Canada affirme également qu'une « alimentation végétalienne bien menée peut répondre à tous ces besoins. Elle est sûre et saine pour les femmes enceintes et qui allaitent, les nourrissons, les enfants, les adolescents et les personnes âgées[2] ».

1. Source : https://vegan-pratique.fr/nutrition/positions-medicales-et-scienti fiques/ [consulté le 12 juin 2017].

2. *Ibid.*

De nombreuses autres associations de professionnels de santé reconnaissent qu'il est possible de réduire ou d'arrêter notre consommation de viande sans risque pour la santé, pour autant que l'on prenne soin de manger varié, équilibré et en quantité suffisante. Le Service national de santé britannique (British National Health Service) et la Fondation britannique pour la nutrition (British Nutrition Foundation) déclarent qu'il est possible de trouver tous les nutriments nécessaires dans une alimentation végétalienne saine et équilibrée, mais aussi que cette alimentation permet une croissance et un développement normaux chez l'enfant. En Australie, le Conseil national de la santé et de la recherche médicale (National Health and Medical Research) mentionne les alternatives végétales à la consommation de viande : « Les alternatives aux aliments carnés sont les noix, les graines, les légumineuses, les haricots et le tofu. […] Ces aliments améliorent la variété alimentaire et peuvent constituer une source précieuse et abordable de protéines et d'autres nutriments que l'on trouve dans la viande. » Au Portugal, la Direction générale de la santé reconnaît l'intérêt des régimes végétariens et végétaliens dans la prévention de certaines maladies, mais aussi leur pertinence à tous les âges de la vie : « La discussion est lancée et passionne désormais les épidémiologistes, les médecins de santé publique, les nutritionnistes et autres professionnels de santé à propos des avantages de la consommation de produits végétaux et de leur rôle dans la prévention des maladies, principalement celles qui prévalent dans notre société : maladies cardiovasculaires, cancers, obésité et diabète. Les études montrent non seulement l'importance d'une consommation régulière d'aliments végétaux, mais également le fait qu'une alimentation reposant exclusivement sur ces produits protège aussi bien, sinon mieux, la santé humaine. D'un autre côté, nous savons aujourd'hui qu'une alimentation exclusivement végétarienne, si elle est bien menée, peut combler les besoins nutritionnels d'un être humain[1]. »

Enfin, on entend parfois dire que l'alimentation carnée « se suffit » tandis que les végétariens ont besoin d'ingérer des suppléments (de vitamine B_{12}, par exemple) pour pallier les déficiences de leur régime. C'est oublier que les carnivores consomment ces mêmes suppléments, produits en usine, par animaux interposés : la plupart des animaux que nous consommons ont eux-mêmes été supplémentés.

Sous-alimentation et répartition des ressources

En 2015, la FAO estime à 795 millions le nombre de personnes sous-alimentées dans le monde[2]. La malnutrition affecte un enfant sur trois dans les pays en développement. Elle réduit la résistance des

---

1. Les positions médicales et scientifiques en faveur de l'alimentation végétale sont répertoriées par le site Vegan Pratique : https://vegan-pratique.fr/nutrition/positions-medicales-et-scientifiques/ [consulté le 12 juin 2017].

2. Voir répartition géographique en annexe 1. *L'état de l'insécurité alimentaire dans le monde 2015. Objectifs internationaux 2015 de réduction de la faim : des progrès inégaux*, FAO, 2015.

enfants aux maladies, provoque des handicaps mentaux et physiques et accroît leur mortalité[1].

En novembre 1996, le sommet mondial pour l'alimentation organisé à Rome proclamait la volonté des chefs d'État et de gouvernement rassemblés à cette occasion de réduire de moitié le nombre de personnes sous-alimentées à l'horizon 2015. Cet objectif a été atteint ou dépassé en Amérique latine, en Asie du Sud-Est, en Asie de l'Est et en Asie centrale, mais n'a pas été atteint dans les autres régions du monde. La situation s'est même fortement détériorée au Moyen-Orient et dans certaines zones du continent africain. Les difficultés rencontrées dans la lutte contre la malnutrition sont nombreuses. L'utilisation des produits agricoles par le secteur de l'élevage constitue l'une d'entre elles.

En effet, l'élevage est un gaspillage de ressources. Une récente étude de la FAO a confirmé que les animaux sont de piètres convertisseurs d'énergie en alimentation humaine[2]. Dans les pays membres de l'OCDE, il faut en moyenne, pour les bovins, 7 kilos de protéines en alimentation végétale pour produire 1 kilo de protéines animales. Pour les œufs, 3 kilos sont nécessaires pour produire 1 kilo de protéines. Pour les poulets de chair et les cochons, 6 kilos sont nécessaires. En ne tenant compte que des protéines

---

1. *2016 World Hunger and Poverty Facts and Statistic*. Lien : http://www.worldhunger.org/2015-world-hunger-and-poverty-facts-and-statistics/ [consulté le 12 juin 2017].

2. FAO, *Livestock : On Our Plates or Eating at Our Table ? A New Analysis of the Feed/Food Debate*, 2017.

qui pourraient être directement consommées par les humains, la perte de ressources reste nette : 2,9 pour les œufs, 5 pour les poulets et 4,4 pour les cochons. Seuls les bovins ont un rendement neutre, tant qu'il ne s'agit pas d'élevage intensif. Il faut donc beaucoup plus de terres agricoles pour produire de la viande que pour produire directement des céréales destinées à l'alimentation humaine. Le modèle occidental représente au minimum 90 % de la viande consommée dans le monde.

Trente-trois pour cent des terres cultivables de la planète sont utilisées afin de produire l'alimentation des animaux d'élevage et 26 % de la surface des terres émergées non couvertes par les glaces sont employées pour le pâturage[1]. Au total, ce sont 70 % des terres à usage agricole qui, directement ou indirectement, sont consacrées à l'élevage. Près de 85 % de la production mondiale de soja est destinée à l'alimentation animale[2]. Pourtant, les céréales et le soja sont des denrées hautement nutritives et directement consommables par les humains. Les affecter à l'alimentation animale constitue un détour de production particulièrement dispendieux et préjudiciable.

En France, les terres agricoles sont accaparées par l'élevage des animaux : deux tiers des terres agricoles sont destinés à l'alimentation animale, que ce soit en pâturages ou en cultures de plantes

---

1. FAO, *Livestock's Long Shadow*, Rome : Food and agriculture organisation of the United Nations, 2006.

2. Soyatech, « *Soy facts* », *soyatech.com*. [consulté le 12 juin 2017].

pour l'alimentation des animaux[1]. Ainsi, l'alimentation animale est aujourd'hui le principal débouché industriel des céréales françaises avec 10,2 millions de tonnes consommées par l'élevage, auxquelles peuvent s'ajouter les 8,1 millions de tonnes de céréales directement consommées à la ferme (non vendues sur le marché de l'alimentation animale), soit plus de la moitié des céréales utilisées en France[2]. Par ailleurs, la France importe des tourteaux et des graines entières de soja, principalement du Brésil, du Paraguay et d'Argentine, contribuant ainsi à la déforestation en Amérique latine et aux problèmes sociaux liés au développement des grandes cultures intensives au détriment des petits paysans[3].

Des économistes ont estimé le prix des denrées alimentaires en 2030 et ont comparé un scénario dans lequel la demande de viande dans les pays développés membres de l'OCDE et autres pays riches diminuerait de 50 %, avec un scénario dans lequel cette demande diminuerait de 50 % dans ces mêmes pays, mais aussi en Chine et au Brésil.

---

1. Mission climat de la Caisse des Dépôts, *Agriculture et réduction des émissions de gaz à effet de serre*, note d'étude n° 6, septembre 2005.

2. *Des chiffres et des céréales, l'essentiel de la filière*, Passion céréales, 2014.

3. Avec 5,4 millions de tonnes de soja importées chaque année, la France est le deuxième importateur européen derrière les Pays-Bas. Selon la FOP (Fédération française des producteurs d'oléagineux et de protéagineux), notre pays ne produit en revanche que 3 % de ses besoins en tourteaux de soja et 6 % de ses besoins en huile de soja.

Le second scénario aurait pour conséquences[1] :

– une baisse *grosso modo* de moitié du prix des aliments d'origine animale, ce qui conduirait à une augmentation de leur consommation dans le tiers-monde de 35 %. Mais globalement, la consommation de viande diminuerait tout de même de 20 % ;
– la baisse de 20 % de la production mondiale de viande entraînerait une baisse du prix de nombreux aliments d'origine végétale. Les prix du manioc et du blé baisseraient ainsi de 7 %, le prix des patates douces de 10 %, celui du maïs, de l'orge, du sorgho, de l'avoine et du millet de 20 %, celui des tourteaux d'oléagineux (soja, tournesol, palme, etc.) de 21 %. La ration calorique par habitant augmenterait alors dans les pays du tiers-monde, notamment en Afrique subsaharienne (+ 81 calories par personne et par jour). Le nombre d'enfants en bas âge souffrant de malnutrition diminuerait quant à lui de 2,2 millions.

Cette simulation indique que la production de viande a bien un impact négatif sur la sécurité alimentaire des humains les plus pauvres de la planète.

1. Siwa Msangi *et al.*, « Feeding the Future's Changing Diets : Implications for Agriculture Markets, Nutrition and Policy », *Reshaping Agriculture for Nutrition and Health*, Washington : International Food Policy Research Institute, 2012.

Pollution de l'eau, effet de serre et déforestation

En prenant en compte les différents segments de la chaîne de production (abreuvement des animaux, entretien des bâtiments, abattoirs et industries agroalimentaires, tanneries et irrigation des cultures fourragères), l'élevage, y compris la pisciculture, est la plus grande source de polluants de l'eau. Ces polluants sont principalement les déchets animaux, les antibiotiques, les hormones, les produits chimiques des tanneries, les engrais et les pesticides utilisés pour les cultures fourragères, et les sédiments des pâturages érodés.

L'eutrophisation, c'est-à-dire l'accumulation dans l'eau des nitrates, du phosphore et d'autres nutriments, est responsable de la prolifération des algues vertes et de la dégénération des récifs coralliens. Cette eutrophisation cause la mort de nombreux êtres vivants aquatiques et d'animaux terrestres. En Bretagne, par exemple, on ramasse chaque année 50 000 tonnes d'algues vertes. Leur origine a clairement été désignée par les chercheurs de l'Institut français de recherche pour l'exploitation de la mer (IFREMER) : elles sont la conséquence de la pollution des eaux par l'agriculture intensive[1]. L'élevage contribue de façon directe à cette pollution par les rejets de lisiers, et indirecte par l'excès d'engrais apportés aux cultures de céréales destinées à nourrir les animaux. La gestion des déjections animales dans les élevages intensifs provoque le

1. « Algues vertes en Bretagne : des vérités qui dérangent », France Info, 9 juin 2016.

lessivage des nitrates et des agents pathogènes dans la nappe aquifère, qui met souvent en péril les réserves d'eau potable.

Par ailleurs, les émissions d'ammoniac (NH_3) responsables de l'acidification des pluies sont à 95 % d'origine agricole, dont 80 % proviennent de l'élevage. L'ammoniac est un gaz très soluble dans l'eau et se dissout dans les précipitations sous forme d'ammonium (NH_4^+), un ion acide, l'une des principales causes des pluies acides. Ces pluies perturbent la photosynthèse et détruisent les éléments nutritifs du sol, causant le dépérissement forestier. Elles sont aussi l'une des principales raisons de la contamination des océans, des lacs, des fleuves, des rivières et des ruisseaux, et de la mise en danger de nombreuses espèces.

La pollution de l'eau n'est pas le seul impact négatif de l'élevage sur l'environnement. En 2014, un rapport de la FAO estimait à hauteur de 14,5 % les émissions de gaz à effet de serre (GES) produits par l'élevage[1]. C'est légèrement plus que l'ensemble du secteur des transports, aériens compris. Les bovins sont le principal contributeur et représentent 65 % des émissions du secteur. La production de viande représente alors 41 % des émissions du secteur et la production de lait 20 % des émissions du secteur. La fermentation entérique[2] des ruminants est la

1. *Lutter contre le changement climatique grâce à l'élevage. Une évaluation des émissions et des opportunités d'atténuation au niveau mondial*, FAO, 2014.

2. Lors de leur digestion, les bovins produisent du méthane. Ce processus est appelé fermentation entérique.

principale cause de ces émissions de GES (46 % pour la filière lait et 43 % pour la filière viande), suivie de près par la production d'aliments destinés aux animaux d'élevage, pâturages compris, représentant 36 % du total de ces émissions [1].

L'élevage extensif et le soja exporté comme aliment des animaux d'élevage sont la première cause de la déforestation au Brésil. Après une enquête de trois ans publiée en juin 2009, Greenpeace affirme que l'élevage bovin est responsable à 80 % de la destruction de la forêt amazonienne [2]. Durant les quarante dernières années, près de 800 000 kilomètres carrés de forêt amazonienne ont été détruits. Grâce aux efforts du gouvernement brésilien, le rythme de la déforestation s'est ralenti depuis le milieu des années 2000 et tourne aujourd'hui autour de 6 000 kilomètres carrés par an au Brésil, ce qui reste très élevé. Vingt pour cent des émissions de GES dues aux activités anthropiques proviennent de la dégradation des forêts, et cette déforestation est à la fois une cause et une conséquence du changement climatique.

Le cinquième rapport [3] du Groupe d'experts intergouvernemental sur l'évolution du climat (GIEC)

1. Produire 1 kilo de protéines sous forme de viande de bœuf émet en moyenne 290 kilos d'équivalent CO_2, contre moins de 50 sous forme de viande de porc, de poulet ou d'œufs. Un rapport de 2011 prévoit que, entre 2005 et 2050, la demande de viande au niveau mondial augmentera de 73 % et celle de lait de 58 %. *World Livestock 2011 : Livestock in Food Security,* Rome : FAO, 2011.

2. Greenpeace, « En Amazonie », juin 2009.

3. ICC, Climate Change 2014 : Mitigation of Climate Change, *Contribution of Working Group III to the Fifth*

estime que la simple application des recommandations nutritionnelles de l'école de santé publique de Harvard, qui conseille de limiter la consommation moyenne de viande de ruminants à dix grammes par jour et la consommation des autres viandes, du poisson et des œufs à 80 grammes par jour, permettrait de réduire de 36 % les émissions de GES d'origine agricole, et de 8 % les émissions totales. Cette simple mesure serait aussi efficace que de diviser par deux l'ensemble du trafic routier mondial. [1]

L'argent du contribuable

C'est dans les pays riches que la consommation de produits animaux est la plus forte ; un état de fait qui ne répond à aucune nécessité nutritionnelle. Or les « productions animales » y sont soutenues par des aides publiques conséquentes. Ainsi, des subventions européennes sont allouées aux éleveurs en

Assessment Report of the Intergovernmental Panel on Climate Change, Cambridge University Press, 2014.

1. Ne pas dépasser au XXIe siècle le taux atmosphérique de 450 ppm d'équivalent carbone demandera une réduction importante des émissions de GES, ce qui aura un coût, estimé à 2,5 % du PIB mondial en 2050. Par rapport au scénario basé sur les tendances actuelles, réduire la consommation de viande selon les recommandations de l'école de santé publique de Harvard réduirait ce coût de 50 %. Une étude britannique (Peter Scarborough, *et al.*, « Dietary Greenhouse Gas Emissions of Meat-Eaters, Fish-Eaters, Vegetarians and Vegans in the UK », *Climatic Change*, 2014, 125(2), pp. 179-192) a évalué que les végétaliens émettent 2,5 fois moins de GES pour leur alimentation que les omnivores (consommant 100 grammes de viande par jour ou plus).

fonction de leur production (animaux ou leurs sous-produits). Les secteurs ovin, caprin et bovin (viande et lait) en ont bénéficié ces dernières années [1].

Le financement d'aides à l'exportation de certains produits en dehors de l'Union européenne est également fréquent. Il défavorise pourtant l'agriculture locale des pays en voie de développement, les produits européens étant alors moins chers que ceux produits localement. En bénéficient en particulier les producteurs de bovins, volailles, ovins, caprins, porcins, œufs, lait et produits laitiers [2].

L'Union européenne vient également en aide aux campagnes publicitaires pour augmenter les ventes de produits agricoles. La promotion du lait et des viandes européennes s'est par exemple vue attribuer un budget de 30 millions d'euros en 2015 [3].

Les éleveurs bénéficient par ailleurs d'aides nationales. À titre d'exemple, en France, en 2008, la filière cunicole (élevage de lapins) a bénéficié d'une aide de l'État d'un million d'euros [4]. La

---

1. Commission européenne, « Promotion of EU farm products », 2015 : http://ec.europa.eu/agriculture/promotion_en [consulté le 12 juin 2017].

2. *Restitutions à l'exportation dans le cadre de la Politique agricole commune (PAC)*, Douanes françaises, 2013. Lien : http://www.douane.gouv.fr/articles/a10895-restitutions-a-l-exportation-dans-le-cadre-de-la-politique-agricole-commune-pac [consulté le 12 juin 2017].

3. Commission européenne, « Promotion of EU farm products », 2015 : http://ec.europa.eu/agriculture/promotion_en [consulté le 12 juin 2017].

4. Réponse du ministère de l'Agriculture et de la Pêche publiée dans le JO Sénat du 9 octobre 2008 – p. 2029 à la question écrite nº 04179 de M. Bruno Retailleau.

filière foie gras bénéficie quant à elle d'aides de l'État pour se mettre aux normes (remplacement des cages individuelles par des cages collectives) et d'aides locales pour la promotion de ses produits. Les aides nationales et européennes se côtoient parfois pour une même opération de promotion des produits. En 2016, 680 millions d'euros d'aides bovines ont été versés : 69 000 exploitations ont bénéficié de 566 millions d'euros au titre de l'aide aux bovins allaitants (ABA) et 48 000 exploitations ont perçu 106 millions d'euros d'aide aux bovins laitiers (ABL). Le reste des aides a été attribué aux producteurs d'outre-mer. Plus récemment encore, suite à l'épidémie de grippe aviaire ayant conduit à l'abattage massif de centaines de milliers de canards du Sud-Ouest début 2017, Stéphane Le Foll, ministre de l'Agriculture, annonçait le versement d'indemnisations qui « porteront sur plusieurs dizaines de millions d'euros[1] ».

À ces aides s'ajoutent des aides couplées végétales représentant 15 % du premier pilier de la PAC[2]. Comme précisé sur le site du ministère de l'Agriculture, « une aide couplée consiste à aider spécifiquement une exploitation agricole lorsqu'elle génère un

1. « Grippe aviaire : les éleveurs de canards seront indemnisés par l'État à partir de mars », *Le Monde*, 19 janvier 2017.

2. La PAC est composée de deux piliers : le premier, destiné aux mesures de soutien aux marchés et aux revenus des exploitants agricoles, représente 80 % des dépenses totales de la PAC. Il est financé par le Fonds européen agricole de garantie (FEAGA) dont le budget s'élevait à 43,7 milliards d'euros en 2012. Le second pilier est consacré au développement rural.

certain produit. Si une exploitation génère plusieurs produits, elle peut bénéficier de plusieurs aides couplées. Des aides couplées peuvent être accordées à tout secteur "en difficulté économique", à condition d'être dans la liste prévue par le texte communautaire[1] ». En 2017, l'enveloppe de ces aides s'élève à 1 085,9 millions d'euros.

Enfin, le soutien public à l'industrie de la viande ne se traduit pas uniquement par des aides financières. Il réside aussi dans des dispositions qui réduisent artificiellement ses coûts de production en les reportant sur la collectivité. Ainsi la sous-tarification de l'eau à usage agricole profite significativement à la production de viande qui est particulièrement gourmande en eau. Les dégradations de l'environnement dont sont responsables les élevages (pollutions des eaux, algues vertes, etc.) sont subies par tous. C'est l'argent public qui est mis à contribution pour tenter d'en limiter les effets. C'est aussi la collectivité qui finance les dépenses de santé liées aux pathologies imputables à la surconsommation de viande, de même que celles liées aux grippes aviaire, porcine et autres maladies de la vache folle.

Souffrance animale

Des hangars immenses, des silos imposants, des dizaines de milliers d'animaux enfermés.

1. http://agriculture.gouv.fr/aides-couplees [consulté le 12 juin 2017].

Voilà à quoi ressemblent la plupart des fermes professionnelles qui se sont développées depuis les années 1970. Les victimes directes de notre gargantuesque consommation de produits d'origine animale sont les animaux. Il est impossible de produire une telle quantité de viande sans les entasser, sans les doter de corps difformes à force de sélections génétiques, et sans les adapter de force par des mutilations à des conditions de vie qui limitent drastiquement leurs comportements.

En France :

– 83 % des 800 millions de poulets de chair sont élevés sans accès à l'extérieur ;
– 68 % des 47 millions de poules pondeuses sont élevées en batterie de cages ;
– 99 % des 36 millions de lapins sont élevés en batterie de cages ;
– 95 % des 25 millions de cochons sont élevés sur caillebotis en bâtiments[1].

Si les bovins ont encore souvent un accès à l'extérieur, certains d'entre eux passent aussi leur vie en stabulation. Des élevages intensifs aux tailles disproportionnées se développent, tels que la ferme des mille vaches située à Drucat-le-Plessiel, dans la Somme, avec son étable de 10 000 mètres carrés, dont les animaux ne sortiront qu'au jour où ils seront conduits à l'abattoir. À Saint-Martial-le-

1. https://www.viande.info/elevage-viande-animaux [consulté le 12 juin 2017].

Vieux, dans la Creuse, une ferme aux mille veaux a vu le jour.

En septembre 2016, à l'occasion de portes ouvertes, Baptiste Cheix, responsable de ce centre d'engraissage, vantait à la presse l'espace consacré aux animaux : « Les boxes de 55 mètres carrés accueillent douze veaux, ce qui fait que chaque animal dispose de 4,58 mètres carrés, alors que la norme est de quatre[1]. » Un « confort » pour le moins relatif, au regard des besoins véritables de ces animaux… Dans le parc national des Écrins, des habitants luttent depuis près de vingt ans contre un projet de ferme usine destinée à contenir plus de mille porcs voués à l'engraissage. Le 29 mars 2016, la préfecture a accordé une autorisation d'exploitation pour 1 076 cochons. Le seuil des 2 000 animaux n'étant pas dépassé, la mairie de la commune de Chabottes – dont M. et Mme Jousselme, à l'initiative du projet, sont élus – n'a donc pas obligation de réaliser une étude d'impact pour obtenir un permis de construire. Bien qu'une procédure soit toujours en cours auprès du tribunal de Marseille, les travaux de la ferme usine ont déjà débuté. À Vitry-le-François, dans la Marne, un projet d'extension d'élevage porcin développé par la SCEA La Certine et Carrefour portera à 15 600 le nombre de porcs, dont 1 100 truies reproductrices. À terme, l'élevage engraissera trente mille cochons par an. Il est à craindre que ce type de projet continue de voir le

1. « Portes ouvertes à la "ferme des mille veaux" : beaucoup de curieux et une poignée de manifestants », *La Montagne*, 3 septembre 2016.

jour, au mépris du bien-être des animaux et de la sauvegarde de l'environnement[1].

Le tableau n'est guère plus heureux du côté de la filière avicole. Les œufs de poules, de canes ou de dindes, éclosent par milliers dans des armoires à incubation, donnant naissance à des poussins qui cherchent en vain un contact maternel. La plupart des animaux sont élevés par bandes – tous les animaux d'une bande ont le même âge : naissance, sevrage, engraissement, transport et abattage sont ainsi planifiés et synchronisés.

Les souches d'animaux sélectionnées génétiquement favorisent la prolificité ou la capacité d'engraissement. Ainsi, la souche « poule pondeuse » et la souche « poulet de chair » sont différentes. Les poussins mâles issus de la souche « pondeuse » sont éliminés par broyage ou gazage au début de leur très courte vie. La filière « foie gras » effectue aussi un sexage en début de vie, les femelles n'étant pas utilisées pour produire du foie gras en France[2]. La majorité d'entre elles sont tuées dès leur premier jour.

Selon l'ATM Avicole (Association des animaux trouvés morts), le tonnage de cadavres de volailles collectés pour l'équarrissage a augmenté de 4 % en 2016, et atteint 35 300 tonnes. Quatre grandes causes de surmontabilité sont distinguées : coup de chaleur

---

1. Un article consacré aux projets de fermes-usines est disponible sur le site Reporterre : https://reporterre.net/La-carte-de-France-des-projets-de [consulté le 12 juin 2017].

2. Le foie des femelles est trop innervé et ne convient pas à la fabrication du foie gras. Elles sont aussi plus petites que les mâles et présentent donc moins d'intérêt.

(40 % des volumes), panne de matériel (41 %), sanitaire (15 %) et frayeur (4 %)[1].

Pour la production de lait, les vaches, brebis et chèvres sont généralement inséminées chaque année. Les petits auxquels elles donnent naissance leur sont rapidement enlevés. Ces séparations affectent aussi bien les jeunes que leurs mères. Les truies sont elles aussi inséminées à répétition, et des hormones leur sont souvent administrées de façon à synchroniser les chaleurs. Entravées dans des cages de métal à la naissance de leurs petits, elles ne peuvent développer avec eux que des relations limitées. La fertilité des animaux a été décuplée pour satisfaire aux exigences de rendement des élevages. Les truies donnent naissance en moyenne à 27 petits par an contre 16 en 1970. Ces « performances » ne sont pas sans dommages pour les animaux, et les sélections génétiques font apparaître des boiteries notamment chez les poulets de chair, les vaches laitières et les cochons, les uns poussés à produire du muscle au détriment de leurs autres organes, les autres à produire de grandes quantités de lait, ou de plus en plus de petits.

Dès le début de leur vie, des mutilations sont souvent pratiquées pour « adapter » les animaux à la claustration, à la surpopulation des élevages ou au goût des consommateurs :

- épointage des becs ;
- dégriffage des pattes des poules et des canards ;
- coupe des queues ;

1. Réussir Aviculture, « 35 900 tonnes de cadavres collectées en 2016 », n° 227, juin 2017.

– rognage des dents des cochons ;
– écornage des veaux ;
– castration des porcs, des veaux, des chapons.

Étendre ses ailes, se dresser, fouiner, ronger, élever ses petits, se déplacer, prendre l'air, etc. La liste des comportements naturels entravés par l'élevage est longue. De nombreuses pathologies physiques et psychologiques liées à l'enfermement se développent chez les animaux, telles que l'agressivité, le cannibalisme, les stéréotypies [1]... De nombreux animaux sont morts avant d'avoir atteint l'âge où ils seraient abattus. À titre d'exemple, dans les élevages cunicoles, ils sont plus de 25 % à trépasser et 20 % dans les élevages porcins.

Les animaux peuvent être transportés sur de longues distances. Les trajets à travers l'Europe restent fréquents. Le chargement, le transport et le déchargement sont de grandes sources de stress pour les animaux. Nombreux sont ceux qui en meurent.

Enfin, les incendies sont courants en élevage et causent des pertes considérables. Les *Cahiers antispécistes* ont relayé sur leur page Facebook le décompte (probablement incomplet) effectué par Marceline Pauly, une militante pour les droits des animaux, sur la seule base des articles de presse publiés au cours de l'année 2016 : 284 066 animaux d'élevage ont péri dans des incendies, dont 20 500 canards, 250 400 poules, poulets et poussins, 850 pintadeaux, 539 vaches, génisses et veaux,

1. Répétition continue et involontaire de gestes ou de vocalises.

6 590 cochons et porcelets, 317 chevreaux et 370 lapins.

Les animaux marins subissent également une terrible violence. Artisanale ou industrielle, durable ou pas, la pêche impose une agonie longue et douloureuse à la plupart de ses victimes : les animaux tirés vivants de l'eau peuvent suffoquer longtemps avant de mourir. Pris à l'hameçon, harponnés, coincés dans des filets, ou traînés dans des chaluts où ils frottent les uns contre les autres, parmi des débris divers. Le calvaire commence pour eux bien avant la sortie de l'eau. Lorsque la remontée forcée du chalut a lieu à partir d'une certaine profondeur, la décompression devient insoutenable ; il arrive alors que la vessie natatoire éclate, que les yeux sortent des orbites ou que l'œsophage et l'estomac jaillissent par la bouche. Les poissons coincés dans les filets maillants se débattent et se blessent. Il arrive qu'ils se coupent au point de mourir vidés de leur sang. Une fois immobilisés, ils deviennent des proies faciles pour les prédateurs et les parasites. Quand les filets ne sont pas remontés tous les jours, la mort peut être très longue à venir. Si nous transposions aux animaux terrestres, qui nous sont plus familiers, les techniques employées pour capturer les poissons, nous en percevrions mieux toute la brutalité. La pêche induit une souffrance souvent à la fois intense et prolongée.

On reconnaît désormais que les animaux vertébrés, les céphalopodes et divers crustacés éprouvent des sensations et des émotions, et qu'ils possèdent des capacités cognitives. Certains labels, comme le bio ou le Label rouge, ont des cahiers des charges qui permettent aux animaux d'exprimer une gamme plus importante de comportements. Avec les niveaux de consommation actuels, il reste toutefois illusoire d'espérer améliorer le sort d'un si grand nombre d'animaux, nécessairement confinés dans des espaces restreints, et « traités » par un nombre réduit de travailleurs. C'est pourquoi diminuer significativement sa consommation de produits animaux est indispensable, tout en se détournant des produits issus de l'élevage intensif. Le meilleur moyen d'éviter de contribuer à la souffrance et à la mort des animaux d'élevage est encore de s'abstenir simplement d'en consommer.

Accompagner la transition végétale

Les conséquences négatives du surdéveloppement de l'élevage et de la pêche sont repérées depuis longtemps par des acteurs de la société civile ; elles sont évoquées dans des rapports d'experts et dans des publications d'institutions internationales. Il nous appartient collectivement de chercher des solutions. Pour ce faire, une des conditions requises est que les pouvoirs publics contribuent à la mise à l'ordre du jour de cette thématique.

En France, nous souffrons aujourd'hui d'un déficit flagrant en la matière. Les citoyens sont alertés sur la nécessité de revoir leurs pratiques en matière de transport, d'isolation des habitations, de limitation des pollutions industrielles, de recyclage des matériaux… En revanche, rares sont les initiatives qui, dans la communication ou les politiques publiques à l'échelon national, pointent la nécessaire révision de nos pratiques alimentaires.

Il n'y a pourtant rien qui puisse expliquer ce silence. L'impact de notre mode de production alimentaire est largement aussi important que celui des autres domaines précités.

Il y a ici, comme sur d'autres dossiers (mais pas davantage), des conséquences sur des filières de production appelant des mesures d'adaptation et de reconversion : déclin de certaines activités, mais aussi opportunités de développement de nouveaux secteurs et emplois. La défense de l'immobilisme au nom de la préservation du monde agricole tel qu'il est aujourd'hui va à l'encontre de l'intérêt général et surestime le coût social des mutations nécessaires.

En 1906, 43 % de la population active française vivait de l'agriculture. En 2006, ce chiffre n'était plus que de 3,7 %. Le nombre d'agriculteurs continue aujourd'hui de baisser. C'est la marche forcée vers l'industrialisation de l'élevage et de l'agriculture dans la seconde moitié du XXe siècle qui a accéléré la disparition des emplois agricoles, et non la pression des exigences de défense de l'environnement ou du bien-être animal.

L'attitude qui a prévalu jusqu'ici dans notre pays empêche toute réponse à la hauteur du problème. Elle conduit à des séries d'ajustements à la marge, à efficacité réduite qui coûtent très cher au contribuable : financer la méthanisation du lisier plutôt que l'orientation de l'agriculture bretonne vers des productions animales de type moins intensif et vers davantage de productions végétales ; financer à grands frais le plan de sortie de flotte des thoniers senneurs après avoir subventionné à grands frais leur construction, etc.

Étant donné que le modèle de surconsommation de produits d'origine animale dans les pays développés (qui est en voie d'extension aux pays à revenu intermédiaire) est à l'origine de dégâts considérables, il est grand temps de prendre des dispositions pour favoriser une « végétalisation » de l'alimentation. Si les exemples précités nous encouragent à diminuer notre consommation de produits d'origine animale, l'éthique nous engage à mettre un terme à l'exploitation des animaux et à engager nos sociétés sur la voie d'une transition. Le régime alimentaire en vigueur aujourd'hui ne date que de quelques générations. Il n'y a rien d'impossible à lui faire connaître une transformation tout aussi profonde dans les années qui viennent, dans l'intérêt des humains, des animaux et de la préservation de la planète.

Le premier pas – primordial pour y parvenir – est que les pouvoirs publics s'engagent clairement dans cette voie. Si la volonté politique existe, de multiples moyens peuvent être mis en œuvre au service de l'objectif poursuivi. À titre d'exemple, en 2015, des intellectuels ont publié dans *Le Monde* une tribune intitulée « Le repas végétarien, le plus laïc de tous », dans laquelle ils demandaient l'instauration d'une option végétarienne au menu des cantines scolaires. En août 2015, le député Yves Jégo a déposé une proposition de loi instaurant la présence d'une alternative végétarienne en plus du menu traditionnel dans les cantines scolaires. La présence d'une option végétarienne au menu des cantines scolaires serait une mesure simple qui permettrait de répondre aux demandes de ceux qui ne souhaitent pas le menu traditionnel, que ce soit pour des raisons confessionnelles (juifs et musulmans) ou éthiques (végétariens). Elle offrirait en sus la possibilité de découvrir une cuisine différente. Il en résulterait une plus grande liberté et une diminution de la consommation des produits animaux.

Il est aussi dans l'intérêt général de promouvoir une politique mondiale de freinage des productions animales. Des aménagements en ce sens sont envisageables dans le cadre des accords de l'OMC. Toutefois, on sait combien les négociations des volets « pêche » et « agriculture » sont difficiles, interminables, et sujettes à l'embourbement dans la défense d'intérêts nationaux particuliers. Or les dégâts liés au surdéveloppement de l'élevage (aquaculture incluse) et de la pêche sont d'ores et déjà dramatiques et menacent de s'étendre à grande vitesse si les tendances des dernières décennies se maintiennent, comme le laissent prévoir certaines projections.

Face à cette menace, une mobilisation énergique de la communauté internationale est nécessaire. Elle a plus de chances de se produire si elle est impulsée par des pays développés et s'ils proposent un partage équitable des adaptations à opérer selon les régions du monde. En effet, ces pays sont ceux où la consommation de produits d'origine animale est la plus élevée, et ceux qui ont recouru les premiers aux méthodes de production de masse, favorisant l'explosion de la production. L'Europe pourrait prendre l'initiative d'une conférence mondiale qui se tiendrait dans une capitale européenne, débouchant sur un accord international ambitieux et contraignant de freinage des productions animales.

Le protocole de Kyoto a traduit en engagements quantitatifs juridiquement contraignants la volonté de lutter contre le changement climatique en réduisant les émissions de GES. En 2016, l'accord de Paris sur le climat fait suite aux négociations qui se sont déroulées l'année précédente lors de la COP21[1]. L'accord reste peu contraignant et permet aux États de conserver leur système agricole inchangé, alors que l'élevage est l'un des principaux facteurs d'émissions de GES.

Jusqu'ici, les mesures envisagées pour réduire les émissions de GES ont essentiellement été d'ordre industriel et technologique. Or la surconsommation de produits d'origine animale dans les pays développés, et l'extension de ce modèle aux pays émergents, contribuent lourdement à l'effet de serre ainsi qu'à d'autres facteurs de dégradation de l'environnement et d'atteinte à la vie sauvage. Ils sont également la cause de pratiques incompatibles avec un respect

1. Cent quatre-vingt-quinze délégations (cent quatre-vingt-quatorze pays et l'Union européenne) approuvent ce premier accord universel, dont cinquante-cinq pays responsables d'au moins 55 % des émissions de gaz à effet de serre. L'objectif est de limiter la hausse des températures à 1,5 °C. Le 1er juin 2017, le président américain Donald Trump annonce le retrait des États-Unis de l'accord de Paris. Pour des raisons légales, ce retrait ne pourra pas être formalisé avant le 4 novembre 2020. En réaction à la décision du président Trump, plusieurs États américains (Californie, New York, Washington) ont annoncé la création d'une alliance pour le climat, afin d'appliquer l'accord au niveau des États fédérés.

minimal du bien-être animal, et présentent des dangers pour la santé humaine. Pourtant, on constate que ces problèmes sont systématiquement ignorés dans les accords internationaux.

Les pays dont la consommation de produits d'origine animale dépasse la moyenne mondiale actuelle (par habitant) pourraient s'engager à réduire leur consommation par paliers, avec des objectifs chiffrés et des dates butoirs pour les atteindre. Les pays dont la consommation de produits d'origine animale est en dessous de l'actuelle moyenne mondiale s'engageraient à ne pas dépasser ce seuil, et à ne pas encourager, par des politiques publiques, le développement de l'élevage intensif (aquaculture incluse) sur leur territoire. Il leur serait reconnu un droit légitime à se protéger des importations de produits issus de la pêche et de l'élevage industriels. Ce même droit pourrait être reconnu à tout pays qui n'est pas lui-même exportateur de produits issus de ces secteurs.

En 2016, la Chine, qui consomme à elle seule 28 % de la viande produite au niveau mondial, s'est engagée sur cette voie. Le ministère de la Santé a édité un guide alimentaire encourageant les citoyens chinois à réduire de moitié leur consommation de viande de manière à l'abaisser sous le seuil des 30 kilos par an et par personne[1]. À titre de

1. Les Chinois consomment entre 13 et 63 kilos de viande par an et par personne. Cette consommation ne cesse d'augmenter, entraînant des problèmes de santé publique tels que diabètes et obésité. On estime à cent millions le nombre de Chinois diabétiques. Source : http://ici.radio-canada.ca/nouvelle/788824/

comparaison, rappelons que les Français consomment en moyenne 89 kilos équivalent-carcasse par an et par habitant. Cependant, la population chinoise compte 1,357 milliards de citoyens. Un tel changement des habitudes de consommation aurait donc un impact significatif sur le nombre d'animaux exploités et contribuerait à réduire significativement les émissions de gaz à effet de serre.

Ces engagements visant à stabiliser la consommation par tête de produits d'origine animale au niveau planétaire seraient le minimum requis : un pas important pour marquer une volonté politique mondiale de prendre au sérieux les enjeux de nos modes de production et de consommation alimentaires, et de traduire ce tournant en mesures concrètes.

Un pas important mais insuffisant : si ces objectifs étaient atteints, les volumes de productions animales non seulement ne régresseraient pas, mais continueraient de croître, du simple fait de la croissance de la population humaine. C'est pourquoi le protocole de Paris devrait en outre préparer le terrain pour des progrès plus substantiels. À cette fin, les signataires pourraient déclarer être conscients qu'il est raisonnable de construire l'alimentation humaine sur une base essentiellement végétale ; de ce fait, déclarer s'engager à favoriser toute recherche nutritionnelle allant dans ce sens et à promouvoir les alternatives végétales chaque fois que cela est possible. Ils conviendraient de faire périodiquement le bilan des progrès accomplis dans ce sens. Enfin, ils

chine-sante-consommation-viande-environnement [consulté le 12 juin 2017].

manifesteraient leur souci de favoriser des méthodes de culture durables, c'est-à-dire équitables sur le plan social et protectrices de l'environnement.

Malheureusement, le gouvernement français ne prévoit pas, à l'heure actuelle, une diminution de la production de viande. Les seules « mesures mises en œuvre en matière d'atténuation par la France des émissions de GES d'origine agricole » sont, d'après le site du ministère, des mesures techniques (telles que la méthanisation, l'extraction du méthane du lisier et autres déchets afin de produire de l'énergie). Ces mesures sont évidemment importantes, mais elles sont, selon le GIEC, bien moins efficaces que la réduction des productions animales, surtout dans les pays développés où les technologies employées sont moins émettrices de GES par unité produite que celles utilisées dans les pays en développement. En outre, une partie des dégâts environnementaux causés par la consommation de viande des Français se répercute à l'étranger, du fait des importations d'aliments pour bétail, notamment le soja (5,4 millions de tonnes sont importées chaque année). C'est par exemple le cas des émissions de GES.

Loin de se préoccuper d'agir sur une cause majeure d'émission de GES, les autorités françaises s'emploient au contraire à protéger et soutenir les productions animales. Le 26 septembre 2014, les députés ont adopté un amendement excluant les émissions de méthane des ruminants du champ d'application du futur plan de réduction des émissions de polluants atmosphériques (alors qu'on estime qu'en France les bovins émettent autant de GES par an que 15 millions de voitures). Depuis fin

2011, un décret rend obligatoire la présence de produits d'origine animale dans tous les menus servis par les restaurants scolaires. Cette réglementation, étendue en 2013 aux universités, a été défendue par le gouvernement en place en dépit du recours de plusieurs associations, dont L214, soulignant la non-durabilité d'une telle mesure, par ailleurs contraire à la liberté de conscience des usagers.

Quant au Programme national nutrition santé (PNNS), il recommande de consommer entre 80 et 200 grammes de viande, poisson et/ou œufs par jour pour les adultes et conseille de consommer des laitages, pourtant produits par des ruminants, à tous les repas, sans proposer d'autres sources de calcium moins dommageables pour l'environnement. Ce programme serait pourtant un bon outil pour inciter les Français à réduire leur consommation de produits d'origine animale.

En 2017, le PNNS recommande de consommer moins de 500 grammes de viande « rouge » par semaine et de limiter la consommation de charcuterie. En revanche, il recommande toujours une consommation bihebdomadaire de poisson et continue d'encourager la consommation de laitages, d'œufs et de volaille, en dépit de l'impact environnemental dont elle est responsable.

6

Le droit de tuer

En 2016, après une série d'enquêtes menées par l'association L214, l'Assemblée nationale crée, sous l'impulsion du député Olivier Falorni et avec le soutien du groupe Radical, républicain, démocrate et progressiste, une commission d'enquête sur les conditions d'abattage des animaux de boucherie dans les abattoirs français. Durant une soixantaine d'heures, sont auditionnés des associations de protection animale, des directeurs d'abattoirs, des chercheurs, des syndicats, dans l'objectif de comprendre ce qu'est la réalité des abattoirs, les raisons qui ont conduit aux dérives révélées par les enquêtes de L214, et de faire à terme une série de propositions et d'aménagements de la loi visant à mieux encadrer les pratiques dans le souci du « respect du bien-être des animaux ». Dans le même temps, la commission a réalisé des visites inopinées dans plusieurs abattoirs avec l'intention de « s'assurer du respect de la réglementation » et « de voir sur le terrain comment fonctionnent concrètement ces "outils" comme on les appelle dans ce milieu[1] ». Si cette commission a le mérite d'avoir placé le débat sur la question animale au niveau national, la nécessité de sa tenue témoigne de l'opacité des abattoirs comme de la méconnaissance des pratiques de mise à mort des animaux. Les modifications de la loi votées à son issue restent, malheureusement, des aménagements à la marge. Sans doute la commission d'enquête sur les conditions d'abattage se heurte-t-elle à ce paradoxe qui consisterait à vouloir assurer le bien-être des animaux à l'endroit où on les tue, mais aussi à la résistance d'une industrie qui souhaite voir perdurer une économie fondée sur une tuerie à grande échelle, et pour laquelle la considération véritable des animaux comme êtres sensibles serait l'aveu même de l'impasse éthique dans laquelle elle se trouve.

Durant les auditions conduites par la commission, il a souvent été question de « protection des animaux » ou de « bien-être animal » au sein des élevages ou des abattoirs. L'industrie de la viande s'est prise d'affection pour ces oxymorons, euphémismes et autres figures de style dont l'intention n'est autre que de dissimuler au consommateur la réalité des pratiques d'élevage et d'abattage des animaux. On parle ainsi « d'alimentation assistée » plutôt que de gavage dans la filière foie gras. Les « animaux de réforme » sont ces animaux qui ne sont plus jugés assez productifs et sont envoyés à l'abattoir.

1. *Rapport de la commission d'enquête sur les conditions d'abattage des animaux de boucherie dans les abattoirs français*, tome I, p. 14, septembre 2016.

« L'équilibrage des nids » est une aimable métaphore de l'élevage cunicole pour désigner une pratique qui consiste à éliminer les lapereaux en surnombre en leur fracassant le crâne contre une surface solide. Les « soins aux porcelets » regroupent la castration à vif, la coupe des queues et le meulage des dents. À l'abattoir, les animaux sont « étourdis ». Autrement dit, leur crâne est perforé et leur cerveau endommagé par un pistolet à projectile captif, de façon à les rendre inconscients jusqu'à leur mort. D'autres méthodes sont utilisées en fonction des animaux et de leurs particularités anatomiques : on parle par exemple « d'étourdissement en atmosphère modifiée » ou « d'endormissement » pour le gazage au dioxyde de carbone, à l'azote ou à l'argon. Il n'est pas non plus rare d'entendre parler d'« euthanasie » pour signifier l'abattage de l'animal, suggérant ainsi une mort douce et libératrice. L'industrie de la viande a ainsi créé une « novlangue » dont le champ lexical a fini par contaminer son propre discours, mais aussi celui des législateurs et l'inconscient collectif des consommateurs.

Au-delà de l'intérêt que représenterait une étude sémantique de la législation sur la protection animale dans les abattoirs, il est intéressant de s'attarder sur ces règles qui définissent les conditions dans lesquelles tuer est admis, et permettent donc d'établir une distinction – bien que les frontières, nous le verrons, soient parfois floues – entre ce qui relève d'une violence légale et institutionnalisée, ou bien d'une violence structurelle, ou encore d'une violence volontaire. La lecture du règlement (CE) 1099/

2009[1] sur la protection des animaux au moment de leur mise à mort est en cela édifiante qu'elle entend recenser toutes les méthodes d'abattage en fonction des espèces et organiser une tuerie à grande échelle avec le souci du « bien-être » des animaux. Il nous semble pertinent d'en rappeler ici les principaux points, qui éclaireront par la suite le récit des enquêtes menées par L214, et de les mettre en parallèle avec les conclusions et auditions de la Commission d'enquête.

La réglementation protégeant les animaux d'élevage est sous-tendue par la reconnaissance de leur sensibilité, c'est-à-dire leur capacité à ressentir le plaisir, la souffrance et des émotions. En France, c'est l'article L214 du Code rural (codification d'une loi de 1976) qui mentionne leur caractère d'êtres sensibles. Le Code pénal et le Code européen reconnaissent également les animaux comme tels. Jusqu'en 2015, le Code civil attribuait aux animaux deux qualifications juridiques : celle de « biens meubles » (article 528) ou « d'immeuble par destination » lorsqu'ils ont été placés par le propriétaire d'un fonds pour le service et l'exploitation de celui-ci (article 524). Depuis le 16 février 2015, dans le cadre de la loi n° 2015-177 relative à la modernisation et à la simplification du droit et des procédures dans les domaines de la justice et des affaires intérieures, un amendement reconnaît

1. Règlement (CE) n° 1099/2009 du 24 septembre 2009 sur la protection des animaux au moment de leur mise à mort, paru au *Journal officiel* de l'Union européenne du 18 novembre 2009 http://eur-lex.europa.eu/legal-content/FR/TXT/?uri=celex : 32009R1099 [consulté le 17 juillet].

que les animaux sont des êtres doués de sensibilité, mais qu'ils restent cependant soumis au régime des biens : « Les animaux sont des êtres vivants doués de sensibilité. Sous réserve des lois qui les protègent, les animaux sont soumis au régime des biens corporels » (article 515-14). Lors de son audition dans le cadre de la commission d'enquête, le professeur Jean-Pierre Marguénaud, spécialiste du droit animalier, explique « qu'il y a eu une petite révolution théorique avec la loi du 16 février 2015 qui a fait sortir les animaux de la catégorie des biens : les animaux ne sont plus des meubles ou des immeubles. Cette avancée théorique remarquable permet aux animaux, par fiction juridique et par défaut, d'être soumis au régime des biens sous réserve des lois qui les protègent ». Il convient cependant de nuancer les conséquences de cette évolution. En effet, bien que formellement toujours situé dans les dispositions du Code civil relatives aux biens, cet article signifie que les animaux ne sont plus considérés par nature comme des biens meubles ou immeubles, mais comme des êtres vivants doués de sensibilité. Toutefois, les animaux demeurent soumis au régime des biens et donc aux règles applicables à ceux-ci, sauf à ce que d'autres règles les protègent. Dans ce dernier cas, ces règles protectrices pour les animaux devront prévaloir sur les règles générales applicables aux biens. Cette évolution du Code civil, si elle demeure pour l'instant symbolique, pourrait néanmoins ouvrir à l'avenir des perspectives plus ambitieuses.

Quelles sont ces lois qui encadrent l'abattage des animaux et sont supposées garantes de leur bien-être et de leur protection ? Comme l'explique le rapport de la commission, « la réglementation en matière de protection animale est ancienne mais n'a été rendue réellement efficace, y compris en France, que par l'adoption du règlement (CE) 1099/2009 du Conseil du 24 septembre 2009 sur la protection des animaux au moment de leur mise à mort qui régit, au regard de la protection animale, les abattoirs et leurs activités [1]. » En effet, les avancées réglementaires sur la protection des animaux dans les élevages et dans les abattoirs sont avant tout le fait de l'Union européenne. Il existe ainsi plusieurs règlements et directives supposés garantir une protection minimale des animaux dans les élevages, les transports et les abattoirs, tels que les traités de Maastricht (déclaration n° 24 relative à la protection des animaux), d'Amsterdam (protocole n° 10 sur la protection et le bien-être des animaux) et de Lisbonne (article 13 sur le bien-être des animaux en tant qu'êtres sensibles) qui ont peu à peu renforcé la prise en compte du bien-être animal dans la formulation et la mise en œuvre des politiques de l'Union. Le rapport de la commission d'enquête rappelle que « l'Union européenne s'est en outre dotée de plusieurs directives depuis la directive n° 74/577/CEE du Conseil, du 18 novembre 1974, relative à l'étourdissement des animaux avant leur abattage qui prévoit que les États doivent veiller à ce que "l'étourdissement intervienne immédiatement avant l'abattage selon des procédés appropriés" », et que « la directive 93/119/CE du

1. *Rapport de la commission d'enquête sur les conditions d'abattage des animaux de boucherie dans les abattoirs français*, tome I, p. 57, *op. cit.*

Conseil du 22 décembre 1993 sur la protection des animaux au moment de leur abattage ou de leur mise à mort fixe des règles minimales communes pour la protection des animaux[1] ».

De grandes disparités subsistent cependant dans l'application de ces réglementations. Ainsi, au sujet de la protection des animaux au moment de leur abattage, le Conseil de l'Union européenne note que : « des écarts importants ont été constatés entre les États membres [...], et que des préoccupations et différences majeures en matière de bien-être animal, susceptibles d'influencer la compétitivité entre les exploitants, ont été mises en évidence ».

Cette réglementation est très insuffisante et ne garantit aucunement le bien-être animal derrière les portes des élevages, des abattoirs, ou à l'arrière des camions de transport, comme ne cessent de le démontrer les enquêtes menées par les associations européennes de protection animale. Enfin, pour certaines filières, elle est tout simplement inexistante : élevage de bovins, élevage de lapins, élevage de volailles autres que poules et poulets, élevage et pêche de poissons.

Lorsque la réglementation existe et qu'elle est respectée, elle ne fait le plus souvent qu'apporter des aménagements marginaux aux pratiques de l'élevage intensif et de l'abattage de masse.

1. *Ibid.*, p. 58.

Transport : aller simple pour l'enfer

L'une des premières enquêtes menées par Brigitte Gothière et Sébastien Arsac portait sur le transport des animaux de l'élevage à l'abattoir. En près de dix ans, l'association L214 a plusieurs fois cherché à communiquer sur les conditions de transport des animaux dits de boucherie. En avril 2017, L214, CIWF et la Fondation Brigitte-Bardot dévoilent les images d'une enquête tournée en Turquie et au Liban sur les conditions de transport et d'abattage des bovins hors de l'Union européenne[1]. Comme le rappelle l'association, « chaque année, plus de 3 millions d'animaux sont exportés des pays membres de l'Union européenne (UE) vers des pays tiers (en particulier le Maghreb et le Moyen-Orient) pour y être engraissés ou abattus[2] », au terme de voyages terriblement éprouvants, longs de plusieurs milliers de kilomètres, dans des bétaillères ou des cargos surchargés. Souvent privés d'eau, de nourriture, épuisés par le trajet, couverts de déjections, les animaux parviennent à destination à bout de force, et sont violemment déchargés avant d'être abattus de façon archaïque sans qu'aucune disposition ne soit prise pour alléger leurs souffrances. Comme le rappelle L214, ces exports massifs sont l'initiative de

1. Voir l'enquête : https://www.l214.com/export-transport-abattage-liban-turquie [consulté le 17 juillet 2017].

2. https://www.l214.com/communications/20170413-export-transport-abattoir-liban-turquie [consulté le 12 juin 2017].

la filière viande, avec le soutien actif du gouvernement[1].

Devant la commission d'enquête, de nombreuses personnes auditionnées ont « insisté sur les conséquences du transport sur le bien-être animal », rappelant que « les conditions et la durée du transport de l'élevage à l'abattoir peuvent porter atteinte non seulement au bien-être [des animaux] mais aussi à leur maintien en vie ». La commission reconnaît que « le transport des animaux influe également sur les conditions physiques et perceptives dans lesquelles ils vivront leurs derniers instants ». Interrogé sur le sujet, le sociologue Félix Jourdan, chargé d'études à l'INRA et à l'ANSES, déclare : « Quand un animal arrive en abattoir, il a accumulé des "traces" et capitalisé parfois de la fatigue ou des blessures, autant de facteurs de "non-conformité" jusqu'alors latents, mais qui vont se cristalliser au moment de l'arrivée à l'abattoir[2] ». Selon Christophe Marie, directeur du pôle protection animale et porte-parole de la Fondation Brigitte-Bardot, le transport des animaux est pour eux une source de « stress intense qui rend plus difficile leur manipulation jusqu'au poste d'abattage. […] Dans certaines situations extrêmes, les animaux arrivent à destination dans un état de souffrance épouvantable, qui justifie en principe qu'ils soient pris en charge en urgence et abattus.

1. *Ibid.*

2. *Rapport de la commission d'enquête sur les conditions d'abattage des animaux de boucherie dans les abattoirs français*, tome II, p. 349, septembre 2016.

Or c'est souvent l'inverse qui se passe : on fait passer sur la chaîne d'abattage tous les animaux manipulables et propres, tandis que les animaux blessés durant le transport, qui ont souvent été piétinés par les autres animaux, sont abandonnés dans un coin en attendant leur tour[1] ».

Le règlement (CE) nº 1/2005 du Conseil du 22 décembre 2004 relatif à la protection des animaux pendant le transport et les opérations annexes est pourtant supposé encadrer le transport des animaux de ferme en France et en Europe et précise dans son article 3 qu'il convient en outre de respecter les conditions suivantes[2] :

a) toutes les dispositions nécessaires ont été prises préalablement afin de limiter au minimum la durée du voyage et de répondre aux besoins des animaux durant celui-ci ;
b) les animaux sont aptes à entreprendre le voyage prévu ;
c) les moyens de transport sont conçus, construits, entretenus et utilisés de façon à éviter des blessures et des souffrances aux animaux, et à assurer leur sécurité ;
d) les équipements de chargement et de déchargement sont conçus, construits, entretenus et utilisés adéquatement de façon à éviter des

1. *Op. cit.*, p. 105.
2. Règlement (CE) nº 1/2005 du Conseil du 22 décembre 2004 relatif à la protection des animaux pendant le transport et les opérations annexes et modifiant les directives 64/432/CEE et 93/119/CE et le règlement (CE) nº 1255/97, p. 5.

blessures et des souffrances aux animaux et à assurer leur sécurité ;

e) le personnel manipulant les animaux possède la formation ou les compétences requises à cet effet et s'acquitte de ses tâches sans recourir à la violence ou à des méthodes susceptibles d'effrayer inutilement les animaux ou de leur infliger des blessures ou des souffrances inutiles ;

f) le transport est effectué sans retard jusqu'au lieu de destination et les conditions de bien-être des animaux sont régulièrement contrôlées et maintenues de façon appropriée ;

g) une surface au sol et une hauteur suffisantes sont prévues pour les animaux, compte tenu de leur taille et du voyage prévu ;

h) de l'eau, de la nourriture et des périodes de repos sont proposées aux animaux à intervalles réguliers et sont adaptées, en qualité et en quantité, à leur espèce et à leur taille.

Ce règlement définit également la durée du transport, la fréquence et la durée des temps de repos en fonction des espèces. « On considère qu'un trajet est long à partir de huit heures. [...] Les ovins et les bovins peuvent être transportés jusqu'à vingt-neuf heures consécutives sous réserve d'un arrêt d'une heure après quatorze heures de route. Pour les porcs, c'est après vingt-quatre heures de transport que les animaux doivent être déchargés pour une période de repos de vingt-quatre heures. Les veaux peuvent être transportés durant dix-neuf heures, sous réserve d'un arrêt d'une heure après neuf heures de transport, et doivent bénéficier de vingt-quatre heures de repos avant de poursuivre le trajet si nécessaire[1] ».

Si le rapport de la commission estime que le taux de mortalité est le premier critère du niveau de bien-être des animaux durant le transport et que ce taux est « bien souvent inférieur aux plafonds de la réglementation[2] », de nombreux autres critères ne sont souvent pas contrôlés : soif, respect des heures de trajets et des temps de repos, fatigue et stress des animaux, etc. Une fiche technique publiée en 2014 par le Farm Animal Welfare Education Centre (FAWEC) sur l'impact économique du transport des porcs note que « le transport des animaux aux abattoirs peut occasionner des pertes économiques très importantes [et que] cela est dû au fait que les animaux y sont exposés à une grande variété de facteurs stressants en un laps de temps très court [...] Dans certains cas extrêmes, le stress peut même causer la mort des animaux[3]. » La fiche

1. *Rapport de la commission d'enquête sur les conditions d'abattage des animaux de boucherie dans les abattoirs français*, tome I, p. 62, *op. cit.*

2. Le taux de mortalité observé en filière avicole, et cité dans le cadre des auditions par Paul Lopez, premier vice-président de la Fédération des industries avicoles, est de 0,3 % pour un plafond réglementaire fixé à 2 % maximum de mortalité pour les poulets et à moins de 0,7 % pour les dindes. *Rapport de la commission d'enquête sur les conditions d'abattage des animaux de boucherie dans les abattoirs français*, tome I, p. 62, *op. cit.*

3. Déborah Temple *et al.*, *Impact économique du transport des porcs*, FAWEC, 9 mai 2014, https://www.fawec.org/media/com_lazypdf/pdf/fs9-fr.pdf [consulté le 17 juillet 2017].

mentionne un taux de mortalité situé entre 0,03 et 0,5 % pour l'Europe et des trajets de moins de huit heures, 70 % des pertes survenant dans le camion et 30 % lors du déchargement. L'une des principales causes de mortalité chez les porcins durant le transport est l'hyperthermie maligne ou syndrome de stress porcin, conséquence de facteurs environnementaux (stress, effort physique, température effective) et génétiques, provoquant un arrêt cardiaque et la mort de l'animal. Par sélection génétique, les laboratoires ont donc cherché à réduire la fréquence du gène halothane favorisant l'apparition du syndrome de stress porcin. La même étude mentionne que « le stress causé par le transport augmente la susceptibilité des animaux aux infections. [...] Par exemple, le stress augmente l'excrétion d'agents pathogènes intestinaux et, par voie de conséquence, augmente la prévalence des animaux positifs à la *Salmonella* spp ». Le FAWEC mentionne également « les lésions qui surviennent pendant le transport [et] peuvent être [la conséquence] de bagarres entre les animaux, d'un camion mal conçu ou d'une densité inappropriée ». Les fortes densités « semblent augmenter les bagarres entre les animaux couchés et ceux qui cherchent un espace où s'allonger. L'impossibilité de se reposer augmente à son tour le comportement de monte entre les animaux, les disputes et les lésions. D'un autre côté, de très faibles densités semblent augmenter le risque de coups quand les animaux perdent l'équilibre à cause du mouvement du véhicule ».

Enfin, il n'est pas rare que des camions transportant des animaux pour l'abattoir se renversent et fassent de nombreuses victimes. Ces accidents pourraient sembler quantité négligeable au regard du nombre d'animaux convoyés en France chaque année, mais ils n'en restent pas moins révélateurs d'une énième violence qui leur est infligée.

Le 1er octobre 2014, un camion transportant 500 moutons se couche sur l'A9. Au moins 200 animaux périssent sur le coup, ou doivent être euthanasiés.

Le 4 mars 2015, un camion transportant 200 cochons se couche sur la D35. Un cochon vivant se retrouve coincé au dernier étage du semi-remorque, la moitié du corps pendue dans le vide à quatre mètres de hauteur. Si le chauffeur s'en est heureusement sorti indemne, une centaine de cochons auraient péri dans l'accident.

Le 12 août 2015, sur l'A39, à proximité de Bourg-en-Bresse, une bétaillère transportant 39 bovins se couche sur le bas-côté. Le chauffeur se serait endormi alors qu'il transportait les animaux à l'abattoir. Plusieurs bovins meurent. Dix taurillons parviennent à s'extirper de la bétaillère et à prendre la fuite. Ils seront traqués par hélicoptère puis tués à bout portant par arme à feu. Légèrement blessé, le chauffeur a été transféré à l'hôpital.

Le 16 août 2016, à Poitiers, un poids lourd transportant 200 porcs se couche sur l'A10. Une quarantaine de porcs périssent dans l'accident ou ont été euthanasiés par le vétérinaire dépêché sur place.

Dans chacun de ces cas, les animaux survivants ont été chargés dans des camions de substitution et de nouveau conduits à l'abattoir.

Abattoirs et bien-être animal : l'inconciliable

L'article 14 du règlement (CE) 1099/2009 sur la protection des animaux au moment de leur mise à mort précise qu'il est de la responsabilité de chaque exploitant de veiller à ce que la configuration et la construction des abattoirs ainsi que le matériel qui y est utilisé soient conformes aux dispositions de l'annexe II définissant une série de règles opérationnelles relatives à la configuration, à la construction et aux équipements des abattoirs.

Auditionné par la Commission d'enquête, Ghislain Zuccolo, directeur général de l'association Welfarm, explique : « À l'abattoir, trois sens de l'animal se trouvent particulièrement en éveil : l'ouïe, l'odorat et la vue. Pour ce qui est de l'ouïe, l'animal est stressé par les sons forts et aigus : on atténuera donc les claquements de barrières métalliques en garnissant celles-ci de tampons de caoutchouc, et on évitera de crier. Pour ce qui est de l'odorat, les animaux stressés dégagent des phéromones, qui stressent à leur tour les autres animaux. […] Enfin, pour ce qui est de la vue, il faut savoir que les animaux ont peur des impasses et des angles droits : les couloirs incurvés permettent de résoudre cette difficulté, car l'animal qui s'y trouve suit celui qui est devant lui sans être stressé par ce qu'il pourrait voir plus loin. Par ailleurs, il est conseillé d'éclairer le poste d'abattage, car les animaux ont tendance à se diriger instinctivement vers l'endroit le plus éclairé[1]. »

Si ces recommandations semblent évidentes, elles n'en restent pas moins rarement applicables. Dans de nombreux petits abattoirs, la structure n'est pas adaptée et nécessiterait des investissements conséquents en vue d'une mise aux normes. Lors de son audition par la commission d'enquête, Jean-Paul Bigard, président du directoire du groupe Bigard (Bigard, Socopa, Charal), donne l'exemple de l'abattoir du groupe situé à Avesnes-sur-Helpe : « Sa construction a nécessité un budget de plus de 50 millions d'euros : il s'agissait de se doter d'un outil digne de ce nom en remplacement d'un ancien équipement municipal [...]. Tous les animaux passent dans un abattoir, mais dès qu'on veut industrialiser le processus, on ne peut pas bricoler et il faut de lourds investissements. »

Gérard Clémente, directeur de l'abattoir du Pays de Soule, à Mauléon-Licharre, fait le même constat : « Notre établissement investit tous les ans. De 2013 à 2015, nos investissements se sont élevés à 24 386 euros, 26 783 euros et 52 461 euros. En 2010, nous avions déjà investi 1 million d'euros pour agrandir notre salle de découpe et de conditionnement, plus 700 000 euros pour moderniser les lignes d'abattage. Pour l'année 2017, nous envisageons d'investir 2,5 millions d'euros, d'une part pour

1. *Rapport de la commission d'enquête sur les conditions d'abattage des animaux de boucherie dans les abattoirs français*, tome I, p. 64, *op. cit.*

relever toutes nos chaînes et les lignes d'abattage de cinquante centimètres – les bêtes sont plus longues qu'autrefois, le poids carcasse-bovin est passé de 450 kilos à 550 kilos en l'espace de vingt ou trente ans –, et, d'autre part, pour améliorer les stabulations, où arrivent les animaux vivants[1]. » Lors de cette même audition, Michel Etchebest, maire de la commune de Mauléon-Licharre, affirme : « Même si nous sommes épinglés aujourd'hui dans ce domaine, un travail de fond sur le bien-être animal est en effet mené au sein de l'établissement[2]. »

Pourtant, les inspections menées par le ministère de l'Agriculture dans les abattoirs français en 2016 ont démontré que 80 % des structures ne respectaient pas les normes minimales de conformité.

Le cas de l'abattoir Guy Harang, situé à Houdan, est particulièrement intéressant. Selon le rapport de l'inspection réalisée le 24 avril 2016 par la DDPP (Direction départementale de la protection des populations), l'abattoir relève de la catégorie B (non-conformité mineure) : « La maîtrise de la protection animale est en grande partie satisfaisante malgré le constat de points de fragilité nécessitant la mise à jour du plan de maîtrise de la protection animale et sa réelle application sur le terrain[3]. »

---

1. *Rapport de la Commission d'enquête sur les conditions d'abattage des animaux de boucherie dans les abattoirs français*, tome II, p. 65, *op. cit.*

2. *Ibid.*

3. Rapport d'inspection n° 16-015617, *Inspection de la protection animale en abattoir de boucherie*, DDPP des Yvelines, 10 mai 2016, http://agriculture.gouv.fr/inspections-abattoirs/

Spécialisé dans l'abattage de porcins, l'abattoir emploie quatre-vingt-dix salariés et abat 2 500 cochons par semaine. Il fait aussi figure de précurseur puisqu'il s'était doté d'un système de contrôle vidéo avant même l'adoption par l'Assemblée nationale d'une proposition de loi sur la vidéosurveillance. Après que Sébastien Arsac et un militant de l'association L214 ont été interpellés et placés en garde à vue dans la nuit du 12 au 13 décembre 2016, Vincent Harang, directeur, assure à la presse que son abattoir a été audité à deux reprises en 2016, notamment par la Direction générale de l'alimentation, et a été à chaque fois « très bien noté ». Par voie de presse, M. Harang se dit alors disposé à rencontrer les militants de l'association afin d'engager un dialogue [1]. Cependant, lorsque Sébastien Arsac le contacte afin de convenir d'un rendez-vous, le directeur de l'abattoir se dédit, au prétexte que les services vétérinaires de la DDPP lui auraient déconseillé d'accueillir les représentants de l'association. Vincent Harang précise alors par téléphone qu'un vétérinaire et quatre techniciens sont là en « permanence, pour tous les abattages » et que le refus de la DDPP tient au fait qu'ils redoutent « qu'on les accuse de ne pas faire le boulot ». Le directeur ignore que l'association est déjà en possession d'un certain nombre d'heures d'images filmées dans son abattoir, montrant des employés s'acharner sur des cochons pour les faire avancer vers

78_GUY %20HARANG %20ABATTOIR.pdf [consulté le 17 juillet 2017].

1. « Yvelines : Deux militants de l'association L214 interpellés en pleine action dans un abattoir », *20 minutes*, 14 décembre 2016.

le poste d'abattage, des chocs électriques et des coups assénés avec violence sur les animaux, parfois jusqu'à les sonner, des cochons bloqués dans des couloirs inadaptés et décoincés à coups d'aiguillons électriques dans les yeux.

L'annexe III du règlement (CE) 1099/2009 sur la protection des animaux au moment de leur mise à mort interdit pourtant :

a) de frapper les animaux ou de leur donner des coups de pied ;
b) d'exercer des pressions aux endroits particulièrement sensibles du corps d'une manière qui leur cause des douleurs ou des souffrances évitables ;
c) de soulever les animaux par la tête, les oreilles, les cornes, les pattes, la queue ou la toison ou de les manipuler d'une manière qui leur cause des douleurs ou des souffrances [...] ;
d) d'utiliser des aiguillons ou d'autres instruments pointus ;
e) de tordre, d'écraser ou de casser la queue des animaux ou de les saisir aux yeux.

Un certain nombre de règles régissent en principe l'arrivée, le déchargement et l'hébergement des animaux à l'abattoir. Ainsi, l'annexe III du règlement (CE) 1099/2009 prévoit que « les conditions de bien-être de chaque lot d'animaux sont évaluées systématiquement, à l'arrivée, par le responsable du bien-être des animaux ou par une personne qui dépend directement de lui en vue de définir les priorités, en identifiant notamment les animaux qui présentent des besoins particuliers en matière de bien-être et les mesures à prendre correspondantes[1] ». Le rapport de la commission d'enquête rappelle qu'à cette étape « les animaux sont triés afin d'identifier les animaux blessés ou malades, qui sont euthanasiés puis évacués, comme les animaux morts pendant le transport, vers l'équarrissage[2]. »

Lors de son audition du 15 juin 2016 par la même commission, Jean-Paul Bigard, président du directoire du groupe Bigard, lui-même visé en 2008 par une enquête de l'association L214 pour des manquements à la réglementation[3], mentionne la banalité des cas d'animaux qui parviennent à l'abattoir en situation de souffrance : « Je suis très souvent choqué par l'état physiologique invraisemblable des animaux qui arrivent à l'abattoir, et dont l'abatteur n'est pas responsable. Ces animaux ont pourtant vécu dans des prés, dans des étables, mais les

1. Règlement (CE) nº 1099/2009 du 24 septembre 2009 sur la protection des animaux au moment de leur mise à mort, paru au *Journal officiel* de l'Union européenne du 18 novembre 2009, http://eur-lex.europa.eu/legal-content/FR/TXT/PDF/?uri=CELEX : 32009R1099&from=FR [consulté le 17 juillet 2017].

2. *Rapport de la commission d'enquête sur les conditions d'abattage des animaux de boucherie dans les abattoirs français*, tome I, p. 725, *op. cit.*

3. Une enquête menée du 8 au 26 septembre 2008 à l'abattoir Charal de Metz a révélé que les procédures ne respectaient pas la réglementation et constaté la passivité des services vétérinaires devant ces infractions quotidiennes. Une plainte a été déposée contre Charal auprès du tribunal de grande instance de Metz. Elle a été classée sans suite.

vétérinaires les ont vus plus ou moins rapidement, plus ou moins soigneusement[1]. »

L'annexe III prévoit également que « les animaux doivent être déchargés le plus rapidement possible après leur arrivée, puis abattus sans délai inutile », qu'ils ne sont « ni lancés ni renversés » et « dans la mesure du possible, chargés et déchargés horizontalement et mécaniquement ». En ce qui concerne l'attente et l'hébergement, l'annexe III prévoit que « chaque animal dispose d'un espace suffisant pour se tenir debout, se coucher et, excepté pour le bétail parqué individuellement, se retourner. S'ils ne sont pas abattus dans un délai de douze heures, ils doivent être nourris et modérément affouragés et disposer d'eau potable en permanence. Dans les faits, un audit de l'Office alimentaire et vétérinaire (OAV) conduit en 2015, et cité par le rapport de la commission d'enquête, montre que « l'absence d'alimentation et de litière lorsque les animaux restent plus de douze heures dans un abattoir est un manquement fréquent, insuffisamment souligné par les services vétérinaires[2]. »

---

1. *Rapport de la commission d'enquête sur les conditions d'abattage des animaux de boucherie dans les abattoirs français*, tome II, p. 379, *op. cit.*

2. *Rapport final d'un audit effectué en France du 8 au 17 avril 2015 en vue d'évaluer les contrôles relatifs au bien-être des animaux durant l'abattage et les opérations annexes* (n° 2015-7427-RM), http://ec.europa.eu/food/fvo/act_getPDF.cfm?PDF_ID=12249 [consulté le 17 juillet 2017].

Méthodes d'étourdissement

En préambule du règlement sur la protection des animaux au moment de leur mise à mort, le Conseil de l'Union européenne rappelle qu'il n'existe pas de méthode, même parmi les plus modernes, garantissant que l'animal n'éprouvera pas de souffrance au moment de sa mise à mort : « La mise à mort des animaux peut provoquer chez eux de la douleur, de la détresse, de la peur ou d'autres formes de souffrance, même dans les meilleures conditions techniques existantes. Certaines opérations liées à la mise à mort peuvent être génératrices de stress, et toute technique d'étourdissement présente des inconvénients. Les exploitants et toute personne associée à la mise à mort des animaux devraient prendre les mesures nécessaires pour éviter la douleur et atténuer autant que possible la détresse et la souffrance des animaux pendant l'abattage ou la mise à mort, en tenant compte des meilleures pratiques en la matière et des méthodes autorisées par le présent règlement[1]. »

Le règlement reconnaît qu'« il existe des preuves scientifiques suffisantes démontrant que les animaux vertébrés sont des êtres sensibles » et que « beaucoup de méthodes de mise à mort sont douloureuses pour les animaux ». Si l'étourdissement est alors nécessaire pour provoquer un état d'inconscience et une perte de sensibilité, le Conseil admet que « mesurer la perte de conscience et de sensibilité d'un animal

1. *Op. cit.*

est une opération complexe pour laquelle il est nécessaire de suivre une méthode scientifiquement approuvée », et qu'il conviendrait de « réaliser un suivi au moyen d'indicateurs afin d'évaluer l'efficacité de la procédure en conditions réelles ».

Le préambule du rapport est sur ce point contradictoire, reconnaissant d'un côté que « les conditions dans lesquelles les animaux sont étourdis et les résultats de ces étourdissements varient en pratique en raison d'un grand nombre de facteurs », et affirmant de l'autre qu'il « peut être prouvé que certaines méthodes d'étourdissement sont suffisamment fiables pour entraîner immanquablement la mort des animaux en toutes circonstances », et qu'il semble alors « inutile et disproportionné d'exiger un contrôle de l'étourdissement ». Dans un article intitulé « L'évaluation de l'état d'inconscience en abattoir » et publié en 2015, une équipe de chercheurs de l'INRA recense les indicateurs de conscience et d'inconscience chez les animaux et estime que, « dans le cadre de l'abattage, il est indispensable d'utiliser une approche multicritère pour vérifier l'absence de conscience et la présence d'inconscience [1] ».

L'efficacité d'un étourdissement est conditionnée par l'exactitude d'un geste qu'il n'est pas évident de réaliser et de répéter avec précision, parce que

1. Claudia Terlouw *et al.*, « L'évaluation de l'état d'inconscience en abattoir », *Viandes et produits carnés*, p. 2, mars 2015, http://www.viandesetproduitscarnes.fr/phocadownload/vpc_vol_31/3123_terlouw_aspects_neurobio_abattage_partie_2.pdf [consulté le 17 juillet 2017].

les animaux bougent, que le matériel est plus ou moins opérationnel et la structure plus ou moins adaptée, que les cadences sont trop importantes, etc. Les atteintes cérébrales qui en résultent n'ont pas toujours les mêmes effets sur les animaux. Or le contrôle de cette efficacité, comme le rappelle le règlement (CE) 1099/2009, « est principalement fondé sur l'évaluation de l'état de conscience et de la sensibilité des animaux », état de conscience qui « se traduit par sa capacité à ressentir des émotions et à contrôler ses mouvements volontaires ». On estime donc qu'un animal est inconscient lorsqu'il n'est plus capable de tenir « sa position debout naturelle après l'étourdissement, qu'il n'est pas éveillé et ne montre pas de signes d'émotions positives ou négatives, telles que la peur ou l'excitation », mais aussi lorsqu'il « ne présente pas de réflexe ou de réaction à des stimuli tels que les sons, les odeurs, la lumière ou le contact physique ».

À la lecture de ces recommandations, on comprend que le diagnostic d'inconscience ne peut être effectué avec certitude qu'après une observation minutieuse des signes précités, ce qui est quasiment impossible dans une chaîne de production tenue par un souci de rendement et de rentabilité. Dans une tribune publiée par le quotidien *Libération*, la philosophe Florence Burgat, directrice de recherche à l'INRA, rappelle que « la réglementation impose la trépanation de la boîte crânienne, la perforation au niveau de la nuque ou la percussion de la boîte crânienne, l'électrocution ou l'anesthésie au CO_2 en fonction des espèces d'animaux et proscrit les “souffrances inutiles[1]” ». Elle demande : « Le spectateur médusé devant les nouvelles images diffusées par L214 serait-il vraiment plus serein devant celles qui refléteraient l’application de la réglementation ? La chose n’est pas certaine, et les scènes ne seraient pas radicalement différentes. Peut-on imaginer un instant que des victimes livrées sans contrôle aux mains des employés des abattoirs soient mises à mort sans douleur, sans souffrance, sans angoisse ni détresse – états que le législateur reconnaît expressément aux animaux ? » et dénonce l’absence commune des vétérinaires aux postes d’abattage : « S’ils sont occupés ailleurs, c’est parce qu’il est tacitement entendu que les employés sont libres de faire ce qu’ils veulent de ces victimes – qui sont collectivement les nôtres. » Interrogée au sujet de ce point précis par la commission d’enquête, Florence Burgat précise : « La Direction des services vétérinaires (DSV) est censée contrôler l’application de la réglementation au moment de la mise à mort des animaux. Or on sait par un certain nombre de témoignages, notamment écrits au long de plusieurs décennies, que la DSV se trouve à l’autre bout de la chaîne pour contrôler les aspects sanitaires, sans effectuer aucun contrôle sur la manière de mettre à mort les animaux[2]. »

1. Florence Burgat, « Portons un coup au plaisir carnivore », *Libération*, 3 avril 2016, http://www.liberation.fr/debats/2016/04/03/portons-un-coup-au-plaisir-carnivore_1443680 [consulté le 17 juillet 2017].

2. *Rapport de la commission d’enquête sur les conditions d’abattage des animaux de boucherie dans les abattoirs français*, tome II, p. 308, *op. cit.*

En 2008, les images tournées par Sébastien Arsac à l'abattoir Charal, à Metz, et dévoilées par L214, montrent des bovins suspendus à des crochets qui continuent de se débattre. L'entreprise Charal et les services vétérinaires affirment alors que ces mouvements sont des mouvements réflexes et qu'un coup de pistolet à projectile captif est toujours fatal. L'association répond à cet argument par le rappel d'un rapport scientifique de l'EFSA (Autorité européenne de sécurité des aliments) sur l'abattage, listant plusieurs signes de reprise de conscience, dont le redressement de la tête, remarqué sur les images captées lors de l'enquête. Ce même rapport souligne que 4 à 6,6 % des étourdissements ne sont pas réalisés de façon correcte (le pistolet est mal placé, les cartouches mal adaptées, etc.) et nécessitent un second tir.

Lors de l'abattage, les marques de souffrance de l'animal peuvent être masquées par l'immobilisation, par la section de la trachée qui empêche les vocalises, par les convulsions, par la paralysie qu'entraînent le pistolet à projectile captif ou l'électronarcose, ou par l'hypoxie cérébrale due à la perte de sang. Il en est de même des signes de conscience dont les marqueurs sont difficiles à décrire et à observer. Ils dépendent de l'espèce et de la méthode d'étourdissement.

Selon les chercheuses Claudia Terlouw, Cécile Bourguet et Véronique Deiss, les indicateurs de conscience et d'inconscience sont les suivants[1] :

1. « L'évaluation de l'état d'inconscience en abattoir », *op. cit.*

Indicateur	Signe de :
Posture debout Tentatives de redressement de la tête et/ou du corps Vocalisations volontaires Clignements spontanés des yeux Poursuite oculaire	conscience
Absence de réflexe cornéen Absence de réflexe ciliaire Absence de respiration	inconscience ou mort

L'article précise que « d'autres indicateurs peuvent être utilisés mais leur pouvoir discriminant est moindre. Comme les indicateurs sont seulement indirectement liés à l'état de conscience, il est nécessaire d'en vérifier plusieurs [1] ».

Selon le rapport de l'EFSA consacré à l'abattage et publié en 2004, un étourdissement raté est déterminé par la présence d'un ou de plusieurs des signes suivants :

– respiration rythmée ;
– contraction de la pupille ;
– tentative de relever la tête ;
– vocalisation durant l'étourdissement ou durant les manipulations ;
– réflexe cornéen ;
– réaction à un stimulus douloureux ;

1. *Ibid.*

– oreilles rigides (non molles), en particulier après un étourdissement avec système à projectile captif.

Lors d'une table ronde réunissant chercheurs et instituts techniques dans le cadre de la commission d'enquête, Claudia Terlouw explique que chacun de ces indicateurs présente des limites : « S'agissant de la perte de posture, il faut s'assurer que l'animal n'est pas simplement paralysé : le pistolet, lorsqu'il est mal utilisé, peut sectionner la moelle épinière ; l'animal est alors paralysé, mais conscient. De même, le réflexe cornéen n'est pas toujours observable : ainsi, après l'électronarcose, l'animal est en phase tonique ; tous ses muscles sont tendus, y compris ceux des yeux. Il est également possible, dans le cadre d'un abattage sans étourdissement, qu'il y ait du sang dans les yeux et que le réflexe cornéen soit difficile à déclencher. Enfin, l'absence ou la présence de la respiration n'est pas toujours facile à constater. C'est une fonction vitale, et le corps se défend bien. On voit souvent quelque chose qui ressemble à une respiration : l'évaluation n'est pas facile. Par ailleurs, il arrive que l'on ne puisse pas voir l'animal : dans l'abattage sans étourdissement, il est enfermé dans un piège, et il peut être difficile de vérifier s'il respire[1]. »

Le préambule du règlement (CE) 1099/2009 pour la protection des animaux au moment de leur mise à

1. *Rapport de la commission d'enquête sur les conditions d'abattage des animaux de boucherie dans les abattoirs français*, tome II, p. 143, *op. cit.*

mort fait également référence aux deux avis adoptés par l'EFSA sur le bien-être des animaux dans le cadre des principaux systèmes d'étourdissement et de mise à mort de certaines espèces d'animaux[1]. Ces avis recommandent notamment l'abandon progressif du dioxyde de carbone comme méthode d'étourdissement des cochons et l'abandon des bains d'eau électrifiés pour l'étourdissement des volailles. Cependant, l'Autorité européenne n'a pas retenu ces préconisations car « l'analyse d'impact [a] révélé [qu'elles] n'étaient pas économiquement viables, à l'heure actuelle, dans l'Union européenne ». D'autres recommandations ont été exclues du règlement, comme celles relatives aux poissons d'élevage. Il n'existe donc aucune règle concernant la mise à mort des poissons. Les fosses de gazage au gaz CO_2 sont parfaitement légales, quand bien même cette méthode inflige une immense souffrance aux cochons, comme nous le verrons avec le détail de l'enquête menée par L214 à l'abattoir d'Alès dans la partie suivante. Il en va donc de même pour l'électrocution des volailles.

Les abattoirs n'ont pas le monopole des mises à mort arbitraires. Dans les élevages, elles sont aussi monnaie courante. Le règlement reconnaît comme un devoir éthique de tuer des animaux de rente en grande souffrance lorsqu'il n'existe « aucun moyen économiquement viable d'atténuer ces douleurs ». Il

1. *Opinion of the Scientific panel on Animal Health and Welfare on a Request from the Commission Related to Welfare Aspects of the Main System of Stunning and Killing the Main Commercial Species of Animals*, EFSA, 2004, pp 16-17.

est précisé que ces animaux doivent préférablement être mis à mort dans les « conditions correctes de bien-être », mais que, dans des circonstances exceptionnelles, « le respect des règles optimales de bien-être risquerait de prolonger leur souffrance », et qu'il convient donc, dans l'intérêt des animaux, « d'exclure les mises à mort d'urgence » de l'application du règlement[1].

En élevage, le taux de mortalité avant l'abattage est souvent élevé. Il est par exemple de 20 % en élevage porcin intensif et de 25 % en filière cunicole (un lapin sur cinq meurt avant l'âge de trois mois, âge auquel ils sont envoyés à l'abattoir). Les conditions d'hygiène, l'enfermement, la surpopulation et la prolificité décuplée des animaux engendrent de multiples pathologies, qu'il n'est pas toujours rentable de chercher à soigner. Les éleveurs sont régulièrement amenés à tuer des animaux au sein même de l'élevage, et les méthodes « économiquement viables » se limitent souvent à des exécutions sommaires, avec les moyens du bord, engendrant parfois des blessures ou des souffrances supplémentaires, tout cela dans un cadre légal.

En ce qui concerne l'abattage rituel, la directive 93/119/CE prévoit une dérogation à l'obligation d'étourdissement lorsque ce type de mise à mort se déroule dans le cadre de l'abattoir. Le règlement (CE) 1099/2009 maintient cette dérogation « en laissant toutefois un certain degré de subsidiarité à

1. *Welfare Aspects of the Main Systems of Stunning and Killing Applied to Commercially Farmed Deer, Goats, Rabbit, Ostriches, Ducks, Geese and Quail*, EFSA, 2006.

chaque État membre». Il appartient donc à chaque pays de légiférer sur l'abattage rituel. Dans le cadre de la liberté des cultes, la France autorise l'égorgement sans étourdissement préalable, pratique en revanche interdite au Danemark, en Norvège, en Suisse et bientôt en Belgique. Le préambule du règlement sur la protection des animaux au moment de leur mise à mort relève à ce propos que «l'abattage sans étourdissement nécessite une incision précise de la gorge à l'aide d'un couteau tranchant pour limiter autant que possible les souffrances de l'animal. En outre, les animaux qui ne sont pas mécaniquement immobilisés après l'incision sont susceptibles de ralentir le processus de saignée et ce faisant de prolonger inutilement leurs souffrances. Les bovins, ovins et caprins sont les espèces le plus fréquemment abattues selon cette procédure. Il s'ensuit que les ruminants abattus sans étourdissement préalable devraient être immobilisés de manière individuelle et par des moyens mécaniques».

La totalité des rapports vétérinaires et techniques considèrent la saignée sans étourdissement comme une expérience douloureuse, y compris lorsque la saignée est effectuée dans les meilleures conditions possibles. En 2013, dans le cadre d'une mission commune d'information sur la filière viande en France et en Europe au Sénat, des spécialistes et des vétérinaires ont été interrogés sur l'abattage rituel. Tous ont unanimement rappelé que «le geste très invasif de l'égorgement et la longue durée d'agonie qui peut s'en suivre sont susceptibles d'entraîner d'intenses souffrances pour les animaux concernés, comme l'ont rappelé l'ensemble des vétérinaires auditionnés[1] ». Selon Frédéric Freund, directeur de l'Œuvre d'assistance aux animaux d'abattoir (OABA), « de l'abattage rituel pratiqué sans étourdissement résulte pour l'animal non seulement une douleur au moment où on lui tranche la gorge, mais également une agonie post-égorgement qui peut durer plusieurs minutes[2]. » Dans le même rapport d'information, Michel Baussier, président du Conseil supérieur de l'ordre des vétérinaires, déclare : « Il est irréfutable que les animaux souffrent lors de ces mises à mort [...]. Cela peut donner lieu à des scènes insoutenables avec par exemple des animaux dépecés alors qu'ils sont encore vivants. » Lors des auditions devant le Sénat en juin 2013, les études opposées par les représentants religieux n'ont pas été communiquées aux rapporteurs, malgré les demandes explicites de ces derniers.

Même un geste parfaitement exécuté ne peut supprimer la douleur de la saignée qui porte atteinte à une région du corps riche en terminaisons nerveuses. À chaque fois que le couteau entre en contact avec la gorge, une sensation de douleur est causée. Or il est fréquent (sauf chez les oiseaux) que plus d'un coup de couteau soit nécessaire pour obtenir la saignée :

---

1. *Rapport d'information fait au nom de la mission commune d'information sur la filière viande en France et en Europe : élevage, abattage et distribution* – Tome I : *Rapport*, Sénat, nº 784, p. 228, 17 juillet 2013.

2. *Rapport d'information fait au nom de la mission commune d'information sur la filière viande en France et en Europe : élevage, abattage et distribution* – Tome II : *Auditions*, Sénat, nº 784, p. 262, 17 juillet 2013.

un nombre moyen de 3,2 coups (shehita[1]) et de 5,2 coups (halal[2]) a été relevé chez les bovins. Pour les moutons, le nombre de coups varie de 1 à 5[3].

Autre point important soulevé par le préambule au règlement (CE) 1099/2009 : « la désignation d'une personne spécialement qualifiée comme responsable du bien-être des animaux en vue de coordonner et de suivre l'application des procédures relatives au bien-être des animaux », mesure dont l'Autorité européenne conseille l'application à l'ensemble de la Communauté, à l'exception des « petits abattoirs qui [...] n'ont pas besoin d'un système de gestion complexe pour appliquer les principes généraux du [...] règlement. [...] L'obligation de se doter d'un responsable du bien-être animal serait par conséquent disproportionnée par rapport aux objectifs poursuivis, et le [...] règlement devrait permettre à ces abattoirs de déroger à cette obligation ». Les attributions du responsable du bien-être animal sont définies par l'article 17 du règlement qui précise que ces recommandations « ne s'appliquent pas aux abattoirs qui abattent moins de 1 000 unités de gros bétail (mammifères) ou 150 000 oiseaux ou lapins par an ». Dans le chapitre suivant, nous aurons l'occasion de revenir sur l'enquête menée par l'association L214 à

1. Rite juif d'abattage par jugulation.

2. Désigne ici la dhabiha, rite musulman d'abattage par jugulation.

3. *Report on Good and Adverse Practices – Animal Welfare Concerns in Relation to Slaughter Practices from the Viewpoint of Veterinary Sciences*, Rapport du projet DialRel, pp. 30-31, février 2010.

l'abattoir du Vigan, abattoir de proximité, certifié bio, dont les cadences sont inférieures aux cadences d'abattage précitées. La structure s'était pourtant dotée d'un responsable protection animale, qui s'est avéré être l'un des employés accusés d'actes de cruauté et de mauvais traitements sur les animaux. S'il ne faut pas tirer de généralité de cette situation, elle révèle en revanche que la présence d'un responsable du bien-être animal dans un abattoir ne saurait être l'assurance de voir les règles minimales de respect appliquées, même au sein de structures de moyenne ou petite taille.

L'article 3 du règlement (CE) 1099/2009, consacré aux prescriptions générales applicables à la mise à mort des animaux et aux opérations annexes (manipulation, hébergement, immobilisation, étourdissement et saignée des animaux), précise que « toute douleur, détresse ou souffrance évitable [doit être] épargnée aux animaux lors de la mise à mort et des opérations annexes ». Les exploitants sont donc tenus de prendre des mesures nécessaires pour que les animaux :

- bénéficient du confort physique et d'une protection, notamment en étant maintenus propres, dans des conditions thermiques adéquates et en étant protégés contre les chutes et les glissades ;
- soient protégés contre les blessures ;
- soient manipulés et logés compte tenu de leur comportement normal ;
- ne présentent pas de signes de douleur ou de peur évitables, ou un comportement anormal ;

– ne souffrent pas d'un manque prolongé d'aliments ou d'eau ;
– soient empêchés d'avoir avec d'autres animaux une interaction évitable qui pourrait nuire à leur bien-être.

Il est également précisé que les installations utilisées pour la mise à mort et les opérations annexes doivent être conçues, construites, entretenues et exploitées de manière à garantir le respect de ces obligations. Les animaux doivent être mis à mort après étourdissement « selon les méthodes et les prescriptions spécifiques relatives à leur application » que le règlement (CE) 1099/2009 cite en annexe [1].

Dans le cas d'étourdissement par méthode mécanique [2] avec un pistolet d'abattage à cartouche ou pneumatique, doté d'une mèche perforante ou non selon le type de pistolet, le coup doit se faire à des endroits précis de la tête et l'arme doit être positionnée perpendiculairement au crâne ; la possibilité d'un tir raté est donc toujours présente, pour les raisons précitées (cadence d'abattage, mouvements de l'animal, structure non adaptée à l'immobilisation). Selon un rapport de l'INRA publié en 2009, « on a constaté que chez le bovin, dans les abattoirs

1. Règlement (CE) n° 1099/2009 du 24 septembre 2009 sur la protection des animaux au moment de leur mise à mort, paru au *Journal officiel* de l'Union européenne du 18 novembre 2009, http://eur-lex.europa.eu/legal-content/FR/TXT/PDF/?uri=CELEX : 32009R1099&from=FR [consulté le 17 juillet 2017].

2. Voir annexe 2 : Liste des méthodes d'étourdissement et spécifications annexes, tableau 1.

commerciaux, entre 6,1 % (génisses) et 16,3 % (taureaux) des tentatives d'étourdissement par mèche captive pénétrante ne réussissent pas (pistolet ou cartouches inadaptés, piège inadéquat, etc.)[1]. » Ce même rapport conclut : « L'application de la mèche captive pénétrante ou non pénétrante induit des lésions importantes au niveau du crâne et du cerveau, et peut être une manière très efficace et fiable d'induire une perte de conscience instantanée et durable. Toutefois, en pratique, on constate un taux relativement élevé de non-réussite laissant penser que cette méthode peut également être une source de douleur intense. Lorsque l'opérateur est bien formé il constate l'échec et effectue immédiatement un deuxième tir[2]. »

Dans le cas d'étourdissement par électronarcose[3], la défaillance cardiaque entraînée par l'électrocution (fibrillation chez les mammifères, mécanisme peu connu chez les volailles) peut également entraîner la mort de l'animal. Comme susmentionné, l'efficacité de cette technique nécessite un placement précis des électrodes, un matériel en bon état, des électrodes bien entretenues et des paramètres électriques contrôlés et adaptés à chaque animal en fonction de son espèce et de son poids. En pratique et compte tenu des cadences des chaînes d'abattage, ces

1. *Douleurs animales : les identifier, les comprendre, les limiter chez les animaux d'élevage. Expertise scientifique collective, rapport d'expertise*, INRA (France), 2009, p. 226.

2. *Ibid.*, p. 228.

3. Voir annexe 2 : Liste des méthodes d'étourdissement et spécifications annexes, tableau 2.

conditions sont rarement réunies, et les défauts d'étourdissement, douloureux pour les animaux et les exposant à une saignée en état de conscience, sont là aussi fréquents. Comme le rapport de la commission d'enquête le rappelle, « l'étourdissement électrique est utilisé pour 85 % des tonnages de porcs et de volailles et pour la quasi totalité des ovins et des caprins [1]. » Le rapport de l'INRA précité ajoute que « si suite à une mauvaise application due à un mauvais paramétrage ou un mauvais contact entre les électrodes et l'animal, l'inconscience n'est pas induite, l'animal perçoit des douleurs, car le courant stimule les récepteurs nociceptifs », et estime un taux d'échec compris entre 9 % pour les moutons et 13 à 14 % pour les porcs.

En 2013, un audit d'inspection de l'Office alimentaire et vétérinaire européen en France, mené dans plusieurs abattoirs, a établi qu'un étourdissement par électronarcose mal paramétré n'entraînait pas l'inconscience de l'animal : « Dans tous les abattoirs visités, des paramètres d'étourdissement incorrects étaient appliqués et l'équipe chargée de l'audit a donc relevé la présence dans la chaîne d'abattage de nombreuses volailles qui avaient été étourdies, mais présentaient toujours des signes de conscience (réflexe cornéen, respiration rythmée, importants battements d'ailes et même soulèvement de tête). Un rapport de l'OAV publié en 2015 montre que l'usage de l'électronarcose pour les moutons ne

1. *Rapport de la commission d'enquête sur les conditions d'abattage des animaux de boucherie dans les abattoirs français*, tome I, p. 79, *op. cit.*

respecte souvent pas les niveaux de courants électriques minimaux, sans que cela figure dans les rapports d'inspection vétérinaires[1] ». Lors de son audition par la commission d'enquête, Ghislain Zuccolo, directeur général de l'association Welfarm explique : « Il arrive que les appareils se dérèglent, délivrant trop ou pas assez de puissance[2]. » Le procès de l'abattoir du Vigan a par exemple démontré que l'appareil utilisé pour l'étourdissement par électronarcose était réglé dans une certaine position et présentait des défaillances qui ont été identifiées. Aucune mesure corrective n'avait cependant été prise.

Lors de l'audit précité et conduit par l'OAV, les documents relatifs à la surveillance en principe exercée par les abattoirs n'évoquaient aucune lacune en matière d'étourdissement ou de problème concernant la perte de conscience des volailles. Pourtant, sur les quatre abattoirs visités, les valeurs minimales des paramètres d'étourdissement exigées par le règlement (CE) 1099/2009 n'étaient respectées que sur une seule chaîne (utilisant une méthode d'étourdissement au gaz). Dans trois abattoirs visités pratiquant l'abattage halal, l'équipe chargée de l'audit a observé que les volailles avaient été étourdies avant

1. Rapport final d'un audit effectué en France du 8 au 17 avril 2015 en vue d'évaluer les contrôles relatifs au bien-être des animaux durant l'abattage et les opérations annexes (nº 2015-7427-TM), cité dans le cadre de la commission d'enquête (tome I, p. 80).

2. *Rapport de la commission d'enquête sur les conditions d'abattage des animaux de boucherie dans les abattoirs français*, tome II, p. 107, *op. cit.*

la saignée. Toutefois, les valeurs des paramètres d'étourdissement appliquées étaient inadéquates et les volailles étaient donc seulement immobilisées avant la saignée et n'étaient pas suffisamment étourdies. Certains abattoirs halal pratiquent en effet un étourdissement léger des volailles par électronarcose, insuffisant pour provoquer l'inconscience des animaux. Dans un communiqué publié en 2014, l'OABA dénonce cette pratique qu'elle considère comme « un détournement de la fonction des appareils d'étourdissement électrique. Les volailles sont en effet accrochées et suspendues conscientes mais elles ne reçoivent qu'un faible courant électrique destiné à les immobiliser brièvement afin de faciliter le travail du sacrificateur et à augmenter les cadences[1] ».

Lors de l'électronarcose par la méthode du « bain d'eau », les oiseaux sont accrochés dans une position physiologiquement anormale (tête à l'envers), suspendus par les pattes à des cintres qui les convoient par un système de chaîne vers un bain électrifié. Ces manipulations sont extrêmement stressantes pour les oiseaux et provoquent des réactions de peur[2]. Les cadences de manipulation et l'absence d'adaptation de la pression des cintres à chaque animal entraînent de fréquentes blessures et luxations, notamment des compressions douloureuses des pattes et un taux

1. Communiqué de presse en date du 4 février 2014 : https://www.oaba.fr/pdf/Communique_4fev2014.pdf [consulté le 12 juin 2017].

2. *Welfare Aspects of Animal Stunning and Killing Methods*, EFSA, p. 125, 2009.

élevé de fractures des os tarsométatarsiens. Les conditions du processus entraînent de fréquents battements d'ailes qui augmentent encore la prévalence des luxations (environ la moitié des oiseaux) et des fractures (de 1 à 8 % selon les études[1]). Les battements d'ailes favorisent le contact avec l'eau électrifiée du bain avant que la tête ne soit immergée, ce qui provoque de vives douleurs[2]. Chez certaines espèces (dindes) le courant peut provoquer une fibrillation ventriculaire cardiaque avant la perte de conscience, ce qui est là aussi cause de douleur. Un réflexe cornéen a été retrouvé chez 8 à 24 % des oies à la sortie d'un bain électrifié[3]. Un rapport de l'EFSA daté de 2012 indique que « lorsque l'étourdissement par bain électrifié est utilisé, il n'est pas possible d'assurer que tous les oiseaux sont étourdis[4]. »

Lors de son audition par la commission d'enquête, Agathe Gignoux, chargée d'affaires publiques de l'association Compassion in World Farming (CIWF), estime que l'abattage de volailles « constitue l'un des

1. *Ibid.*, pp. 125-126.

2. *Ibid.*, p. 135.

Opinion of the Scientific Panel on Animal Health and Welfare on a Request from the Commission Related to Welfare Aspects of the Main System of Stunning and Killing the Main Commercial Species of Animals, EFSA, 2004, pp 16-17.

3. *Welfare Aspects of the Main System of Stunning and Killing Applied to Commercially Farmed Deer, Goats, Rabbits, Ostriches, Ducks, Geese and Quail*, EFSA, 2006, p. 52.

4. *Scientific Opinion on the Electrical Requirements for Waterbath Stunning Equipment Applicable for Poultry*, EFSA, 2012, p. 4.

plus gros points noirs du rapport de l'OAV. La France fait partie des plus importants producteurs de volailles : on abat chaque année 900 millions de volailles dans notre pays, sur un peu plus d'un milliard d'animaux abattus en tout. Les problèmes peuvent avoir deux origines : d'une part, certains paramètres de la réglementation ne suffisent pas à garantir un étourdissement effectif de toutes les volailles au moyen de l'électronarcose par bain d'eau, notamment par application des fréquences élevées autorisées par la réglementation ; d'autre part, les paramètres fixés par la réglementation ne sont pas toujours respectés par les abatteurs, qui réduisent les intensités afin de diminuer l'impact de l'application des courants électriques sur les carcasses – il s'agit notamment de phénomènes hémorragiques et de fractures – ou de garantir la conformité des procédés utilisés à certains rituels. Dans ce dernier cas, l'étourdissement n'est pas suffisant et les volailles sont seulement immobilisées ou paralysées : or, selon l'OAV, l'étourdissement d'une intensité insuffisante "ne fait qu'entraîner une douleur supplémentaire" et un abattage effectué en pleine conscience [1] ».

L'étourdissement par gazage, couramment appelé « CAS » pour « Controlled Atmosphere Stunning », consiste à exposer les animaux à un mélange gazeux dans une chambre à atmosphère contrôlée. Cette méthode est utilisée en France dans environ trente-cinq abattoirs traitant de gros

1. *Rapport de la commission d'enquête sur les conditions d'abattage des animaux de boucherie dans les abattoirs français*, tome II, p. 82, *op. cit.*

volumes[1], et principalement pour les volailles et les porcs, avec usage de CO_2. Selon Daniel Delzescaux, directeur de l'Interprofession nationale porcine (INAPORC), six abattoirs de porcs utiliseraient ce procédé : « Ces six abattoirs représentent 15 à 18 % de la production nationale[2]. » Chez les cochons, les réactions d'évitement au gaz sont systématiques. L'irritation des muqueuses provoquée par le procédé peut être très douloureuse : « L'inconvénient principal de la technique est que, pendant la phase d'induction, on observe une excitation inhabituelle des animaux avec des réactions de fuite, des sursauts, de l'agressivité du porc envers ses congénères, des mouvements de tête et d'ouverture de la gueule et des signes de souffrance respiratoire [...]. De plus, à l'heure actuelle, il n'existe pas de consensus sur le fait de savoir si le porc perd conscience avant ou après les signes de détresse[3]. » Pierre Frotin, ingénieur développement coordination et promotion services et produits à l'Institut de la filière porcine (IFIP), pointe également les limites et incertitudes de cette technique d'étourdissement : « Réglementairement, il faut 80 % de CO_2 : dans la réalité, c'est

1. *Rapport d'information fait au nom de la mission commune d'information sur la filière viande en France et en Europe : élevage, abattage et distribution* – Tome I : *Rapport*, Sénat, nº 784, p. 226, 17 juillet 2013.

2. *Rapport de la commission d'enquête sur les conditions d'abattage des animaux de boucherie dans les abattoirs français*, tome II, p. 85, *op. cit.*

3. *Douleurs animales : les identifier, les comprendre, les limiter chez les animaux d'élevage. Expertise scientifique collective, rapport d'expertise*, INRA (France), p. 227, *op. cit.*

plutôt 90 % dans le fond de la cuve. Le temps d'immersion moyen tourne autour de cent vingt secondes : quand l'animal ressort, l'étourdissement n'est en principe pas réversible. Malheureusement, les effets du gaz sont assez aléatoires. […] Ne nous le cachons pas, le CO_2 est un gaz aversif qui, pendant les quinze à vingt secondes que dure l'inhalation, plonge l'animal dans une grande souffrance jusqu'à la phase d'induction, où il bascule dans l'inconscience[1]. »

Comme le rappelle le rapport de la commission d'enquête, « sauf dérogation, aucune mise à mort ne peut intervenir sans contrôle de l'étourdissement préalable, aux mains de l'opérateur qui doit être une seule et même personne. Afin que l'animal ne reprenne pas conscience, ces deux étapes doivent intervenir le plus rapidement possible. À ces stades, les défaillances sont nombreuses[2] ». Selon Agathe Gignoux (CIWF), « on retrouve des situations récurrentes d'absence d'étourdissement suffisant, de reprise de conscience non corrigée par un étourdissement d'urgence, de délais d'attente trop longs entre l'étourdissement et la saignée, d'absence de mesures correctives et de sanctions appropriées par les autorités[3] ». Lors de son audition par la commission d'enquête, Brigitte Gothière explique : « Dans toutes les images que nous avons réalisées, nous

1. *Rapport de la commission d'enquête sur les conditions d'abattage des animaux de boucherie dans les abattoirs français,* tome II, p 145, *op. cit.*

2. *Ibid.*, tome I, p. 88.

3. *Ibid.*, tome II, p. 108.

avons vu de nombreux étourdissements inefficaces. Parfois il s'agit de ratés – intensité de courant mal ajustée, pistolet mal placé ou chargé avec une cartouche inadaptée, exposition au gaz insuffisante –, parfois, les animaux ont repris conscience par la suite. On voit des animaux qui bougent alors qu'ils sont déjà suspendus sur les chaînes : ce sont des images très impressionnantes. L'intervalle entre l'étourdissement et la saignée est souvent long, ce qui explique les reprises de conscience. En ce qui concerne notamment les volailles, les abattages d'urgence ne sont quasiment jamais réalisés en cas d'arrêt de la chaîne – parfois tout à fait routinier, pour un changement d'outil, par exemple. Les animaux étourdis en passant dans le bain électrifié ont donc souvent pu reprendre conscience au moment où ils passent sous la lame. Dans nos images, on voyait même des animaux qui arrivaient à se désengager du système d'amenée, échappaient ainsi à la lame et n'étaient donc pas saignés : ils arrivaient dans le bac d'échaudage encore vivants. Aucune mesure corrective n'est prise : nous voyons très souvent des animaux conscients sur la chaîne d'abattage et, dans ce cas, un étourdissement d'urgence devrait être fait : dans la plupart des cas, ce n'est pas fait. Il n'y a pas de tests de conscience. Nos images montrent des tests de conscience au pied – on donne de petits coups de pied pour voir si les animaux réagissent – mais ce n'est pas un test de conscience reconnu par la réglementation : il s'agit plutôt de tester la dangerosité des animaux avant de les attraper par la patte pour les suspendre à la chaîne[1]. »

Paradoxe de la viande

La plupart d'entre nous considérons que les animaux ont droit au bien-être. Cependant, nous voudrions continuer de les manger sans leur infliger de souffrance, du moins « inutile ». Pour nous arranger avec cette contradiction, la loi s'est dotée d'une série d'aménagements supposés garantir la protection des animaux au sein même des élevages et des abattoirs. Ces aménagements sont bien entendu préférables à une absence totale de réglementation, mais n'en restent pas moins un pis-aller, un ensemble de petits compromis qui non seulement ne sont supposés garantir qu'un seuil minimal de « bien-être » pour les animaux, mais sont aussi peu applicables à la réalité des abattoirs, quels que soient la taille, l'aménagement ou les cadences de ces derniers.

C'est pourtant à l'aune de ces textes de loi que se définit aujourd'hui ce qui relève d'une violence légale ou d'une violence condamnable, et c'est en partie sur cette législation que s'appuie l'association L214 pour dénoncer les pratiques d'abattage des animaux, dans l'optique de voir appliquer ces règles minimales, mais aussi de dénoncer le paradoxe des abattoirs. Interrogée par la presse à l'occasion du procès de l'abattoir du Vigan qui s'est tenu à Alès le

1. *Ibid.*, tome II, p. 10.

23 mars 2017, Brigitte Gothière déclare : « Si l'on juge qu'il est illégal de donner des coups de poing à des animaux pour leur faire du mal, que faut-il penser des coups de couteau qu'on leur donne pour les tuer[1] ? », dénonçant ainsi l'absurdité d'un système basé sur la banalisation et l'industrialisation de la violence faite aux animaux, et qui voudrait pourtant concilier mise à mort et bien-être animal. Lors de son audition par la commission d'enquête, elle précise : « Dans les différentes affaires que nous avons mises au jour, les salariés sont devenus des boucs émissaires faciles. Mais on leur demande l'impossible : tuer à la chaîne avec empathie. Peut-on vraiment tuer dans la dignité et le respect ? On leur demande de tuer sans nécessité, ce qui est réprimé par le Code pénal[2] ! »

Dans la mesure où la consommation de viande n'est pas une nécessité, qu'est-ce qui, d'un point de vue éthique, rend en effet acceptable le coup de couteau porté à la gorge du veau et condamnable la lame plantée dans l'œil du mouton, comme l'ont montré les images tournées à l'abattoir de Pézenas ? Les deux gestes sont après tout motivés par la seule finalité du plaisir : gustatif pour l'un, sadique pour l'autre. Pour la philosophe Florence Burgat, que ces violences soient légales ou non, structurelles ou volontaires, « il n'y a rien d'étonnant dans ces scènes

1. Interview donnée au magazine *30 millions d'amis*, publiée par le site animaux-online.com le 23 mars 2017.

2. *Rapport de la commission d'enquête sur les conditions d'abattage des animaux de boucherie dans les abattoirs français*, tome II, p. 11, *op. cit.*

effroyables, car le privilège exorbitant de se voir, au point du jour, confier par milliers, dizaines de milliers, des animaux à écorcher ne saurait se faire sans "dérive". La dérive, ce sont les abattoirs eux-mêmes, grands ou pas, mobiles ou immobiles. Ce qui est en cause, c'est l'existence de la boucherie elle-même, qui trouve son origine dans le "sacrifice" et s'en réclame. Non, ce n'est pas l'abattage industriel qui est d'abord et seul coupable, c'est la consommation de viande. Et dans un monde où le régime carné est jugé bon, il doit l'être pour sept milliards d'humains, ce qui n'atténue pas le problème. C'est bien parce que collectivement nous admettons, sans même y réfléchir, que les animaux sont bons à tuer, bons à manger et bons à penser comme tels, que l'argument hédoniste "parce que c'est bon" joue son rôle[1]. »

Lors d'une table ronde organisée par la commission d'enquête, Florence Burgat déclare également : « Les arguments en faveur de la boucherie, dans un contexte où la nécessité ne peut pas être invoquée, laquelle lève en effet la difficulté, sont moralement très faibles. La balance entre le plaisir gustatif de l'un, obtenu par la mort de l'autre est grandement déséquilibrée. [...] On le voit : soit on pense le problème à l'intérieur du cadre réglementaire en vigueur et l'on tient sans examen pour légitime ce qui est légal, on s'interdit alors de comprendre pourquoi certains remettent en cause la boucherie et l'on cantonne le problème à des dérives ou des aspects techniques ; soit on s'interroge depuis les fondements sur

1. Florence Burgat, « Portons un coup au plaisir carnivore », *Libération*, 3 avril 2016.

la légitimité de la boucherie et l'on se demande alors s'il est juste de faire subir aux animaux ce que nous leur faisons subir, c'est-à-dire le pire – de quel droit, en l'absence de nécessité, assimilons-nous les animaux à des ressources transformables ou à des biens dont l'usage implique la destruction ? Ajoutons que jamais nous n'avons fait souffrir et tué autant d'animaux qu'aujourd'hui alors que jamais nous n'avons eu moins besoin des animaux pour notre survie ou pour notre développement[1]. »

Soixante-cinq propositions sont formulées par la commission d'enquête. Parmi elles, quinze propositions phares ont été mises en avant, dont la création d'un Comité national d'éthique des abattoirs, l'augmentation du recrutement de vétérinaires dans les abattoirs, la création d'une brigade bien-être animal, le renforcement de la formation des personnels d'abattoir, et l'installation obligatoire de caméras dans toutes les zones des abattoirs dans lesquelles des animaux vivants sont manipulés. Selon le rapport de la commission, le contrôle vidéo proposée à l'article 4 permettrait la protection du bien-être animal et serait utile à la formation des salariés. L'accès aux images serait cependant limité aux services de l'État et à la direction des abattoirs, et donc non-accessible aux associations de protection animale, au prétexte que « [cela] conduirait à privatiser le contrôle du bien-être animal en abattoir alors qu'il

1. *Rapport de la commission d'enquête sur les conditions d'abattage des animaux de boucherie dans les abattoirs français*, tome II, pp. 300-301, *op. cit.*

s'agit d'une mission de l'État dont il ne saurait se défausser[1] ».

Le 15 décembre 2016, les députés de la commission des affaires économiques écartent cette proposition, au prétexte que son application serait trop coûteuse. Ils dénoncent également le caractère « intrusif » d'une généralisation de la vidéosurveillance. Olivier Falorni, président et rapporteur de la commission d'enquête, se dit atterré par « la position extrêmement conservatrice de la commission alors même que la proposition de loi initiale avait été signée par des représentants de tous les groupes politiques composant l'Assemblée nationale[2] ». La proposition de loi est donc adoptée sans l'article 4.

Selon le journaliste Geoffrey Le Guilcher, auteur de *Steak Machine*[3], si Stéphane Le Foll ne pouvait empêcher la création de la commission d'enquête, il n'était cependant pas dans son intérêt d'en valider les propositions : « Bien que la protection animale relève du ministère de l'Agriculture, celui-ci défend avant tout les intérêts de la filière viande. Il y a là un conflit d'intérêts : comment serait-il possible de pousser la rentabilité du secteur d'un côté, et de garantir le bien-être des animaux de l'autre ? Il est d'ailleurs intéressant de remarquer que le rapport de

1. *Rapport de la commission d'enquête sur les conditions d'abattage des animaux de boucherie dans les abattoirs français*, tome I, *op. cit.*

2. « L'installation de caméras dans les abattoirs écartée par les députés », *Le Figaro*, 15 décembre 2016.

3. Geoffrey Le Guilcher, *Steak Machine*, éditions Goutte d'Or, 2017.

la commission d'enquête est signé par le président Olivier Falorni et son rapporteur, Jean-Yves Caullet, mais que le projet de loi n'est en revanche pas cosigné. M. Caullet, qui est un proche de Stéphane Le Foll, n'a vraisemblablement pas souhaité soutenir la proposition finale[1]. »

En Belgique, depuis janvier 2015, la question du bien-être animal est désormais du ressort des régions, et non du ministère de l'Agriculture. Cette disposition a permis la création de conseils régionaux regroupant des experts scientifiques en bien-être animal, des vétérinaires, des représentants du secteur de l'élevage et différents acteurs de la protection animale. L'une des propositions de la commission d'enquête portait sur la création de groupes similaires en France. Stéphane Le Foll s'y oppose fermement. « En décembre 2016, explique Geoffrey Le Guilcher, le texte d'Olivier Falorni a été, de son propre aveu, tellement démembré et démantibulé que le député a dans un premier temps été contraint de voter… contre sa propre proposition de loi[2] ! » Dès lors, de nombreuses associations de protection animale, dont L214, se mobilisent et appellent les citoyens à écrire aux députés de leur circonscription pour les engager à examiner de nouveau la proposition de loi.

Le 12 janvier 2017, la mesure est donc présentée aux parlementaires pour un nouvel examen. Stéphane Le Foll se voit contraint de céder du terrain, et parle d'une avancée « irréversible ». Contre

1. Entretien réalisé par l'auteur.
2. *Ibid.*

toute attente, l'amendement concernant le contrôle vidéo obligatoire dans les abattoirs est adopté en première lecture, à vingt-huit voix contre quatre, dans un hémicycle quasi vide. Comme l'explique Audrey Garric dans un article paru dans *Le Monde*, c'est à la faveur d'un accord entre Stéphane Le Foll et Olivier Falorni que la proposition est validée, en échange de celle, prévue par l'article 3 du projet de loi, prévoyant l'embauche de vétérinaires aux postes d'étourdissement et de mise à mort dans les abattoirs de boucherie de plus de cinquante salariés : « Je lui ai dit, en privé, durant les débats, que j'acceptais le retrait de l'article 3 s'il se prononçait ensuite en faveur de mon amendement, raconte Olivier Falorni. Nous avons demandé une suspension de séance pour que l'ensemble des élus socialistes en soient informés. »[1] Si la création d'un comité d'éthique est validée par les députés, ils rejettent en revanche un certain nombre de propositions, dont le droit de visite des parlementaires, la création des comités locaux de suivi des abattoirs, et l'interdiction de tuer des femelles au dernier trimestre de leur gestation[2]. Une avancée significative est cependant conservée : le délit pénal pour les faits de maltraitance.

Pour l'association L214, le projet de loi qui devrait être présenté devant le Sénat à l'automne

1. « L'Assemblée vote l'obligation de caméras dans les abattoirs dès 2018 », *Le Monde*, 13 janvier 2017.

2. L'enquête menée par L214 à l'abattoir de Limoges a révélé la pratique méconnue de l'abattage de vaches gestantes. Voir partie suivante.

2017 a, en grande partie, été vidé de sa substance[1]. Interviewée par *Le Monde*, Brigitte Gothière pose la question du flou qui entoure les modalités concernant la mise en place d'une expérimentation de contrôle vidéo, mais aussi sa finalité, dans la mesure où les images seront destinées aux seuls services vétérinaires et aux représentants protection animale des abattoirs. « Or, rappelle-t-elle, nos enquêtes ont prouvé leurs carences répétées[2]. » Pour Samuel Airaud, responsable du pôle observatoire Politiques & animaux de l'association, « L214 a toujours demandé à ce que l'installation de caméras aux postes où sont manipulés des animaux vivants soit assortie d'un droit d'accès aux images pour les associations de protection animale. C'est indispensable si l'on veut que cette mesure soit efficace. Le cas de l'abattoir de Houdan, où des images récupérées par L214 ont révélé ce que ni les caméras de la direction ni les contrôles des services vétérinaires n'avaient pu voir, prouve que l'installation de caméras est inutile si l'accès aux images n'est pas étendu aux associations. Nous avons d'ailleurs appelé les députés à voter pour des amendements allant dans ce sens. »

1. Cette proposition de loi n'a cependant jamais abouti. Les élections présidentielle et législatives de 2017 ainsi que le renouvellement partiel du Sénat l'ont enterrée. Quant à la promesse du candidat Macron d'imposer le contrôle vidéo dans les abattoirs, elle n'a pas été tenue. La loi alimentation votée en 2018 propose seulement une expérimentation du contrôle vidéo dans les abattoirs volontaires, sans que les modalités de cette expérimentation n'aient été définies.

2. « L'Assemblée vote l'obligation de caméras dans les abattoirs dès 2018 », *Le Monde*, 13 janvier 2017, *op. cit.*

Il y a fort à parier que la mise en place de la vidéosurveillance n'ait été qu'un effet d'annonce dont les bénéfices pour les animaux dans les abattoirs resteront minces, voire inexistants. Ces aménagements ne sauraient quoi qu'il en soit garantir l'application de la législation sur le bien-être animal dans les abattoirs. Comme le rappelle Catherine Rémy, chercheuse au Centre national de la recherche scientifique (CNRS), lors de son audition par la commission d'enquête, « respecter la réglementation humanitaire ne se traduira pas par la transformation des ouvriers des abattoirs en "bons euthanasistes pleins de compassion", expression que j'ai pu lire à de nombreuses reprises dans les travaux des vétérinaires qui ont milité pour l'introduction de la réglementation humanitaire dans les abattoirs. La compassion n'a pas sa place dans le dispositif tel qu'il existe[1]. »

1. *Rapport de la commission d'enquête sur les conditions d'abattage des animaux de boucherie dans les abattoirs français*, tome II, pp. 304-305, *op. cit.*

7

Enquêtes dans les abattoirs

Coordonné par Sébastien Arsac, le pôle enquête de l'association L214 est composé de cinq salariés qui peuvent être amenés à intervenir sur le terrain et travaillent à la préparation des vidéos, à la rédaction des rapports et à l'organisation de la communication. En 2015, l'enquête menée à l'abattoir d'Alès suscite l'indignation de l'opinion publique et la réaction de la classe politique. Comme le rappelle Brigitte Gothière, au-delà de la force des images révélées, ce retentissement est le résultat d'années de travail et d'investigation de terrain dans les élevages et les abattoirs, qui ont contribué à sensibiliser progressivement les Français à la question de la souffrance animale. Chacune des enquêtes menées par l'association depuis 2008 a également permis à l'équipe de L214 de progresser dans sa réflexion et sa stratégie de communication.

Interrogé lors de la commission d'enquête par Olivier Falorni au sujet des images potentiellement détenues par l'association, Antoine Comiti, président de L214, répond : « D'autres images sont en notre possession et montrent des pratiques qui ne sont pas forcément les mêmes, mais qui restent tout aussi choquantes. Nous sommes de plus en plus sollicités par des personnes travaillant dans la filière, ou qui en sont proches ; jusqu'à maintenant, nos mondes étaient assez éloignés, mais elles nous contactent désormais pour nous aider à nous procurer des informations ou des images. Il y aura donc, je pense, malheureusement, beaucoup d'autres images. »

D'octobre 2016 à juin 2017, des enquêtes paraissent, menées dans les abattoirs d'Alès (Gard), du Vigan (Gard), de Mauléon-Licharre (Pyrénées-Atlantiques), de Pézenas et Puget-Théniers (Hérault et Alpes-Maritimes), du Vigeant (Vienne), de Limoges (Limousin) et de Houdan (Yvelines). Par les pratiques dénoncées, la spécificité de certaines de ces structures et les conséquences de leur diffusion, ces enquêtes marquent une étape importante dans le combat mené par L214 et, plus largement, une évolution de notre société dans son rapport à la consommation de viande. De graves infractions à la réglementation ont été constatées dans chacun de ces abattoirs, qu'ils soient « à taille humaine » ou industriels, spécialisés ou multi-espèces, labellisés bio ou non, qu'ils pratiquent l'abattage avec ou sans étourdissement. Les enquêtes de l'association L214 révèlent une violence quotidienne et systématisée, infligée à des millions d'individus, chaque jour, dans chaque abattoir de France. Face aux enquêtes qui les ont visés, les responsables de ces structures (directeurs, politiques locaux) et certains salariés ont été contraints de réagir, devant la presse, lors des auditions de la commission d'enquête, ou devant la justice dans le cas du procès de l'abattoir du Vigan. Leur défense, nous le verrons, nous renseigne sur le quotidien des abattoirs, la difficulté d'appliquer les règles les plus élémentaires de protection animale en leur sein, mais aussi sur les enjeux politiques et économiques qui sous-tendent une industrie qui n'a, en vérité, que peu d'intérêts à remettre en question le bicn-être animal et à voir évoluer ses pratiques sinon en matière de productivité et de rentabilité. Traiter l'ensemble de ces enquêtes serait ici laborieux, c'est pourquoi nous choisissons de relater cinq d'entre elles, qui nous semblent représentatives des pratiques d'abattage communément répandues, et dont la répercussion et les conséquences médiatiques et politiques ont été d'une importance majeure. Enfin, l'ensemble de ces enquêtes et de ces témoignages pose la question du fondement de la violence intrinsèque à la nature même de l'abattoir.

Cruauté ordinaire à l'abattoir d'Alès

La ville d'Alès est située dans le Gard, en région Occitanie, et compte 42 000 habitants. Comme le rappelle Max Roustan, maire de la commune, invité à présenter l'abattoir régional municipal lors de la commission d'enquête, Alès se trouve au centre d'un territoire labellisé par l'UNESCO au titre de l'agro-pâturage. « L'abattoir fait partie intégrante du projet de territoire de cette ville : je vous rappelle tout de même qu'Alès est un secteur urbain, que je n'ai aucun éleveur chez moi, et que si je fais en sorte que cet abattoir soit en état de fonctionner, c'est par solidarité pour le territoire[1]. » L'abattoir de la ville d'Alès, créé en 1964, est le plus important de la région Languedoc-Roussillon. C'est un abattoir public, de proximité, dont la gestion est assurée par la commune. Avant la parution de l'enquête L214, la structure abattait chaque année 3 000 chevaux, 20 000 cochons, 40 000 moutons et 6 000 bovins, dont la moitié par abattage rituel halal.

Max Roustan explique que l'abattoir est particulièrement coûteux pour la collectivité : « Nous y avons investi 4,3 millions d'euros [...]. Chiffre d'affaires : environ 2,5 millions d'euros par an. Perte sèche pour la collectivité : environ 2 millions d'euros par an. C'est donc l'impôt des Alésiens qui paie le fonctionnement de cet abattoir. [...] Cela signifie que les efforts consentis n'ont pas eu de retour sur le plan économique. Nous nous en doutions, car les investissements dans les abattoirs sont très lourds et chaque année, les normes évoluant, il faut réinvestir[2]. »

Lors de son audition, Max Roustan explique ne s'être jamais rendu à l'abattoir : « Je ne vais jamais à l'abattoir, car je ne supporte pas le sang... Mais je fais confiance au personnel agréé qui s'en occupe. » Il rappelle que ce personnel bénéficie, au même titre que l'ensemble des salariés de la commune, d'un accès à la formation, et qu'une formation sur la bientraitance animale assurée par le cabinet Barthélémy,

1. *Rapport de la commission d'enquête sur les conditions d'abattage des animaux de boucherie dans les abattoirs français*, tome II, p. 38, *op. cit.*

2. *Ibid.*

spécialisé dans ce domaine, a été dispensée. Ce point est confirmé lors de la même audition par Jack Pagès, directeur de l'abattoir : « Nos salariés sont sensibilisés à la souffrance animale. Nous organisons deux ou trois fois par an des réunions internes, sous la direction du responsable qualité. » Bien qu'il ne s'y rende jamais, Max Roustan assure que l'abattoir se conforme aux normes en vigueur, que quatre agents de la DDPP sont présents de façon quotidienne dans l'abattoir et valident chaque étape du processus.

Début 2015, Brigitte Gothière est contactée par un lanceur d'alerte ayant accès à l'abattoir d'Alès, qui lui confie être en possession d'images filmées dans l'enceinte de la structure. Celui-ci lui envoie les vidéos enregistrées sur des cartes SD. Si les images contiennent des preuves de manquements à la réglementation et de violences volontaires, elles sont en revanche inexploitables pour L214, car elles ne sont ni datées ni géolocalisées. Sébastien s'entretient alors à plusieurs reprises avec le lanceur d'alerte, afin de s'assurer de son sérieux, de sa volonté, et d'être certain qu'il a bien conscience des risques encourus. Il lui garantit aussi le soutien de l'association, qui s'engage à protéger son anonymat. L214 met alors à sa disposition le matériel de tournage adéquat et définit le cadre de l'enquête qui sera réalisée entre avril et mai 2015.

L'association parvient à réunir plus de cinquante heures de tournage, donnant un aperçu fidèle des conditions de fonctionnement quotidiennes et usuelles de l'abattoir d'Alès. L'équipe procède alors durant plusieurs mois au dérushage des images, relevant les infractions et manquements à la réglementation. « Nous écartons toutes les images sur lesquelles nous ne pouvons pas dire avec certitude s'il y a ou non reprise de conscience, explique Sébastien. *Via* les caméras, nous ne pouvons voir que les clignements d'yeux, les relevés de tête, éventuellement les respirations. Ce sont trois critères importants, mais d'autres nous échappent. Par exemple, nous ne pouvons pas voir le résultat d'un test de réflexe cornéen. Pour le montage final de la vidéo destinée au public, nous ne gardons que les passages qui ne sont pas contestables. Jusqu'ici, tous les experts que nous avons sollicités ont toujours confirmé l'intégralité de nos premiers rapports. Depuis l'affaire d'Alès, nous avons également intégré les recommandations de Temple Grandin[1], experte reconnue internationalement sur ces questions, ce qui nous a par exemple permis d'écarter les situations où les animaux (surtout les cochons) sont pris de spasmes et non de mouvements respiratoires, comme on aurait pu le diagnostiquer dans un premier temps. »

Dans le cas de l'abattoir d'Alès, un ensemble de vidéos d'une durée totale de cent soixante-quinze minutes est soumis à l'analyse du professeur

1. Mary Temple Grandin est professeure de zootechnique et de sciences animales à l'université d'État du Colorado. Elle est spécialisée dans les conditions d'élevage des animaux de rente et mène des recherches sur la prise en compte de la souffrance animale dans le cadre de l'élevage et de l'abattage. Diagnostiquée autiste dans son jeune âge, elle utilise cette expérience personnelle pour approcher la cognition animale. Sa renommée est internationale.

Gilbert Mouthon, docteur vétérinaire, expert auprès des cours administratives d'appel de Paris et de Versailles, et agréé par la Cour de cassation. Celui-ci établit un rapport d'expertise privée en date du 8 octobre 2015, en préambule duquel il est rappelé que « les vétérinaires inspecteurs dans les abattoirs ont l'obligation de faire respecter la réglementation. En cas de refus de la direction de l'abattoir d'appliquer leurs directives, ils doivent impérativement prévenir leur autorité de tutelle, la Direction des services vétérinaires qui pourra saisir le préfet ou le procureur, faute de quoi ils auraient la responsabilité de la couverture de faits illégaux, en particulier d'actes de cruauté voire de la mise en danger de la santé humaine[1]. »

Les images transmises à l'expert montrent de nombreux chevaux refusant d'avancer vers le poste d'étourdissement. Afin de les contraindre, l'ouvrier leur administre des coups de bâton. D'autres reçoivent de violents coups de poing administrés sur la tête, au niveau du chanfrein. Selon le professeur Mouthon, ces coups sont « très douloureux et administrés sans aucune raison. Nous avons là des actes de cruauté. »

L'expert relève également qu'un « cheval est tiré malgré ses difficultés à se déplacer alors qu'il a un membre antérieur fracturé avec l'extrémité de celui-ci flottante, la douleur entraînant des tremblements ».

---

1. Le rapport complet du professeur Gilbert Mouthon est consultable sur le site de l'association L214 : https://www.l214.com/fichiers/pdf/2015/rapport_expertise_abattoir_Ales_Pr_-Mouthon.pdf [consulté le 17 juillet 2017].

Effrayés, certains chevaux se cognent contre la porte du box qui se referme sur eux. L'immobilisation de la tête des chevaux au moment de l'étourdissement est réalisée d'une main, ce qui ne permet pas à l'employé d'ajuster précisément le tir du pistolet à tige perforante. Pour le professeur Mouthon, « le piège est trop large, les mouvements des chevaux n'étant pas restreints comme le montrent les chevaux qui s'échappent soit par l'arrière soit par l'avant du piège ».

Après que les chevaux ont été étourdis, le laps de temps avant la saignée est souvent trop long, généralement supérieur à quarante-et-une secondes, limite préconisée par l'EFSA. Ainsi, un cheval se trouve coincé dans le box après l'étourdissement et les ouvriers ne le tirent du piège que deux minutes plus tard. Il est finalement saigné trois minutes après avoir été étourdi. Les mauvaises conditions d'immobilisation rendent certains étourdissements inefficaces. Les mouvements de plusieurs chevaux indiquent qu'ils sont toujours conscients (ils tentent de relever la tête, meuvent leurs oreilles et leurs membres de façon significative) au moment de l'accrochage par une jambe sur la chaîne de saignée. À aucun moment les employés ne réalisent un étourdissement de secours, malgré ces signes évidents de maintien ou de reprise de conscience. Sur les images, on peut voir un employé découper la jambe d'un cheval encore vivant.

Le professeur Mouthon relève que des chevaux sont saignés « avec les naseaux baignant dans le sang et l'eau en contact avec le pelage, ces liquides pouvant être aspirés avec les conséquences d'un passage au niveau pulmonaire des germes microbiens cutanés. Il y a un risque de la diffusion de ceux-ci dans l'organisme et en particulier dans les muscles, pouvant mettre en danger la santé du consommateur compte tenu de la virulence de germes actuellement mis en évidence en élevage ».

À l'abattoir d'Alès, les cochons sont étourdis par exposition au gaz (CO_2). Les ouvriers utilisent un aiguillon électrique pour contraindre les animaux à avancer vers le poste d'étourdissement et l'appliquent ailleurs que sur les membres postérieurs, sur la tête et les épaules, en infraction avec l'annexe III du règlement (CE) 1099/2009[1]. Une caméra descend avec les cochons dans une fosse à CO_2 et filme leur agonie. Les animaux paniquent et se débattent avant d'être asphyxiés. De plus, le temps d'exposition au gaz n'est pas suffisant pour maintenir les cochons dans un état d'inconscience et plusieurs d'entre eux reprennent conscience au moment de la saignée sans qu'aucune procédure d'urgence ne soit alors mise en place. L'expert relève également qu'un trocart de saignée[2] se détache de la gorge d'un cochon et tombe sur le sol, ce qui entraîne des risques de contamination du sang prélevé et généralement destiné à la consommation humaine.

---

1. Règlement (CE) n° 1099/2009 du 24 septembre 2009 sur la protection des animaux au moment de leur mise à mort, paru au *Journal officiel* de l'Union européenne du 18 novembre 2009.

2. Outil pourvu d'une lame et dont le manche creux permet l'ajout d'un tuyau destiné à la récupération du sang lors de la saignée.

Lors de l'abattage des bovins avec étourdissement, de nombreux ratés sont à déplorer. À plusieurs reprises, des animaux montrent des signes de conscience après l'étourdissement, qu'ils soient délaissés sur le sol ou suspendus sur la chaîne. Plusieurs bovins cherchent à redresser la tête sans qu'un étourdissement d'urgence ne soit pratiqué. Un jeune taureau se retrouve suspendu en état de conscience durant près de quatre minutes. Les employés se contentent de le regarder et de le prendre en photo. Un des bovins présente des signes de conscience alors qu'il est saigné sur le sol, et n'est étourdi une seconde fois qu'après une minute d'agonie. L'expert relève également de graves manquements aux règles sanitaires. Certains salariés interviennent sans blouse, majorant un risque de contamination. Des bovins sont saignés à même le sol. Leur tête et la plaie béante à leur gorge baignent dans un mélange de sang, d'eau et de matières fécales dont le pelage des animaux est souillé. Selon le rapport du professeur Mouthon, la grande quantité de bouses séchées sur la toison de nombreux bovins montre l'absence de surveillance et d'inspection *ante mortem* par le vétérinaire sanitaire. « Les matières fécales des bovins sont contaminées par différents germes pouvant être pathogènes, en particulier des colibacilles dits tueurs [*E. Coli*]. Il s'ensuit un risque important de contamination possible par la plaie de saignée ainsi que des carcasses lors du dépeçage. »

La vidéo diffusée par L214 montre que l'abattoir d'Alès viole de nombreux articles de la réglementation concernant la mise à mort sans étourdissement des bovins. Le rapport du professeur Mouthon relève que « les bovins sont amenés dans le box rotatif[1] alors que les opérateurs ne sont pas prêts, entraînant des temps d'attente de trente secondes à une minute, en irrespect de la note de service de la DGAL du 5 décembre 2012 et de l'annexe II de l'arrêté du 12 décembre 1997. Lorsque le piège est retourné, le temps d'attente pour l'action du sacrificateur peut dépasser deux minutes, en infraction avec le règlement (CE) 1099/2009 article 9. » Les animaux devraient normalement être mis à mort immédiatement. Le tonneau de contention n'est pas adapté au gabarit des jeunes bovins et certains parviennent à se dégager avant la saignée. Ils tombent alors dans le piège et sont présentés au sacrificateur sur le flanc et non sur le dos. Un veau parvient à s'échapper par l'ouverture prévue pour le passage de la tête.

La mentonnière supposée maintenir la tête est mal utilisée, non placée ou placée trop tard et certains bovins parviennent là aussi à se dégager. Alors que la saignée doit être effectuée en un geste, le sacrificateur cisaille la gorge des animaux pour toutes les saignées, causant une intense souffrance. Le professeur Mouthon relève également des reprises d'égorgement et note que, dans un des cas, le sacrificateur n'a pas sectionné les deux veines jugulaires ni les

1. Le box rotatif ou tonneau de contention est un piège dans lequel les bovins sont placés avant d'être égorgés. Une fois l'animal entré dans le piège, les parois de celui-ci se resserrent, puis le box tourne à 180 degrés pendant que la mentonnière se place pour immobiliser la tête de l'animal renversé. L'opérateur vient alors lui trancher la gorge.

deux artères carotides car seul un côté de la gorge est tranché. L'animal agonise en se vidant de son sang durant de longues minutes. Alors que l'immobilisation dans le piège devrait être maintenue jusqu'à la perte de conscience des animaux, aucun test de contrôle de l'état de conscience n'est réalisé. Certains animaux sont encore conscients à la sortie du tonneau et tentent de se relever avec la gorge tranchée. Un étourdissement d'urgence devrait alors être pratiqué, ce qui n'est jamais le cas. Les animaux agonisent lentement sous le regard totalement indifférent des ouvriers.

Dans le cadre de l'abattage rituel, des moutons sont également mis à mort sans étourdissement. La salle d'abattage n'est pas dérobée au regard des moutons vivants, qui peuvent donc voir leurs congénères être abattus sous leurs yeux. Lors de la mise à mort, le sacrificateur cisaille de façon presque systématique la gorge des animaux, comme l'atteste le rapport de l'expert : « Tous les égorgements sont effectués par cisaillement, parfois avec des reprises […], ceci montrant que le couteau n'est pas en permanence efficace […] et mettant en évidence l'incompétence du sacrificateur. »

Au mois de mai 2015, alors qu'il commence à travailler sur les images réunies, Sébastien Arsac contacte l'abattoir afin de solliciter l'autorisation d'y effectuer une visite. Le maire d'Alès, Max Roustan, refuse et répond que « l'abattoir d'Alès a à cœur de respecter de façon rigoureuse les dispositifs limitant au maximum la souffrance des animaux, sous le contrôle strict et quotidien des services de l'État[1] ». Plusieurs mois de travail intensif sont nécessaires à l'association pour traiter l'ensemble des rushes et élaborer les dossiers à destination de la presse et du public. L'équipe fait appel à la comédienne Hélène de Fougerolles pour présenter les images de cette enquête. Au mois de septembre 2015, Sébastien contacte Clément Pétreault, journaliste du *Point*, avec lequel Brigitte s'est entretenue durant le mois précédent au sujet des alternatives végétariennes dans les cantines scolaires, pour l'informer qu'il est en possession d'images d'abattoir. Les deux hommes se rencontrent dans un café, en face de la rédaction du *Point*, et conviennent d'une exclusivité pour le journal hebdomadaire.

Le 14 octobre 2015, *Le Point* publie donc une vidéo d'une durée de quatre minutes et trente-et-une secondes accompagnées d'un article dans lequel le journal rappelle que « la viande découpée est servie dans les cantines de collectivités de la région (écoles, collèges, hôpitaux, maisons de retraite) ou vendue sur les étals de bouchers renommés. Il y a même une filière bio qui vient y faire abattre ses cochons[2] ». L'association annonce porter plainte pour actes de cruauté envers les animaux. Interviewé par le journal, Sébastien Arsac dénonce : « Les abattoirs sont une véritable boîte noire tenue à l'écart du public. Pourtant, nous avons le droit de savoir. Derrière les murs de l'abattoir d'Alès se produit un carnage

1. https://www.l214.com/communiques/2015/10/14-cruaute-abattoir-Ales/ [consulté le 12 juin 2017].

2. « Les coulisses peu reluisantes de l'abattoir d'Alès », *Le Point*, 14 octobre 2015.

quotidien, d'une effroyable cruauté envers les animaux. […] Ici, la mise à mort des moutons et des bovins sans étourdissement est une horreur. Mais elle n'a pas le monopole de la cruauté. L'asphyxie des cochons au gaz relève purement et simplement de la torture. La viande heureuse est un mythe[1]. »

Dans le courant de la matinée, l'association L214 relaie l'enquête sur les réseaux sociaux. Un mini-site a été créé pour l'occasion, hébergeant la vidéo de l'enquête, le communiqué de presse et le rapport du professeur Mouthon, ainsi qu'une pétition demandant la fermeture de l'abattoir[2]. La quasi-totalité des médias nationaux et régionaux relaie l'information. Pour Brigitte et Sébastien, le marathon médiatique commence : Brigitte court les plateaux de radio et de télévision tandis que Sébastien est présent à Alès, devant l'abattoir, pour répondre aux questions des journalistes dépêchés sur place. Leurs téléphones portables sonnent en continu et leurs répondeurs ne tardent pas à être saturés de messages de sollicitation. L'équipe de l'association est mobilisée pour suivre l'évolution de la situation heure par heure, répondre aux nombreux appels téléphoniques de personnes découvrant l'enquête, et publier sur les réseaux sociaux. Sur Facebook, le nombre de vues et de partages de la vidéo explose. En l'espace de quelques heures, la pétition réunit 40 000 signatures et Max Roustan, « ému par ces images », annonce par communiqué « la fermeture immédiate à titre

1. *Ibid.*

2. http://ales.abattoir-made-in-france.com/ [consulté le 17 juillet 2017].

conservatoire de cet établissement » ainsi que « le lancement d'une enquête administrative interne sur d'éventuels manquements aux normes d'abattage des animaux[1] ». Dans la foulée, Brigitte Gothière déclare : « Nous nous réjouissons de la décision du maire de la ville, mais sommes attachés à rappeler que tous les abattoirs sont des lieux de mort violente et de détresse pour les animaux : la seule véritable justice qui puisse leur être rendue est de cesser de les consommer[2]. » Le soir même, la préfecture du Gard indique par un communiqué de presse que l'État avait relevé certaines infractions lors d'un contrôle de la DDPP mené le 4 septembre 2015 et en avait notifié l'abattoir par une mise en demeure datée du 22 septembre. Interrogé par *Paris Match*, Olivier Lemarignier, chef du service sécurité sanitaire des aliments à la DDPP du Gard, confirme la présence d'un vétérinaire et de trois techniciens spécialisés au sein de l'abattoir d'Alès. « Déchargement et hébergement des bêtes, inspection des carcasses, traçabilité… leurs missions sont multiples, explique-t-il. Il ne peut pas y avoir un inspecteur en continu derrière chaque opérateur au sein de l'abattoir[3]. »

L'affaire de l'abattoir d'Alès mobilise les médias durant plusieurs jours. Pour la première fois, une vidéo de l'association L214 atteint 1 700 000 vues.

1. « Alès : le maire ferme l'abattoir après la diffusion d'images chocs », *Le Parisien*, 14 octobre 2015.

2. « Notre vidéo est cruelle, mais c'est loin d'être une exception », *L'Obs*, 15 octobre 2015.

3. « Abattoir d'Alès : vers une fermeture définitive ? », *Paris Match*, 15 octobre 2015.

La pétition réunira quant à elle 276 936 signatures. Bérénice Riaux, porte-parole de l'association et chargée de campagne pour L214, se souvient de la réception de cette enquête : « On savait que la fermeture de l'abattoir n'était prononcée qu'à titre conservatoire et que l'abattoir rouvrirait, mais symboliquement, c'était fort. » L'OABA, la Société protectrice des animaux (SPA) du Pays d'Arles, l'Alliance anticorrida et la Fondation Brigitte-Bardot portent également plainte auprès du procureur de la République et du tribunal de grande instance d'Alès. Au lendemain de la diffusion de l'enquête, le parquet d'Alès annonce avoir ouvert une enquête préliminaire sur des faits d'actes de cruauté et de mauvais traitements sur les animaux.

Lors de son audition par la commission d'enquête, Max Roustan reconnaît, au sujet de l'abattage halal, que l'amélioration des conditions de mise à mort semble difficile et appelle le Parlement à prendre ses responsabilités : « Dans ces conditions, comment peut-on améliorer les conditions d'abattage des animaux ? On ne sait pas trop. S'il faut adapter le rituel et les conditions d'abattage, c'est au Parlement d'en décider. Certes, l'Europe permet l'abattage rituel, la France l'a accepté, mais c'est un verrou qui peut sauter. La décision vous appartient[1]. » Il reconnaît aussi le phénomène d'accoutumance à la violence, et les limites de la sensibilisation du personnel à la question du bien-

1. *Rapport de la commission d'enquête sur les conditions d'abattage des animaux de boucherie dans les abattoirs français*, tome II, p. 40, *op. cit.*

être animal : « L'homme est un homme, et celui qui abat des bêtes quotidiennement finit par agir de manière mécanique. Et malgré les formations que l'on peut leur dispenser, il arrive […] que pour voir si la bête est vivante, on ne la caresse pas, mais on lui donne un petit coup de pied. L'image peut paraître terrible, mais c'est malheureusement ainsi[1]. »

Au sujet de l'abattage halal, Jack Pagès, directeur de l'abattoir, explique qu'il n'a pas la maîtrise de la certification du sacrificateur : « Si le sacrificateur refuse de déclarer l'abattage rituel, il est maître chez lui. En d'autres termes, il est seul juge de l'appellation halal. Dans ce domaine, nous n'avons pas la main. […] Il est vrai, comme le dit M. le maire, que la formation de sacrificateur est inexistante. Personne n'a jamais fait état d'une formation pour le sacrifice rituel[2]. »

Jack Pagès n'hésite par ailleurs pas à remettre en question l'expertise du vétérinaire en affirmant : « Si des animaux arrivent morts à l'abattoir, ils partent à l'équarrissage et non sur la chaîne d'abattage. Nous ne sommes pas des charognards… Et il est tout à fait impossible que des animaux vivants soient suspendus, comme on le suggère sur la vidéo… Un animal ne se laisse pas soulever ainsi vivant. […] On ne sait pas si c'est une reprise de conscience, comme le soutient l'association L214, ou simplement un réflexe. C'est sujet à interprétation[3]. » Au-

1. *Ibid.*
2. *Ibid.*, pp. 45-46.
3. *Ibid.*, p. 46.

delà de cette « vérité alternative » délivrée par M. Pagès, il est intéressant de relever la subtile nuance que celui-ci semble établir entre la consommation de chair provenant d'un animal mort et le « charognage » ; preuve s'il en est que la dissonance cognitive ne s'arrête pas aux portes de l'abattoir.

Pour Max Roustan, les méthodes « commando » utilisées par l'association L214 sont scandaleuses. Devant la commission d'enquête, le maire d'Alès s'explique : « Quand une association va aussi loin, on peut [carrément] parler de terrorisme[1]. » Pour la députée Laurence Abeille, membre de la commission, cette critique est irrecevable : « Je voudrais tout de même revenir sur ce qui a motivé la constitution de cette commission d'enquête parlementaire, à savoir la souffrance animale et les actes que nous avons pu qualifier de barbares, dénoncés grâce à l'association L214 que vous qualifiez de terroriste. Je ne peux accepter que, dans le cadre de cette commission d'enquête, les personnes auditionnées se livrent à de tels commentaires. […] J'ai accepté que nous n'abordions pas la question du végétarisme[2] […]. C'est une décision que nous avons prise collectivement. Nous devons respecter les avis des uns et des autres, sans ignorer ni ce qui se passe dans

1. *Ibid.*, p. 47.

2. Max Roustan reproche à L214 d'avoir pour finalité la conversion de notre société au véganisme. Lors de leur audition par la commission d'enquête, Brigitte Gothière et Antoine Comiti ne s'en sont pas cachés, rappelant la nécessité d'élargir aux animaux notre sphère de considération morale. Le végétarisme a cependant été écarté des solutions et sujets débattus par la commission.

la société à ce propos, ni les difficultés qui se posent dans le domaine économique. Mais nous devons essayer de rester centrés sur la question de la souffrance animale. Voilà pourquoi je reste un peu insatisfaite de ce que j'ai entendu sur l'abattoir d'Alès. Vous nous dites qu'il n'y a pas eu de manquements ni de fautes graves, hormis certaines – mais vous n'avez pas précisé lesquelles. [...] J'observe que sans cette vidéo, personne n'aurait rien su de tout cela, et les mesures qui ont été prises ne l'auraient pas été. »

Le 10 décembre 2015, soit deux mois après la parution de l'enquête et sa fermeture à titre conservatoire, l'abattoir d'Alès rouvre ses portes à la suite de travaux effectués en partenariat avec le conseil général du Gard et la Région Languedoc-Roussillon. L'enquête administrative ne donne lieu à aucune sanction et aucune faute hors Code rural n'est relevée. Néanmoins, suite à la plainte déposée par l'association, un procès aura lieu qui déterminera la nature et la gravité des violences révélées. La chaîne d'abattage des chevaux est désormais définitivement fermée et les abattages rituels suspendus. L'association L214 adresse alors une lettre à Max Roustan, demandant à nouveau l'autorisation de venir filmer à l'abattoir « afin de rendre publiques les procédures mises en œuvre pour limiter les souffrances des animaux lors des opérations de déchargement, d'amenée vers le poste d'abattage, d'étourdissement le cas échéant et de saignée [1] ». La demande reste lettre morte.

1. Source : correspondance interne.

Le 4 avril 2016, lors du conseil municipal d'Alès, Max Roustan déplore le gouffre financier que représente l'abattoir pour la commune et fustige les contraintes réglementaires : « On nous en demande toujours plus. En 2010, on a mis 2,5 millions sur la table. Aujourd'hui, on a perdu 300 000 euros avec l'arrêt du cheval, et les réglementations ne cessent de durcir. L'État veut même qu'on lave les bœufs ! On a déjà enregistré 2,5 millions d'euros de déficit. L'abattoir est très malade. […] Qu'on nous laisse reprendre [l'abattage] rituel sans contraintes, ça commence à bien faire [1] ! » Depuis la réouverture de l'établissement, la ville en a repris la régie directe. À ce jour, et malgré ses difficultés financières, l'abattoir continue de produire 3 000 tonnes de viande par an.

Abattoir du Vigan : un procès pour l'exemple

L'abattoir du Vigan est également situé dans le Gard. Bâti en 1988, il est placé depuis septembre 2001 sous la gestion de la Communauté de communes du Pays viganais, présidée par Roland Canayer, selon lequel l'abattoir « est un véritable outil d'aménagement du territoire et de développement. Il permet le maintien et l'installation d'éleveurs qui participent au dynamisme de l'emploi

1. « Vers une fermeture définitive de l'abattoir d'Alès ? », *Objectif Gard*, 6 avril 2016. http://www.objectifgard.com/2016/04/06/fait-du-jour-vers-une-fermeture-definitive-de-labattoir-dales/ [consulté le 14 juin 2017].

agricole et à l'entretien des paysages par le biais de l'élevage extensif[1] ».

L'abattoir du Vigan est l'un des plus petits de France, avec une production annuelle de 230 tonnes de viande, et n'emploie que trois salariés sur la chaîne d'abattage, et un directeur. C'est une structure de proximité, labellisée bio[2], approvisionnée par circuit court, et aux cadences peu élevées. Y sont tués des ovins, des bovins, des porcins et des caprins. Pour M. Canayer, cet abattoir « artisanal » est « reconnu pour la qualité du travail fini et le service rendu au client[3] ». Il explique que « le personnel n'est pas stressé [ni] soumis à des rendements élevés[4] » et que la DDPP réalise chaque année au moins une inspection pour le renouvellement de l'agrément européen de l'abattoir.

Lors de son audition par la commission d'enquête, M. Canayer rappelle que « le personnel a suivi un important programme régulier de formation durant ces huit dernières années et [que] tous les agents disposent

1. *Rapport de la commission d'enquête sur les conditions d'abattage des animaux de boucherie dans les abattoirs français*, tome II, pp. 50-51, septembre 2016.

2. Bien que certains abattoirs soient labellisés bio, il n'existe pas de spécificité concernant l'abattage. Seuls l'élevage, le transport et le déchargement des animaux font l'objet d'une réglementation. Les animaux sont parqués à l'écart de ceux issus de la filière conventionnelle. Ils peuvent être abattus avec ou sans étourdissement. Le label bio assure également une meilleure traçabilité de la viande.

3. *Rapport de la commission d'enquête sur les conditions d'abattage des animaux de boucherie dans les abattoirs français*, tome II, *op. cit.*, p. 51.

4. *Ibid.*, p. 54.

de leur certificat de compétences pour ce qui touche à la protection animale[1] ». Selon Laurent Kauffmann, directeur de l'abattoir, les agents sont « compétents et très qualifiés : ils doivent savoir tout à la fois manipuler les animaux vivants depuis les stabulations jusqu'à l'entrée dans les frigos, que ce soit l'amenée des animaux, la tue[2], toutes les tâches de dépouille, d'éviscération, la pesée, la traçabilité, la découpe[3] ».

En effet, l'abattoir possède son propre atelier de découpe et les salariés, qui interviennent à toutes les étapes de la chaîne, sont donc polyvalents. Pour M. Canayer, « les étapes de mise à mort des animaux ont toujours fait l'objet de contrôles internes et externes, qui ont toujours attesté [des] bonnes pratiques d'abattage de l'abattoir du Vigan[4] ». L'abattoir et l'atelier de découpe ont bénéficié d'un million d'euros d'investissements depuis 2009, avec le soutien de l'État, de la région et du département. Pour le président de la Communauté de communes, il est également « important de noter qu'à ce stade, aucun agissement tels que ceux mis en cause par la vidéo[5] n'a été constaté durant les contrôles ou formations réalisés[6] ».

1. *Ibid.*, p. 52.
2. La tuerie.
3. *Rapport de la commission d'enquête sur les conditions d'abattage des animaux de boucherie dans les abattoirs français*, *op. cit.*
4. *Ibid.*, p. 52.
5. La vidéo de l'enquête menée par L214.
6. *Rapport de la commission d'enquête sur les conditions d'abattage des animaux de boucherie dans les abattoirs français*, *op. cit.*

Lors de leurs auditions respectives par la commission d'enquête, les responsables d'abattoirs ont eu souvent à cœur, comme Roland Canayer, de rappeler que les actes de violence volontaire sur les animaux, rendus visibles par les enquêtes, n'avaient pas été relevés lors des contrôles menés par les autorités sanitaires ou les visites d'experts (qui, du reste, n'ont pas relevé un certain nombre de non-conformités matérielles). Il ne semble cependant pas étonnant que ces dérives se soient produites lorsque les salariés se croyaient à l'abri de tout regard. Cela semble évident dans le cas d'actes de cruauté, que les ouvriers n'auraient aucun intérêt à perpétrer en présence d'une quelconque autorité, mais aussi dans le cas de violences dues au non-respect de la réglementation en matière de bien-être animal. Dans le cadre d'un contrôle, il est très probable qu'un ouvrier s'applique plus particulièrement à l'exécution de la tâche qui lui est confiée en veillant à se conformer à la législation, et cette constatation ne saurait être l'assurance de voir ces mêmes règles respectées le reste du temps. La totalité des enquêtes menées par L214 pointe du doigt cette réalité due à la difficulté d'appliquer une réglementation de protection animale au sein des abattoirs ou à des dérives dont les raisons sont plus complexes.

Dans le cas de l'abattoir du Vigan, que d'aucuns qualifieraient sur le papier « d'abattoir modèle », les manquements à la réglementation et les violences dévoilés par les images de l'enquête interrogent l'application des règles minimales de respect du « bien-être animal en abattoir », mais aussi la banalisation de la violence chez des ouvriers exposés au quotidien à la mise à mort des animaux. Entre juin 2015 et février 2016, l'association L214 obtient des images filmées de façon ponctuelle, sur de brèves périodes, au sein de l'abattoir. Lors de son audition par la commission d'enquête, Roland Canayer met en doute la sincérité de ces images et accuse le montage de la vidéo : « Il est toutefois précisé que cette vidéo a été réalisée à partir d'un grand nombre d'heures de tournage. Au-delà des actes de maltraitance volontaires inacceptables, il faut signaler qu'elle est accompagnée de commentaires erronés. Rapportées aux neuf mois durant lesquels des enregistrements ont été réalisés à l'insu des agents d'abattage, les fautes relevées sont rares. Et le montage tel qu'il a été diffusé ne permet pas toujours d'appréhender l'origine contextuelle des images. Le travail d'abattage réalisé tout au long de l'année est conforme aux réglementations en vigueur, notamment en termes de protection animale[1]. »

Comme l'a démontré l'audition du maire d'Alès, durant laquelle il met en doute l'expertise vétérinaire du professeur Mouthon, la défense des responsables d'abattoir consistant à remettre en question la véracité des images dévoilées dans le cadre des enquêtes est commune. Pour Sébastien Arsac, dans le cadre de l'enquête menée à l'abattoir du Vigan, M. Canayer tente de faire diversion : « Son intervention laisse penser que les caméras ont filmé durant neuf mois, ce qui n'a pas été le cas. En cumulé, nous avions tout juste une semaine de tournage. L'abattoir du Vigan est une petite structure : ils ne tuent pas tous les jours et ne

1. *Ibid.*, p. 51.

font même pas un bovin à l'heure, étant donné que ce sont les mêmes personnes qui tuent et sont en charge des opérations suivantes, qui sont ici peu mécanisées. Durant le procès, il n'y a eu aucune remise en cause du lieu de tournage des images, comme le laisse entendre M. Canayer lorsqu'il parle d'un flou sur l'origine contextuelle. Bien que la défense des responsables de l'abattoir ait cherché à instiller un doute sur les dates de tournage – qui ne pouvaient être précisées de façon exacte car il n'est pas possible de fournir de preuve absolue de dates avec le type de caméra installées – afin de jouer sur la prescription des faits, ils n'ont pas pu mettre en évidence d'incohérences et tout ce qui a pu être vérifié concorde. L'enquête de gendarmerie a été assez poussée sur cette question et le dossier pénal fait plusieurs centaines de pages. »

L'association sollicite deux experts, auxquels elle transmet un ensemble de trois séquences vidéo[1] : le professeur Gilbert Mouthon et Martial Albar, ex-inspecteur assermenté des Services vétérinaires et consultant en sécurité alimentaire. Sur les vidéos consultées par les experts, diverses infractions ont été constatées.

Le box d'immobilisation des bovins est mal conçu et ne permet pas à l'opérateur de les approcher

1. Une première vidéo porte sur l'abattage des bovins et dure 18 minutes et 16 secondes. Une deuxième porte sur l'abattage des moutons et dure 16 minutes et 47 secondes. Enfin, une troisième porte sur l'abattage des cochons et dure 10 minutes et 37 secondes. La vidéo finale diffusée par L214 à l'attention du grand public dure quant à elle 4 minutes et 35 secondes.

par le côté. L'opérateur est donc face à l'animal, ce qui provoque des réactions de peur exacerbées et des mouvements de recul. Les bovins non écornés, – on en abat fréquemment à l'abattoir du Vigan – ne peuvent avancer jusqu'au bout du box d'immobilisation qui se termine en entonnoir, ou sont contraints d'incliner la tête. Le positionnement et la direction du pistolet à tige perforante sont hasardeux. La vidéo montre notamment l'amenée d'un bovin dans ce box. Afin que l'employé chargé de l'étourdir puisse l'atteindre, l'animal est compressé par un deuxième employé qui actionne une plaque articulée à l'arrière de l'animal. À cause de la pression et parce qu'il a peur de l'opérateur qui lui fait face, le bovin panique et tombe. Il est alors étourdi à même le sol.

Un autre bovin portant de grandes cornes ne parvient pas à avancer dans le box et panique. Il faut plus de deux minutes aux employés pour réussir à l'étourdir. L'employé est obligé de tenir le pistolet à tige perforante avec une torsion du poignet. La séquence de la saignée montre que l'animal présente des signes de possible reprise de conscience (mouvement latéral de la tête).

Un bovin est poussé dans le box d'immobilisation. L'opérateur se présente à l'avant pour l'étourdir. De peur, l'animal recule et cherche à éviter la main de l'opérateur par des mouvements de tête. L'opérateur ne parvient pas à positionner le pistolet à tige perforante et renonce. Les employés vont alors chercher une table et la placent sur le côté du tonneau. La plaque située à l'avant du tonneau ne permet pas un accès facile malgré le positionnement de la table. L'employé fait tomber une première fois le pistolet à tige perforante dans le tonneau, puis manque à deux reprises le tir du pistolet et doit le recharger. L'étourdissement est finalement réalisé six minutes après l'entrée du bovin dans le box d'immobilisation. Une fois suspendu à la chaîne, l'animal présente des signes de possible reprise de conscience (réaction au couteau). Le professeur Mouthon constate que « le bovin réagit vivement à la pointe du couteau, obligeant l'opérateur à stopper son geste et à reculer. [L'opérateur] continue à tenir une corne, s'approche à nouveau et tranche les artères du bovin avec précipitation. » Aucun étourdissement de secours n'est pratiqué. Des coups de pied sont assénés, sans qu'il soit possible de définir s'il s'agit là d'une tentative de tester l'état de conscience des animaux ou de se prémunir de leur éventuelle dangerosité.

Selon le rapport d'expertise de Martial Albar, « on constate que les opérateurs procèdent inefficacement à l'étourdissement des bovins par l'utilisation du pistolet de type "Matador®". Certains bovins sont mal insensibilisés et visiblement partiellement conscients lors de la saignée. Un cas gravissime apparaît alors sur la vidéo. Celui d'un bovin qui va faire l'objet de plusieurs tirs ratés, mal appliqués[,] et donc de souffrances terribles sur une période de temps assez long [ue]. Le dernier tir est encore imparfait et l'animal sera saigné en état de conscience. On déplore l'absence de responsable hiérarchique de l'abattoir et l'absence des services de l'État. Ces faits sont des non-conformités internes majeures au sein de l'abattoir. […] Ces maltraitances sont indiscutablement inacceptables du point [de vue] de la protection animale […][1]. »

Les séquences consacrées à l'abattage des moutons montrent également de graves manquements à la réglementation. Un opérateur tente sans succès de faire avancer des moutons vers le couloir d'amenée en les frappant avec sa veste de travail et en les insultant. Les animaux apeurés se rassemblent dans un coin de l'enclos. L'opérateur saisit alors plusieurs moutons par la toison et les jette violemment un par un vers l'entrée du couloir. Des moutons s'écrasent au sol et cherchent à rejoindre le reste du groupe. L'opérateur attrape un mouton par l'oreille et la queue et le jette dans le couloir. Le groupe fait demi-tour dans le couloir et tente de rejoindre l'enclos. L'opérateur tire un mouton par la queue, puis lance un de ses congénères par-dessus la barrière métallique du couloir. L'animal s'écrase contre la paroi. L'employé lance alors un autre mouton sur le précédent, qui se relève très difficilement en boitant. Plusieurs moutons sont tirés par la queue, les membres, et l'un d'eux se voit asséner un coup de pied.

Au poste d'étourdissement par électronarcose, l'opérateur ne parvient pas à saisir correctement la tête d'un mouton entre les pinces, et l'animal se débat vigoureusement avant d'être étourdi. Le mouton suivant voit son congénère se faire étourdir et suspendre par une patte à la chaîne. Lorsque l'opérateur est déstabilisé par les coups de pattes que donne

1. https://www.l214.com/fichiers/pdf/2016/rapport-abattoir-le-vigan-martial-albar.pdf [consulté le 14 juin 2017].

un des moutons, il lui assène un coup de poing. Un autre plan montre une pince d'électronarcose être appliquée en travers de la tête du mouton, probablement sur l'œil. L'opérateur donne sans raison un bref coup de pince électrique au mouton suivant. En arrière-plan, un ovin saigné et suspendu à la chaîne présente des signes de conscience et tente de redresser la tête. Le salarié donne un nouveau bref coup de pince électrique au mouton, appliqué en travers de la tête. Celui-ci est pris de convulsions, puis est étourdi une deuxième fois. Un autre mouton est violemment poussé dans le *restrainer*[1] et se retrouve la tête en bas et le dos à la verticale. L'opérateur le frappe lorsqu'il est suspendu. L'homme rate délibérément l'étourdissement de l'animal suivant en appliquant la pince en travers de la tête, ce qui provoque les rires du collègue présent. Le mouton est électrocuté une deuxième fois, mais la décharge est trop brève pour l'étourdir correctement, et la pince est de nouveau et volontairement mal placée en travers de la tête. À plusieurs reprises, de nouvelles décharges seront infligées par jeu à l'animal avant l'étourdissement final.

Les séquences tournées en salle d'abattage montrent des intervalles de temps entre l'étourdissement et la mise à mort supérieurs à ceux préconisés par l'EFSA. Deux moutons sont suspendus et saignés en même temps : la saignée est suivie de mouvements de pattes et de tête des deux animaux, signes de reprise de conscience, sans qu'aucun

1. Système utilisé pour guider les ovins et les cochons au poste d'étourdissement.

étourdissement d'urgence ne soit effectué. Un mouton tente de relever la tête et ouvre la gueule à plusieurs reprises. D'autres se débattent alors qu'ils sont suspendus sur la chaîne.

Le rapport d'expertise de Martial Albar mentionne que, lors du tri des animaux dans l'enclos, « l'opérateur se livre à des actes violents de maltraitance en projetant [...] les ovins en l'air et contre le mur » et rappelle que « ces faits sont des actes de maltraitance avérée et constituent des infractions caractérisées. Elles devraient être relevées par procès-verbal des services de l'État transmis au parquet à l'encontre de l'opérateur (personne physique) et de l'abattoir (personne morale) ». Le rapport relève également qu'« aucune autorité hiérarchique de l'abattoir ne vient faire cesser ces faits » et que « les services de l'État[1] sont visiblement absents ». Selon Martial Albar, « ce n'est pas la cadence de travail qui conditionne ces actes, puisque l'opérateur consacre un temps long à des manipulations totalement inutiles et désorganisées », et « ces violentes projections peuvent entraîner des lésions internes et des fractures des membres » chez les animaux.

Les vidéos montrant l'abattage des porcs dévoilent la manipulation d'un porcelet dans le *restrainer*. L'animal cherche à s'enfuir en montant sur l'un des côtés du dispositif. Il est alors saisi aux oreilles par l'opérateur qui le replace violemment dans le *restrainer*. Là encore, l'aiguillon électrique

1. DDPP, Direction départementale de la protection des populations.

est appliqué sans raison sur la tête des animaux. Or, comme le précise l'annexe III du règlement (CE) 1099/2009, « l'utilisation d'appareils soumettant les animaux à des chocs électriques est, dans la mesure du possible, évitée. En tout état de cause, ces appareils ne sont utilisés que pour des bovins adultes et des porcins adultes qui refusent de bouger et seulement lorsqu'ils ont la placc pour avancer. Les chocs ne durent pas plus d'une seconde, sont convenablement espacés et ne sont appliqués que sur les muscles des membres postérieurs. Les chocs ne sont pas utilisés de façon répétée si l'animal ne réagit pas. »

L'abattoir du Vigan utilise un système d'étourdissement des porcs par électronarcose. L'appareil semble mal réglé ou défaillant, et nécessite une application anormalement longue de la pince électrique. La vidéo montre ainsi l'opérateur appliquer la pince durant plus de vingt secondes sur la tête d'un cochon. De la fumée se dégage alors des tempes de l'animal.

La contention des animaux est inadaptée ou mal ajustée. À plusieurs reprises, des porcelets chutent au moment d'être étourdis, l'opérateur poursuivant alors l'étourdissement à même le sol. Bien que la législation précise que l'étourdissement doit être pratiqué le plus rapidement possible dès lors que l'animal est immobilisé, les délais sont souvent longs. Par exemple, dans la vidéo soumise aux experts, un cochon attend 2 minutes et 19 secondes avant d'être étourdi. Plusieurs animaux présentent des signes de reprise de conscience alors qu'ils sont déjà suspendus à la chaîne d'abattage : respiration rythmée, redressement de tête, mouvements non désordonnés, tentatives de respiration avec ouverture de la gueule. Un cochon réagit clairement à la pointe du trocart, laissant supposer un étourdissement inefficace ou une reprise de conscience. L'expertise relève également que l'outil n'est pas nettoyé avant d'être utilisé sur un autre cochon, majorant ainsi les risques sanitaires. Aucune procédure de contrôle de l'étourdissement n'est effectuée par les opérateurs. Pour Martial Albar, « ces faits démontrent l'inadaptation des équipements, l'absence de contrôle interne de l'abattoir et […] des services de l'État ».

Le 23 février 2016, L214 diffuse *via* les réseaux sociaux la vidéo de l'enquête dont les images sont présentées par Nili Hadida, chanteuse du groupe Lilly Wood and the Prick. L'association a cette fois décidé d'un embargo : la date et l'heure de diffusion sont communiquées à un certain nombre de journalistes, leur permettant ainsi de prévoir la parution des articles. L214 annonce porter plainte contre l'abattoir pour sévices graves et lance une pétition demandant la création d'une commission d'enquête parlementaire. *Via* le mini-site dédié à cette enquête, les signataires peuvent également interpeller le député de leur circonscription. Bérénice Riaux se souvient de la réflexion de l'équipe avant la parution de l'enquête : « On s'est demandé quel type de pétition on devait lancer à destination du public afin qu'il puisse agir. Il est essentiel de proposer aux gens un moyen d'action face aux images que nous leur montrons. Dans l'équipe, certains proposaient de demander la pose de caméras dans les abattoirs, mais nous sommes finalement tombés d'accord sur le fait de demander l'ouverture d'une commission d'enquête parlementaire, tout en doutant sérieusement que cela aboutisse. Contre toute attente, nous l'avons obtenue. La position de Stéphane Le Foll a évolué au fil des enquêtes qui ont été révélées. Après l'affaire de l'abattoir d'Alès, il s'est contenté de condamner les actes de violence. Après Le Vigan, il a commencé à proposer des mesures qu'il faudrait mettre en place. Il n'avait d'autre choix que d'agir plus concrètement. Quant à Olivier Falorni, il a pris la situation très au sérieux. Qu'Antoine et Brigitte soient auditionnés en premier à l'Assemblée nationale dans le cadre de la commission d'enquête et qu'il leur soit alors possible de venir défendre une position clairement abolitionniste, c'était très fort, historique pour le mouvement de libération animale en France. »

Cent quarante-cinq mille signatures sont récoltées et 14 000 mails sont adressés aux députés. Des messages parviennent par centaines à l'association, témoignages de personnes qui ont choisi d'arrêter de consommer de la viande et remercient l'association de leur avoir ouvert les yeux sur une réalité qu'ils ignoraient ou ne voulaient pas voir jusque-là.

Dans les heures qui suivent la parution de l'enquête, le ministère de l'Agriculture publie un communiqué condamnant « avec la plus grande fermeté ces pratiques intolérables » et annonce avoir « immédiatement diligenté une enquête de la Brigade nationale d'enquêtes vétérinaires et phytosanitaires afin de mettre un terme à ces pratiques inacceptables, de faire toute la lumière sur les faits dénoncés et de déterminer les responsabilités ». Le communiqué rappelle que Stéphane Le Foll « a fait de la protection animale une priorité d'action de son ministère » et que, dès novembre 2015, il « a donné instruction aux préfets de s'assurer de la prévention de tout acte de maltraitance lors de l'abattage ». Interviewé le jour même sur RTL, le ministre dénonce « des manquements graves » et des « actes de maltraitance qui seront sanctionnés comme il se doit », affirmant : « Des décisions seront prises, chacun doit assumer sa part de responsabilité[1] ».

Devant la commission d'enquête, Laurent Kauffmann, directeur de l'abattoir, se dit sidéré par les images de l'enquête : « Quand j'ai vu la vidéo, je suis tombé des nues. Je n'avais jamais vu cela. C'est inacceptable. Je ne sais pas quoi vous répondre… Comment peut-on en arriver là ? Nous avons longuement analysé les vidéos. On s'aperçoit que les actes de cet agent ont tous été commis, à une exception près, sur une seule et même journée : la maltraitance dans les stabulations, le jeu sadique avec les pinces. Je ne peux pas vous expliquer ce qui s'est passé dans sa tête[2]. »

Le 23 février, Roland Canayer, président de la Communauté de communes du Pays viganais, décide la fermeture à titre conservatoire de l'établissement.

1. http://agriculture.gouv.fr/abattoir-du-vigan-stephane-le-foll-condamne-des-pratiques-intolerables-et-diligente-immediatement [consulté le 14 juin 2017].

2. *Rapport de la commission d'enquête sur les conditions d'abattage des animaux de boucherie dans les abattoirs français*, tome II, p. 54, *op. cit.*

L'ensemble du personnel est suspendu et une enquête interne administrative est diligentée. Comme M. Canayer en témoigne devant la commission d'enquête au mois d'avril 2016, « à l'issue de l'enquête, des fautes très graves de maltraitance animale par un agent ont été reconnues et ce dernier s'est vu signifier son licenciement. Un deuxième agent, qui opérait à ce moment-là à ses côtés et dont le comportement n'a pas été jugé acceptable, a vu la non-reconduction de son contrat de travail. Le reste des fautes directes ou indirectes par les deux autres agents a fait l'objet de sanctions administratives. » Le 24 février, le procureur de la République ouvre une enquête pour sévices graves suite à la plainte déposée par l'association L214.

Le 15 mars, l'Assemblée nationale valide en commission des affaires économiques la création de la commission d'enquête, qui voit donc le jour à l'initiative du groupe Radical, républicain, démocrate et progressiste (RRDP), sous l'impulsion du député divers gauche Olivier Falorni. Le groupe RRDP fait usage de son droit de tirage, qui autorise chaque formation politique à demander la création d'une commission d'enquête par an. La commission a pour objectif d'établir « un état des lieux précis de la situation, [et de] procéder à l'analyse de l'efficacité des moyens de contrôle des règles sanitaires et des conditions de mises à mort ».

Le 21 mars, l'abattoir du Vigan rouvre ses portes en prévision des fêtes de Pâques, comme le relate un article du *Midi libre* daté du même jour : « Ce lundi 21 mars, à 5 heures du matin, l'activité de l'abattoir intercommunal du Vigan a repris. Cinq éleveurs ont amené leurs bêtes, en tout 40 têtes, afin de les faire abattre pour les fêtes de Pâques. Quarante autres animaux seront abattus chaque jour, ce mardi et ce mercredi, les jours suivants – jeudi et vendredi – étant réservés à la découpe des carcasses. L'activité devrait monter en puissance la semaine suivante[1]. »

Le procès de l'abattoir du Vigan se tient les 23 et 24 mars 2017 au tribunal correctionnel d'Alès, devant lequel Marc S. – le salarié mis en cause par les images de l'enquête et licencié – est renvoyé pour « délits de sévices graves envers des animaux ». Ses deux collègues, Gilles E. et Nicolas G., sont jugés pour « mauvais traitements infligés à des animaux ». La Communauté de communes du Pays viganais, personne morale responsable de l'abattoir, doit quant à elle répondre de multiples infractions à la réglementation.

Pour Brigitte Gothière, s'il est nécessaire de juger les actes de cruauté, leur responsabilité ne saurait incomber uniquement aux salariés qui les ont commis : « C'est tout le système qu'on dénonce. Pas les salariés, qui en sont eux-mêmes victimes. Beaucoup viennent désormais vers nous. Et travaillent parfois avec nous. » Interrogée par Audrey Garric, journaliste au *Monde*, Brigitte précise, au sujet de Marc S. : « Il y a des circonstances atténuantes à ses gestes. On lui donne le mauvais rôle, celui de mener à mort, avec empathie, des animaux qui résistent. Notre société lui fait subir une responsabilité écrasante[2]. » Dans la même interview, la porte-parole de

1. « Gard : l'abattoir du Vigan a redémarré son activité », *Midi libre*, 21 mars 2016.

2. « Maltraitance animale : le premier procès d'un abattoir s'ouvre à Alès », *Le Monde*, 23 mars 2017.

l'association regrette également l'absence de la DDPP sur le banc des prévenus : « On attend de ce procès qu'il établisse les responsabilités des uns et des autres, même s'il manque, parmi les prévenus, les services vétérinaires qui n'ont pas détecté un matériel défectueux et inadapté. »

Un dispositif exceptionnel est mis en place au tribunal de grande instance d'Alès. Plusieurs fourgons de gendarmerie sont dépêchés aux abords du palais. L'audience se tient dans la salle utilisée par le conseil des prud'hommes, et une retranscription des débats est assurée dans la salle habituellement dédiée au pénal. La bibliothèque du TGI est quant à elle transformée en salle de presse. Au matin du premier jour d'audience, la présidente, Amandine Abegg, fait l'appel des neuf associations qui se sont portées partie civile : L214, l'Alliance anticorrida, One Voice, la Commission de protection des eaux, la Fondation Brigitte-Bardot, l'Association nationale interprofessionnelle du bétail et des viandes (INTERBEV), la SPA, l'OABA, la Fondation 30 millions d'amis et la Fondation Assistance aux animaux. Après un rappel des faits, la parole est au premier prévenu.

Éleveur de bovins, Gilles E. est également titulaire d'un certificat d'aptitudes professionnelles (CAP) tueur-dépeceur obtenu en 1979 et travaillait en tant que prestataire pour l'abattoir du Vigan. Le procès a lieu à quelques jours de son départ à la retraite. On lui reproche d'avoir assené deux coups de pied à un animal étourdi avant de le suspendre. Après avoir diffusé l'extrait de la vidéo le concernant, la présidente invite le prévenu à expliquer son geste. Gilles E. répond : « Le coup que je donne, ce n'est pas un coup de pied… Comment vous expliquer. On nous apprend ça, en école d'abattage. On donne un coup à un endroit précis. On donne avec le dessous du pied, on a des bottes en caoutchouc, pas des coques en fer. » La présidente demande au prévenu s'il a connaissance du règlement qui interdit de frapper les animaux. Gilles E. maintient qu'il ne frappe pas l'animal : « C'est un coup avec la semelle en caoutchouc, je suis obligé de le faire. » Lorsque l'avocate des parties civiles lui demande pourquoi il ne pratique pas de test oculaire, il répond : « Maître, je ne sais pas dans quel abattoir vous avez travaillé, mais nous n'avons pas travaillé dans le même[1]. » Au-delà de la boutade, la réponse du prévenu laisse entendre que ce test de conscience ne serait pas applicable à l'abattoir, ou du moins qu'il n'est pas pratiqué.

Nicolas G., le prévenu suivant, ne s'est pas présenté à l'audience. Il lui est également reproché d'avoir donné un coup de pied à un bovin, mais aussi d'avoir fait usage d'un aiguillon électrique sur la tête d'un cochon. Selon l'avocat chargé de sa défense, Nicolas G. aurait donné ce coup de pied sur la corne du bovin qui était bloquée dans le piège afin de le décoincer.

Vient ensuite l'audition de Marc S., jugé pour « sévices graves ou actes de cruauté envers un animal domestique apprivoisé ou captif ». Marc S. est âgé de 24 ans. Son père est éleveur et conduit régulièrement des animaux à l'abattoir. Sa mère travaille au pôle

---

1. « Maltraitance à l'abattoir du Vigan : "une décision qui peut entrer dans l'histoire" », *Midi libre*, 21 mars 2017.

financier de la Communauté de communes du Pays viganais. Après un CAP boucherie, Marc S., alors âgé de 15 ans, entre à l'abattoir en tant qu'apprenti. On lui explique que, s'il veut travailler là, il lui faut accepter de tuer. « J'ai été embauché comme boucher, pas comme tueur, témoigne-t-il devant la cour. Moi, quand j'étais à la salle de découpe, j'étais très bien. Et on m'a imposé ces tâches. Je n'ai jamais demandé à être responsable de la protection animale. » Car Marc S. est l'un des deux salariés de l'établissement à avoir suivi une formation sur le sujet et à avoir obtenu un certificat. L'adolescent évolue et grandit au contact quotidien de la mise à mort des animaux. Comment sa perception de la violence a-t-elle pu s'élaborer dans un lieu où celle-ci s'exerce depuis toujours en toute impunité ?

Les témoignages des collègues de Marc S. durant l'enquête préliminaire laissent entendre que le prévenu est familier de ces comportements. L'un d'eux le décrit comme brutal et affirme : « Il est fou, ce minot. » Bien qu'il ait été menacé de n'être pas embauché à l'issue de son apprentissage, le jeune homme est pourtant resté dans l'entreprise. La position de sa mère et le fait que son père soit un client régulier de l'abattoir ne sont sans doute pas étrangers à son maintien.

À l'audience, la présidente demande la diffusion des extraits de l'enquête le concernant. Dans la salle, le malaise est palpable. Invité à commenter les images, le prévenu explique qu'il se trouvait seul au poste d'étourdissement et que la barrière par-dessus laquelle on le voit jeter les animaux ne fonctionnait pas correctement. Pourtant, une autre vidéo en possession de l'association L214 montre un collègue du prévenu transférer le même nombre de moutons vers la salle d'abattage sans problème particulier. « J'ai des connaissances dans l'élevage, affirme Marc S., et on peut attraper les animaux comme ça. » La présidente le questionne :

« Reconnaissez-vous que vos méthodes sont brutales ?

— Oui, tout à fait.

— Alors, pourquoi ne pas avoir arrêté la chaîne ?

— Je ne sais pas », répond d'abord Marc S. Puis : « Sur le coup, je n'ai pas pensé à la douleur physique des animaux. Après, en voyant les vidéos, oui. Je me suis dit que j'avais fait une grosse connerie et que j'aurais dû arrêter. Mais avec les cadences que l'on nous impose, avec plus de cent moutons par jour, ce n'était pas possible.

— Comment considérez-vous les animaux qui sont à l'abattoir ?, demande Amandine Abegg.

— Je les vois comme des animaux domestiques, mais je ne les considère pas comme égaux à l'homme.

— Ils peuvent avoir des ressentis : de la peur, de la douleur, du stress ? insiste la présidente.

— Oui, je pense. Il y a l'odeur de la mort, en plus, que les bêtes sentent. Ce jour-là, on a été filmés, on n'a pas eu de chance. »

Pour Morgane Masson, journaliste au *Midi libre* et chargée de couvrir le procès[1], « Marc S. s'em-

---

1. Un *live tweet* des audiences réalisé par la journaliste est consultable à l'adresse suivante : http://www.midilibre.fr/2017/03/21/maltraitance-a-l-abattoir-du-vigan-suivez-le-proces-en-

bourbe dans des explications confuses ». Il nie la brutalité qui lui est reprochée et prétend que ces violences sont exceptionnelles. Il précise n'avoir jamais été formé à l'abattage et s'être retrouvé à ce poste car les cadences étaient trop importantes. Lorsqu'il est question de sa formation en protection animale, il dénonce le travail des formateurs et la difficulté d'appliquer la législation : « Ces gens-là, ils sont derrière leur bureau. Si on les mettait dans une écurie, ils ne pourraient pas appliquer eux-mêmes ce qu'ils marquent sur les papiers. »

La présidente demande la diffusion de la séquence dans laquelle Marc S., hilare, inflige des chocs électriques à un mouton. Face au silence du prévenu, Amandine Abegg relit la déposition qu'il a faite aux enquêteurs, et dans laquelle il affirme s'être « amusé avec les bêtes ». À l'audience, il contredit cette déclaration et prétend avoir cherché à faire rire son collègue. Le procureur lui demande de s'expliquer sur les gestes qu'il fait après avoir appliqué la pince électrique sur la tête d'un mouton, et qui laissent penser qu'il singe les mouvements de l'animal. Marc S. est incapable de répondre. Face aux questions des avocats de la partie civile, le prévenu s'effondre en sanglots : « Je ne sais pas si vous vous rendez compte. Cette histoire, ça me détruit. J'ai perdu mon emploi, j'ai dû changer de région, j'ai reçu des lettres de menaces. Ma personnalité a été salie. »

---

direct-du-tribunal-d-ales,1482035.php [consulté le 14 juin 2017].

Après que les prévenus ont été questionnés plus longuement sur les cadences et le matériel utilisé, l'audience se poursuit avec l'audition de Roland Canayer. Interrogé sur la défaillance du matériel dénoncée par les prévenus, et plus particulièrement sur l'usage des pinces électriques, M. Canayer répond : « C'est vrai qu'on a alerté à plusieurs reprises les électriciens sur ce matériel-là. Nous avons changé beaucoup de pinces, ce qui nous a coûté cher. C'est vrai toutefois qu'elles ne fonctionnaient pas à 100 %. » Il rappelle également, comme il l'a fait devant la commission d'enquête, les investissements réalisés par la Communauté de communes depuis 2008. Interrogé par le procureur de la République, Roland Canayer repousse l'argument de l'ancien salarié selon lequel les cadences auraient conduit à des dérapages : « On a un abattoir qui est fait pour 800 tonnes. On en faisait 240… Alors, les cadences, pour moi… »

Les images de l'enquête sont ensuite soumises à l'expertise de Claudia Terlouw, chercheuse en éthologie à l'INRA, également auditionnée lors de la commission d'enquête. Elle explique la nécessité d'effectuer un test de conscience après l'étourdissement. En effet, les mouvements des membres chez un animal étourdi peuvent être provoqués par une activité résiduelle des neurones. La présidente lui demande alors comment différencier cette activité résiduelle d'une reprise de conscience : « Il y a une zone grise entre les deux. Si on a un doute, il faut faire un test de conscience », répond Mme Terlouw. Face à l'extrait montrant les mouvements d'un bovin étourdi sur le sol et auquel l'opérateur donne un coup de pied, elle commente : « Pour moi, on est dans une zone grise, et quand c'est comme ça, on fait un test pour vérifier la conscience de l'animal. » Elle rappelle la nécessité pour les abattoirs de se doter des moyens nécessaires permettant aux salariés de pratiquer ces tests. Après avoir reconnu les signes de conscience et de souffrance visibles dans l'extrait vidéo montrant l'électrocution du mouton par Marc S., Claudia Terlouw conclut : « Même s'il y a encore beaucoup de choses à améliorer dans les abattoirs, je pense que, globalement, on est dans une dynamique positive. »

Dans la salle du tribunal de grande instance d'Alès, deux discours semblent pourtant s'opposer : celui des experts, prompts à dispenser des conseils en vue d'améliorer les conditions d'abattage, et celui des salariés confrontés quotidiennement à la réalité de l'abattoir et remettant en question l'applicabilité de ces règles.

Dans sa plaidoirie, maître Carole Lanty, avocate de l'association L214, rappelle « l'impérieuse nécessité de condamner les comportements qui sont en contradiction avec le bien-être animal » et dénonce à son tour l'absence de contrôle : « On s'aperçoit que toutes les personnes qui devaient intervenir à un moment pour la protection des animaux de l'abattoir ne disent rien si l'on ne vient pas les saisir. C'est là tout l'intérêt de l'association L214, d'interpeller le grand public sur ces comportements. » Pour maître Hélène Thouy, également avocate de l'association, « ce procès nous montre ce que fait l'homme quand l'animal est à sa merci ». Le procureur de la République, Nicolas Hennebelle, déclare quant à lui : « Ce procès et votre décision seront une étape importante dans le débat sur la protection animale. »

Le 28 avril 2017, le jugement de la cour est rendu. Marc S. est condamné à huit mois de prison avec sursis et 2 000 euros d'amende. Il est également condamné à verser 300 euros à chacune des associations qui se sont portées partie civile, soit un total de 3 000 euros au titre de leur préjudice moral. Marc S. est enfin condamné à verser 300 euros supplémentaires à chaque association et 600 euros à l'association L214 au titre de leurs frais d'avocat, soit 3 300 euros. Il écope d'une interdiction d'exercer en abattoir durant cinq ans.

Nicolas G. et Gilles E. ne sont pas condamnés, les faits ayant été prescrits en raison de l'impossibilité à dater précisément les vidéos. La Communauté de communes du Pays viganais est quant à elle condamnée à 3 500 euros d'amende. Pour maître Thouy, les peines prononcées sont « une réponse pénale assez ferme ». Elle se félicite de la condamnation de la Communauté de communes, responsable de l'établissement : « Il est fondamental de rappeler que la question des abattoirs ne peut se réduire à un salarié. C'est une question bien plus générale de respect des règles, qui sont déjà minimales. »

Pour Sébastien Arsac, ce jugement a valeur de symbole : « Il ne s'agit pas de se réjouir de la condamnation d'un homme à de la prison avec sursis. Ce qu'il faut retenir de ce jugement, c'est que, pour la première fois, la justice reconnaît un acte de cruauté perpétré à l'intérieur d'un abattoir. Il faut aujourd'hui comprendre que la violence est inhérente aux abattoirs, que les responsabilités ne sont pas réductibles aux seuls employés, mais doivent être élargies aux autorités de contrôle, encore peu inquiétées et pourtant largement défaillantes, mais aussi, et en premier lieu, à la société civile. Tant que nous consommerons et achèterons de la viande, il y aura des abattoirs. »

Mourir à Mauléon-Licharre

L'abattoir du Pays de Soule est un établissement intercommunal situé à Mauléon-Licharre dans les Pyrénées-Atlantiques. De taille intermédiaire, il produit 3 200 tonnes de viande chaque année. Sur son site Internet, l'abattoir se félicite d'un « souci du bien-être animal » et d'une production tournée vers les viandes Label rouge, fermières et bio (Ecocert). La coopérative Axuria, qui se présente comme « une coopérative à dimension humaine », y fait tuer chaque année 1 000 vaches et 50 000 agneaux, dont 30 000 agneaux de lait Label rouge. La viande de ces agneaux est prisée par de grandes tables parisiennes, de nombreux chefs étoilés et des boucheries réputées. Ainsi, Yves-Marie Le Bourdonnec, autoproclamé « carnivore-responsable » et propriétaire de la célèbre boucherie parisienne qui porte son nom, proposait cette viande de novembre à avril. Alain Ducasse a lui aussi célébré cette filière en 2015, mettant la viande de ces agneaux à la carte de son fameux restaurant le Relais Plazza.

Lors de son audition par la Commission d'enquête, Michel Etchebest, maire de Mauléon-Licharre, précise que l'abattoir est un prestataire multi-espèces (qui abat cependant 90 % de bovins), ne pratique pas l'abattage rituel, et mène « un travail de fond[1] » sur le bien-être animal. L'abattoir est prestataire de services pour des coopératives agricoles réunissant près de huit cents éleveurs de la vallée de la Soule et traite en direct avec deux cent vingt éleveurs amenant eux-mêmes leurs animaux à l'abattoir « qui effectue les prestations d'abattage, de découpe, de conditionnement et de mise sous vide[2] ». L'abattoir emploie trente-cinq salariés : une équipe d'abattage de quinze personnes, une équipe de découpe et de conditionnement, et une équipe administrative.

Michel Etchebest évoque devant la commission l'attention portée aux conditions de travail des salariés : « Nos abatteurs travaillent en moyenne mille deux cents heures par an, alors que la durée légale du travail à raison de trente-cinq heures par semaine est de mille six cent sept heures. Depuis longtemps, notre choix est en effet de favoriser le travail de nos salariés sur la durée, pour leur épargner la fatigue et les troubles musculosquelettiques (TMS) à l'âge de 45 ou 50 ans. [...] Au sein de notre équipe d'abattage, nos ouvriers sont payés en moyenne 2 000 euros bruts par mois, soit 40 % au-dessus du SMIC, ce qui représente un salaire brut annuel moyen de 21 000 euros, le chef abatteur étant rémunéré à 28 700 euros par an[3]. »

1. *Rapport de la commission d'enquête sur les conditions d'abattage des animaux de boucherie dans les abattoirs français*, tome II, p. 62, *op. cit.*

2. *Ibid.*, p. 63.

3. *Ibid.*, p. 64.

L'abattoir du Pays de Soule est financièrement autonome. En 2015, son chiffre d'affaires s'élève à 2 148 419 euros. « Notre établissement investit tous les ans, explique M. Etchebest. De 2013 à 2015, nos investissements se sont élevés à 24 386 euros, 26 783 euros et 52 461 euros. En 2010, nous avions déjà investi 1 million d'euros pour agrandir notre salle de découpe et de conditionnement, plus 700 000 euros pour moderniser les lignes d'abattage. Pour l'année 2017, nous envisageons d'investir 2,5 millions d'euros[1]. » L'abattoir est régulièrement contrôlé par les services de l'État : « Aujourd'hui, nous estimons avoir un contrôle sérieux, voire sévère de la DDPP. Notre abattoir était considéré comme exemplaire "tout court" il y a encore un mois et demi ; aujourd'hui, je dirais qu'il est exemplaire à de multiples égards. En tout cas, notre activité est bien tenue et les services vétérinaires nous encouragent à plus de transparence et plus de qualité en matière sanitaire comme dans le domaine de la protection animale[2]. »

Gérard Clémente, directeur de l'abattoir au moment des faits, également auditionné par la commission d'enquête, rappelle que tous les abatteurs reçoivent en principe (ce n'était pas le cas d'au moins un des salariés de l'abattoir du Vigan) une formation réglementaire et obligatoire : « Dans notre abattoir, elle est dispensée par Adofia, émanation de la Fédération nationale des exploitants d'abattoirs prestataires de services (FNEAP). Cette formation de

1. *Ibid.*, p. 65.
2. *Ibid.*, p. 66.

quarante-huit heures inclut des passages en salle d'abattage où sont expliquées aux personnes les pratiques et les actions correctives en cas de problème[1]. » Au vu de la technicité des gestes d'étourdissement, d'abattage et de contrôle de conscience, ces quarante-huit heures de formation semblent insuffisantes, sinon dérisoires. Gérard Clémente l'admet : « Certes, quarante-huit heures de formation, c'est un peu léger. Mais un nouvel embauché n'est jamais mis en situation : pendant deux à quatre mois, il ne fait pratiquement rien. Pour former un abatteur, il faut donc au minimum trois ans. Si on abat vingt vaches, par exemple, on va le mettre sur la dernière ; il va peler un peu, faire deux ou trois gestes – pas quatre, parce qu'au quatrième, il va trouer le cuir, ou faire un trou dans la cuisse de l'animal, le client vous rectifiera le prix de la prestation et le marchand de cuir refusera la peau ! Tout cela se fait petit à petit, en voyant faire et en écoutant les collègues[2]. » L'essentiel de la formation des abatteurs se fait donc sur le tas, avec la répétition de gestes enseignés par des collègues ayant plus d'ancienneté. M. Clémente explique que « chaque abatteur dispose d'une fiche de poste qu'il a lue, signée et qu'il connaît par cœur[3] ». Selon lui, « quand vous faites le même travail pendant cinq, dix ou quinze ans, vous êtes censé, comme tout employé modèle qui se respecte, connaître les bonnes pratiques[4]. »

1. *Ibid.*, p. 67.
2. *Ibid.*, p. 70.
3. *Ibid.*, p. 67.
4. *Ibid.*

Si messieurs Etchebest et Clémente sont auditionnés par la commission d'enquête, c'est pourtant que « l'abattoir exemplaire » dont ils sont responsables s'est fait épingler pour des faits de maltraitance par une enquête de l'association L214. Au mois de mars 2016, juste avant les fêtes de Pâques, des images sont tournées par un contact de l'association sur une période d'unc semaine. Selon l'Association nationale interprofessionnelle du bétail et des viandes (INTERBEV), les volumes d'achats des ménages sont en moyenne multipliés par deux pendant le mois des fêtes pascales et quadruplent au cours de la semaine de Pâques. Le taux de foyers acheteurs de viande d'agneau passe de 6 à 12 % durant la semaine précédant le dimanche de Pâques[1]. À l'abattoir de Mauléon, c'est la semaine la plus chargée de l'année en raison de la demande d'agneaux de lait. L'abattoir continue néanmoins d'abattre d'autres animaux durant cette période.

Le professeur Gilbert Mouthon et l'expert Martial Albar sont sollicités par L214 pour examiner deux vidéos[2].

La première vidéo montre des opérateurs manipulant les agneaux sans ménagement : ils les saisissent par les oreilles ou la toison avant de les jeter

1. https://www.l214.com/communications/2016-03-29-abattoir-nouvelles-violences-et-agonies-revelees-par-l214 [consulté le 14 juin 2017].

2. L'une de 52 minutes et 12 secondes portant sur l'abattage d'ovins et de caprins, l'autre d'une heure et 32 minutes sur l'abattage de bovins. La vidéo destinée à la publication dure quant à elle 5 minutes et 20 secondes.

dans le *restrainer*. Un agneau reçoit un violent coup de pied pour le contraindre à avancer. En l'absence de l'opérateur, certains parviennent à sauter hors du *restrainer* et se retrouvent au sol avant d'être rattrapés – ce que les salariés ne font pas toujours, certains agneaux pouvant alors accéder à la chaîne de saignée et voir leurs congénères égorgés.

L'étourdissement n'est pas systématiquement réalisé et certains agneaux sont accrochés à la chaîne manifestement conscients. Le matériel d'acheminement des animaux est mal adapté et il est fréquent que les agneaux se chevauchent en arrivant au poste d'étourdissement. Ils sont alors enserrés par un dispositif automatique : une pince électrique se referme sur l'animal. La tête est supposée être saisie et l'animal étourdi par électronarcose. Il n'est pourtant pas possible d'incriminer un matériel obsolète, comme l'explique Gérard Clémente devant la commission : « À notre niveau, nous avons donc fait installer une chaîne d'agneaux toute neuve, construite et brevetée par une entreprise française et que des Espagnols et des Italiens notamment sont venus voir. J'ai eu à cœur de faire installer cette chaîne pour avoir la garantie d'une anesthésie correcte des agneaux, d'un état de propreté du produit supérieur à celui en processus manuel et, enfin, pour m'assurer du confort social des opérateurs – et certainement pas pour les rendements ou les ratios [1] » Les images montrent cependant que le matériel n'est pas adapté et les

1. *Rapport de la commission d'enquête sur les conditions d'abattage des animaux de boucherie dans les abattoirs français*, tome II, p. 73, *op. cit.*

animaux sont enserrés de façon aléatoire sur différentes parties du corps. Les décharges qui leur sont infligées provoquent d'indéniables souffrances et l'opérateur ne prend pas toujours soin de replacer les animaux non étourdis ou mal étourdis dans le poste d'étourdissement. Lorsqu'il le fait, il s'y prend souvent mal, envoyant la décharge dans d'autres parties du corps que la tête (ventre, cou) et bloquant parfois simultanément un deuxième agneau dans le système.

L'abattoir ne semble pas disposer d'une pince à étourdir manuelle afin de prendre en charge les animaux mal étourdis. Elle n'est, du moins, jamais utilisée. Les étourdissements de secours doivent donc se faire en replaçant les animaux à l'envers dans le *restrainer*, ce qui est impossible lorsque l'agneau suivant est déjà en place au poste d'étourdissement, et d'autant moins possible lorsque l'animal est déjà suspendu. Par ailleurs l'espace situé entre l'arrivée du *restrainer* et la table d'accrochage où sont réceptionnés les agneaux théoriquement étourdis expose les agneaux et les chevreaux à des chutes, qui se produisent fréquemment.

Le placement des crochets de réserve, dont une partie peut se trouver sur la table d'accrochage, expose également les animaux à des risques d'accident grave. C'est le cas d'un agneau qui se retrouve suspendu entre deux crochets. La chaîne se met en marche en l'absence de l'opérateur qui a quitté son poste et l'animal se trouve écartelé vivant, le corps déchiré en deux sur la chaîne.

Plusieurs animaux tombent de la chaîne une fois accrochés, soit parce qu'ils ont été mal suspendus, soit parce que le système d'accroche n'est pas adapté.

Lorsque les agneaux ne sont pas étourdis, l'opérateur utilise un crochet pour tenter de les assommer. Les coups sont violents, répétés et inefficaces. La fréquence de ces actes laisse à penser qu'ils n'ont rien d'exceptionnel. Un agneau non étourdi arrive sur la table d'accrochage. L'opérateur le frappe à trois reprises avec le bloc métallique du crochet, avant de quitter son poste et d'abandonner l'animal qui agonise. L'agneau tente de relever la tête, signe qu'il est encore conscient. Plus de neuf minutes plus tard, un opérateur vient le saisir et sort du champ de la caméra.

L'intervalle de temps entre l'étourdissement et la saignée est excessivement long. Les animaux ne sont pas saignés de suite après leur étourdissement, mais en groupe, lorsque plusieurs agneaux sont déjà suspendus. Alors que sept agneaux sont suspendus, l'un d'eux tombe du crochet et l'opérateur le replace. Le premier agneau placé sur la chaîne attend près de deux minutes avant d'être saigné. Des mouvements de tête et une respiration rythmée indiquent que l'agneau saigné au premier plan a repris conscience.

De plus, sur la table d'accrochage, les animaux ne sont pas suspendus dans leur ordre d'arrivée : il arrive que des animaux étourdis avant d'autres se retrouvent suspendus après deux ou trois de leurs congénères. Le rythme d'arrivée des agneaux sur la table d'accrochage est beaucoup trop rapide et l'opérateur est débordé. Cette situation donne lieu à des scènes de chaos, où les animaux s'accumulent sur la table et sont accrochés dans le désordre, tandis que d'autres tombent au sol et/ou traversent le poste d'étourdissement sans avoir été étourdis, parce que l'opérateur n'a pas le temps d'appuyer sur la commande. Ces situations de débordement entraînent des comportements inadéquats et violents de la part de l'opérateur qui leur assène des coups à la tête avec une pièce métallique.

Les étourdissements inefficaces sont fréquents et certains animaux passent littéralement à travers le poste d'étourdissement, sautant directement sur la table d'accrochage. Des signes de respiration rythmée, des relevés de tête et des mouvements de l'œil sont visibles sur de nombreux animaux. À maintes reprises, des moutons agitent violemment la tête et les membres ; il est probable que certains de ces mouvements témoignent d'un état conscient et ne soient pas de simples réflexes. Aucun test de conscience n'est réalisé. Quant aux services vétérinaires, ils semblent absents.

La vidéo consacrée à l'abattage des bovins montre elle aussi des manquements graves et répétés à la réglementation. Le box d'immobilisation est trop large et n'est donc pas adapté aux veaux. L'équipement dispose d'un portillon intermédiaire destiné à réduire l'espace du box, mais il n'est quasiment jamais utilisé. Lorsqu'il l'est, ce portillon n'empêche pas les veaux de se retourner et d'essayer de le franchir. Il ne peut pas être utilisé pour des veaux trop grands. La plupart du temps, l'opérateur fait entrer les veaux par deux ou par trois.

Lors de son audition par la commission d'enquête, Gérard Clémente explique que ce box est agréé par les instances européennes et justifie le placement de plusieurs veaux dans le box : « Nous avons un box mixte bovin/veau, avec un anti-recul, une des deux parois contenant l'animal – cet appareil n'est pas dernier cri, car il existe des boxes en théorie plus perfectionnés dont les deux parties latérales peuvent être rapprochées pour contenir l'animal. Mais ça, c'est de la théorie, faite par des gens certainement plus compétents que moi, mais qui ne sont pas des gens de terrain. Nous tuons beaucoup d'animaux de la campagne, très dynamiques, contrairement aux animaux des élevages intensifs. Or je vous prie de croire qu'un veau de six mois de 350 kilos, au mieux de sa forme, qui entre dans un piège de contention, il faut pouvoir le contenir ! Un profane qui n'a jamais vu un animal affolé dans un piège ne restera pas longtemps à côté… Comme nous avons remarqué que les choses se passaient beaucoup mieux lorsque deux animaux étaient côte à côte, nous avons pris la décision pour des considérations de bien-être animal et en accord avec la vétérinaire, de ne plus passer un par un les animaux de plus en plus vifs – du fait des conditions actuelles de l'élevage, des box de contention, des couloirs, etc. – mais par deux. Mais si l'on met trois animaux, c'est un non-respect de la procédure[1]. »

Dans les faits, comme le montre la vidéo, les animaux sont stressés et plusieurs d'entre eux tombent sur leurs congénères après avoir reçu un coup de pistolet à projectile captif. Ils paniquent

1. *Ibid.*, p. 70.

fréquemment dans le box, piétinent ou tentent de se retourner, risquant de majorer le stress et la douleur des autres animaux. Lorsqu'ils sont placés à plusieurs dans le box, ils assistent également à l'étourdissement du congénère qui les devance.

L'opérateur utilise un aiguillon électrique pour guider les animaux. Il contrevient de façon quasi systématique à la réglementation : l'aiguillon est utilisé en premier recours, de façon abusive, bien souvent sur des veaux. Il est appliqué maintes fois sur la tête des animaux, de façon gratuite et inefficace, et continue d'être utilisé alors que l'animal se trouve dans le box d'étourdissement. L'opérateur semble totalement incompétent à guider les animaux (il tente par exemple de faire avancer un bovin en se plaçant devant lui) et laisse à plusieurs reprises le portillon du box d'immobilisation se rabattre sur les animaux qui ne sont pas encore entièrement entrés dans le box.

De multiples signes de conscience sont repérables après l'étourdissement des animaux. On note ainsi plusieurs relevés de tête dans le box d'étourdissement. Certains animaux restent debout ou se relèvent après une ou plusieurs tentatives de tirs de pistolet. Un bovin présente les signes d'une respiration rythmée après avoir été étourdi. Une fois saignés, de nombreux animaux continuent d'effectuer des mouvements, y compris des relevés de tête.

Seuls les bovins se tenant en position droite ou debout dans le box après un premier étourdissement bénéficient le cas échéant d'un étourdissement de secours. Avant la suspension, il arrive que des opérateurs vérifient que les animaux ne réagissent plus en leur donnant des coups de pied. Là encore, comme à l'abattoir du Vigan, cette vérification faite au sol après la sortie du box semble plutôt destinée à vérifier la dangerosité des mouvements des animaux que leur état de conscience. Aucun autre test de conscience n'est pratiqué.

La réglementation indique que la saignée doit être effectuée de manière à provoquer un saignement rapide, profus et complet. L'opérateur chargé de trancher les artères carotides des bovins n'effectue pas le geste de façon franche et précise. Il réalise au couteau une découpe de la gorge de part en part depuis l'intérieur vers l'extérieur de la gorge après avoir réalisé une ou deux incisions latérales. Procéder à la section additionnelle de tissus innervés est une source potentielle de douleur, d'autant plus que l'opérateur réalise des mouvements de cisaillement à l'intérieur de la gorge. Les réactions de nombreux animaux montrent qu'ils sont conscients au moment où l'opérateur les égorge.

Les opérations de découpe des pattes et de la tête des animaux commencent avant que la saignée soit totalement achevée : on remarque sur plusieurs bovins des mouvements du corps au moment où l'opérateur procède à la découpe de la tête de l'animal, indiquant une reprise de conscience. Le personnel vétérinaire semble absent et n'intervient à aucun moment dans les situations d'urgence ou pour corriger les infractions routinières.

L'association L214 transmet les images et les rapports d'expertise à Audrey Garric, journaliste au *Monde*. Une exclusivité est négociée avec le quotidien qui publiera donc les images avant les autres médias et toute communication de l'association. La sortie de l'enquête est initialement prévue pour le 22 mars 2016. Le matin du 22 mars, les attentats de Bruxelles laissent l'Europe abasourdie. En concertation avec *Le Monde*, l'équipe de L214 décide de repousser la parution de l'enquête. Le 29 mars, Audrey Garric contacte Gérard Clémente afin de l'informer de la publication imminente d'une vidéo épinglant son abattoir pour des faits de maltraitance. « Je suis effondré, catastrophé, confie à la journaliste le directeur de l'abattoir après le visionnage des vidéos. Je suis très souvent dans mon abattoir, j'ai essayé d'améliorer les conditions d'abattage depuis des années, et là, on tourne le dos, et des employés frappent les bêtes [1]. » L'homme est à la direction de l'abattoir depuis quarante ans, et à deux mois de son départ à la retraite. Il accuse les cadences : « Il faut tuer 15 000 agneaux en quinze jours pour Pâques. Si on travaillait plus sereinement, ils ne commettraient pas ce type d'action [2]. »

En avril 2016, devant la commission d'enquête, M. Clémente rappelle pourtant que les cadences de l'abattoir du Pays de Soule sont globalement inférieures à la moyenne nationale : « Chez nous, le ratio est la production d'animaux par abatteur : notre ratio est de dix agneaux de lait par abatteur ; si l'on juge à l'aune de la moyenne nationale, nous sommes nettement en dessous. Même en tournant à cent vingt

1. « Un abattoir du Pays basque fermé après la découverte d'actes de cruauté », *Le Monde*, 29 mars 2016.

2. *Ibid.*

bêtes à l'heure avec douze abatteurs sur la chaîne, vous faites le travail correctement, y compris en termes de protection animale. »

De plus, comme le rappelle M. Clémente lors de son audition, les équipes tournent à l'abattoir de Mauléon afin de ménager les salariés : « Sur la vidéo, vous voyez trois personnes, mais si la vidéo avait été tournée la semaine suivante, vous en auriez vu trois autres. Nous faisons tourner les gens car, parallèlement au bien-être animal, nous tenons compte du bien-être social. Nous incitons nos abatteurs – nous obligeons même certains – à tourner pour leur éviter des opérations répétitives : c'est ce qui explique que nous n'ayons jamais été confrontés à des apparitions de troubles musculo-squelettiques. Un abatteur décontracté et content en arrivant le matin au travail aura de bons résultats, aussi bien en termes de bien-être animal que de prestation de service – que je pourrai facturer d'autant plus facilement qu'elle aura été de qualité. À l'inverse, des tâcherons ne pourront pas officier pendant plus de quinze ans : après, ils sont cuits[1]. » Lorsque le président de la commission demande à M. Clémente s'il peut expliquer les scènes dévoilées par la vidéo, le directeur déclare : « Dans la mesure où j'ai tout mis en place, tant d'un point de vue réglementaire que d'un point de vue social, je ne me l'explique pas ! répond le directeur de l'abattoir. C'est pour moi un constat d'échec : je n'aurais

1. *Rapport de la commission d'enquête sur les conditions d'abattage des animaux de boucherie dans les abattoirs français*, tome II, p. 67, *op. cit.*

jamais pensé que dans mon établissement, où j'ai passé quarante ans de ma vie, de tels actes aient pu se produire[1]. »

Le jour de la publication de l'enquête, Bérénice Riaux reçoit un appel de Gérard Clémente : « Il m'a appelée vers 8 h 30 pour me dire qu'une journaliste l'avait informé que nous étions en possession d'images de son abattoir. Il voulait me dire qu'il ne cautionnait pas ces dérives, qu'il avait signé la pétition lancée lors de la diffusion de l'enquête menée à l'abattoir d'Alès. Il m'a parlé de son affection pour les animaux, de sa femme qui a sauvé des chiens errants, de son lien avec les employés. Puis, au bout d'un moment, il m'a demandé de lui dire ce qui allait se passer. Je lui ai expliqué que nous nous apprêtions à envoyer un communiqué de presse dans la demi-heure suivante, et qu'il fallait donc qu'il se prépare à répondre aux médias, puis que nous porterions plainte contre l'abattoir en début d'après-midi. Je pense qu'il voulait me montrer qu'il était dans une forme de détresse. Il m'a dit qu'il n'était qu'à quelques mois de sa retraite, ce que je savais puisque j'avais travaillé sur la fiche d'identité de l'abattoir lors de la préparation de l'enquête. En revanche, il ne nous a pas demandé de renoncer à publier les images. Il savait que nous les sortirions. J'ai simplement essayé de l'écouter et de l'accompagner au mieux possible à cet instant-là. Après, c'était à lui d'assumer sa responsabilité de directeur

1. *Ibid.*

d'abattoir qui s'est fait épingler pour infractions à la réglementation. »

L'association porte plainte auprès du tribunal de grande instance de Pau pour sévices graves et actes de cruauté[1] et demande un référé expertise auprès du tribunal administratif de Pau afin de déterminer les responsabilités des autorités de contrôle. Une pétition est créée en ligne pour demander la transparence effective des abattoirs grâce aux mesures suivantes : la mise à disposition des rapports d'inspection et des mises en demeure rédigés par les services vétérinaires à l'encontre des abattoirs ; l'accès libre et inopiné des abattoirs aux associations de défense des animaux ; la pose de caméras sur les postes de déchargement, d'attente, d'amenée et d'abattage des animaux avec accès libre des associations aux images ; et la liberté de diffuser les informations ainsi obtenues. Cette pétition recueille 167 620 signatures.

Michel Etchebest, maire de Mauléon-Licharre, annonce la fermeture à titre conservatoire de l'établissement et demande par un communiqué à la direction

1. Le 29 octobre 2018, le tribunal de Pau a respectivement condamné l'abattoir et son ancien directeur à une amende de 10 000 euros et à 6 mois de sursis. Les employés ont quant à eux été condamnés à des amendes allant de 80 euros à 520 euros. Seul le délit de tromperie sur la qualité des produits « pour le non-respect du cahier des charges Label Rouge » a été retenu. À l'ouverture du procès, le président du tribunal a rappelé que si les souffrances endurées par les animaux ont bel et bien existé, ces infractions ne constituent au regard de la loi que de simples contraventions.

de l'abattoir « de prendre sur-le-champ toutes les mesures et sanctions adéquates envers les auteurs de ces actes ». Deux des salariés sont immédiatement mis à pied. La préfecture des Pyrénées-Atlantiques suspend l'agrément du site pour les activités d'abattage et le ministre de l'Agriculture ordonne aux préfets de diligenter des « inspections spécifiques sur la protection animale dans l'ensemble des abattoirs » français. « En cas de défaut avéré à l'occasion de ces inspections », le ministre demande « la suspension sans délai de l'agrément de ces établissements ainsi que l'établissement d'un procès-verbal[1] ».

Dans un entretien accordé au journal *Sud-Ouest*[2] en présence de leur avocat, les trois salariés mis en cause par la vidéo de l'association L214 témoignent du choc qu'ont été pour eux la découverte puis la diffusion de l'enquête, et tentent de justifier leur comportement. Au sujet de l'agneau écartelé, l'opérateur concerné explique qu'il n'était pas à son poste quand l'accident est advenu : « Quand je l'ai vu, j'étais blasé. J'ai eu exactement la même réaction que les gens devant leur télé. En dix ans à l'abattoir, je n'ai jamais vu ça. » L'article ne précise pas pour quelle raison l'opérateur s'est absenté en laissant l'agneau suspendu à un crochet après l'étourdissement.

---

1. http://agriculture.gouv.fr/cas-de-maltraitance-animale-en-abattoir-stephane-le-foll-condamne-et-annonce-de-nouvelles-mesures [consulté le 14 juin 2017].

2. « Abattoir de Mauléon (64) : les salariés témoignent », *Sud-Ouest*, 11 mai 2016, http://www.sudouest.fr/2016/05/11/si-t-es-seul-tu-te-flingues-2358117-6983.php [consulté le 14 juin 2017].

Le salarié mis à pied pour avoir frappé des agneaux à coups de crochet reconnaît ses gestes et invoque la fatigue et les horaires de travail : « J'ai mis les trois coups de crochet. Ce moment, je m'en souviens. C'est la fin d'après-midi, on a fait 4 heures-15 heures. L'agneau me saute dessus, la machine ne marche pas, c'est un geste qui est parti, un coup d'énervement. Je n'ai pas cette habitude. » Le troisième homme reconnaît lui aussi avoir mis un coup de pied à un agneau. Tous nient maltraiter les bêtes de façon régulière : « Quand on voit cette vidéo, c'est sûr, ça choque, reconnaît l'un d'eux. Mais on ne donne pas des coups de crochet pendant dix heures tous les jours. Personne ne pourrait faire ça. [...] Ce sont nos agneaux qu'on tue à l'abattoir. Ce sont des bêtes et on est très vigilants. On n'est pas des branques. Ce n'est pas vrai. » Une défense qui n'est pas sans rappeler celle de Marc S. lors du procès de l'affaire de l'abattoir du Vigan, lorsqu'il affirme le caractère exceptionnel des violences qui lui sont reprochées : « Ce jour-là, on a été filmés, on n'a pas eu de chance. »

L'un des trois salariés explique au journaliste : « Les trente secondes de levée, étourdissement et saignée demandent une attention de tous les instants. On fait attention quand on manipule les animaux. Les bêtes ne sont pas dans leur élément naturel. Si tu as des gestes brusques, elles sont apeurées et difficiles à maîtriser. Comme on dit, on n'est pas des maçons. Si tu fais tomber une brique c'est pas grave, mais nous, on travaille sur des êtres vivants. »

Chacun jugera, à la vue des images, de « l'attention de tous les instants » portée aux animaux à l'abattoir du Pays de Soule. Le témoignage du salarié pointe cependant le dilemme des abattoirs : comment un système chargé de mettre à mort des êtres vivants qu'il a chosifiés et entend traiter comme de simples marchandises pourrait-il se prévaloir de protéger leurs intérêts et leur bien-être ?

Dans le même entretien, les trois hommes relatent l'impact que la publication de la vidéo a eu sur leur vie personnelle : la solitude, la stigmatisation, les insultes. « Quand les amis ont su que c'était nous, on a commencé à avoir du soutien », dit l'un d'eux. Son collègue confirme : « La famille, les amis qui ne lâchent pas, c'est très important. C'est bien simple, si tu es seul et que tu vis une épreuve comme celle-là, tu te flingues ! [...] Les médias, les réseaux sociaux, les collègues, etc. De tout ça, c'est le regard des autres qui pèse le plus. La Soule, c'est bien pire que Facebook. »

L'association L214 est consciente de la détresse des salariés mis en cause par les enquêtes menées, et s'attache toujours à rappeler qu'ils sont les boucs émissaires d'un système qui attend d'eux l'impossible : tuer de façon respectueuse. Comme l'explique Brigitte Gothière : « Les réactions aux images des enquêtes ont montré que l'indignation n'était pas uniquement soulevée par les actes illégaux, mais bien par les mises à mort des animaux, ce que nous qualifions de meurtres alimentaires, commandités par millions par notre société tout entière. Les ouvriers d'abattoir sont des cibles faciles, les coupables facilement identifiables. L'opprobre est jeté sur eux, mais, s'ils ont leur part de responsabilité et doivent l'assumer, la première coupable est notre société carniste qui les place dans une situation inextricable. L'expérience de Milgram[1] offre une excellente grille de lecture à la situation des abattoirs : nous demandons à des hommes de tuer en leur inculquant qu'il est légitime de le faire. Les voilà donc contraints de mettre à mort des êtres vivants qui, comme les vidéos le montrent, résistent lorsqu'ils prennent conscience du sort qui les attend. Ces actes sont impossibles à réaliser sans mettre de côté sa sensibilité. La compassion et la douceur n'ont pas leur place à l'abattoir. Ce qu'il faut, ce sont des robots tueurs, des ouvriers prêts à "laisser leur cœur au vestiaire". Et si l'animal résiste, c'est la violence qui déferle. L'abattoir massacre les animaux et brise les êtres humains. Il n'épargne personne, personne n'en sort indemne. Nous sommes obligés de montrer la réalité pour faire évoluer la situation. Nous aimerions que les gens qui regardent ces enquêtes comprennent que l'objectif n'est pas de stigmatiser les humains présents dans ces vidéos, mais de remettre en question notre comportement collectif. Au lieu de chercher à lyncher un homme sur la place publique et d'en faire le coupable idéal, nous devons nous attacher à chercher collectivement des solutions pour sortir de l'impasse qu'est l'abattoir. »

1. Réalisée à l'université Yale à New Haven (États-Unis) par le psychologue américain Stanley Milgram entre 1960 et 1963, cette expérience de psychologie a étudié le degré d'obéissance et de soumission d'un individu face à une autorité qu'il juge légitime, quand bien même les actions qui lui sont demandées lui posent un problème de conscience.

Cette vision est partagée par Olivia Mokiejewski, journaliste spécialisée dans les sujets environnementaux et agroalimentaires, qui publie en 2017 *Le Peuple des abattoirs*[1], récit d'une enquête consacrée aux ouvriers des abattoirs. Dans une interview donnée au journal *Le Point*, elle parle des préjudices psychologiques dont sont victimes ces ouvriers : « À terme, quel est l'impact psychologique de tuer à la chaîne ? Le vocabulaire employé est violent, on appelle les "tueurs" ceux qui s'occupent de la mise à mort. Les plus sensibles font des cauchemars au début, certains m'ont raconté avoir vu des hommes et non plus des animaux au bout des crochets. Un ouvrier m'a dit avoir "peur de tuer quelqu'un un jour" si une situation venait à dégénérer. Il n'y a pas de suivi psychologique. Ce n'est pas un métier comme les autres quoi qu'on en dise. La mort est industrialisée et les ouvriers n'ont pas le droit aux émotions. Ils sont conditionnés pour, mais en est-on vraiment capable tout en restant indemne[2] ? »

Gérard Clémente explique devant la commission que le poste de tuerie est, au sein de son abattoir, séparé par un mur du reste de la chaîne : « C'est obligatoire dans les abattoirs, au motif que les animaux qui entrent dans la salle d'abattage pour être anesthésiés et saignés ne doivent pas voir leurs congénères suspendus en train d'être dépouillés et éviscérés. » Depuis la parution de l'enquête, la DDPP a demandé à ce que ce mur soit remplacé par

1. Olivia Mokiejewski, *Le Peuple des abattoirs*, Grasset, 2017.
2. « Des hommes tuent pour nous et ça nous dérange », *Le Point*, 9 mai 2017.

une vitre. Le mur qui sépare le poste de tuerie de la chaîne de découpe préserve effectivement les animaux de la vision des sévices qui les attendent. Cependant, cette séparation joue aussi un autre rôle : celui de dérober à la vue de l'ensemble des salariés l'étape de la tuerie. L'abattoir n'a pas plus d'intérêt à ce que ses ouvriers fassent le lien entre l'animal vivant et la carcasse sur laquelle ils interviennent que l'industrie de la viande n'en a à ce que le consommateur voie un morceau d'animal dans son assiette plutôt qu'un steak.

Lors de son audition par la commission d'enquête, Raphaël Girardot, réalisateur du documentaire *Saigneurs*, consacré aux ouvriers d'abattoir, relate les difficultés rencontrées par son équipe pour obtenir le droit de filmer dans un abattoir. Il rapporte les propos de Jean-Paul Bigard, président du directoire du groupe Bigard : « Nous avons connu une longue traversée du désert parce que tous les abattoirs nous fermaient leur porte. [...] Jean-Paul Bigard nous a même ri au nez, nous disant que l'idée de tourner un film dans un de ses abattoirs était totalement contraire à sa politique qui vise à faire en sorte que le client ne fasse plus du tout le lien entre la vache et le steak. En vertu de cette politique, tout ce qui se passe à l'abattoir doit rester dans une boîte noire[1]. »

Lors de cette même audition, Manuela Frésil, réalisatrice du documentaire *Entrée du personnel*,

1. *Rapport de la commission d'enquête sur les conditions d'abattage des animaux de boucherie dans les abattoirs français*, tome II, p. 435, *op. cit.*

également consacré aux personnels des abattoirs, explique : « Je suis donc entrée dans les abattoirs où j'ai posé cette question aux salariés : qu'est-ce que ça vous fait de faire ça aux bêtes ? Ils m'ont répondu que ce n'était pas la question pour une raison simple : peu de gens travaillent à la tuerie, appelée le secteur sale. Pour la plupart, les salariés sont dans lc scctcur propre où ils effectuent un travail de boucherie, d'emballage et de mise en barquette de la viande. Par mesure d'hygiène, les ouvriers des deux secteurs entrent par des portes différentes dans l'abattoir, et ils ne passent pas de l'un à l'autre. Dans leur majorité, ils me disaient n'avoir affaire aux bêtes que de façon lointaine et un peu fantasmatique[1]. »

Du propre aveu de M. Clémente, les autorités vétérinaires sont quasi absentes au poste d'abattage. Selon lui, la seule façon de prévenir le type de violences observées sur la vidéo tournée à l'abattoir du Pays de Soule reste la vidéosurveillance : « La seule réponse à ce problème, c'est justement la vidéosurveillance. On peut nous reprocher un défaut de contrôle, et je l'accepte ; encore qu'un tel endroit est très difficile à contrôler, car il n'est pas permis de passer d'un endroit souillé à un endroit propre pour des raisons sanitaires. L'ajout de contrôleurs supplémentaires ne mettra pas à l'abri de ce type de dérives. Un responsable qualité passe aujourd'hui 65 % de son temps au bureau, parce que la documentation a pris le pas sur le fonctionnement : il pourrait donc consulter les vidéos sur l'écran de son

1. *Ibid.*, p. 433.

ordinateur. C'est la seule réponse possible[1]. » Malheureusement, les enquêtes de l'association L214 ont prouvé qu'un système de contrôle vidéo dont les enregistrements ne sont consultables que par la direction, les autorités sanitaires ou les responsables de la protection animale n'est en rien la garantie d'un contrôle efficace ou du respect de la législation en matière de bien-être animal.

Le 20 mai 2016, le préfet des Pyrénées-Atlantiques lève la suspension d'agrément sanitaire pour l'abattoir de Mauléon-Licharre. Dans un communiqué, la préfecture indique : « Des améliorations ayant notamment été apportées en termes de fonctionnement et de compétences et d'encadrement des personnels au sein de l'abattoir, la mesure de suspension a été levée. [...] Une inspection de la Direction départementale de la protection des populations (DDPP) a permis de constater que l'établissement est désormais conforme et que les exigences applicables dans le domaine de la protection animale sont bien respectées[2]. »

Abattoir de Pézenas : le goût de sang du made in France

L'abattoir de Pézenas est un abattoir multi-espèces dans lequel sont tués des chevaux, des bovins et des ovins avec et sans étourdissement (halal), ainsi que des cochons. Créé en 1969 et remis aux normes en 1987,

---

1. *Ibid.*, p. 68.

2. « Violences contre les animaux : l'abattoir de Mauléon autorisé à rouvrir », *Le Monde*, 20 mai 2016.

l'abattoir est placé sous régie municipale jusqu'en 2014, puis sous régie syndicale depuis janvier 2015. En 2014, la somme de 208 000 euros est allouée à l'abattoir en vue de travaux d'agrandissement de son atelier de découpe. Le plan de financement se décompose comme suit : 62 400 euros de subvention du conseil général de l'Hérault, 46 280 euros de subvention de la Communauté d'agglomération Hérault Méditerranée (CAHM), 46 280 euros de subvention de la ville de Pézenas et 53 040 euros d'investissement de la Régie municipale de l'abattoir. L'abattoir de Pézenas est le seul abattoir de boucherie du département de l'Hérault. C'est une structure de taille moyenne, qui traite 2 000 à 2 200 tonnes par an et emploie une vingtaine de salariés. Vingt bovins y sont abattus par heure. Les services vétérinaires de la DDPP sont supposément présents de façon quotidienne : un vétérinaire et deux techniciens y sont affectés. Le directeur de l'abattoir, Christophe Malleret, est le responsable protection animale. L'abattoir est certifié bio (Ecocert).

Le 18 et le 19 février 2016, l'abattoir est inspecté dans le cadre d'une supervision nationale des abattoirs. L'inspectrice ne relève aucune non-conformité. C'est du moins l'information diffusée par le président de la Régie syndicale de l'abattoir *via* le site Internet de la ville, contredite par la publication des rapports d'inspection, décidée par Pierre Pouëssel, préfet de l'Hérault, au mois de juillet suivant. En effet, les rapports pointent des non-conformités mineures, dont « les couloirs de circulation et d'amenée au piège » sur la chaîne dédiée aux porcins.

Les 22 et 26 avril 2016, dans le cadre des inspections ordonnées par le ministre de l'Agriculture à la suite de la publication de l'enquête menée à l'abattoir de Mauléon-Licharre, l'abattoir de Pézenas fait l'objet de deux nouveaux contrôles. Le rapport de l'inspection conduite le 22 avril fait état de non-conformité moyenne pour la chaîne dédiée aux porcins et note « la déficience de l'opérateur en poste justifiant son remplacement immédiat » au prétexte qu'il « ne respecte pas la protection animale [...] agit sans ménagement, stresse les animaux » et « utilise systématiquement l'aiguillon électrique ». Le rapport de l'inspection effectuée le 26 avril fait état de non-conformité mineure sur la chaîne dédiée aux porcins et décide de la levée de la mise en demeure. Le rapport pointe l'utilisation toujours trop fréquente de l'aiguillon sur les animaux et d'autres non-conformités concernant les étourdissements, la saignée et l'état de stress des animaux.

Le mardi 17 mai 2016, dans le cadre de la commission d'enquête, Élie Aboud député Les Républicains de la 6e circonscription de l'Hérault, effectue une visite inopinée à l'abattoir de Pézenas. Il demande à assister à un abattage avec étourdissement. Interrogé par le *Midi libre* au terme de sa visite, il déclare n'avoir pas relevé « de dysfonctionnement quelconque dans la chaîne ». M. Aboud ajoute : « Je ne vais pas dévoiler ce qui sera inscrit sur le rapport, mais j'ai vu des hommes concernés par les différentes problématiques, sérieux et impliqués dans leur tâche[1]. » M. Aboud se dit également « rassuré par la présence permanente d'un contrôle vétérinaire ».

1. « Abattoir de Pézenas : quand le directeur estimait faire "un travail convenable" », *Midi libre*, 17 mai 2016.

Quant au directeur de l'abattoir, il se félicite devant les caméras présentes du travail accompli par l'abattoir : « On estime qu'on fait un travail tout à fait convenable et on en est les plus fiers possible. » Il rappelle à cette occasion les consignes données à ses équipes : « La mort n'est donnée que si l'animal est inconscient et l'un des critères pour s'en assurer, c'est les yeux qui se révulsent au moment où la pince est actionnée. » La révulsion des yeux à l'apposition de la pince à électronarcose ne figure cependant pas parmi les marqueurs d'inconscience listés par le rapport de l'EFSA ni parmi les recommandations de Temple Grandin.

Le 29 juin 2016, *Le Monde* révèle en exclusivité une nouvelle enquête de l'association L214 épinglant les abattoirs de Pézenas et du Mercantour[1] pour des faits de maltraitance animale. Cette enquête survient à la fin des auditions de la commission (la dernière audition a lieu le 6 juillet 2016), les responsables de ces deux abattoirs ne sont donc pas entendus dans ce cadre.

Les images[2] provenant de l'abattoir de Pézenas sont tournées de façon ponctuelle entre novembre 2015

1. Nous ne traiterons pas ici de l'abattoir du Mercantour dont les images sont disponibles dans les vidéos de la même enquête consultable sur le lien suivant : http://L214.com/abattoirs-pezenas-mercantour [consulté le 17 juillet 2017].

2. Une vidéo de 47 minutes et 29 secondes traite de l'abattage des chevaux. Une deuxième vidéo de 17 minutes et 55 secondes traite de l'abattage des bovins avec étourdissement. Une troisième vidéo de 30 minutes et 26 secondes concerne l'abattage des bovins sans étourdissement. Une quatrième vidéo de

et mai 2016, soit avant et après les contrôles et visites effectués aux mois de février, avril et mai 2016, sur une durée totale d'une dizaine de jours.

Les prises de vues de la première vidéo permettent d'observer de façon précise l'étourdissement des chevaux au pistolet à tige perforante, leur sortie du piège et l'accrochage sur la chaîne depuis la zone d'affalage. En revanche, elles ne permettent pas d'observer clairement la saignée des chevaux. À l'abattoir de Pézenas, les chevaux sont amenés *via* un long couloir vers un piège (tonneau à contention) également utilisé pour les bovins. Un seul employé s'occupe de l'amenée, de l'étourdissement et de la saignée des chevaux. Un deuxième employé s'occupe de leur accrochage à la sortie du piège. Le couloir d'amenée est visiblement mal conçu, puisqu'il arrive que les employés soient contraints d'utiliser un treuil, installé à l'avant du tonneau, pour tirer les chevaux à l'intérieur du piège. L'utilisation du treuil est une source évidente de stress pour les animaux et peut entraîner un risque de blessure. Les grands chevaux peuvent voir, par-delà les bords du piège, leurs congénères suspendus et saignés sur la chaîne.

Dans le piège, les mouvements des chevaux ne sont pas restreints et la tête n'est pas immobilisée.

---

35 minutes et 28 secondes concerne l'abattage des ovins sans étourdissement. Enfin, une vidéo de 7 minutes et 58 secondes concerne l'abattage des porcins. La vidéo destinée au public dure quant à elle 5 minutes et 27 secondes et présente des images provenant de l'abattoir de Pézenas et de l'abattoir du Mercantour. Comme pour les enquêtes précédentes, l'ensemble de ces images est soumis à une expertise vétérinaire.

Certains chevaux paniquent et bougent constamment la tête. Le coup de pistolet à tige perforante se fait souvent dans la précipitation, au jugé, et le geste est imprécis. Il est fréquent que les chevaux ne s'effondrent pas après le premier coup, ou qu'ils s'affalent de façon incomplète et tentent de relever la tête. L'opérateur est alors contraint de tirer plusieurs coups de pistolet avant de considérer qu'il peut ouvrir la porte du piège sans danger. Sur l'ensemble des images d'abattage de chevaux, les salariés n'effectuent aucun test de conscience. Lorsqu'un deuxième ou un troisième coup de pistolet est donné à un cheval, c'est qu'il est potentiellement dangereux pour les employés (par exemple lorsqu'il ne s'est pas effondré). Les opérateurs n'ouvrent pas totalement la porte du piège avant accrochage ; ils accrochent les chevaux par un membre postérieur *via* la porte entrouverte et ne peuvent donc pas observer la tête du cheval afin de déceler les signes d'une possible reprise de conscience (clignement des yeux, réflexe cornéen, relevé de tête). Aucun étourdissement de secours n'est donc pratiqué, sauf lorsque les mouvements de l'animal présentent un danger pour les salariés. Une fois les chevaux suspendus à la chaîne, plus aucune attention n'est portée à leurs réactions. La zone d'affalage est elle aussi inadaptée. Il arrive fréquemment que des chevaux s'y trouvent coincés par la porte du piège et une barrière placée à la limite de la zone. Le travail de l'opérateur chargé de l'accrochage est entravé et laborieux. Il arrive que l'employé chargé d'étourdir les chevaux, qui est aussi chargé de les saigner, fasse entrer et étourdisse un cheval alors que le précédent n'est pas encore saigné. Les délais entre le coup de pistolet et la saignée peuvent excéder trois minutes et sont donc souvent bien supérieurs à la limite des 41 secondes préconisée par l'EFSA.

La vidéo traitant de l'abattage des bovins montre que l'employé fait fréquemment entrer deux bovins dans le box d'étourdissement pourtant prévu pour un seul animal. Il arrive alors que le premier animal étourdi s'effondre sur son congénère, ou que les animaux paniquent et se piétinent. La présence de deux bovins dans le box ne favorise pas une bonne présentation de la tête pour l'étourdissement. Un bovin pris de panique tente de se dégager et se coince une patte dans l'ouverture prévue pour la tête. Lorsque deux bovins se trouvent dans le piège, l'employé ne parvient pas à appliquer correctement le pistolet à tige perforante. Il se penche sur le piège, tenant l'arme à bout de bras. Plusieurs coups visibles sur les vidéos sont mal placés et inefficaces. L'opérateur est parfois contraint de charger l'arme avec une nouvelle cartouche avant d'appliquer un deuxième coup. Un autre bovin est étourdi une première fois, mais ne s'effondre pas, signe que l'étourdissement est raté. L'animal relève d'ailleurs la tête, mais l'opérateur ne réagit pas et n'applique pas d'étourdissement de secours. Dans une autre séquence, l'employé applique un premier coup de pistolet sur la tête d'un bovin, mais celui-ci ne s'effondre pas. L'animal semblait pourtant calme et bien positionné, ce qui pose la question du bon fonctionnement du pistolet.

Lorsque deux bovins entrent dans le tonneau en même temps, ils sont étourdis l'un après l'autre avant l'ouverture du tonneau. L'un des deux animaux sera donc saigné longtemps après avoir été étourdi, puisqu'il sera mis en attente le temps que son congénère soit accroché à la chaîne, conduit au poste de saignée et égorgé. De nombreux signes de conscience après étourdissement sont visibles sur les vidéos. Certains bovins restent debout après un premier coup de pistolet ; d'autres relèvent la tête dans le tonneau alors qu'ils sont supposément étourdis. Les mouvements de tête de bovins en cours d'accrochage sont les signes d'une probable reprise de conscience : il ne s'agit pas seulement de mouvements réflexes des pattes car la tête devrait rester dans l'alignement du corps si l'animal était correctement étourdi.

À l'abattoir de Pézenas, les étourdissements de secours semblent inexistants. Sur la totalité des heures filmées, jamais un animal présentant des signes de conscience ou de reprise de conscience n'est étourdi une deuxième fois. Avant la suspension, il arrive que les opérateurs vérifient la dangerosité des animaux en leur donnant des coups de pied. La porte du piège est simplement entrouverte afin de permettre à l'opérateur d'accrocher l'animal par les pattes, avant d'être totalement ouverte lorsque l'animal est accroché. Les bovins sont suspendus à la chaîne sans que les employés aient pu observer leur tête afin de déceler d'éventuels signes de conscience. Après la suspension, les opérateurs n'effectuent aucun contrôle de l'état de conscience des animaux.

L'abattoir abat également des bovins sans étourdissement. La souffrance des animaux, déjà avérée quand la réglementation sur la protection des animaux est respectée, est ici accentuée par le non-respect de la législation. Parmi les infractions les plus significatives, la saignée réalisée par cisaillement et l'absence de contrôle de l'inconscience avant l'ouverture du box de contention sont des pratiques courantes. L'abattoir utilise un box de contention rotatif. Tous les égorgements visibles sur les enregistrements sont effectués par cisaillement, et nécessitent parfois l'utilisation de deux couteaux, ce qui pose la question de l'affûtage des lames. Rappelons que le règlement (CE) 1099/2009 souligne en préambule que « l'abattage sans étourdissement nécessite une incision précise de la gorge à l'aide d'un couteau tranchant pour limiter autant que possible les souffrances de l'animal ». L'annexe II de l'arrêté du 12 décembre 1997 précise que « le couteau utilisé pour la saignée est adapté à la taille de l'animal et en permanence aiguisé et affilé. Au moins un couteau de rechange est disponible immédiatement ». Une note de service de la Direction générale de l'alimentation (DGAL) datée du 5 décembre 2012 explique quant à elle que « le couteau utilisé pour le sacrifice doit être d'une taille suffisante et adaptée notamment à la largeur du cou de l'animal. Le couteau utilisé doit être en permanence affûté et affilé de manière à trancher parfaitement le cou de l'animal. Les sacrificateurs doivent procéder à une vérification régulière du tranchant et de l'absence d'ébréchure de la lame, et corriger tout problème par un affilage ou un changement d'outil ». Il est également précisé par la même note que « la saignée doit être franche, large et efficace. Le geste doit être rapide et ferme, sans cisaillement et doit permettre impérativement la section des veines jugulaires et des deux artères carotides de l'animal[1] ».

Les cisaillements répétés visibles sur les images provoquent incontestablement de terribles souffrances chez les animaux. Le cisaillement pose le problème de l'occlusion des artères, appelée « faux anévrisme » : le sang coagule aux extrémités des artères carotides sectionnées et provoque une occlusion. Ces faux anévrismes retardent la mort de l'animal et peuvent conduire à son réveil dans le cas d'un étourdissement réversible. Ils peuvent être causés par une lame émoussée, qui favorise l'étirement des artères et la formation de caillots. Sur les images de l'enquête, on voit l'opérateur fouiller à plusieurs reprises dans la plaie qu'il vient d'ouvrir dans le cou des bovins puis couper des morceaux d'artères quelques secondes après l'égorgement. Ce contact avec la plaie constitue une stimulation douloureuse. Lorsque l'animal est relâché, les tissus de la plaie se touchent ou entrent en contact avec le sol ou le piège, provoquant des souffrances supplémentaires. La note de service de la DGAL du 5 décembre 2012 précise pourtant que « la tête doit également être maintenue jusqu'à l'inconscience des bovins afin de limiter la stimulation de la plaie de saignée quand l'animal se débat ». Au vu de ces images, il est légitime de s'interroger sur les compétences du sacrificateur. On observe également qu'il travaille à

1. http://agriculture.gouv.fr/telecharger/61824 [consulté le 14 juin 2017].

mains nues, dans le mépris des normes d'hygiène et de sécurité.

Sur les images antérieures à mai 2016, les animaux sont relâchés quelques secondes après l'égorgement, alors qu'ils sont encore manifestement conscients. Il est fréquent que les tissus de la plaie se touchent, raclent le sol ou se bloquent sur les rebords du piège, prolongeant et augmentant la souffrance des animaux. Les images saisies sur la chaîne de saignée montrent des animaux qui se débattent et tentent de redresser la tête. En mai 2016, l'immobilisation est maintenue pendant au moins deux minutes, mais aucun contrôle n'intervient avant la fin de l'immobilisation, bien que les animaux puissent rester conscients plus de deux minutes après l'égorgement. L'article 5 du règlement (CE) 1099/2009 impose pourtant un contrôle de conscience systématique avant la fin de l'immobilisation. Bien que la durée d'immobilisation soit plus importante, les animaux sont relâchés possiblement conscients, ce qui constitue une infraction à la réglementation. Là encore, le personnel vétérinaire n'intervient à aucun moment pour corriger ces infractions.

Les vidéos montrant l'abattage des moutons sans étourdissement dévoilent des infractions graves et répétées à la législation. Au début de la séquence, l'opérateur réceptionne un mouton et lui plante sans raison apparente la lame d'un couteau dans l'œil. Les images détenues par l'association et qui n'ont pas été rendues publiques montrent que l'animal arrive mal positionné dans le *restrainer*. L'opérateur cherche à le retourner pour le mettre dans le bon sens, mais l'animal résiste. L'homme engage un corps à corps avec le mouton durant plusieurs minutes avant de renoncer. Il saisit alors le couteau et crève un œil de l'animal par mesure de représailles.

À plusieurs reprises, le salarié attrape les animaux par la queue ou les oreilles pour les déplacer, les surélever ou les suspendre. Le temps d'attente dans le *restrainer* est parfois long, entre 40 secondes et 5 minutes, contrairement aux recommandations de l'article 9 du règlement (CE) 1099/2009 qui prévoit que « les exploitants veillent à ce que les animaux ne soient immobilisés, y compris au niveau de la tête, qu'à partir du moment où la personne chargée de l'étourdissement ou de la saignée est prête à les étourdir ou à les saigner le plus rapidement possible ». Les moutons placés et immobilisés dans le *restrainer* avant la saignée ont une vue directe sur les moutons déjà suspendus, ce qui est une source potentielle de peur ou de stress.

Là encore, tous les égorgements sont effectués par cisaillement, et non par une incision nette et précise. Trente moutons se succèdent et subissent le même traitement. Le sacrificateur semble coutumier du geste et incompétent. Lorsque les animaux sont amenés dans le piège, il leur maintient la tête manuellement, tranche la gorge, puis relâche la tête immédiatement au lieu de la maintenir jusqu'à la perte de conscience. Le processus de saignée peut être considérablement ralenti lorsque les animaux égorgés ne sont pas maintenus, ce qui prolonge leur agonie. La durée minimale d'immobilisation de quatorze secondes définie par la note de la DGAL du 5 décembre 2012 n'est jamais respectée, pas plus que la durée d'observation de quarante-cinq secondes préconisée par la même note : les animaux sont saignés, relâchés et suspendus dans la foulée.

Aucun étourdissement post-jugulation n'est envisagé ni effectué alors que des signes de conscience sont visibles chez les animaux accrochés. Beaucoup se débattent violemment sur la chaîne et tentent de redresser la tête. Aucun test de conscience n'est effectué.

Sur la chaîne d'abattage des porcins, l'abattoir de Pézenas dispose de deux postes d'étourdissement situés à deux endroits différents et utilisés en fonction de la taille des cochons. Pour y être conduits, les cochons sont poussés dans des couloirs à coups d'aiguillon électrique. L'usage fait par les opérateurs de l'aiguillon est inapproprié et quasi systématique. La vidéo montre le cas d'une truie conduite au poste d'étourdissement réservé aux gros animaux, qui est simplement délimité par deux portes métalliques. La truie n'est absolument pas immobilisée. Deux opérateurs appliquent sur la tête de l'animal une pince à électronarcose qu'ils ne parviennent pas à positionner correctement. L'instrument n'est pas adapté à la physionomie de la truie et ne permet pas de lui enserrer la tête. Le courant ne peut donc pas traverser le cerveau. L'un des opérateurs applique la pince pendant une trentaine de secondes. La truie réagit violemment à la décharge et l'autre salarié s'amuse de la situation en imitant les mouvements de l'animal. La truie ne perd pas conscience et les opérateurs essaient, en vain, de la suspendre par une patte. Ils appliquent à nouveau la pince à électronarcose pendant une quinzaine de secondes. L'un des salariés essaie à nouveau de la suspendre par une patte arrière. Il s'approche prudemment de la truie qui s'est affalée et bloque ses mouvements avec le pied. L'animal est à moitié soulevé par une patte lorsque l'employé cherche à l'électrocuter une troisième fois. Il ne parvient pas à positionner correctement la pince et s'y prend à plusieurs reprises. La truie réagit, montrant qu'elle est encore consciente. Le deuxième opérateur réussit à accrocher l'autre membre postérieur de la truie à la chaîne et l'animal est entraîné, toujours conscient, vers le poste de saignée. Au total, les salariés ont tenté d'étourdir l'animal durant plus de quatre minutes, alors que trois secondes devraient suffire à induire un état d'inconscience. La pince est clairement défaillante et d'autres cochons parviennent à dégager leur tête faute d'immobilisation suffisante. Aucun contrôle de conscience n'est effectué, aucune procédure d'étourdissement d'urgence n'est pratiquée. Quant aux services vétérinaires, sur l'ensemble des heures filmées, ils semblent absents ou non concernés par les graves défaillances signalées ci-dessus.

La vidéo de l'enquête diffusée par L214, présentée par l'humoriste et youtubeur Rémi Gaillard, rencontre une large audience et cumule 7 millions de vues. L'association propose la signature d'une pétition adressée au Premier ministre demandant l'instauration du choix quotidien d'un menu au minimum végétarien, au mieux végane, dans toute la restauration collective publique, invoquant le droit à l'objection de conscience à la tuerie dans les abattoirs et à la souffrance des animaux dans les élevages, les transports et dans les activités de pêche. La pétition réunit 91 475 signatures.

Perturbé par cette enquête qui survient au beau milieu de son opération de transparence sur les abattoirs français, Stéphane Le Foll charge avec véhémence les responsables de l'association L214 : « Ils veulent faire disparaître ce qui a été l'agriculture, ils ne veulent plus d'élevages, ils ne veulent plus qu'on mange de viande, mais on ne peut pas accepter cette pression[1]. » Lui aussi met en doute l'honnêteté de l'association : « Quand on apprend que ces dernières images de L214 n'ont pas été prises après les contrôles qu'on a fait mettre en place mais qu'elles ont été filmées bien avant, et que d'ailleurs le salarié a été sanctionné […], il faut être honnête. »

Pierre Pouëssel, préfet de l'Hérault, prétend lui aussi que les images diffusées sont obsolètes et décide « par souci de transparence » de la mise en ligne des rapports d'inspection de 2016 pour l'abattoir de Pézenas. « S'il y a un abattoir en France qui a été surveillé, c'est bien celui-là[2] », déclare-t-il à juste titre devant la presse. Ces contrôles répétés n'ont cependant su garantir ni le respect de la législation en matière de bien-être animal ni les violences volontaires. Caroline Medous, docteur vétérinaire responsable de la DDPP de l'Hérault, explique qu'« à la suite des contrôles et des observations qui ont pu être faites, cet abattoir a pris les mesures correctives qu'on

1. « Scandale des abattoirs : les résultats des contrôles rendus publics ? », *Midi libre*, 1er juillet 2016.

2. « Abattoir de Pézenas : "Les images de L214 sont obsolètes" selon le préfet », *Midi libre*, 6 juillet 2016.

lui imposait[1] » et que les images diffusées par L214 « ne correspondent plus aux équipements et pratiques actuels ». Les équipes de l'abattoir disposeraient désormais d'une nouvelle pince à étourdissement et pratiqueraient un « geste de saignée différent ». Quant aux opérateurs « qui avaient des gestes inappropriés », ils « ne sont plus en contact avec les animaux ».

Rémi Pouyala, président de la régie syndicale de l'abattoir de Pézenas, prend quant à lui la parole devant les caméras de la presse pour lire un communiqué dans lequel il affirme que l'établissement « dans ses moyens et pratiques est quotidiennement contrôlé par les techniciens vétérinaires de la DDPP ». Il rappelle les récents contrôles effectués et précités, puis déclare : « Nos équipes d'encadrement s'assurent en permanence du respect des règles de protection animale et des procédures d'abattage. Au même titre que tous les consommateurs, je suis sensible aux conditions d'abattage des animaux. Nous sommes en recherche constante d'améliorations sur cet objectif partagé avec l'ensemble des acteurs de la filière. Les images publiées sont sélectionnées délibérément afin de choquer l'opinion publique. Bien que difficiles à regarder, ces images ne font pas état de manquements aux règles sanitaires en vigueur à l'exception d'un geste et d'une situation qui font l'objet d'une enquête. Cela ne reflète pas les pratiques courantes du site de Pézenas. Nous avons également le devoir de protéger dans leur sécurité nos opérateurs des risques liés aux conditions de ce travail. Nous condamnons le discrédit qui est jeté sans discernement sur nos employés

1. *Ibid.*

qui réalisent un travail physique et moral très éprouvant. De longue date, nous avons mis en pratique des procédures qui sont maintenant obligatoires ou qui vont le devenir par de nouvelles règles[1]. »

Le discours officiel se heurte à la réalité des images et de la somme d'infractions constatées sur une période de douze jours de tournage non consécutifs. Il semble dès lors difficile d'incriminer une manipulation des images par l'association L214, comme le fait sans ciller M. Pouyala. Si, comme il l'affirme, le contrôle vétérinaire est effectivement quotidien et si les équipes d'encadrement s'assurent en permanence du respect des règles de protection animale, comment expliquer l'accumulation de graves manquements à la réglementation sur une période aussi réduite ? Le président de la régie syndicale de l'abattoir de Pézenas, comme nombre de ses confrères, voudrait faire croire au caractère exceptionnel de ces violences, sinon réfuter simplement leur existence. Ainsi, lorsqu'il déclare que ces vidéos, « bien que difficiles à regarder, [...] ne font pas état de manquements aux règles sanitaires en vigueur », il nie la preuve par l'image et sous-entend que ces scènes qui ont choqué des millions de Français relèvent de la banalité de l'abattoir.

En réponse à la défense de Stéphane Le Foll et de Pierre Pouëssel, L214 diffuse un communiqué de presse réaffirmant que les scènes présentées sur la vidéo ainsi que sur les vidéos annexes diffusées sur son site Internet ont été tournées aux dates indiquées,

1. whttp://www.herault-tribune.com/articles/37048/pezenas-reaction-de-remi-bouyala-representant-de-l-abattoir-de-pezenas/ [consulté le 14 juin 2017].

soit avant et après l'inspection nationale mandatée par le ministre de l'Agriculture en avril 2016. Rappelant son communiqué initial daté du 29 juin, l'association déclare qu'elle n'a, à aucun moment, affirmé que l'ensemble de ces images avait été tourné après l'inspection. À cette occasion, L214 rend publique une nouvelle vidéo dévoilant deux scènes tournées au mois de mai 2016, après les inspections, et montrant encore de graves défaillances dans le fonctionnement de l'abattoir de Pézenas. L'association confirme que, contrairement à ce qu'affirme la DDPP, toutes les pratiques non conformes visibles sur les vidéos de l'enquête n'ont pas été réglées. Pour preuve, une séquence montrant un cheval mal étourdi : l'animal est assommé à trois reprises au pistolet à tige perforante, et respire encore lorsqu'il est suspendu à la chaîne. L'immobilisation est relâchée après le deuxième coup, bien que le cheval tienne encore debout. La scène dure 1 minute et 45 secondes. L'absence de respiration rythmée est l'un des indicateurs de conscience devant être contrôlé. Les images montrent également un bovin abattu sans étourdissement, respirant encore de façon évidente lorsque l'immobilisation est relâchée. Cette pratique est interdite et l'opérateur aurait dû contrôler l'état de conscience de l'animal.

Lors de la visite du député Élie Aboud dans le cadre de la mission d'enquête parlementaire, la presse avait été autorisée à filmer le déroulement de l'abattage des moutons. L'association L214 attire l'attention sur le fait que la vidéo tournée par le *Midi libre* montrait que les moutons avaient pleine vue sur leurs congénères suspendus sur la chaîne d'abattage. Quant au salarié filmé en train de crever l'œil d'un mouton avec son couteau, il n'a en réalité été retiré du poste d'abattage qu'après la diffusion de l'enquête L214. Son comportement n'avait donc pas été repéré par les multiples contrôles effectués et supposés garants du bon fonctionnement de l'abattoir et du bien-être animal.

Dans son communiqué[1], l'association L214 rappelle également :

« que les règles actuelles de "protection animale" s'appliquent aux abattoirs depuis le 1er janvier 2013 (règlement (CE) 1099/2009), et non depuis les inspections d'avril, et qu'un étourdissement "en toutes circonstances immédiatement efficace" des animaux est exigé par la réglementation depuis 1964.

» que l'ensemble des scènes de l'abattoir de Pézenas ont été tournées après le scandale de l'abattoir d'Alès en novembre 2015. Le ministre de l'Agriculture avait alors affirmé faire preuve d'une "fermeté totale" pour "faire respecter le bien-être animal", et demandé à tous les préfets d'assurer les contrôles nécessaires ;

» que l'activité des abattoirs est placée sur le contrôle quotidien d'un vétérinaire officiel représentant de l'État présent dans l'abattoir (deux techniciens et un vétérinaire pour l'abattoir de Pézenas) et chargé de faire respecter les normes de protection animale. L214 estime alors légitime de douter que les défaillances et infractions que les services

1. https://www.l214.com/communiques/2016/07/08-abattoir-pezenas-mise-au-point/ [consulté le 14 juin 2017].

de la préfecture n'ont pas été capables de détecter jusqu'alors soient désormais réglées. »

L214 dénonce dans ce communiqué « l'existence de défaillances graves et prolongées au sein de l'abattoir de Pézenas, clairement passibles de sanctions. Les mesures correctives ordonnées, notamment grâce aux contrôles mandatés suite aux alertes de L214 sur les abattoirs d'Alès, du Vigan et de Mauléon, ne sauraient invalider les manquements inexcusables constatables sur les vidéos, et qu'il est du devoir de L214 de porter à la connaissance de chaque citoyen ». L'association rappelle également que les inspections officielles de 2016 ont confirmé de graves manquements à l'abattoir de Pézenas, contrairement aux déclarations tenues par les responsables de l'abattoir. Pour L214, « les inspections ponctuelles (et attendues par l'abattoir) ne sauraient dresser un inventaire exhaustif des pratiques routinières d'un abattoir ». Aucune fermeture à titre conservatoire de l'abattoir de Pézenas n'est ordonnée après la publication de l'enquête. Dans son communiqué de presse, Rémi Pouyala affirme envisager l'avenir avec confiance et explique qu'un plan de modernisation des installations est en cours afin d'améliorer les conditions d'exercice de l'activité de l'abattoir.

Limoges : le scandale de l'abattage des vaches gestantes

Bâti à la fin des années 1980, l'abattoir municipal de Limoges est placé sous régie indépendante depuis

2002. Il s'agit du plus gros abattoir public de France. La structure, adossée à un atelier de découpe, emploie près de quatre-vingt-cinq salariés et quatre cents emplois directs ou indirects en dépendent. Mille bovins, 1 500 ovins et 500 porcs y sont abattus chaque semaine. Vingt-quatre mille tonnes de viande y sont produites chaque année. Cette viande est principalement destinée à la grande distribution, qui représente 90 % du chiffre d'affaires. L'abattage rituel halal représente quant à lui 3 % de l'activité. L'abattoir de Limoges possède également le label Ecocert et tue donc des animaux provenant de l'élevage bio.

Au mois de mars 2016, une équipe de télévision de France 3 Limousin est invitée à filmer l'abattoir. Selon les journalistes Jean-Martial Jonquard et Mathieu Degremont, si la chaîne d'abattage peut être impressionnante « par ce qu'elle induit d'anthropomorphisme, rien n'est apparu véritablement choquant lors de cette visite, rien qu'un estomac carnivore ne puisse supporter ». Interviewé à cette occasion au sujet des contrôles vétérinaires, et de la surveillance présentée comme « quasi constante », Pascal Pain, directeur de la régie municipale, assure : « Il y a des contrôles quotidiens, il y a des contrôles hebdomadaires, il y a des contrôles mensuels. En dehors des vétérinaires, il y a aussi les services de l'État qui viennent nous contrôler. Un abattoir normalement dirigé et normalement contrôlé, c'est tout le temps. »

Au quotidien, douze représentants de la DDPP dont deux vétérinaires sont présents. Un document interne à l'abattoir fait mention de sept contrôles pour les mois de septembre et octobre 2016 : inspection générale (« protection des animaux abattages rituels »), Qualisud à deux reprises (contrôle interne), Carrefour (contrôle chaîne bovins), Ecocert (animaux issus de l'agriculture biologique), DGAL (Direction générale de l'alimentation, en vue d'une inspection de l'OAV), et de l'OAV (sur la gestion des souillures en abattoir – chaînes bovins, ovins et porcins). Les rapports d'inspection établis par la DDPP dans le cadre des inspections diligentées par le ministère de l'Agriculture n'ont cependant pas été communiqués pour cet abattoir.

Au mois d'avril 2016, Brigitte Gothière est contactée par un salarié de l'abattoir de Limoges. L'homme explique vouloir dénoncer une pratique légale et courante en abattoir, bien que très peu connue : l'abattage des vaches gestantes. Devant les photos qu'ils reçoivent, montrant des fœtus de veaux, parfois à un stade très avancé, sortis de placentas, Brigitte et Sébastien restent sans voix. Cet ouvrier s'appelle Mauricio Garcia-Pereira. Il sera le premier lanceur d'alerte à témoigner à visage découvert des conditions d'abattage des animaux dans les abattoirs. Son histoire, il la raconte au micro d'Inès Léraud, dans l'émission *Les Pieds sur terre* diffusée sur France Culture [1].

---

1. L'émission est disponible en podcast sur le lien suivant : https://www.franceculture.fr/emissions/les-pieds-sur-terre/des-citoyens-qui-changent-le-monde-3-mauricio-lanceur-dalerte [consulté le 14 juin 2017].

Mauricio Garcia-Pereira est espagnol et âgé de 47 ans. En 2001, il quitte l'Espagne pour s'installer en France, à Limoges. Il ne parle alors que quelques mots de français. Sa compagne est enceinte de leur fils Quentin, et la situation du couple est précaire. Mauricio cherche un poste de serveur et trouve rapidement un emploi dans une pizzeria. Jusqu'en 2007, il travaille dans la restauration. Un métier prenant, aux horaires décalés, qui ne lui permet pas de profiter de son fils : « Quentin, je ne l'ai pas vu beaucoup grandir. À chaque fois que je rentrais à la maison, il dormait. Ou, quand il se réveillait, c'était l'heure du repas et j'étais obligé de partir au boulot. » Lorsqu'il fait le choix de quitter la restauration, le couple se sépare. « Pour moi, comme Espagnol, la famille, c'est sacré. Je me suis retrouvé seul, dans un petit studio, sans travail, déprimé. Alors, pour me refaire une santé et ne pas sombrer dans l'alcool, ou pire encore, je suis rentré en Espagne. » Chaque jour, le père parle au téléphone avec son fils, alors âgé de 7 ans, mais la séparation est trop douloureuse. « À force, témoigne Mauricio, être aussi loin me faisait trop mal au cœur. Je pleurais toutes les nuits. J'ai décidé de rentrer en France, avec mon sac, mon vieil Espace et quelques euros dans la poche. »

Comme il ne souhaite pas travailler à nouveau dans la restauration, il s'inscrit dans une agence d'intérim et enchaîne les petits boulots : distribution de tracts publicitaires, manutention à l'aéroport de Limoges, contrats dans le bâtiment. Quelques mois plus tard, on lui propose un poste à l'abattoir municipal. « Au départ, explique Mauricio, on m'a montré des photos, on m'a posé des questions. Est-ce que je redoutais de sentir de mauvaises odeurs, de voir du sang ou des animaux morts ? Je leur ai dit, écoutez, moi j'ai grandi dans une ferme jusqu'à mes vingt ans. Un élevage de porcs. Je connais tout ça. J'ai grandi à la campagne, je ne suis pas un gars de la ville. » Lors de sa prise de poste, il est impressionné par la grandeur de l'abattoir : « C'est immense, immense. Des carcasses chaque mètre cinquante, sur une longueur de cent mètres. » Son premier poste consiste à aspirer la moelle des carcasses. Face à lui, à droite, un opérateur « ouvre » les vaches. « C'est lui qui fait tomber la panse et les intestins. Parfois, quand c'était des vaches, il tombait, à côté de la panse et des tripes, une grosse poche de couleur rose, différente de la panse. Des fois, c'était petit, des fois plus gros, des fois énorme. Et ça n'était jamais pareil. Je me demandais ce que ça pouvait être, parce que, d'habitude, il n'y a que la panse et les intestins. Et là, j'ai compris : ça devait être des fœtus. » Bien que cette découverte le sidère, Mauricio est encore en CDD et choisit de se concentrer sur son travail.

Un an et demi plus tard, Mauricio est employé en CDI. Un jour, comme l'équipe est en sureffectif, on lui propose de changer de poste et de partir en triperie. C'est l'endroit où sont triés les boyaux, tout juste extraits des carcasses. « Vous avez des bacs, il faut que vous dégraissiez les intestins, explique Mauricio. Toute la graisse que vous pouvez récupérer, la mettre dans un bac, et dans un autre, les rates. Je commence mon boulot le matin, à 6 heures. Je commence à faire le tri, à balancer les tripes. Et puis, surprise : à côté des tripes, je vois une grosse poche. Avec mon couteau, je coupe la poche. Et là, qu'est-ce qui sort ? Un veau. Formé. Avec ses poils, avec ses sabots, avec sa petite langue qui pend. C'est pas possible ! J'ai lâché le couteau, j'ai tout arrêté, et je suis parti en courant chercher le chef. » Dépêché sur le poste, le responsable explique à Mauricio qu'il ne voit aucun problème à la présence d'un veau au milieu des tripes. La pratique est courante. « Le veau, dit-il, tu le jettes dans ce bac, avec cette merde, là. Et dépêche-toi, il y en a d'autres qui arrivent. » Mauricio proteste, mais le responsable lui répond : « Écoute, si tu ne veux pas travailler, dégage. Ici, c'est comme ça, point. D'accord ? » L'ouvrier se remet alors au travail. « Et effectivement, témoigne-t-il, cinq minutes plus tard, encore un autre veau. Puis quatre, dix, quinze. Vingt. Dans la journée. Plus petits ou plus grands. Des petits fœtus, des gros, des moyens, des jumeaux. À la poubelle. Et la vache ? Qu'est-ce qu'on fait avec la maman ? Ben, on va la couper en deux, en faire des steaks, et on va faire des grillades le week-end avec nos enfants dans le jardin, au bord de la piscine ! Moi, je ne m'attendais pas à ça. Je n'avais que deux ans de boîte. Ça m'a bouleversé. Je tombais de haut. Mais j'avais besoin de travailler, j'étais dans une situation précaire, avec un salaire de même pas 1 080 euros. Je ne pouvais pas me permettre de me retrouver encore à la rue. Et puis, le lendemain, rebelote, encore. Dix, quinze, vingt. Des petits fœtus, des gros fœtus, des veaux tout prêts. Comment peut-on tuer la mère et jeter ça à la poubelle ? » Les veaux semblent parfois sur le point de naître. « Là, ils le font exprès, explique-t-il.

Une fois qu'on tue la vache, ils vont laisser le veau plus de vingt minutes à l'intérieur pour qu'il se noie dans son liquide amniotique. »

Mauricio est aussi témoin de mauvais traitements infligés aux animaux avant même leur mise à mort : « Des fois, j'allais à la stabulation. La stabulation, c'est où on reçoit les camions avec les animaux et on les met dans le couloir de la mort jusqu'au box d'abattage. Depuis la chaîne, on entend les animaux crier, à cinquante mètres. On se demande pourquoi la bête gueule comme ça. Toutes les cinq minutes, il y en a une qui gueule. Ils font n'importe quoi avec la bête. Si elle ne veut pas avancer, on va la taper, lui mettre des coups de tige électrique. Et si elle avance trop, ils vont lui mettre des coups électriques dans la tête pour qu'elle recule. »

Les images de l'enquête menée par L214 ne se limitent pas au cas des vaches gestantes. Trois autres vidéos, tournées en août et septembre 2016, montrent l'abattage d'ovins avec et sans étourdissement, de cochons et de bovins à l'abattoir de Limoges[1]. Toutes révèlent des infractions à la réglementation, en partie similaires à celles dénoncées par les enquêtes précédentes : mauvaise immobilisation des animaux, vue sur la chaîne d'abattage, inefficacité de l'étourdissement et absence de mesures correctives, absence de contrôles de conscience, délais d'attente trop longs avant la saignée, animaux saignés au sol à

1. Les vidéos soumises à expertise ont une durée respective de 5 minutes et 35 secondes pour l'abattage des ovins (tournées sur deux jours), 2 heures pour l'abattage des porcins et 2 heures et 58 minutes pour l'abattage des bovins.

la sortie du box d'immobilisation, multiples signes de reprise de conscience[1]. L'usage des aiguillons électrique dénoncé par Mauricio Garcia-Pereira est ainsi vérifié par la vidéo dédiée à l'abattage des bovins, qui montre des opérateurs qui utilisent bâtons et aiguillons afin de sortir les bovins des logettes de la bouverie. L'un d'eux assène un violent coup de bâton sur le crâne d'un animal. Au niveau du dernier couloir menant au box d'immobilisation, l'aiguillon électrique est utilisé de façon systématique, sans aucune méthode et dans le mépris total de la législation : il arrive ainsi que les chocs soient répétés sur le même animal, mais aussi sur la tête ou les yeux, pratique formellement interdite. L'aiguillon est également utilisé sur la tête des jeunes veaux.

Pour Mauricio, il ne fait pas de doute que « les animaux savent qu'ils vont être tués. Ils le sentent. Ils sont sensibles, les animaux. Ils ont des sensations, comme vous et moi. Ils sentent la peur, ils sentent l'amour. Il va le sentir, l'animal. Des fois, il y a des ratés. Car le coup de grâce, il faut qu'il soit très précis. Le coup de grâce, c'est un pistolet avec une tige. Quand vous appuyez sur le bouton, une tige sort, grosse comme le doigt, longue d'une dizaine de centimètres. Il faut le mettre carrément entre les

1. Nous choisissons ici de ne pas détailler l'ensemble des infractions relevées et recoupant pour la plupart celles décrites dans les enquêtes précédemment traitées. Les vidéos et le communiqué de presse sont consultables sur le site de l'association consacré à l'enquête menée à l'abattoir de Limoges : http://limoges.abattoir-made-in-france.com [consulté le 17 juillet 2017].

yeux. Quand vous appuyez et que la vache tourne la tête, que vous le mettez un peu à droite ou à gauche, elle ne tombe pas. Et puis après, une fois que la tête arrive en triperie, plus loin, on voit trois ou quatre coups dans la tête. Putain, merde, il a loupé le premier coup, il a loupé le deuxième, il a loupé le troisième. C'est au quatrième qu'il l'a tuée. »

Les images de la vidéo montrant l'abattage des bovins sont sur ce point édifiantes. À l'abattoir de Limoges, au moment de leur étourdissement, les animaux sont poussés dans un box d'immobilisation inadapté, qui ne permet pas aux opérateurs d'appliquer correctement le pistolet à tige perforante[1]. La visée se fait à la volée, et il arrive très souvent que les bovins tournent la tête au dernier moment. De nombreux animaux paniquent et tentent de fuir en avançant et en reculant. Aucun dispositif ne limite les mouvements latéraux et verticaux de leur tête. Les premiers tirs sont souvent ratés. Sur une séquence d'abattage de 180 bovins visionnée par les experts mandatés par l'association, 15 % sont étourdis à nouveau après un premier tir raté. Ce pourcentage ne tient pas compte des ratés non identifiés par les opérateurs et en partie révélés par les images attestant de reprises de conscience sur la chaîne. Un document de la FAO précise les taux acceptables d'échec

1. En 2017, après la diffusion de l'enquête, Rémy Viroulaud, élu responsable de l'abattoir pour la commune de Limoges, reçoit une délégation de militants venus manifester contre les maltraitances animales révélées par l'enquête de L214. Il s'engage au nom de la ville à verser 350 000 euros pour le remplacement du box d'immobilisation.

d'insensibilisation des animaux à la première tentative. De 99 à 100 %, l'étourdissement est défini comme « excellent ». De 95 à 98 %, le taux est « acceptable ». De 90 à 94 %, il est considéré comme « inacceptable ». En dessous de 90 %, l'étourdissement est jugé comme présentant des « problèmes graves ». À l'abattoir de Limoges, moins de 90 % des animaux sont insensibilisés dès la première tentative. Les exemples sont légion dans la vidéo en possession de l'association L214 et analysée par les experts. À titre d'exemple, citons le cas d'un bovin percuté à deux reprises sur le crâne, puis une troisième fois sur le haut de la colonne vertébrale. La situation devrait être considérée comme grave et inacceptable. Pourtant, elle n'est pas relevée par les services vétérinaires dont la direction de l'abattoir vante la présence et le contrôle quotidiens. Ceux-ci semblent absents et n'interviennent à aucun moment.

Selon Mauricio Garcia-Pereira, il faut changer les méthodes, mais aussi les infrastructures. « L'abattoir de Limoges, dit-il, il faut le raser. Le raser et le refaire à neuf. À neuf. Tout. L'infrastructure, les installations, elles sont obsolètes. Ce sont des chaînes qui ont quarante ans. Il y a des machines qui sont là depuis trente ans et qui sont en train de rouiller. Le truc des vaches pleines me tenait beaucoup à cœur. En 2015, j'avais changé de téléphone portable. J'avais pris un téléphone assez bien, avec lequel je pouvais faire des photos. » Mauricio photographie les veaux. Il hésite d'abord à diffuser les images sur Internet, mais renonce, redoutant les conséquences. Puis, il découvre les images de l'abattoir d'Alès diffusées par L214. Quelques jours plus tard, Mauricio contacte l'association. « J'ai réussi à avoir le numéro de téléphone de Brigitte Gothière. Je tremblais comme une feuille. Je lui ai dit que je travaillais dans un abattoir et que j'avais des photos susceptibles de les intéresser. Elle m'a demandé de quel type de photos il s'agissait et je lui ai proposé de lui en envoyer quelques-unes par MMS. J'ai envoyé le cliché et elle m'a rappelé quelques minutes plus tard. »

Brigitte et Sébastien se rendent rapidement à Limoges pour y rencontrer Mauricio. Celui-ci les reçoit dans son appartement et leur montre l'ensemble des photographies ainsi qu'une vidéo tournée avec son téléphone. Ils discutent longuement. Pour les représentants de l'association, il s'agit avant tout de comprendre les motivations de Mauricio. Celui-ci accepte de prendre le risque de filmer. « J'ai dit oui. J'ai pris la décision de me battre pour quelque chose que je crois profondément, et surtout pour mes enfants. Car si on ne dit rien, on cautionne. Je ne peux pas éduquer mes enfants comme ça. »

Fin octobre 2016, Sébastien Arsac informe Mauricio de la sortie imminente de l'enquête. Le lanceur d'alerte est placé en arrêt maladie. Le 3 novembre, le journal *Le Monde* dévoile les images tournées à l'abattoir de Limoges, présentées par la pianiste Vanessa Wagner. Dans un entretien accordé au quotidien, Mauricio témoigne : « On jette le veau dans une poubelle pleine de merde. Parfois, il bouge, comme s'il était vivant. On fait ça tous les jours, au moins cinquante fois par semaine. Comment on peut les tuer, nom de Dieu ? Des vaches pleines et des veaux qui sont en train de sortir[1]. » Dans le même entretien, il dit « ne plus y arriver ». « Je sais que je vais perdre mon travail. Je l'espère, même. Je veux que le peuple français soit au courant. »

Le jour de la parution de l'enquête, Sébastien se rend à Limoges. De nombreux journalistes souhaitent interviewer Mauricio. Le lanceur d'alerte les reçoit dans le salon de son appartement. « La radio France Bleu, France 3 Limousin, TV5 Monde, etc. D'un seul coup, on était une dizaine dans mon salon ! Je ne m'attendais pas à autant de bruit », confie-t-il au micro d'Inès Léraud. Dans les rues de Limoges, on reconnaît Mauricio. Certaines personnes le félicitent et lui apportent leur soutien. « À l'abattoir, les gens me regardent assez méchamment. Ils n'ont pas bien compris pourquoi, ma démarche. Parce qu'ils ont peur pour leur boulot. Ils ont peur que ça tombe sur eux, les représailles. Et, en partie, j'ai fait ça pour eux aussi, pour qu'à l'avenir ils aient de meilleures conditions de travail. » Mauricio évoque les odeurs, l'omniprésence du sang et de la graisse. L'impact physique. « La preuve, dit-il, j'ai pas tenu, moi. J'ai pas tenu. Je ne pouvais plus. »

Il dénonce aussi la violence quotidienne faite aux ouvriers et raconte avoir manqué perdre pied : « On m'a humilité, on m'a parlé avec mépris. » Un jour, comme Mauricio quitte son poste pour appeler un mécanicien afin qu'il répare un transpalette, un chef lui donne un coup dans l'épaule. Aussitôt, Mauricio le saisit au col et manque le frapper. Les deux

1. « De nouvelles vidéos chocs dénoncent l'abattage de vaches avec leur fœtus », *Le Monde*, 3 novembre 2016.

hommes sont séparés par un troisième. Le chef ordonne à Mauricio de rejoindre son poste. Celui-ci obtempère et saisit un couteau dont il menace son supérieur. Ses collègues parviennent à le calmer avant qu'un autre responsable lui ordonne de rentrer chez lui. « J'ai pris mes affaires, se souvient Mauricio, et je suis rentré chez moi en pleurant de rage. Parce que, eux, ils te méprisent. Et pas que moi. Tous les ouvriers, tous les jours. » Son accès de violence l'épouvante. Il appelle son médecin qui l'arrête durant trois semaines. Aujourd'hui, Mauricio jure qu'il ne remettra jamais les pieds dans un abattoir. « Ni à Limoges, ni ailleurs. Pas même pour 20 000 euros par mois. Je ne reviendrai pas dans un abattoir. J'ai vu assez de mort, de souffrance. » Avec la parution de l'enquête, il espère que son témoignage pourra faire bouger les lignes et qu'une loi interdisant l'abattage des vaches gestantes sera votée.

D'après un compte rendu du Groupe scientifique sur la santé et le bien-être des animaux de l'EFSA, il résulte d'un certain nombre d'enquêtes croisées et effectuées dans des abattoirs en Allemagne, Italie, Luxembourg et Belgique que 10 à 15 % des vaches abattues étaient gestantes, et souvent dans la dernière période de leur gestation[1]. Selon Sébastien Arsac, si l'on applique ce pourcentage au nombre de vaches réformées chaque année en France

1. EFSA, *Scientific Network for Risk Assessment in Animal Health and Welfare – Minutes of the 6th Meeting* – 11-12 juin 2014, Parme.

(1,76 million d'individus), près de 180 000 vaches gestantes seraient mises à mort chaque année. Ces chiffres varient selon les saisons et les périodes d'insémination des animaux. Il existe peu de données certaines au sujet de l'abattage des vaches gestantes. Différents spécialistes ont néanmoins tiré des conclusions de leurs observations. On sait par exemple qu'un vétérinaire peut détecter la grossesse d'une vache par auscultation à partir de la cinquième semaine. Cependant, les méthodes de détection comportent une marge d'erreur importante, ce qui explique que l'on puisse abattre des vaches gestantes sans savoir qu'elles le sont.

D'autres raisons, plus pragmatiques, expliquent que des vaches gestantes soient envoyées à l'abattoir. Pour produire du lait, il faut qu'une vache ait eu un veau. Les grossesses successives et les traites entretiennent les cycles de lactation. Ainsi, la vache ne cesse de produire du lait. Cependant, si une vache gestante tombe malade, il est souvent plus intéressant d'un point de vue économique de la « réformer », plutôt que de payer des frais vétérinaires onéreux. En plus d'éventuelles maladies, les mammites sont fréquentes en élevage (intensif en particulier) et peuvent endommager les trayons (extrémité du pis). La vache produit alors moins de lait et n'est plus rentable. Elle est, là aussi, envoyée à l'abattoir. Faire vêler une vache est en réalité relativement peu rentable, sauf exception. Les veaux mâles ont peu de valeur marchande. La plupart sont envoyés à l'engraissement, mais le marché est saturé. Quant aux femelles destinées à produire elles aussi du lait, si toutes les vaches gestantes menaient leur grossesse à terme, il y aurait alors plus de génisses que le marché n'en réclame. De nombreuses vaches laitières sont inséminées trois mois avant d'être envoyées à l'abattoir car l'augmentation naturelle des hormones sexuelles endogènes favorise le gain de poids (jusqu'à 15 %) et le calme des animaux. Le compte rendu précité du Groupe scientifique sur la santé et le bien-être des animaux de l'EFSA fait également mention du gain de poids des vaches gestantes, garantissant un meilleur prix d'achat.

Les aléas du cours du lait sont aussi à l'origine d'un accroissement de l'abattage des vaches dites de réforme. Cette hausse a été particulièrement forte au Danemark, en Pologne, aux Pays-Bas, en République tchèque et au Royaume-Uni. En France, elle s'est élevée à 4 %[1].

La réglementation n'interdit pas l'abattage des vaches gestantes. Cependant, le règlement européen relatif au transport des animaux vivants interdit le transport de vaches ayant atteint 90 % de leur période de gestation ou plus, ainsi que le transport de vaches ayant mis bas dans les sept jours précédents. Dans les faits, il semble difficile de s'assurer du respect de ces règles, sinon par un contrôle vétérinaire poussé. En Allemagne, le gouvernement vient de soumettre à la Commission européenne une proposition de loi visant l'interdiction d'abattre des vaches au dernier tiers de leur gestation. Comme le rappelle la journaliste Audrey Garric dans *Le Monde*, « quatre

1. DG AGRI, *Short-Term Outlook for EU Arable Crops, Dairy and Meat Markets in 2016 and 2017*, p. 10.

Länder bannissent déjà ce procédé, dans le cadre d'accords volontaires entre les abattoirs, les organisations agricoles, les transporteurs et les associations et des travaux sont en cours pour élargir les interdictions à d'autres animaux (truies, chèvres, brebis, juments)[1] ». L'Allemagne a également proposé à la Commission européenne de voter une loi similaire. Les contrevenants s'exposeraient à une amende de 5 000 euros.

L'Allemagne, la Suède, le Danemark et les Pays-Bas ont interpellé l'EFSA sur le sujet de l'abattage des animaux d'élevage gestants. Le 30 mai 2017, les scientifiques de l'EFSA publient un avis sur l'abattage de femelles gestantes dans l'Union européenne. Selon eux, il est très probable que les fœtus ne souffrent pas pendant le dernier tiers de leur gestation : « Ceci est principalement dû à des facteurs tels que des mécanismes dans le cerveau qui inhibent la capacité d'éprouver de la douleur, de faibles niveaux d'oxygène dans l'organisme du fœtus et le fait que les fœtus sont en phase de sommeil pendant la majeure partie de la gestation[2] ».

La sensibilité des fœtus est encore sujette à discussion au sein même de la communauté scientifique. Selon le professeur Theodor Mantel, membre de la Chambre des vétérinaires allemands, « dans l'état actuel de nos connaissances scientifiques, nous

1. « De nouvelles vidéos chocs dénoncent l'abattage de vaches avec leur fœtus », *Le Monde*, 3 novembre 2016.

2. http://www.lafranceagricole.fr/r/Publie/FA/p1/Infographies/Web/2017-05-30/animal-welfare-slaughter-170530-fr.pdf [consulté le 14 juin 2017].

pouvons supposer que le fœtus, lorsqu'il meurt par suffocation, subit de la douleur et de la souffrance[1] ». Il en conclut que « chaque abattage d'une vache gestante dans le dernier tiers de sa gestation est un abattage de trop ».

Pour le professeur David Mellor, de l'université de Massey en Nouvelle-Zélande, cité par *Le Monde*, il n'est pas possible à ce jour de savoir à quel moment de son développement le fœtus devient conscient : « Dans l'utérus, le fœtus ne ressent pas de souffrance car il est maintenu inconscient par au moins huit mécanismes neuro-inhibiteurs différents[2]. » Le même article cite également le professeur Donald Broom de l'université de Cambridge au Royaume-Uni selon lequel lorsqu'un fœtus suffisamment développé « est sorti de l'utérus et exposé à l'air, il peut devenir conscient et souffrir ». L'Organisation mondiale de la santé animale recommande « de ne sortir les fœtus de l'utérus qu'après un délai d'au moins cinq minutes suivant l'incision de la gorge ou du thorax de la mère » afin qu'ils meurent d'asphyxie.

La directive européenne de 2010 relative à la protection des animaux utilisés à des fins scientifiques précises au sujet des fœtus de vaches que « certaines données scientifiques montrent que ces formes, dans

1. Interview donnée à la télé allemande dans le cadre d'un reportage consacré à l'abattage des vaches gestantes : https://www.youtube.com/watch ?v=l2_s9pR3A7w [consulté le 14 juin 2017].

2. « De nouvelles vidéos chocs dénoncent l'abattage de vaches avec leur fœtus », *Le Monde*, 3 novembre 2016, *op. cit.*

le dernier tiers de leur période de développement, présentent un risque accru d'éprouver de la douleur, de la souffrance et de l'angoisse, qui peuvent aussi affecter négativement leur développement ultérieur. Il est aussi démontré scientifiquement que des procédures appliquées à des formes embryonnaires et fœtales à un stade de développement plus précoce peuvent occasionner de la douleur, de la souffrance, de l'angoisse ou un dommage durable si on laisse vivre ces formes au-delà des deux premiers tiers de leur développement[1]. »

La pétition lancée par l'association L214 demandant au ministre de l'Agriculture de soumettre au vote du Parlement français un projet de loi visant à interdire la mise à mort de vaches gestantes au moins lors du dernier tiers de leur gestation recueille 152 645 signatures. Lors d'un point presse, Pascal Pain, directeur de l'abattoir, déclare : « Nous abattons ce que nos usagers nous amènent. Nous sommes prestataires de service. Nous ne sommes pas responsables des animaux que l'on nous charge d'abattre. Nous ne faisons qu'obéir à la réglementation. Si les règles du jeu changent, on l'acceptera[2]. » Et d'ajouter, en accusant l'association L214 : « Les images de vaches gestantes que j'ai vues ne relèvent pas d'une irrégularité, contrairement à la pratique qui consiste

1. Directive 2010/63/UE du Parlement européen et du Conseil du 22 septembre 2010 relative à la protection des animaux utilisés à des fins scientifiques.

2. « Les pratiques de l'abattoir conformes à la législation assurent mairie et direction », *Le Populaire du Centre*, 3 novembre 2016.

à faire entrer une caméra dans un lieu où la prise d'images est soumise à autorisation. […] Mon métier, c'est de respecter la réglementation, pas d'avoir des états d'âme[1]. » En dénonçant l'abattage des vaches gestantes, ce n'est pas une infraction à la législation que soulève l'association L214, mais une question éthique. Cependant, des infractions ont été relevées sur les conditions de mise à mort des animaux dans cet abattoir. Selon, Guillaume Guérin, premier adjoint au maire de la ville de Limoges, cité par le même article, « ce qu'il y a sur ces vidéos se passe dans les mêmes conditions partout : 100 % des animaux qui vont à l'abattoir meurent ». Le directeur rappelle également lors du point presse la régularité des contrôles vétérinaires effectués dans son établissement : « L'abattoir de Limoges fait l'objet de contrôles tous les mois. Dix salariés vétérinaires sont à demeure sur nos chaînes d'abattage. Trois abattoirs de France viennent de faire l'objet d'une étude de la Commission européenne. Nous avons été félicités par la Commission pour notre travail. »

Comment, à l'abattoir de Limoges, lui aussi présenté comme exemplaire, de telles infractions ont-elles pu se produire malgré la surveillance d'une équipe de vétérinaires ? Le discours lénifiant de M. Pain est aussi celui adopté par un certain nombre de ses confrères directeurs d'abattoirs, rappelant à qui mieux mieux la fréquence et le sérieux des contrôles comme la qualité reconnue du travail mené. L'ensemble des enquêtes divulguées par

1. « Comment L214 s'est procuré les images chocs de l'abattoir de Limoges ? », *Le Figaro*, 3 novembre 2016.

L214 montrent pourtant la grave carence des services vétérinaires.

Devant les membres de la commission d'enquête, Gérard Clémente, directeur de l'abattoir du Pays de Soule, explique que les responsables qualité passent aujourd'hui le plus clair de leur temps dans les bureaux afin de valider des procédures administratives. Cette réalité peut en partie expliquer l'absence de contrôles sur les postes d'abattage.

Le 30 juin 2016, Jean-Luc Daub, ancien inspecteur dans les abattoirs pour le compte d'associations de protection animale et auteur du livre *Ces bêtes qu'on abat, journal d'un enquêteur dans les abattoirs français*[1], s'exprime devant la même commission et aborde le sujet des contrôles vétérinaires : « J'ai vu que les services vétérinaires n'étaient pas toujours au poste d'abattage. Ils avaient d'autres préoccupations, à savoir l'aspect sanitaire et l'hygiène de la viande. À cette époque[2] et encore maintenant, tous ces dérapages et toutes ces infractions s'expliquent par le fait que la protection animale n'est pas le souci majeur des services vétérinaires : ou ils n'ont pas les moyens de s'en occuper, ou ils ne sont pas assez nombreux, ou ils n'en ont pas la volonté, ou c'est leur administration qui ne les y pousse pas… Quoi qu'il en soit, au cours de mes visites, il m'est arrivé d'assister à des infractions alors qu'un inspecteur vétérinaire se trouvait à côté de moi. »

1. Jean-Luc Daub, *Ces bêtes qu'on abat, journal d'un enquêteur dans les abattoirs français (1993-2008)*, L'Harmattan, 2009.

2. L'époque à laquelle il menait des enquêtes.

Le président de la commission, Olivier Falorni, demande à M. Daub si l'inspecteur y assistait sans réagir. « C'était le lot courant et cela fonctionnait ainsi, répond Jean-Luc Daub. Parfois le vétérinaire m'expliquait que l'on n'avait pas d'autre moyen de procéder. Je me souviens avoir fait intervenir un inspecteur vétérinaire sur un marché aux bestiaux pour faire euthanasier une vache qui s'était fracturé une patte sur un sol glissant – dans un marché aux bestiaux, les sols ne doivent pas être glissants. Selon la réglementation, la vache aurait dû être euthanasiée sur place. Un inspecteur vétérinaire du département est arrivé avec un technicien vétérinaire, mais ils ont fait en sorte de charger l'animal dans un camion pour le porter à l'abattoir le plus proche. Pour y parvenir, il a fallu le tirer au bout d'une chaîne, de très loin, passer des angles et des portes, ce qui l'a fait souffrir. Les services vétérinaires ont agi en totale infraction, sans prendre en compte le bien-être animal, mais plutôt l'intérêt économique : en l'envoyant à l'abattoir coûte que coûte, on pouvait récupérer une partie de la viande de la carcasse. Or, selon la réglementation, si l'animal n'est pas transportable, il doit être euthanasié sur place. Et c'était bien le cas de cette vache, dont une des pattes ne tenait plus que par la peau et qui meuglait de douleur. En abattoir, c'est la même chose[1]. »

Questionné au sujet de l'utilité des enquêteurs, M. Daub ajoute : « Un inspecteur des services

1. *Rapport de la commission d'enquête sur les conditions d'abattage des animaux de boucherie dans les abattoirs français*, tome II, pp. 522-523, *op. cit.*

vétérinaires m'a dit clairement qu'il ne pouvait pas dresser de procès-verbal ou euthanasier tel animal à tel moment. Car il a toute une pression derrière lui : la filière ou l'éleveur qui viendra lui demander des comptes. Il ne peut pas faire autrement[1]. » Impératifs de rendements incompatibles avec un contrôle assidu, manque d'effectifs, lourdeur des procédures administratives et pressions diverses : plusieurs facteurs sont à l'origine des défaillances des systèmes vétérinaires et prouvent que ni les contrôles ni la conformité de l'abattoir ne sont le gage du respect effectif de la législation en matière de protection animale.

Interviewé au lendemain de la parution de l'enquête menée à l'abattoir de Limoges, le ministre de l'Agriculture Stéphane Le Foll se refuse à pointer du doigt la filière et les éleveurs. Il admet cependant que « toute mesure qui ira dans le sens d'éviter que l'on choque une fois encore et tout ce qui va faire que le bien-être animal sera respecté doit être prise et doit être avancée [sic][2] ». Selon M. Le Foll, la législation devra sanctionner comme délit tout manquement aux règles du bien-être animal, mais aussi favoriser les systèmes d'alerte, sans toutefois préciser lesquels.

À ce jour, les lanceurs d'alerte ne bénéficient toujours pas de protection particulière. Mauricio Garcia-Pereira a été déclaré inapte au travail de

1. *Ibid.*, p. 526.
2. « Limoges : Le Foll en faveur de "toute mesure" pour le respect du bien-être animal », *Europe 1,* 4 novembre 2016.

l'abattoir. Le jour de la publication de l'enquête, l'association L214 a déposé plainte auprès du tribunal de grande instance de Limoges. Le Collectif limousin d'action militante pour les animaux (CLAMA) a également déposé plainte. Le dossier est en cours d'instruction. Lors du vote du projet de loi faisant suite à la commission d'enquête, la question des vaches gestantes a été écartée. Avant le terme de son mandat à la tête du ministère de l'Agriculture, Stéphane Le Foll n'a pas engagé de nouvelles réformes concernant le recrutement de vétérinaires supplémentaires dans les abattoirs. La présence de vétérinaires aux postes d'abattage a également été écartée du projet de loi Falorni. Aucune fermeture à titre conservatoire de l'abattoir de Limoges n'a été ordonnée après la diffusion de l'enquête de l'association L214. « L'outil » continue de tuer chaque semaine plusieurs milliers d'animaux.

Abattoirs : l'origine de la violence

Les enquêtes menées par l'association L214 montrent que la violence est intrinsèque à l'abattoir. Dans de nombreux autres pays du monde, des associations de protection animale mènent des enquêtes dont les conclusions sont identiques : la violence est inhérente à la mise à mort des animaux. Catherine Rémy, chercheuse en sociologie au Centre national de la recherche scientifique (CNRS) et à l'École des hautes études en sciences sociales (EHESS), auteure du livre *La Fin des bêtes : une ethnographie du travail de mise à mort des animaux*[1], travaille depuis de nombreuses années sur l'histoire des abattoirs et le rapport que l'homme entretient avec l'abattage des animaux. À l'occasion d'une table ronde organisée dans le cadre de la commission d'enquête, elle rend compte d'une enquête ethnographique menée durant plusieurs mois en abattoir, et parle du combat symbolique entre l'homme et l'animal qui se joue à l'instant de la mise à mort de ce dernier :

« Dans les archives et les travaux vétérinaires écrits tout au long du XXe siècle que j'ai pu étudier, une idée revient sans cesse : celle de l'existence d'un milieu très spécial à l'abattoir qui se caractérise notamment par un rapport violent à la mise à mort et à l'animal. De nombreux visiteurs décrivent un univers difficile, brutal. Les "tueurs", pour reprendre le nom que les travailleurs en question se donnent eux-mêmes, accomplissent un geste qui s'inscrit très souvent dans un corps à corps risqué au cours duquel l'animal est perçu non comme un être innocent, mais comme un ennemi défiant qu'il faut dompter. Il y a dans ce que Pierre Gascar appelait le bref combat de la mort, une source de légitimité à tuer. Ce n'est pas, je le répète, un être innocent que l'on tue, mais bien un être menaçant. Par conséquent, le geste de mise à mort se transforme en acte de bravoure, de virilité.

» Pendant longtemps, le risque encouru au moment de la mise à mort était effectivement très important pour les hommes. Il a aujourd'hui

1. Catherine Rémy, *La Fin des bêtes : une ethnographie de la mise à mort des animaux*, Economica, 2009.

largement diminué avec les évolutions techniques. Il n'en demeure pas moins à bas bruit, notamment quand les travailleurs vont trop vite et ne respectent pas les prescriptions. Lors de l'enquête ethnographique que j'ai menée dans un abattoir pendant trois mois et demi en m'y rendant tous les jours, j'ai pu observer des comportements qui s'apparentaient à cette culture du combat, source de légitimité pour les hommes. Quand les animaux sont dociles, les travailleurs tuent avec détachement – il y a donc bien des moments de "pacification". Mais, très souvent, lorsqu'un animal résiste, lorsqu'il exhibe ce que j'ai appelé "un éclat de vie", lorsqu'au fond il ne se comporte pas comme il est attendu par le dispositif, alors les travailleurs peuvent user de la violence, une violence non seulement verbale, mais physique. Ce que j'ai observé peut se résumer ainsi : une alternance entre froideur, détachement, et violence, entre objectivation des animaux et leur subjectivation négative.

» *A contrario*, au cours de cette enquête, je n'ai pas repéré d'expression de compassion de la part des tueurs, au moment de la mise à mort aussi bien qu'au cours de mes discussions avec eux, sauf une fois, lors de l'abattage de chevaux – animal très rarement tué dans cet abattoir –, le tueur n'ayant pas pu faire son travail et ayant dû sortir de l'espace de la mise à mort. Pourquoi les travailleurs ne font-ils pas preuve de compassion alors même que la réglementation humanitaire les y invite, depuis les années 1960 ? Cette réaction témoigne de la difficulté des hommes à accomplir leur métier de tueur à la chaîne. Quand les animaux résistent, les ouvriers leur reconnaissent une forme d'intelligence et de sensibilité, mais celles-ci sont vécues comme menaçantes. L'animal devient dès lors furtivement un ennemi à dompter. Cette attribution à l'animal du statut de sujet s'accompagne d'une dégradation : la mise en scène de combat valorise le geste de mise à mort qui nécessite force et courage de la part des travailleurs.

» Lors de mon enquête de terrain, j'ai eu l'occasion, à de nombreuses reprises, de discuter avec des employés de la Direction des services vétérinaires chargés en particulier de contrôler l'application de la réglementation humanitaire à l'abattoir, et j'ai été souvent frappée par leur discours au sujet du bien-être animal dans un tel contexte. Ils soulignaient en effet combien il était difficile pour eux d'aborder ce sujet, combien celui-ci était intolérable, inaudible pour les ouvriers d'abattoir. Pourquoi ? Parce que, selon moi, ce discours sur l'animal entre en opposition avec cette culture du combat et la valorisation dont elle est porteuse pour les hommes, mais aussi avec l'objectivation des animaux liée à l'industrialisation – n'oublions pas que les ouvriers d'abattoir tuent à des cadences industrielles des êtres anonymes et interchangeables, à savoir des êtres avec lesquels ils n'ont tissé aucun lien.

» C'est autour de la valorisation du métier d'ouvrier d'abattoir qu'il faut agir. Les incitations financières au respect des règles et notamment de la réglementation humanitaire me semblent indispensables. Comment rendre audible la question du bien-être animal dans l'abattoir ? En lui donnant du poids dans la formation des travailleurs, mais surtout dans leur activité au quotidien. J'ai été frappée par le fait que les ouvriers veulent souvent aller vite, cela pour des raisons complexes : par souci d'efficacité, parfois par laxisme, mais aussi, très souvent, parce qu'ils veulent prendre des risques, cette prise de risque renvoyant à la culture du combat évoquée il y a un instant. Or cette recherche de rapidité est entravée par le geste d'insensibilisation. Il faut donc que ce geste d'insensibilisation ait une valeur pour les travailleurs et ne soit plus un geste superflu, voire qui les empêche d'accomplir leur tâche comme ils le souhaiteraient. En même temps, dans un contexte d'abattoir industriel, j'insiste sur la difficulté de demander aux ouvriers de développer un sentiment de compassion pour des animaux alors qu'ils ont précisément pour tâche de mettre à mort en série des êtres interchangeables et anonymes[1]. »

Lors de cette même audition, Florence Burgat juge que « notre étonnement est, d'une certaine manière, étrange et montre bien que nous n'arrivons pas à penser que ce sont des animaux qui sont tués – en réalité des individus, même si l'abattage en série ne permet plus de les considérer ainsi – et que ce travail n'est pas un travail comme un autre. Nous avons l'air d'être surpris que les choses ne se passent pas comme si des robots étaient en train de tuer d'autres robots. Madame Rémy a montré les enjeux complexes de cette activité et montré que la violence lui est inhérente[2] ».

---

1. *Rapport de la commission d'enquête sur les conditions d'abattage des animaux de boucherie dans les abattoirs français*, tome II, pp. 303-305, *op. cit.*

2. *Ibid.*, p. 306.

Dans *L'Humanité carnivore*[1], Florence Burgat interroge les origines de la violence faite aux animaux. Selon elle, nous ne pouvons plus nous réfugier aujourd'hui derrière l'argument de l'ignorance pour justifier nos habitudes alimentaires et prétendre que nous mangeons de la viande sans penser que nous mangeons des animaux. Selon la philosophe, « nous n'ignorons en fait rien de cette vérité, et les animaux entiers ou reconnaissables dans les étals des bouchers sont là pour nous rappeler qu'il s'agit bien de cadavres d'animaux qui peu de temps auparavant étaient en vie comme nous souhaitons tous le rester ! La mauvaise foi ne doit pas être évincée de l'analyse, et moins encore l'ambivalence qui est au fondement de la vie psychique[2] ». Florence Burgat avance la thèse selon laquelle l'institution de l'alimentation carnée reflète un désir profond de l'humanité de se penser contre l'animalité. Par la manducation (ensemble des fonctions antérieures à la digestion, comprenant la préhension, la mastication, la sécrétion salivaire et la déglutition), nous absorbons, digérons, excrétons : « La manducation, qui implique un processus de décomposition, ravale celui qui est ainsi traité à un rang qui ne peut être comparé à aucun autre. Quoi de plus absolu que la manducation pour affirmer une forme d'anéantissement d'autrui[3] ? » Ainsi, « la violence de la

1. Florence Burgat, *L'Humanité carnivore*, Seuil, 2017.
2. Entretien avec Florence Burgat : « L'institution de l'alimentation carnée reflète un désir très profond de l'humanité », *Reporterre*, 2 février 2017.
3. *Ibid.*

manducation, quand elle s'institue, serait consubstantielle au moment où l'humanité prend conscience d'elle-même comme une entité séparée des animaux ; c'est du moins ainsi que, métaphysiquement, elle se pense ». C'est pour asseoir notre supposée supériorité sur le monde animal que nous aurions institué un système dans lequel les animaux sont exploités. Pour Florence Burgat, « c'est finalement à l'archéologie de la violence que la question de l'humanité confronte ». Plus qu'un sursaut moral, la végétalisation de notre alimentation pourrait, selon la philosophe, s'imposer pour des questions de survie de l'humanité.

Les thèses de Catherine Rémy et Florence Burgat évoquent le combat symbolique de l'humanité contre l'animalité qui se joue dans l'arène de l'abattoir. Depuis la nuit des temps, nous ne cesserions de répéter la scène primitive dans laquelle l'homme terrasse la bête pour mieux s'élever au-dessus d'elle. Ce « bref combat de la mort », nous l'avons perdu de vue en le dissimulant derrière les murs des abattoirs, nous l'avons dérobé aux regards en le reléguant dans les limbes de notre inconscient collectif. C'est que son ampleur, désormais dantesque, lorsqu'elle vient à être révélée, nous est insupportable. Les réactions aux enquêtes menées par l'association L214 le prouvent. Alors, nous avons délégué ce combat à d'autres hommes, à ce « peuple des abattoirs », qui œuvre dans l'ombre, au mieux dans l'indifférence, au pire dans le déshonneur.

Lors du procès de l'abattoir du Vigan, Marc S., premier salarié d'abattoir condamné pour des faits de maltraitance, témoigne : « On vit la mort cinq jours sur sept », posant ainsi très simplement la question de l'inévitable banalisation de la violence pour ces salariés confrontés chaque jour à la mise à mort des animaux, et la responsabilité d'une société qui les y condamne[1].

1. Les plaintes déposées par l'association suite aux enquêtes réalisées dans les abattoirs de Limoges, Pézenas et Mercantour ont quant à elles été classées sans suite, bien que les abattoirs concernés aient effectué de coûteuses mesures correctives.

L'abattoir de Limoges s'est doté d'un nouveau box d'étourdissement des bovins pour un coût de 350 000 euros. Sur ordre du préfet, l'abattoir du Mercantour s'est vu contraint à la mise en place d'un appareil d'électronarcose conforme, à l'adaptation du piège à bovin au gabarit de l'animal et à la formation du personnel « pour corriger les attitudes inadaptées face à des situations nécessitant des actions au titre de la protection animale ». Du matériel de vidéosurveillance a été installé dans l'abattoir. Des inspections réalisées par les services de la DDPP et la référente nationale abattoirs « n'ont pas mis en évidence de maltraitance, de mauvais traitement ou de cruauté envers les animaux » (extrait d'un courrier du substitut de procureur de la République adressé à Maître Lanty en date du 15 octobre 2018).

8

Parcours de militant-e-s

Si les enquêtes dans les élevages et les abattoirs sont particulièrement médiatisées, l'association L214 mène en parallèle, au quotidien, de nombreuses actions à vocation informative et pédagogique dont l'objectif est d'encourager et d'accompagner la transition de notre société vers une alimentation végétale.

Pour cela, l'association s'est organisée autour de pôles d'action dont la supervision est assurée par Brigitte Gothière : le pôle enquête, le projet VegOresto pour le développement des alternatives végétaliennes dans les restaurants, le projet Vegan Pratique pour l'accompagnement et l'information de celles et ceux qui souhaitent commencer leur transition alimentaire, l'observatoire Politique & animaux qui rend compte de l'action des personnalités et partis politiques en lien avec la question animale, et le pôle Poules pondeuses luttant contre l'élevage de poules en batteries. Le pôle Réseau regroupe également les antennes présentes dans de nombreuses villes de France, par le biais desquelles les militants de rue mènent de façon régulière des actions de tractage, d'information et de sensibilisation.

Ces projets sont nés du constat fait par l'équipe de la nécessité de définir des objectifs précis et de mener des actions ciblées, mais aussi d'offrir des possibilités d'action citoyenne face au choc des images révélées par les enquêtes. Chaque pôle est composé de deux à cinq salariés, parfois soutenus par l'action de bénévoles. Certains de ces salariés ont participé à la création ou aux débuts de l'association en tant que bénévoles avant d'être recrutés, d'autres l'ont rejointe plus récemment ; tous ont été motivés par leur prise de conscience de la condition des animaux d'élevage et ont fait le choix du militantisme. À travers le récit de leur parcours personnel et des projets dont ils ont la responsabilité, ils parlent de la construction de leur militantisme et complètent un portrait de l'association.

Bérénice Riaux, 35 ans,
chargée de campagne VegOresto

Bérénice est l'une des premières adhérentes de l'association. Après avoir été bénévole à temps complet durant quinze mois, elle a été salariée en CUI/CAE (contrat d'accompagnement dans l'emploi) durant deux ans. Depuis le 1er juin 2016, elle est désormais en CDI. Elle vit en Bretagne et exerce la plupart du temps depuis chez elle, en télétravail. Membre de l'équipe dirigeante, elle participe à l'ensemble des réflexions liées aux projets, campagnes et enquêtes menés par l'association. En parallèle, elle est très investie auprès du refuge GroinGroin, situé dans la Sarthe, qui accueille des animaux issus de l'élevage pour leur offrir une seconde chance. Bérénice s'occupe également de la coordination globale du projet VegOresto, visant à promouvoir les alternatives végétales auprès des restaurateurs français.

Dans les années 1980, les parents de Bérénice élèvent quelques lapins en clapiers dans le jardin de la maison familiale. L'abattage en est confié au voisin. Un matin, Bérénice, alors âgée de 7 ans, le voit tuer un des lapins. Elle fait alors le lien entre ces animaux, dont elle et sa sœur s'occupent, qu'elles nourrissent, dont elles cajolent les lapereaux, et la viande qui leur est servie à table. Les deux enfants décident de ne plus manger de viande de lapin ; un choix que leurs parents respectent, acceptant même de relâcher les animaux à l'orée d'un bois. « Ils ont évidemment été incapables de se débrouiller et, le lendemain, nous avons seulement retrouvé des traces de sang. Il aurait fallu les placer dans un refuge, mais à l'époque on a pensé que la meilleure chose à faire serait de les libérer… Ces lapins ont été les derniers que mes parents ont élevés. »

En 1993, un reportage diffusé au journal télévisé marque durablement Bérénice. Invitée en plateau, Brigitte Bardot dénonce les conditions d'abattage des animaux d'élevage. Des images montrent un veau violemment sorti d'une bétaillère sur un quai de déchargement. « Il était évident qu'il résistait, se souvient Bérénice. Deux ou trois hommes tiraient de toutes leurs forces pour l'extraire du camion. J'ai quitté le salon en pleurant et, quelques jours après, j'ai annoncé à mes parents que je ne mangerais plus de viande. » Elle renonce au porc fumé au lait et à l'andouille de Guéméné, plats familiaux dont elle raffolait, mais continue cependant à manger du poisson. Contre toute attente, à l'école, personne ne lui demande de justifier son régime alimentaire. Un soir, un ami de ses parents, commercial en import/export de viande, interpelle Bérénice : « Tu sais qu'il existe des gens qui refusent même de porter du cuir ? » L'idée lui semble alors tout de même un peu « radicale »…

Bérénice vit à la campagne, dans un bourg, et est scolarisée dans un collège rural. Certains de ses amis d'enfance sont aujourd'hui devenus agriculteurs, prenant la relève de l'exploitation familiale. Dans les années 1980-1990, la Fondation Brigitte-Bardot est, avec la SPA, la seule association médiatisée à défendre les droits des animaux. À cette époque, Internet n'existe pas dans les foyers. Bérénice n'a pas le souvenir d'avoir lu de livres, vu d'émissions thématiques ou lu de revues traitant de la souffrance animale. Comme beaucoup d'enfants, elle grandit avec le sentiment d'une proximité affective avec les animaux : « Ce que je ne dis plus du tout aujourd'hui parce que je l'ai raisonné, c'est que j'avais le sentiment que les animaux étaient mes amis. Nous avions une chatte qui accouchait dans mon placard. Ma sœur et moi n'avions le droit que de choisir un chaton, et le reste de la portée était noyé dans la rivière. C'était, à chaque fois, l'occasion de longues négociations pour en sauver deux ou trois. Mon père a aussi sauvé un goéland sur les remblais de Saint-Malo car il ne pouvait plus voler. Il a vécu six mois avec nous avant de disparaître. Je me souviens l'avoir amené à l'école… Aujourd'hui, j'ai mal au cœur lorsque je repense à lui, parce que nous le manipulions sans avoir de connaissances particulières en ornithologie. Mon père le lançait en l'air, espérant lui apprendre à voler. Pourtant, tout ça m'a quand même inculqué l'idée que, lorsqu'un animal est en détresse, il est de notre devoir d'essayer de l'aider. »

À 18 ans, Bérénice sort avec Frank. Lui mange de la viande. Ils parlent parfois de la souffrance animale, mais ce n'est pour autant pas un sujet récurrent. Un beau matin, Frank annonce qu'il arrête de consommer de la viande et du poisson. Il est animateur multimédia et a donc accès à Internet depuis son lieu de travail. C'est ainsi qu'il visionne une vidéo de l'association PETA dénonçant les pratiques de l'industrie laitière intensive. Le couple découvre l'existence outre-Atlantique d'un activisme en faveur des animaux et décide de devenir végane.

Entre-temps, Bérénice obtient son baccalauréat STT administratif avec mention. La jeune fille se sent libérée de la contrainte scolaire et s'engage dans une fac Arts et Spectacles. Elle renonce pourtant à aller chercher les résultats de ses premiers partiels, préférant passer le concours d'entrée au conservatoire national de Rennes. Recalée, Bérénice enchaîne les petits boulots : hôtesse d'accueil, assistante dans un cabinet comptable, ambassadrice du tri pour la ville, conseillère pour une caisse de retraite complémentaire. Elle est ensuite embauchée par la BNP Paribas, propriétaire de centres commerciaux et chargée de la gestion immobilière en copropriété avec l'enseigne Carrefour. Bien payé, valorisant, pas inintéressant, le poste lui permet de travailler avec différents interlocuteurs : juristes, comptables, grande distribution, copropriétaires, services techniques.

Tous les midis, pour sa pause déjeuner, Bérénice va faire quelques courses dans l'un des premiers magasins bio de Vannes. C'est là qu'elle trouve un prospectus proposant un repas végétalien dans un restaurant indien de la ville. Frank et Bérénice décident d'y participer. Ils font alors la rencontre de Jean-Luc Zieger, cofondateur de l'association Droit des animaux, récemment installé à Vannes. Une quinzaine de participants sont présents et ont créé un forum Internet intitulé VegOuest. Outre les repas végétaliens, le groupe organise un festival végane sur la place de la République, à Rennes. Des associations de défense des droits des animaux y tiennent des stands. Bérénice s'y rend. En se promenant parmi les stands, elle croise Brigitte Gothière, déjà porte-parole de L214. L'association a depuis peu déposé ses statuts, mais n'en est qu'à ses premiers pas et mène ses premières enquêtes en élevage industriel, en parallèle d'un travail de sensibilisation et de tractage. Bérénice propose à Brigitte de l'aider sur son stand. Les deux jeunes femmes ont alors pour seul matériel une table et un carton de prospectus. De nombreux curieux s'arrêtent ce jour-là et Bérénice découvre le plaisir de répondre à leurs multiples questions. À la fin de la journée, Brigitte la félicite et l'encourage à militer. « Ça m'a mise en confiance, se souvient Bérénice. Je me suis dit que c'était une possibilité, que je pouvais m'engager, alors que j'étais venue par curiosité. L'été est passé et Frank et moi avons suivi plus attentivement les actions de L214. Nous avons choisi d'un accord commun de nous engager. Nous ne connaissions que deux associations, Droits des animaux et L214, et nous aimions bien les deux, mais il n'y avait pas d'antenne à Vannes. On a donc décidé de créer une association locale qui nous permettrait de relayer les infos et les actions des deux assos. C'est ainsi qu'est née Non à l'exploitation animale (nea). »

L'objectif de cette nouvelle association est de sensibiliser le public dans la rue sur la question animale en général : alimentation, chasse, cirque, fourrure, expérimentation, etc. Le logo choisi par le jeune couple représente l'une des vaches laitières détenues dans un élevage en face de chez eux. Les statuts de nea sont déposés en décembre 2009 et Bérénice reçoit le justificatif d'insertion au *Journal officiel des associations* le 24 décembre. « C'était un sentiment de fierté, mais aussi un nouveau commencement. » La première action de rue est menée à Redon et couverte par la presse locale. Dans leur lancée, Bérénice et Frank militent à Nantes avec Droit des animaux, à l'occasion d'« actions barquettes [1] », mais aussi d'actions contre l'utilisation des animaux dans les laboratoires, contre la fourrure devant les

1. Action de rue consistant à mettre en scène une barquette de viande humaine. Des militants s'allongent dans une grande barquette, se recouvrent de faux sang et de cellophane dans l'objectif d'interpeller les passants sur la nature de la viande que nous consommons et qui provient d'un animal. Des prospectus sont souvent distribués simultanément.

magasins Kookaï, ou devant des cirques avec animaux.

« Je militais sans vraiment croire que les choses changeraient, contrairement à aujourd'hui, confie Bérénice. Je militais pour l'abolition de la viande, mais c'était juste un levier pour que les gens pensent aux animaux. J'avais le sentiment que je me devais de faire ça. J'étais confortée lorsque les gens reconnaissaient le bien-fondé de ce militantisme. Beaucoup de passants nous envoyaient promener. Aujourd'hui, je n'entends plus les mêmes choses. Sauf que j'ai moi aussi changé. Mon discours a changé. À l'époque, j'étais bien plus virulente et moins à l'écoute. Pas par choix, mais parce que ça me prenait aux tripes. À partir du moment où quelqu'un n'était pas d'accord, je jugeais son aveuglement, et ça se ressentait. Il y avait beaucoup plus de tension dans l'échange. Les gens étaient plus agressifs aussi. Certains donnaient des coups de pied dans les barquettes et nous devions solliciter deux militants chargés de faire la sécurité pour chaque action. Malgré tout, dans la balance, tout ça ne pesait rien. Je me souviens de la première fois que j'ai rencontré un employé d'abattoir, à Nantes, à l'occasion de l'une de ces actions. C'était en plein hiver et il pleuvait à verse ce jour-là. En Bretagne, à chaque action, tu croises quelqu'un qui bosse dans l'élevage ou l'abattage. Ce garçon avait mon âge et travaillait à la tuerie. Au pied des barquettes, nous collions une grande affiche sur le sol représentant une vache aux yeux grands ouverts, qui venait de recevoir un coup de pistolet à tige perforante. Un homme est arrivé et nous a interpellés, nous accusant de faire de la désinformation, disant que cette photo était un montage, que nous mentions. Il était très agressif, et moi aussi je le devenais. C'est à cet instant qu'est arrivé l'employé de l'abattoir. Il a pris l'homme à partie et lui a dit haut et fort que lui-même tuait 200 bovins par jour. Il lui a parlé de la réalité de l'abattage avec beaucoup d'émotion. Lorsque ce type s'en est allé, nous sommes restés à discuter pendant plus d'une demi-heure. C'était la première fois qu'une personne me rapportait un témoignage direct de ce qui se passait dans les abattoirs, qui en était même acteur, et curieusement, je ne lui en voulais pas. Il m'a parlé des animaux qu'il tuait, et confié qu'il avait été élu meilleur boucher de France dans sa catégorie. Il a finalement pris mon tract *Abolir la viande* et m'a dit qu'il le déposerait dans la salle de pause de l'abattoir car il trouvait nos revendications intéressantes. C'est un échange qui m'a profondément marquée et a radicalement changé ma vision du militantisme. »

Le jeune couple, qui a d'abord décidé de ne mener qu'une action par mois, ne tarde pas à en mener deux, se réservant un week-end sur deux de repos. Bérénice part à Nîmes militer contre la corrida ; sa première manifestation pour les animaux. À cette même période, L214 lance ses premières campagnes à destination des enseignes de grande distribution. Depuis le printemps 2010, la Fondation Brigitte-Bardot, le Groupe d'action dans l'intérêt des animaux (GAIA) et L214 sont en discussion avec le groupe Monoprix pour l'inciter à prendre des engagements en faveur du bien-être animal (élevage, transport et abattage), mais aucun de ces sujets n'a finalement fait réagir l'enseigne.

À l'automne 2011, L214 lance dix-huit mois de campagne et d'actions de rue afin d'informer les consommateurs sur la production des œufs issus de poules élevées en batterie. L'association nea se fait le relais de cette campagne et mène des actions devant les Monoprix de Vannes et de Nantes. « On y croyait. J'avais aussi changé ma façon de militer, j'étais plus ouverte aux gens. Je comprenais que j'étais là pour leur expliquer, les informer, et non pour les culpabiliser. Cette évolution de mon discours s'est faite peu à peu, pour militer plus posément, et donc pour durer dans le temps. La rencontre avec le jeune tueur en abattoir m'a fait comprendre que je n'avais pas d'ennemi. »

Lors des actions Monoprix, nea parvient à mobiliser de nombreux militants. Les négociations avec les supermarchés passionnent aussi Bérénice qui peut mobiliser les compétences qu'elle a acquises en travaillant avec la grande distribution. À l'occasion d'un Vegan Day à Paris, Bérénice et Frank rencontrent Sébastien Arsac, avec lequel ils sont déjà en contact par mail au sujet des actions Monoprix. Sébastien leur montre, sur son smartphone, des images d'enquêtes d'une violence qui les sidère. La sympathie entre les militants est immédiate. Sébastien a alors besoin de soutien pour mener à bien ses enquêtes et fait appel à leur aide. Les images qu'ils réunissent sont utilisées dans le cadre de vidéos de sensibilisation qui ne visent pas d'élevage particulier, mais des filières de production : dindes, cochons, cailles, poulets de chair, poules pondeuses. Elles se trouvent toujours sur le site de l'association, sous des intitulés généralistes, tels que

« élevage de cochons ». La stratégie de l'association n'est pas encore dessinée et il importe surtout à l'équipe d'avoir suffisamment d'images pour révéler la réalité des élevages au public lors des actions de rue. Les enquêtes communiquées à la presse font néanmoins déjà mouche et plusieurs reportages en format 52 minutes consacrés à l'élevage utilisent les images fournies par L214 pour illustrer leur propos.

Au mois d'octobre 2011, Bérénice et Frank participent à une action commune menée par Droits des animaux et le CRAC Europe dans l'arène de Rodilhan, pour protester contre une corrida durant laquelle de jeunes veaux sont contraints de combattre les toreros. L'action consiste à entrer dans l'arène en tant que spectateur, puis à y déployer des banderoles. Certains activistes entrent sur la piste et s'y enchaînent afin de provoquer l'annulation de la corrida. Bérénice se tient alors dans les gradins avec les banderoles tandis que Frank saute dans l'arène. La réaction des aficionados est d'une rare brutalité : les insultes, les humiliations et les coups pleuvent sur les militants. Bérénice reçoit plusieurs coups de poing. Elle portera plainte et l'auteur des violences sera condamné par la justice en 2016. Ce jour-là, l'action est médiatisée et un journaliste de France 3 est également passé à tabac. Les images tournées, montrant la violence démesurée et injustifiée des aficionados, marquent le grand public. La plupart des agresseurs ont depuis été condamnés. Pour Bérénice, reste le souvenir d'un événement marquant, mais aussi la conviction de devoir mener ce type d'actions frontales, comme les *hunt sabotage*[1] auxquels elle participe avec l'association Droits des animaux.

Pendant l'été 2012, Bérénice participe aux Estivales de la question animale. À cette occasion, elle fait part à Brigitte Gothière de son désir de s'investir plus sérieusement auprès de L214. Une rupture conventionnelle de contrat est décidée avec l'employeur de Bérénice au 1er décembre suivant, mais dès le mois de septembre, elle commence à participer, en observatrice, aux listes de discussion sur Internet. Au mois de décembre, elle prend ses fonctions officielles de bénévole à temps plein pour une période de quinze mois. Dans un premier temps, Bérénice répond aux nombreux mails reçus par l'association, aide à l'envoi des cartes d'adhésion, participe aux réunions de l'équipe *via* Skype. Elle a le sentiment de progresser en toute sérénité. L'équipe lui témoigne une grande confiance et se montre attentive à sa parole. Elle est aujourd'hui reconnue pour sa connaissance de l'histoire, des enjeux et des objectifs de l'association, mais aussi pour sa détermination sans faille, la justesse de ses analyses, son sens de la diplomatie et sa disponibilité pour les membres de l'équipe.

Prenant exemple sur les actions menées par l'association Animal Equality, L214 organise à l'automne 2013, place Saint-Michel à Paris, sa première action avec des cadavres d'animaux. Le principe est celui d'une manifestation pacifiste au cours de laquelle des militants restent immobiles, portant dans leurs bras les dépouilles d'animaux morts (porcelets,

1. Action destinée à empêcher la chasse.

lapins, poissons) afin de sensibiliser le public aux conditions de détention et de mise à mort des animaux d'élevage. Pour la première fois, Bérénice s'engage au nom de L214 et accompagne Frank et Sébastien lorsqu'ils vont récupérer des cadavres d'animaux dans les containers de quelques élevages bretons. « Je me souviens que des journalistes d'Arte étaient présents ce jour-là et qu'ils réalisaient un 52 minutes. C'était une action très forte. Les gens nous observaient, silencieux. Les militants étaient eux aussi bouleversés. » Devant l'effet produit par cette action, L214 choisit de mettre en place une tournée d'information visant à révéler les conditions d'élevage de la filière cunicole qui produit chaque année en France 56 000 tonnes de viande de lapin équivalent-carcasse.

Au mois d'octobre 2013, L214 lance donc la « tournée lapin ». Une fois par an, à l'automne, la filière cunicole organise une campagne marketing ayant pour but de valoriser la consommation de viande de lapin. L'association choisit d'aller au plus près des consommateurs pour leur dévoiler l'envers du décor. Les militants récupèrent de nombreux cadavres de lapins dans des containers d'élevages.

« Il faut savoir qu'il y a 20 % de mortalité en élevage de lapins, ce qui est énorme. Nous devions intervenir après la tombée de la nuit, et nous sommes allés les chercher avec des bacs en plastique. Il faisait très sombre. Le premier soir, nous en avons récupéré une trentaine avec l'idée de les congeler au plus vite. Lorsque nous sommes arrivés à la maison, nous avons compris qu'ils étaient couverts de milliers d'asticots… Nous avons donc été contraints de retourner en chercher, en nous assurant cette fois que les dépouilles étaient intactes. Il nous en fallait quatre-vingts. » L214 loue une camionnette dans laquelle sont installés deux congélateurs et prévoit de parcourir sept villes françaises : Nantes, Bordeaux, Marseille, Lyon, Strasbourg, Metz et Lille. Bérénice rejoint Brigitte à Nantes. En compagnie de Pascale, alors responsable des campagnes L214 à Paris, elles mènent une première action qui se fait sous une pluie battante. Elles prennent ensuite la route pour Bordeaux.

Dans chaque ville, L214 mobilise entre cinquante et quatre-vingts militants. La mise en scène est solennelle : un texte est lu, dénonçant les conditions de détention dans les élevages, tous les activistes sont vêtus de noir, portent des gants et tiennent dans leurs mains les cadavres d'animaux. À Bordeaux, l'action a lieu sous un soleil implacable, et les lapins commencent à décongeler. Pourtant, l'action est un succès. La presse est présente. À Marseille, sur le Vieux-Port, France 5 vient filmer les militants dans le cadre d'un reportage sur les antibiotiques et la viande. À Lyon, Bérénice laisse Brigitte et continue la tournée avec Pascale. Les actions sont aussi émotionnellement intenses pour les militants. À Strasbourg, trois d'entre eux font un malaise. « Il y avait beaucoup d'émotion, se souvient Bérénice. Je crois que le fait d'avoir un animal mort dans les bras et d'être dans cette forme de recueillement nous engageait à prendre conscience qu'il avait vécu une vie qui n'était que souffrance. Chacun arrive aussi sur ces actions avec son parcours personnel, et ces instants peuvent agir comme des révélateurs et susciter des réactions très fortes. Il y a une vraie tension. C'est un moment durant lequel on se demande sans doute ce que l'on fait là, en pleine ville avec un lapin mort entre les mains, sous le regard d'inconnus qui s'arrêtent et te regardent. »

La dernière action de la tournée se tient à Lille, puis Bérénice rentre seule en Bretagne. « Je me souviens de ce retour. Pourtant, je m'étais blindée… C'est étrange à dire mais, je les connaissais, ces lapins. Au fil du voyage, j'avais appris à tous les différencier. C'est moi qui les attribuais, les rangeais. Aujourd'hui encore je me souviens de certains de ces petits corps. J'ai même eu du mal à m'en séparer. Je ne savais pas quoi en faire, et je ne me sentais pas capable de m'en débarrasser toute seule. Ils sont restés chez moi pendant un certain temps. J'ai attendu que Sébastien revienne pour lui demander de m'aider. Cette tournée était une belle action. Elle a compté, dans mon parcours de militante. Pour la première fois, je volais de mes propres ailes, je prenais des décisions, des initiatives. J'étais confiante et plutôt satisfaite du résultat. Et puis, symboliquement, au regard de mon histoire, cette action avec les lapins me touchait. »

Bérénice se sent utile, à sa place dans l'association. Elle s'investit sans compter dans les campagnes et les enquêtes. Une vidéo diffusée par L214 révèle alors les images de plusieurs salles de gavage dans des élevages de canard. S'en suit une action menée contre le foie gras, devant les palaces parisiens. « C'était une autre forme de militantisme, explique Bérénice, avec bien évidemment des images, mais aussi une stratégie de communication réfléchie en direction des chefs cuisiniers, et une action mise en scène. Si l'on voulait cibler les palaces, il nous fallait adopter leurs codes. Trois personnes tenaient un liteau de service couvert de sang et chacune portait un petit panneau avec des images tirées de l'enquête et un message à l'attention des grands chefs. » La vidéo de l'action est toujours disponible sur le site de l'association sous l'intitulé *Foie gras, scandale dans les palaces parisiens*. L'équipe a bien sûr enquêté afin de savoir quels chefs et quels palaces s'approvisionnent chez l'entreprise ciblée, Ernest Soulard. « Nous sommes très vigilants là-dessus. Quand nous sortons une enquête, tout est vérifié et revérifié. Nous sommes devenus extrêmement attentifs et rigoureux au fil des années. Chaque fait doit être confirmé. »

En avril 2014, un huissier vient frapper à la porte de Bérénice pour lui remettre une citation à comparaître devant le tribunal correctionnel de La Roche-sur-Yon. Elle découvre alors que l'entreprise Ernest Soulard a porté plainte contre elle pour avoir « volontairement dégradé/détérioré des biens appartenant à l'entreprise Soulard, notamment en faisant des trous à côté des aérateurs du bâtiment d'élevage pour y insérer des caméras ».

« Pour la première fois, raconte Bérénice, j'avais affaire à la justice et, parce que je n'avais rien à me reprocher, il m'a paru particulièrement éprouvant de me retrouver dans un tribunal face à un juge. J'ai aussi compris que nous luttions contre une industrie et un lobby puissants qui n'hésiteraient pas à utiliser en mesure de représailles toutes les méthodes possibles pour nous impressionner et pour nous nuire. » Neuf mois plus tard, le procureur relaxe Bérénice pour l'ensemble des faits qui lui étaient reprochés.

Au même moment, Bérénice et Frank choisissent d'arrêter nea, l'association ne faisant plus que relayer depuis un an les informations de L214. « On a aussi compris que le nerf de la guerre, c'est l'assiette, bien plus que la fourrure ou l'expérimentation. En nombre d'individus, ce sont ceux qui sont élevés et abattus pour leur viande qui sont les plus nombreux. Si nous parvenons à amorcer un changement de conscience sur ce sujet, le reste suivra. »

Au mois de septembre 2014, l'association dévoile des images tournées dans des élevages de lapins sans en citer la provenance. L'enquête demande aux militants un gros travail de préparation, et les images sont particulièrement choquantes. « Le responsable de cet élevage est président d'une importante société d'import-export de viande de lapin. Ses animaux étaient dans un état inimaginable. Je ne savais même pas qu'une telle situation était possible. Des bêtes déformées par de graves infections… C'était atroce. Nous avions déjà révélé des images issues de cet élevage un an plus tôt, mais noyées dans une enquête portant sur sept élevages de lapins. Pour cette nouvelle enquête, nous avons fait appel à Matthieu Ricard, qui nous avait adressé son adhésion, afin qu'il présente les images. L'enquête n'a pas eu le retentissement médiatique escompté. Quelques articles, tout au plus… C'était en période de rentrée scolaire, donc assez peu favorable. Et puis, nous hésitions encore à nommer les élevages ;

c'est une question qui s'est souvent posée. Il nous a fallu tirer les enseignements de ce demi-échec : si nous ne désignions pas l'élevage incriminé, si nous n'en demandions pas la fermeture, la souffrance des animaux n'était pas rendue visible et notre action se révélait moins efficace. »

En 2014 également, l'association diffuse les images d'une autre enquête, et cite cette fois l'élevage de lapins du Tertre, en Bretagne, dans le Morbihan, dont elle demande la fermeture. Dans cette exploitation intensive, des milliers d'animaux sont détenus dans des conditions déplorables, un environnement insalubre. Les images montrent des lapereaux qui agonisent entre les barreaux de leurs cages ou sont jetés encore vivants dans une fosse à lisier.

L'éleveuse et la filière cunicole lancent un référé d'heure à heure pour que L214 supprime les images qui ont fait grand bruit dès leur parution. La pétition lancée par l'association réunit 180 000 signatures en quinze jours. La vidéo comptabilise quant à elle 800 000 vues. Bérénice est chargée de remettre la pétition au préfet du Morbihan, qui refuse de lui accorder un rendez-vous. Symboliquement, la pétition est donc remise à un gardien de la préfecture, en présence de la presse.

Les grèves qui ont lieu au tribunal de Vannes à la même période ralentissent la procédure. Estimant qu'il n'y a pas d'urgence particulière à supprimer les images, la juge reporte l'audience de jugement à la rentrée de septembre. L214 reste donc libre de diffuser les images durant deux mois, jusqu'à la décision rendue au mois de septembre 2014 par la juge de

Vannes qui en ordonne le retrait. L214 fait alors appel de cette décision et la cour de Rennes lui donne finalement l'autorisation de les conserver. L'éleveuse fait appel en cassation, mais est déboutée. À ce jour, une procédure sur le fond est toujours en cours. « De nombreuses personnes ont été scandalisées par ces images et nous ont rejoints à ce moment-là, se souvient Bérénice. À ce jour, l'élevage n'a pas fermé et tourne encore, mais cette enquête a été pour nous une étape importante. Pas un point de départ, mais l'aboutissement de plusieurs années de travail et de réflexion sur notre stratégie de communication. Puis, il y a eu la vidéo sur les couvoirs, au mois de novembre, qui est à mon avis la deuxième grande enquête qui a permis à L214 de se faire entendre d'un public plus large. »

L'association est alors contactée par un employé en couvoir industriel qui, choqué par la violence quotidienne infligée aux animaux dans l'établissement, propose d'y enquêter. Les images qu'il filme montrent des milliers de poussins triés à la main sans ménagement, jetés vivants dans une broyeuse ou tués par étouffement dans des sacs-poubelles dans lesquels ils agonisent, asphyxiés. Les courriers de soutien et les adhésions parviennent massivement à L214. « Je crois que nous avons vraiment compris que lorsque les gens sont informés, ils réagissent. »

L'association n'a pourtant pas l'impression d'avoir consciemment peaufiné une communication professionnelle. Plusieurs de ses membres suivent avec attention les actions menées à l'étranger par Mercy for Animals ou Igualdad Animal, et s'inspirent de leurs stratégies, mais dès la campagne menée auprès de Monoprix contre les œufs de batterie, L214 a compris qu'il ne suffisait pas de toucher les consommateurs pour encourager un changement des modes de consommation à l'échelle de toute une société. « Nous avions déjà une stratégie : toucher plus haut, faire aussi pression sur les distributeurs… Il est important de savoir adapter son discours en fonction de l'interlocuteur. Lorsque tu rencontres des représentants de la grande distribution, tu ne peux pas – hélas – leur demander d'arrêter de vendre de la viande. Il faut des victoires, même de petites victoires, pour la vie de l'association, mais aussi pour nous, militants, et avant tout pour les animaux. Car, même si ces victoires remportées ne concernent que certains animaux, certains types d'élevages (comme les poules pondeuses en cages), cela a des conséquences pour des millions, voire des milliards d'animaux dont la souffrance sera réduite. Ce n'est pas vain. Je trouve réductrice la position de certains abolitionnistes qui condamnent ces actions sous prétexte qu'elles ne seraient que welfaristes[1]. Je suis clairement abolitionniste, je suis convaincue qu'il faut en finir avec l'exploitation des animaux, mais ce discours radical me semble être une impasse. Quand tu entres dans un élevage de poules pondeuses où des milliers d'animaux sont entassés dans des

1. Welfarisme : anglicisme provenant de l'expression anglaise *welfare state*, qui signifie « État-providence. » Les welfaristes estiment que toute réforme en faveur du bien-être des animaux est positive, sans nécessairement remettre en question leur exploitation.

conditions exécrables, comment ne pas penser qu'il est préférable que ce mode de détention cesse d'exister maintenant ? Quand tu es face à cette terrible souffrance, comment ne pas souhaiter au moins la réduire aujourd'hui au prétexte de vouloir simplement la supprimer ? Chez L214, nous voyons la détresse des animaux, nous connaissons les élevages, les abattoirs, cette réalité nous est familière. L'élevage en cage, c'est ignoble, et c'est un combat que nous pouvons remporter et un levier pour soulever d'autres questionnements. Alors, pourquoi ne pas le mener ? Il est aussi pertinent d'un point de vue stratégique de dénoncer ce type d'élevage car nous touchons un public très large, qui conçoit facilement qu'il est préférable de cesser l'élevage en batterie, sans être pour autant plus avancé dans une réflexion sur le véganisme ou l'antispécisme. Beaucoup de personnes se rapprochent alors de l'association, ne serait-ce qu'en suivant la page Facebook, et ont un accès à l'information, une porte ouverte au questionnement plus général sur la condition animale. »

Bérénice consacre dès lors tout son temps et son énergie à son militantisme auprès de L214. À l'automne 2015, alors que L214 s'apprête à révéler les images de l'enquête menée à l'abattoir d'Alès, Bérénice et Frank décident de se séparer. Pour la première fois, Bérénice est moins engagée dans la préparation de cette enquête et, le jour de sa parution, elle est en plein déménagement et assiste depuis son smartphone à un raz-de-marée médiatique. Aujourd'hui, on lui parle encore de ces vidéos : « Cela a permis de capter l'attention des médias et de l'opinion publique, et de changer le regard porté sur les abattoirs. Montrer une violence extrême, volontaire, ne me semble valable que si l'on montre qu'elle est engendrée par une violence structurelle et qu'elle n'est pas seulement le fait de quelques individus fragiles ou déséquilibrés. Nous restons très vigilants à ne pas déporter le problème. Nous avons conscience du fait qu'il y a des hommes et des femmes qui peuvent potentiellement souffrir de ces situations et des images que nous révélons. Nous avons la conviction qu'eux aussi sont les victimes collatérales d'un système dysfonctionnel. Cette première enquête d'une longue série marque un deuxième tournant pour l'association. »

Deux mois plus tard, en décembre 2015, deux vidéos dénonçant la violence des couvoirs industriels sont diffusées par l'association. Les images de la première ont été filmées dans les Pays de la Loire et montrent le broyage des canetons femelles. La seconde, tournée dans un élevage du sud-ouest de la France dévoile les méthodes de reproduction des canards, le prélèvement de semence sur les mâles et l'insémination des canes. Ces images choquent particulièrement Bérénice : « J'ai pourtant vu de nombreuses vidéos. Mais de voir une de ces canes laissée au sol hagarde, en détresse respiratoire, après avoir été inséminée pour la énième fois… Certes, il n'y a pas de sang, ça n'est pas spectaculaire, mais c'est l'image d'une exploitation totale et jusqu'au-boutiste de l'animal. Mon rapport aux images a changé lui aussi. Lorsque tu bosses dessus, que tu les tries, que tu vois tant de choses horribles… Peu à peu, tu ne vois plus les animaux. Cette habitude pose aussi la question de notre spécisme si profondément ancré : serais-je capable de faire ce même travail de montage avec des vidéos de sévices semblables endurés par des êtres humains ? Ces inséminations forcées, ces poussins broyés, ces veaux égorgés : est-ce que je supporterais de voir ça sur mes congénères ? Je me suis endurcie. Pas que sur les animaux, sur tout. Jamais, à l'époque où j'étais en larmes en lisant le livre de Jean-Luc Daub[1], je n'aurais imaginé être un jour capable de regarder ces images sur lesquelles des animaux agonisent dans des fosses à lisier ou se font massacrer dans les abattoirs. En revanche, une chose est certaine : si ces images m'atteignent moins, elles me révoltent toujours autant. Ça, c'est resté intact, ma capacité à m'indigner et mon désir de me battre pour un idéal de justice. »

Le 25 mai 2016, L214 diffuse des images d'enquête menée dans un élevage de poules pondeuses, le GAEC du Perrat, approvisionnant la marque Matines et de grandes enseignes de distribution : Auchan, Carrefour, Système U, Intermarché et Casino. Deux cent mille poules sont détenues dans d'horribles conditions sanitaires. La résonance rencontrée par les enquêtes menées dans les abattoirs d'Alès, du Vigan et de Mauléon-Licharre permet de mettre en lumière le travail que réalise l'association depuis de plusieurs années. Là encore, le retour public et médiatique est impressionnant. « Nous nous retrouvions vraiment dans le débat public, raconte Bérénice. Au début de mon militantisme,

1. Jean-Luc Daub, *Ces bêtes qu'on abat, journal d'un enquêteur dans les abattoirs français (1993-2008)*, *op. cit.*

nous parlions de ça, de l'importance de porter la question animale dans le débat public, et nous y sommes parvenus. Nous sommes encore loin de l'abolition de l'exploitation des animaux, mais le débat est ouvert et à la portée de tout un chacun. Ce que les gens doivent comprendre, c'est que les images que nous montrons ne sont rien au regard de ce qui se passe chaque jour dans tous les élevages, tous les abattoirs de France. Ce ne sont que de tout petits extraits d'une violence quotidienne, massive et communément admise. Cependant, si ces images rencontrent un écho, c'est que notre société est prête à refuser cette violence. Le changement ne vient pas que de L214. Nous donnons à voir une réalité, nous donnons des outils de réflexion, mais je crois que les gens sont désormais prêts à voir évoluer leurs modes de consommation et à se poser les bonnes questions. »

Si Bérénice continue de travailler ponctuellement avec le pôle enquête, elle se consacre aujourd'hui à la coordination du projet VegOresto. Pensé en 2014, VegOresto est né de l'initiative de Cédric Dufour, militant de l'Association végétarienne de France (AVF), qui organise alors des dîners végétaliens dans des restaurants lyonnais. En s'inspirant de l'exemple Carrotmob[1], il imagine pérenniser l'offre d'alternatives végétales aux menus des restaurants. Il contacte l'équipe de L214 pour lui présenter le

1. Créé aux États-Unis en 2008, le mouvement écologiste Carrotmob est une forme de mobilisation citoyenne qui vise à inciter les commerçants à changer leurs pratiques.

projet. L'association étudie la proposition et décide de la développer.

« Nous ne savions pas vraiment quelle écoute nous allions recevoir de la part des restaurateurs, explique Bérénice. La question du soutien que nous pouvions apporter au développement des alternatives n'était pas aussi présente qu'elle l'est aujourd'hui dans notre réflexion. En janvier 2015, nous avons eu notre réunion bisannuelle et nous nous sommes réparti les projets émergents. Je me suis proposée pour prendre en charge VegOresto. En deux ans, c'est devenu l'un des gros projets de l'association, et c'est un succès. Le principe est simple : nous avons une équipe d'ambassadeurs bénévoles VegOresto qui contactent des restaurateurs classiques pour leur proposer d'organiser un dîner entièrement végétalien. Si le chef se prête au jeu, nous nous engageons à remplir le restaurant en proposant la soirée *via* nos réseaux sociaux. Afin d'aider les restaurateurs, nous pouvons les conseiller sur les alternatives existantes, leur soumettre des idées, leur proposer des recettes. Le défi est souvent ludique pour les chefs qui le relèvent avec plaisir. S'ils estiment l'expérience concluante, nous les invitons à signer une charte par laquelle ils s'engagent à proposer une alternative végétale au menu, soit une entrée, un plat, et un dessert. »

En contrepartie, le restaurant est référencé sur le site VegOresto et l'information est relayée sur les réseaux sociaux. Le projet dispose d'une page Facebook, suivie par plus de dix-neuf mille followers, et le site Internet compte vingt mille visiteurs en moyenne chaque mois. Le site permet aux utilisateurs de localiser un restaurant qui propose un menu vegan. Un avis, modéré par l'équipe, peut être posté et est consultable par les internautes. En deux ans, huit cents restaurateurs ont signé la charte. Depuis 2015, trois cents soirées ont été organisées et plus de dix mille repas servis. Bérénice coordonne trente équipes et quatre-vingt-dix ambassadeurs bénévoles VegOresto à travers la France. En 2016, elle est rejointe par Laurie Collon, puis par Laurie Pageaud : « Nous gérons l'animation du réseau, la coordination, le démarchage actif des restaurateurs, mais aussi le suivi des restaurants signataires. Nous nous assurons que la charte est respectée et accompagnons les restaurateurs en les conseillant lorsqu'ils le souhaitent. Nous menons également une campagne nationale d'information, *via* les réseaux sociaux, mais aussi par l'envoi de communiqués de presse. »

Il est possible de signaler sur le site VegOresto l'existence de restaurants qui proposent une alternative végétale à leur menu sans avoir pour autant connaissance du projet. Les ambassadeurs contactent alors les restaurateurs pour leur proposer de signer la charte. « Depuis quelque temps, nous avons de plus en plus de chefs qui nous contactent car ils ont entendu parler de VegOresto et souhaitent en savoir plus sur le projet. Certains nous écrivent suite aux enquêtes pour nous dire qu'ils ne parviennent plus à cuisiner de la viande. » Les alternatives végétales séduisent autant les clients véganes que les omnivores. Pour Bérénice, VegOresto se révèle être un formidable outil d'accompagnement : « Il suffit d'écouter les gens. Ils nous disent : “Ce que vous montrez par vos vidéos est terrible, mais comment peut-on faire pour y changer quelque chose ?" VegOresto et Vegan Pratique sont deux projets qui apportent des réponses à ces questions et offrent des repères aux personnes qui souhaitent changer d'alimentation en leur donnant simplement le choix de consommer autrement. Nous sommes aussi de plus en plus sollicités par les distributeurs. Le groupe Carrefour a souhaité nous rencontrer à plusieurs reprises afin de discuter de la gamme Carrefour Veggie qu'il s'apprêtait à commercialiser. Récemment, nous avons rencontré un distributeur australien qui souhaite distribuer en France des alternatives végétales aux produits carnés. »

Bérénice est en contact régulier avec de nombreux restaurateurs qui s'engagent aussi, à leur façon, pour les animaux : « Certaines rencontres avec des restaurateurs et des entrepreneurs m'ont permis de me rendre compte que le mouvement vegan s'est considérablement amplifié depuis deux ans. À travers leur cœur de métier, ces personnes œuvrent à la démocratisation des alternatives végétales. C'est un autre type d'engagement, très complémentaire des actions que nous menons par ailleurs. »

Les retours de restaurateurs signataires de la charte VegOresto sont eux aussi enthousiastes. Rodolphe Landemaine est l'un des chefs boulangers pâtissiers les plus talentueux de sa génération. Formé au Ceproc [1], puis auprès des Compagnons du devoir, à Paris, Bruxelles et Reims, il perfectionne sa

1. Centre européen des professions culinaires, Paris.

pratique auprès de grands chefs : Pierre Hermé, alors pâtissier de Ladurée, Paul Bocuse à Lyon, le restaurant gastronomique Lucas Carton, l'hôtel Bristol ou encore le traiteur Raynier-Marchetti. En 2004, à l'âge de 26 ans, Rodolphe Landemaine ouvre sa première affaire à Paris, rue de Tolbiac. Depuis, son succès ne se dément pas et Rodolphe est désormais à la tête de treize boutiques en région parisienne, mais aussi d'une école de formation située au cœur de Tokyo. Trois cents salariés travaillent aujourd'hui pour la maison Landemaine.

Bien qu'il soit végétarien depuis de nombreuses années, Rodolphe a appris et travaillé une cuisine classique, et confie que le véganisme lui a longtemps semblé être un choix radical. Jusqu'à ce qu'il lise par hasard une interview de Matthieu Ricard : « Il y expliquait avoir choisi de ne plus consommer aucun produit d'origine animale et citait *La Libération animale* de Peter Singer et le film *Earthlings*. Sa justification du véganisme m'a interpellé et j'ai aussitôt lu le livre de Singer et vu le film de Monson. Cela a été un choc. J'ai continué de me renseigner durant près d'un an, et j'ai fait un vrai travail d'introspection. J'ai lu tout ce que je pouvais trouver sur la question de l'antispécisme et du véganisme. Je me trouvais face à un dilemme émotionnel et éthique. J'étais déjà à la tête d'une dizaine de boulangeries à Paris, mais je me demandais si tout cela avait encore du sens. J'ai songé à tout vendre et à changer de vie. »

Rodolphe Landemaine choisit pourtant de mettre à profit sa prise de conscience, de s'engager et de proposer des alternatives végétaliennes à ses produits. « C'était un véritable challenge car il n'est pas évident d'adapter les recettes de pâtisserie traditionnelle. Cela dit, plus j'avance, plus je découvre que je peux en réalité surpasser cette qualité-là, sans pour autant utiliser d'ingrédients d'origine animale. » Pour ce faire, Rodolphe explique être reparti d'une feuille blanche et avoir travaillé en laboratoire avec une équipe de chercheurs : « Nous avons classé les ingrédients par familles de produits, puis nous nous sommes demandé quel était véritablement leur rôle dans une recette. Par exemple, pourquoi utilise-t-on du lait dans telle préparation, et comment se comporte-t-il ? Ensuite, nous avons passé en revue les alternatives végétales possibles afin de trouver comment obtenir des résultats équivalents ou supérieurs en les substituant aux matières d'origine animale. »

La maison Landemaine commence par proposer une gamme végane salée de sandwiches et de salades. La clientèle se montre immédiatement enthousiaste. « Le marché était prêt, explique Rodolphe. L214 participe éminemment à l'éveil des consciences et à la sensibilisation des consommateurs. Il faut que nous menions un travail commun pour engager une transition végétale de notre société, et les chefs cuisiniers ont leur rôle à jouer. » Le jeune chef ne tarde pas à proposer une alternative végane sucrée et à participer au projet VegOresto. Au sein de l'entreprise, cette nouvelle orientation a d'abord été accueillie avec réticence. « Les cadres ont eu, dans un premier temps, des craintes légitimes, car la maison Landemaine a une image que nous devons préserver. Mais le succès des produits les a rapidement rassurés et ne s'est jamais démenti. Ce projet est désormais porté par l'ensemble des responsables et des salariés avec un grand enthousiasme. »

Aujourd'hui, les boulangeries-pâtisseries Landemaine proposent 20 % de produits véganes. Une nouvelle boutique, dont l'offre sera entièrement végane, verra bientôt le jour à Paris. « Nous ne le préciserons pas, car nous souhaitons que les gens ne stigmatisent plus le véganisme et découvrent par eux-mêmes la possibilité de manger une pâtisserie de grande qualité sans consommer pour autant de produits d'origine animale. »

Rodolphe Landemaine est l'un des principaux donateurs de l'association L214 et incarne une nouvelle génération de chefs responsables, prêts à s'engager contre la souffrance animale, tout en défendant une cuisine exigeante, généreuse et savoureuse.

Le restaurant Lecocq & Folks, situé à Vannes, est également signataire de la charte VegOresto et représentatif d'un intérêt croissant des restaurateurs et de leur clientèle pour la cuisine végétale. À 34 ans, François Lecocq en est le propriétaire. Il découvre VegOresto lorsqu'il est sollicité par les ambassadeurs du projet : « J'avais entendu parler des enquêtes menées par L214. Au restaurant, nous cuisinions déjà des plats végétariens, mais je n'avais jamais cuisiné végane jusqu'alors et j'ignorais qu'il existait un marché du véganisme. En cuisine, nous avions le sentiment de tourner un peu en rond depuis quelque temps, et on avait envie de se renouveler. Nous avons donc accepté de relever le défi VegOresto. »

Ce soir-là, trente couverts sont réservés par les participants. Pour François, la soirée est un premier succès : « Nous avons passé un très bon moment avec eux, et les derniers *a priori* que nous pouvions avoir sur les véganes sont tombés ce soir-là. Les clients ont rempli un questionnaire de satisfaction et leurs retours étaient enthousiastes. »

Lecocq & Folks décide de s'engager et de signer la charte VegOresto. Depuis, le restaurant propose donc une entrée, un plat et un dessert véganes à la carte, dont la conception demande aux cuisiniers autant d'attention que les plats traditionnels. « Il ne s'agissait pas pour nous de faire une simple assiette de crudités, mais de travailler des plats élaborés et savoureux. D'ailleurs, nos clients habituels ont eux aussi plébiscité ces plats puisqu'ils représentent aujourd'hui 20 % des menus servis. Il y a deux chemins qui peuvent conduire à manger végane : le choix de consommer différemment pour ne plus générer de souffrance animale, mais aussi le désir de manger plus sainement. »

De nombreux articles de presse ont relayé le succès de cette initiative qui a aussi contribué à faire évoluer les pratiques du jeune chef : « Nous n'utilisons plus d'œufs de batterie et essayons de remplacer les œufs dès que nous le pouvons, avec de l'aquafaba[1] par exemple. Nous avons également de nombreuses glaces faites maison et nous les travaillons désormais avec des laits végétaux. Nous

1. Eau de cuisson de légumineuses pouvant remplacer les œufs dans certaines recettes telles que celle des meringues ou de la mousse au chocolat.

essayons d'être plus conscients et responsables dans notre manière de consommer. »

Johanne Mielcarek, 34 ans, chargée de campagne pour le pôle poules pondeuses

Militante de la première heure, Johanne est membre de l'équipe de direction et porte-parole de l'association. Ses collègues la présentent volontiers comme méticuleuse, persévérante et rigoureuse, impressions que son regard bleu et perçant semble à lui seul confirmer dès la première rencontre. Elle raconte les origines d'une prise de conscience étonnement précoce qui l'a conduite, à l'âge de 13 ans seulement, à choisir de devenir végétarienne : « Je ne peux pas véritablement parler de déclic, mais plutôt de la certitude, acquise peu à peu, que les animaux souffrent, et qu'ils ont comme nous un intérêt à vivre. Bien sûr, je ne le formulais pas en ces termes, mais je le pressentais néanmoins. Petite, j'ai vécu entourée d'animaux, et j'ai toujours été très sensible aux animaux en souffrance. Cette sensibilité était en contradiction avec mes goûts alimentaires car j'aimais beaucoup la viande. Bien plus que ma sœur, par exemple, dont je n'hésitais pas à terminer l'assiette. Lorsque j'avais 7 ans, j'ai dit à ma mère que je voulais être végétarienne. Elle m'a répondu que c'était impossible et que les végétariens ont de tout petits bras. Je la revois me montrer avec ses doigts l'épaisseur du bras. Ce souvenir me laisse penser que j'ai perçu très tôt que quelque chose me posait problème dans notre mode d'alimentation, mais sans être encore capable d'argumenter. »

Johanne grandit dans le Nord, dans une commune à proximité de Lille. Au rayon enfants de la bibliothèque municipale, elle découvre un livre édité par la Fondation Bardot : « Il avait sans doute été classé là par erreur parce qu'il parlait des animaux. Ce livre montrait en réalité l'horreur des abattoirs. Il avait pour moi un attrait magnétique. Dès que je rentrais dans la bibliothèque, je savais où le trouver, je le prenais et le reposais sans véritablement oser le lire. Je feuilletais aussi le magazine de la SPA, disponible au rayon enfants. À cette époque, il rapportait beaucoup de cas de maltraitance animale. Je me souviens notamment d'un article sur l'abattage rituel pour l'Aïd-el-Kébir. Les images me semblaient épouvantables. »

À 13 ans, Johanne est fan du groupe de rock anglais Blur. Lorsque celui-ci passe en France pour une tournée et donne une interview radio à cette occasion, elle programme son radiocassette pour enregistrer l'émission. De retour du collège, elle se précipite pour écouter l'enregistrement : « C'est très trivial, et ça a pourtant marqué ma vie. Au détour de la conversation, Damon Albarn, le chanteur, a confié qu'il était végétarien. Il n'argumentait pas du tout, il répondait simplement à une blague sur les vaches. Mais c'était la première personne, que j'avais le sentiment de connaître, que j'entendais s'affirmer végétarienne. Être végétarien était donc possible ! J'ai décidé d'arrêter de manger de la viande et du poisson. Le premier jour, j'ai simplement refusé la viande qui m'était servie. Le deuxième, ma mère a voulu que je mange du poisson. Je n'y ai pas touché et j'ai attendu, jusqu'à ce qu'elle accepte de retirer mon assiette. Après ça, mon choix était acté, et il n'y a pas eu plus de débat. »

Ce choix, Johanne le vit comme un engagement personnel, dont elle parle très peu avec ses camarades de classe. À la cantine, elle se contente des accompagnements, et compense avec le repas du soir. Elle aspire alors à devenir vétérinaire : « Pour moi, il n'y avait pas d'autre métier possible. Si tu aimais les animaux et voulais leur venir en aide, tu devenais vétérinaire. » Elle abandonne pourtant cette idée à la fin du lycée, portée par le désir de voyager, sans pour autant renoncer à son désir de défendre un jour la cause animale par un quelconque autre moyen.

Le baccalauréat en poche, Johanne commence des études de commerce et part s'installer durant trois ans à Salamanque. Trois fois par an, elle revient en France rendre visite à sa famille. À cette époque, les groupes de discussions Yahoo ! sont en plein essor. Elle découvre l'existence d'un groupe de végétariens et s'y inscrit. « Je ne connaissais personne d'autre qui l'était. Sur ce groupe, un fil avait été créé pour organiser un repas végétarien à Lille. Ça coïncidait avec les dates de l'un de mes séjours en France, et je m'y suis inscrite. J'ai rencontré ce soir-là une dizaine de personnes, dont la plupart étaient en réalité véganes et qui militaient en menant des actions de rue de leur propre initiative. Elles posaient une planche sur deux tréteaux et distribuaient des tracts d'associations, en particulier de One Voice, à cette époque. »

Johanne repart en Espagne poursuivre ses études, mais commence à militer avec ce groupe à l'occasion de ses venues à Lille. La première action à laquelle elle participe a lieu devant un restaurant de la chaîne KFC, en banlieue lilloise. Si elle est encore végétarienne, Johanne envisage de devenir végane. En 2004, elle quitte Salamanque et s'installe pour quelques mois à Toulouse, où elle rencontre Amandine, future créatrice de la première pâtisserie végane française Vegan Folie's[1]. « Amandine avait 17 ans. Elle était végétarienne depuis ses 12 ans et végane depuis ses 16 ans. C'est elle qui m'a mise devant mon incohérence et m'a convaincue de devenir végétalienne. » Cet été-là, Johanne milite avec le CRAC contre l'organisation de corridas. Lors d'une beccerrada[2], elle s'enchaîne avec d'autres militants dans une arène. La même année, elle entend parler pour la première fois du collectif Stop Gavage en regardant un journal télévisé dans lequel Sébastien Arsac est invité à débattre face à la cheffe cuisinière Maïté.

Après son bref séjour dans le sud-ouest de la France, Johanne revient à Lille pour continuer ses études de commerce international. Avec son compagnon de l'époque, elle crée l'association VEGnord

1. Créée en 2011, Vegan Folie's est la première pâtisserie végane et bio française, située rue Mouffetard à Paris. L'entreprise est très engagée dans la promotion de la réflexion sur l'antispécisme et organise à Paris des conférences et des projections chaque mois depuis deux ans.

2. Course de taureaux pour apprentis toreros. De jeunes taureaux de moins de trois ans sont utilisés lors des beccerradas et sont parfois mis à mort.

dans le but de structurer le mouvement militant à Lille, et organise des actions qui relaient les campagnes d'information d'autres associations. Lorsqu'elle termine son cursus universitaire, elle choisit de délaisser le commerce : « J'ai compris que mes aspirations étaient tout autres. Je m'étais mise sur des rails, je m'étais laissé porter, mais cela n'avait plus vraiment de sens pour moi. J'ai commencé à regarder les offres existantes dans le milieu associatif lié à la protection des animaux, et j'ai trouvé une offre de stage à la PMAF. Il s'agissait de travailler sur le commerce d'animaux envoyés au Liban pour y être abattus. »

Johanne est sélectionnée et fait alors la connaissance de Sébastien Arsac et de Dominic Hofbauer, déjà en poste à l'association. À l'issue de ce stage, elle signe un premier CDD pour travailler sur de la collecte de fonds. Six mois plus tard, Sébastien quitte la PMAF pour fonder L214. « Quand il a envoyé un mail à toute l'équipe pour nous annoncer son départ, je me suis dit qu'il était fou, confie Johanne. Créer sa propre structure, porter toute cette responsabilité sur ses épaules… Mais je connaissais aussi la position de la PMAF, qui n'est pas abolitionniste, et je savais que cela limitait considérablement nos possibilités d'agir en ce sens. »

Johanne remplace Sébastien sur le poste de chargé(e) de campagne qu'il occupait. Durant trois ans, elle coordonne une campagne axée sur l'élevage en batterie des poules pondeuses ; un combat qu'elle retrouvera quelques années plus tard chez L214. « Aujourd'hui, les lignes bougent dans ce secteur, mais c'était bien plus difficile à l'époque.

Le contexte a changé, c'est certain, mais nos méthodes aussi. À la PMAF, j'ai tout de même appris à structurer une action, à définir des objectifs précis, à les évaluer. Lorsque nous militions avec VEGnord, il nous était impossible de prendre la mesure de l'impact de nos actions. Tu parles un moment avec des gens auxquels tu essaies de transmettre un message, mais ils s'évanouissent ensuite dans la nature. Ce travail est nécessaire, mais il doit être mené en complément de campagnes et d'autres types d'action. En faisant partie d'une association professionnelle, j'ai compris la nécessité de se structurer. »

L'équipe de la PMAF organise une tournée française et des actions visant à informer les consommateurs et à promouvoir les œufs de plein air. Peu à peu, l'action est également orientée à destination des revendeurs. « À l'époque, la PMAF était encore une branche française de CIWF. Ils se sont ensuite séparés. En Angleterre, ils travaillaient déjà avec les industries, et ils nous ont engagés à suivre le mouvement. Nous avons donc commencé à solliciter les enseignes, mais nous obtenions peu d'avancées. On était uniquement dans l'encouragement, sans cibler les marques par des campagnes, sans pointer du doigt les entreprises qui ne prenaient pas leurs responsabilités vis-à-vis de la souffrance des animaux. Nous attribuions des « Good Eggs Awards » pour récompenser celles qui promettaient d'agir et proposions de faire une communication positive pour valoriser leur engagement. Cette méthode n'est malheureusement pas suffisante et il est parfois nécessaire de mettre les entreprises face à leurs responsabilités si nous voulons faire bénéficier les animaux de résultats rapides et conséquents. »

Johanne quitte alors la PMAF et est recrutée par l'association GAIA, en Belgique, pour laquelle elle mène des campagnes plus larges : « L'action de GAIA n'est pas uniquement ciblée sur les animaux d'élevage. J'étais par exemple chargée de contacter les communes afin qu'elles mettent en place des politiques de stérilisation des chats errants ou installent des pigeonniers contraceptifs afin d'éviter les rafles de pigeons. Je collaborais également à des campagnes nationales contre certaines pratiques d'élevage, telles que la castration des porcelets ou l'élevage des poules en cage. GAIA utilisait déjà des méthodes plus activistes en ciblant les revendeurs. Dans le cadre de l'une de ces campagnes, nous nous sommes associés à L214 pour nous adresser à Monoprix. »

Fin 2011, Johanne rejoint l'association L214 en tant que bénévole. L'équipe n'est encore composée que de sept personnes, et le fonctionnement est très collectif. Johanne prend rapidement en charge l'administration de la page Facebook créée en 2010 et participe activement à l'organisation des premières campagnes. « Certaines enquêtes ont éminemment participé à notre développement et ont conduit des gens à soutenir l'association. Il y a eu l'affaire Charal, puis l'enquête sur la société de foie gras Soulard en 2013, et l'enquête à l'élevage de lapins du Tertre en 2014 qui ont suscité de nombreuses réactions et ont été relayées dans les médias. Les pétitions ont commencé à prendre plus d'ampleur, comme celle que nous avions lancée pour demander la fermeture de l'élevage du Tertre. L'enquête sur le broyage des poussins a aussi été une étape importante. Aujourd'hui, les médias présentent souvent l'association comme celle qui a révélé le scandale d'Alès, mais d'autres enquêtes ont marqué les esprits bien avant. »

La page Facebook longtemps administrée par Johanne compte désormais six cent cinquante mille followers. Au fil des années, l'association a intuitivement adopté des techniques de communication : « Ce sont des choses élémentaires, précise Johanne. On s'aperçoit qu'une vidéo fonctionne bien mieux qu'une communication sans image. Nous sommes attentifs à nous adresser aux internautes en interrogeant les problèmes de façon collective, et non en pointant des individus. Nous essayons aussi d'alterner les vidéos qui dévoilent la réalité des élevages et des abattoirs avec des vidéos plus positives. Ces images peuvent paraître anecdotiques, mais elles transmettent aussi un message en montrant que les animaux sont doués d'émotions. Enfin, nous mettons en avant les solutions possibles, en diffusant des recettes, par exemple. Nous devons proposer des solutions individuelles en encourageant les gens à changer d'alimentation, mais aussi des solutions collectives en posant la question de la condition animale au niveau sociétal et politique. »

Si L214 ne peut se passer des médias, la mobilisation de la communauté permet à elle seule la large diffusion des informations publiées par l'association. Johanne confirme que les enquêtes menées dans les abattoirs ont cependant inversé la dynamique : « Nous l'avons vu avec l'affaire des abattoirs de Pézenas et du Mercantour et la vidéo présentée par Rémi Gaillard, qui nous a permis de toucher bien plus de gens que ne l'aurait fait aucun média. Désormais, ce sont eux qui nous sollicitent pour obtenir des informations exclusives. Cela ne veut pas dire que nous pouvons nous passer des médias, mais nous savons que si une information est moins reprise que nous l'espérions, nous sommes en mesure de la diffuser largement et de toucher un grand nombre de personnes par nos propres moyens. »

L214 s'est appuyée sur l'exemple d'associations américaines, telles que Mercy for Animals, pour affiner sa communication : « Ils ont formalisé des méthodes de communication efficaces et nous ont donné accès à leurs documents. Ce sont des associations qui sont souvent dans le partage d'expérience et non dans un esprit de concurrence. Ils nous ont apporté une aide précieuse. » Désormais, le *community management* nécessite un poste à temps plein, et Johanne, chargée de mission pour le pôle poules pondeuses, a passé le flambeau. « Nous devons gérer les pages existantes, mais aussi développer les réseaux sur lesquels nous sommes moins présents. Twitter est par exemple un outil que nous avions sous-exploité jusqu'à l'embauche récente de Xavier Emery. Les personnalités, artistes et politiques, y sont bien plus présentes à titre personnel que sur Facebook. Nous avons sollicité Nili Hadida *via* Twitter pour lui demander de présenter les images de l'enquête menée à l'abattoir du Vigan, et elle a aussitôt accepté. *Via* Twitter, nous pouvons aussi mettre les gens face à leurs responsabilités, en prenant par exemple à partie les enseignes ou les politiques. Enfin, il faut que nous devenions plus réactifs sur l'actualité, en rédigeant nos propres articles et en les diffusant via notre blog [1] et sur les réseaux sociaux. De nombreuses informations erronées circulent, en ce qui concerne la nutrition notamment, que nous pourrions contredire. »

Johanne continue de participer activement aux prises de décisions liées à la coordination globale de l'association, mais aussi aux enquêtes menées, mobilisant l'expérience et les compétences acquises au cours de ses années de militantisme. Elle aussi confie que son rapport aux images a évolué : « Je suis rapidement parvenue à me blinder. À la PMAF, j'ai réalisé des enquêtes dans des abattoirs et des élevages intensifs. Lorsque tu es sur place, dans l'enquête, tu sais pourquoi tu es là, et la finalité prend le pas sur l'émotionnel. Quand je vois les images, lors des dérushages, je suis mieux en mesure de contrôler mon émotion. Je connais nos objectifs. En revanche, il y a des moments plus difficiles. Je pense par exemple à cet agneau écartelé dans la vidéo tournée à l'abattoir de Mauléon-Licharre. En voyant cette scène, j'ai été très émue. Je sais *a priori* à quoi m'attendre lorsque je visionne des scènes d'abattoir, je connais la plupart des pratiques, mais lorsque des images montrent un degré pire que cette horreur quotidienne, la barrière de protection peut se fissurer. »

1. https://blog.l214.com/ [consulté le 17 juin 2017].

Au-delà de l'information du grand public, Johanne rappelle que les images montrées par L214 doivent avoir des conséquences, conduire à un questionnement de société et interpeller la sphère politique : « Nous nous sommes rendu compte que, même dans le cas des fermetures à titre conservatoire ou des condamnations prises sur le moment, ni les filières ni les politiques ne prennent de mesures qui pourraient réellement changer les pratiques. Lorsqu'on voit les lacunes des rapports d'audits en abattoirs commandités par Stéphane Le Foll, alors ministre de l'Agriculture, et leurs conclusions qui affirment que la situation dans les abattoirs français n'a finalement rien de catastrophique, on comprend les résistances qui sont à l'œuvre. »

En développant les campagnes ciblées, L214 a réalisé qu'il était également possible de faire évoluer les pratiques par le biais du marché. « Nous avons commencé par les poules parce que c'est un des pires systèmes d'élevage qui existe, explique Johanne. En demandant la suppression des cages, nous ne sommes pas dans une perspective abolitionniste, mais l'objectif est néanmoins réalisable car il existe déjà des alternatives aux cages sur le marché. Nous devons donc procéder par étapes, et la grande distribution et les industriels peuvent faire avancer les choses. »

Les campagnes visant à convaincre les revendeurs de cesser la commercialisation d'œufs de poules élevées en batterie existent depuis les débuts de l'association. Selon Johanne, L214 n'était cependant pas encore assez reconnue et soutenue, et les enseignes opposaient une grande force d'inertie aux sollicitations des militants. Les campagnes menées pour convaincre les enseignes Monoprix et Super U de s'engager à ne plus commercialiser d'œufs de poules élevées en batterie durent respectivement un an et trois ans. « Nous avons ciblé les marques en organisant partout en France des centaines d'actions d'information des consommateurs devant les magasins, explique Johanne. En parallèle, nous avons mené des enquêtes dans certains élevages approvisionnant les marques. » Elle accompagne Brigitte et Sébastien lors des rencontres avec les responsables d'enseignes qui leur opposent fréquemment l'argument du surcoût et du libre choix du consommateur. « Nous répondions que 90 % des consommateurs sondés se prononcent pour la fin des élevages en batterie. Bien sûr, ils ne transcrivent pas forcément cette préférence par leurs actes d'achat car, dans un rayon de supermarché, bien des facteurs marketing peuvent influencer leur choix : le packaging pour certains, le prix le plus bas pour d'autres… Tout le monde ne se pose pas la question de la provenance, mais sur le principe d'améliorer les conditions d'élevage, nous sommes *a priori* tous d'accord. Pourtant, lors de ces réunions avec les représentants des enseignes, nous nous perdions dans des batailles d'arguments en essayant de répondre point par point à leurs réticences, et nous avions finalement le sentiment qu'ils se détournaient de la question de leur responsabilité. » En 2013, Monoprix s'engage tout de même sur sa marque propre à renoncer à moyen terme à la commercialisation d'œufs de poules élevées en batterie. Mais il faut attendre 2016 pour qu'un changement d'ampleur se confirme.

« Nous avons changé nos méthodes, explique Johanne. Désormais, nous avons deux à trois salariés qui consacrent leur temps à ces campagnes. Nous suivons le contact avec les enseignes de façon bien plus assidue et n'attendons plus pendant des semaines ou des mois qu'elles nous répondent. Nous les encourageons à prendre conscience des attentes de leur clientèle, et de notre société de façon plus générale, en termes de considération de la souffrance animale. Lorsqu'une marque s'engage, nous contactons celles qui ne l'ont pas encore fait pour leur indiquer que leurs concurrents les ont devancés sur la question. »

Si les enseignes restent sourdes à ces appels du pied, l'association peut compter sur son vaste réseau de militants pour mettre en place une campagne d'actions menées devant les magasins et souvent relayées par la presse locale et nationale. L214 invite aussi les militants à se mobiliser sur Internet et à interpeller les enseignes de façon soutenue *via* les réseaux sociaux. Une stratégie qui fait ses preuves, mais dont les résultats ont été en partie rendus possibles par les enquêtes menées dans les abattoirs en 2015 et 2016. « La question des abattoirs a permis une prise de conscience plus globale des conditions de vie des animaux d'élevage, explique Johanne. De nouveaux questionnements émergent et les enseignes doivent se rendre compte que certaines pratiques, telles que l'élevage des poules en batterie, doivent disparaître sans attendre. »

Les enquêtes en élevages de poules menées par L214 depuis 2008 n'avaient en effet pas obtenu de grand retentissement médiatique. L'affaire du GAEC du Perrat, en revanche, a eu un écho considérable. « Cette enquête faisait suite à celles d'Alès, du Vigan et de Mauléon-Licharre. J'étais à Copenhague le jour du lancement pour rencontrer les membres de l'Open Wing Alliance, une coalition internationale d'associations de défense des animaux œuvrant contre les élevages de poules en batterie, créée à l'initiative de The Humane League. J'ai suivi le lancement à distance et j'ai été époustouflée par le retentissement médiatique de l'enquête. Le scandale des abattoirs a préparé le terrain et la question des poules est devenue légitime. Les médias ont pris l'enquête au sérieux et l'élevage a fermé, ce qui nous semblait inespéré. Lorsque nous avons rencontré les enseignes par la suite, nous avons pu constater que l'enquête avait marqué leurs esprits. La présence des enquêtes dans les médias influence évidemment les décisions qu'ils prennent. »

La stratégie de L214 à l'égard des enseignes n'est pas agressive, mais reste néanmoins ferme : « Nous les invitons à prendre un engagement à date butoir, date qui doit être rendue publique par communiqué de presse ou publication officielle sur leur site Internet. Cet engagement doit concerner l'ensemble des œufs vendus en rayons, ou entrant dans leur chaîne d'approvisionnement. Nous leur parlons aussi de toutes les enseignes qui se sont déjà engagées, et nous leur précisons qu'il est tout à fait réaliste que cet engagement soit pris sous un mois. Nous posons des exigences qui répondent à une évidence éthique :

des millions de poules sont élevées dans des conditions intolérables. »

L'Open Wing Alliance et The Humane League ont apporté à L214 une méthodologie qui a fait ses preuves outre-Atlantique. En un an, l'association américaine a obtenu l'engagement de quatre-vingt entreprises figurant au top 100 des entreprises de l'agroalimentaire aux États-Unis. « 95 % des poules étaient alors élevées en cage. À titre de comparaison, nous sommes à 70 % pour la France. Le défi est donc tout à fait réaliste. Aujourd'hui, plus de deux cent cinquante entreprises se sont engagées aux États-Unis. Le changement prendra évidemment des années, mais il est amorcé. »

Lors de la rencontre à Copenhague, The Humane League présente ses méthodes d'action aux associations européennes et propose d'accompagner Johanne et Brian Mordasini (également chargé de campagne poules pondeuses) pour leurs premiers rendez-vous avec les enseignes multinationales. Deux de leurs représentants viennent spécialement des États-Unis afin de rencontrer Sodexo, entreprise de restauration collective présente dans 80 pays. « Ils étaient parvenus à les convaincre de s'engager aux États-Unis et nous avons fait ce rendez-vous pour leur demander d'adopter une politique mondiale du refus des œufs de batterie. J'ai vu comment ils travaillent, sans s'attarder à argumenter sur les souffrances infligées aux animaux élevés en cages, qu'ils considèrent comme une évidence. Sodexo s'est engagé dans la foulée, puis Carrefour, Intermarché, Auchan, Casino, Picard, etc. Certaines enseignes s'engagent de façon volontaire et comprennent l'importance d'accompagner et de prendre part à ce changement. »

Ces entreprises s'engagent à cesser la commercialisation d'œufs de poules en cages à l'horizon 2020 ou 2025. « Cela semble lointain, reconnaît Johanne, mais une majorité de poules vivent en cages aujourd'hui, et il faut que le marché s'adapte. Cela permet aussi à certains éleveurs de partir en retraite et d'éviter que des élevages identiques soient créés. Il faut malheureusement composer avec cette réalité. Carrefour a accepté, dans son engagement public, de publier un rapport annuel d'évolution de transition, ce qui nous permettra de suivre pas à pas la réalisation des objectifs fixés. » L'association L214 ne fait en revanche aucune promotion et se contente de reconnaître les avancées.

Comme l'explique Johanne, le pôle poules pondeuses a vocation à servir d'exemple, et à devenir un pôle industrie. « C'est la partie de L214 qui s'adresse aux entreprises agroalimentaires. Nous pouvons tout à fait imaginer qu'à terme, ce pôle élargira son action à d'autres domaines. Nous réfléchissons aux problèmes auxquels nous pourrions apporter des réponses par le biais du marché. La viande de lapins, par exemple. C'est un marché sur le déclin et les conditions d'élevage sont abominables : 99 % des lapins sont élevés dans des cages minuscules et vivent un enfer. En Allemagne, certaines grandes surfaces ont d'ores et déjà renoncé à commercialiser de la viande de lapin. Je pense également à la viande de poulet. En France, on abat 800 millions de poulets chaque année, soit vingt fois plus que de poules pondeuses. The Humane League travaille sur le sujet aux États-Unis et encourage les enseignes à renoncer aux poulets issus de souches à croissance rapide. Ils demandent aussi des aménagements pour que les animaux aient de la lumière naturelle dans les bâtiments d'élevage, ainsi que des enrichissements de milieu (litière, perchoirs), et l'interdiction de tuer les poulets par bain électrifié. Ils militent pour un abattage au gaz inerte, scientifiquement reconnu comme moins douloureux. Avec cette technique, la manipulation des poulets de la part des humains est considérablement réduite. Les animaux ne sont pas suspendus par les pattes, ils arrivent à l'abattoir dans des cages et n'en sont pas sortis, ce qui atténue les risques de blessures et de violences individuelles, volontaires ou non, des travailleurs sur les animaux. Un nombre croissant de sociétés, comme Sodexo, viennent de s'engager aux États-Unis. »

Fidèle à ses aspirations d'enfant, Johanne considère que chaque bataille gagnable contre la souffrance animale doit être menée : « Nous nous devons de soulager immédiatement ce qui peut être soulagé, sans perdre pour autant de vue la finalité abolitionniste. Lorsque l'on fait le calcul des souffrances épargnées, c'est colossal. Ces campagnes sont aujourd'hui le meilleur outil dont nous disposons pour mener le combat de la libération animale. »

Clèm Guyard, 48 ans, coordinatrice du projet Vegan Pratique

Clèm fait partie des rares militants qui ont connu les prémices et le développement de L214 avant même la création du collectif Stop Gavage. Polyvalente, elle coordonne aujourd'hui le projet Vegan Pratique, le Veggie Challenge, et participe activement aux travaux de rédaction et d'édition de l'association.

Née à Versailles, Clèm grandit dans le quartier de Porchefontaine dans les années 1970-1980. Très tôt, elle se révèle sensible aux problématiques humanitaires et environnementales, perçues par le biais de l'écran de télévision. Elle se souvient de la découverte de l'existence du mur de Berlin, mais aussi d'un documentaire sur l'apartheid en Afrique du Sud, qui la laissent sans voix.

En 1978, lors du naufrage de l'*Amoco Cadiz*, les journaux télévisés relaient les images de goélands englués dans du pétrole. Ces images la marquent profondément : « Je me souviens aussi des documentaires animaliers de Christian Zuber, *Caméra au poing*. Si je les revoyais aujourd'hui, je serais sans doute horrifiée, mais, à l'époque, j'étais fascinée. Zuber parlait déjà des espèces en voie de disparition. J'étais enfant, et je pensais naïvement que, si je prenais conscience de ces choses-là, c'est que les adultes les prendraient inévitablement en main et résoudraient ces problèmes. Il n'y aurait plus de naufrage pétrolier, plus d'extinctions d'espèces animales… À 13 ans, lorsque j'ai découvert le commerce équitable et l'exploitation des travailleurs dans les pays en voie de développement, je ne comprenais simplement pas pourquoi tout le monde n'achetait pas des produits issus du commerce équitable. Bien sûr, je suis revenue par la suite de cet idéalisme-là, mais j'étais déjà profondément révoltée par les inégalités et les injustices dès cette époque. »

À 11 ans, Clèm découvre par hasard une revue de la Ligue française contre la vivisection. Elle est horrifiée par l'histoire d'un kangourou de laboratoire dénommé Oscar, torturé pendant des mois. « J'ai réuni toutes mes économies, soit une centaine de francs, j'ai mis le billet dans une enveloppe avec un mot sur lequel j'ai écrit *Pour les animaux* et je l'ai envoyée à la Ligue. Ça a été mon premier geste militant. »

La famille possède un jardin dans lequel vivent quelques poules, élevées pour leurs œufs. « Nous avions d'autres animaux, deux chiens, des tortues d'Hermann, un lapin, un cochon d'Inde. Grandir entourée d'animaux a été une chance pour moi, sans doute moins pour eux, car je suppose que, par ignorance de leurs besoins, nous ne nous en occupions pas toujours très bien. J'adorais les animaux et mon grand-père me disait souvent que je devais devenir vétérinaire. »

Cette proximité avec les animaux la conduit à interroger le rapport que les humains entretiennent avec eux. « Lorsque j'avais une dizaine d'années, j'ai accompagné mes parents faire les courses en grande surface durant les fêtes de Noël. Au rayon poissonnerie, j'ai vu des homards vivants sur de la glace. J'étais horriblement choquée et j'aurais voulu appeler la SPA, je ne comprenais pas que personne ne réagisse. J'ai aussi eu un poisson rouge qui est tombé malade, et j'ai supplié ma mère de l'emmener chez le vétérinaire. J'étais aussi parfois troublée de voir que nous mangions par exemple du poulet, alors que nous prenions grand soin de nos poules, que nous adorions et n'aurions jamais pensé tuer. »

Le grand-père de Clèm est passionné de pêche, et la petite fille l'aide à préparer ses cannes, ses hameçons. « Cela ne me posait pas de problème, jusqu'au jour où il est rentré de la pêche avec des poissons qui étaient en train d'agoniser. Je me souviens très bien de ces poissons encore vivants dans l'évier et de prendre conscience de mes contradictions. En tant qu'humaine, j'avais sur eux un pouvoir de vie ou de mort. C'était un sentiment vertigineux, surtout pour une enfant. Adolescente, j'ai retrouvé ce sentiment de puissance en mangeant de la viande. Puisque je mangeais les animaux, c'est donc que je leur étais, d'une quelconque façon, supérieure. »

À l'école primaire, Clèm est une élève exemplaire. Le collège la propulse dans un monde hostile qui finira par avoir raison de sa motivation. « J'ai été victime de harcèlement pendant trois ans. J'ai vécu un enfer, et me suis heurtée à la totale passivité des professeurs. À l'époque, il n'y avait ni Internet ni Facebook, et lorsque tu sortais de l'école, au moins, c'était terminé. Je ne peux pas affirmer que cette expérience a défini mon rapport aux victimes et à l'injustice, mais elle a éminemment compté dans la manière dont je me suis construite et dans mon rapport aux autres. Lorsque j'ai compris que j'allais devoir suivre les élèves de ma classe au fil des années, j'ai demandé à redoubler en prétextant que je voulais consolider mes acquis. Mes parents et mes professeurs n'y ont vu que du feu. J'ai même été citée en exemple. En réalité, je me moquais désormais de l'école. Tout ce que je voulais, c'était me débarrasser de celles et ceux qui me pourrissaient la vie. »

Le stratagème fonctionne et Clèm se retrouve dans un nouveau groupe d'élèves. « À compter de ce moment, mon seul désir a été de m'intégrer, de faire comme tout le monde. Avant, j'avais une sensibilité à fleur de peau, qui a sans doute été perçue par les autres enfants comme une faiblesse. J'ai fait une croix dessus pendant des années. Mes résultats ont en revanche continué de chuter. Après la troisième, j'ai été orientée en sténodactylo. C'était pour moi un échec cruel, mais tout ce que je souhaitais, c'était finir l'école au plus vite et partir de chez moi. »

Un CAP et un BEP en poche, Clèm trouve à 18 ans un poste de sténodactylo chez un mandataire judiciaire. Elle n'y reste qu'un an, avant de démissionner. « Je me suis littéralement posée, assise, et je me suis questionnée sur mon rapport au travail. Chez le mandataire, je travaillais quarante-neuf heures par semaine. Je me sentais aliénée par un boulot qui ne m'intéressait absolument pas. J'ai décidé de ne jamais plus travailler à plein-temps, et d'assumer les conséquences de ce choix. J'ai remis en question la société de consommation. Je ne prendrais pas de crédit, je n'aurais pas d'enfant ni de famille à charge. Je ne voulais plus jamais dépendre ni du travail ni de l'argent. »

Clèm travaille ensuite à temps partiel durant quelques années à la bibliothèque de l'Institut français d'architecture de Paris, en tant que secrétaire et aide-bibliothécaire. Avec son compagnon de l'époque, elle crée une association organisant des concerts de groupes de musique alternative et se rapproche du milieu de la radio. « C'était encore la grande époque des radios associatives et des libres antennes. Nous avons notamment fait tourner un groupe gallois dont la chanteuse était végétarienne. Nous les avons amenés au restaurant et elle a demandé au cuisinier de lui préparer un plat végétarien. Je lui ai posé toutes les questions que je devais m'entendre à mon tour poser si souvent par la suite : qu'est-ce qu'elle mangeait, n'avait-elle pas de carences ? J'ai repensé aux questions que je m'étais posées lorsque j'étais enfant, aux homards vivants du supermarché, au poulet mort dans mon assiette, etc. C'était une évidence : je devais moi aussi devenir végétarienne. J'ai décidé quelques semaines plus tard d'arrêter de consommer de la viande et des poissons. Cette décision a répondu à quelque chose de très profond. C'était un soulagement, et je savais que c'était pour la vie. »

Clèm cherche à se renseigner sur le végétarisme, mais les informations restent assez confidentielles : « J'ai trouvé quelques livres de cuisine indienne. Il n'y avait pas toutes les alternatives qui existent aujourd'hui. Au fil de mes recherches, je suis quand même tombée sur la brochure *Nous ne mangeons pas de viande pour ne pas tuer d'animaux* et sur le premier numéro des *Cahiers antispécistes*. J'ai également découvert le livre que nous appelons encore "le petit Singer", *Le mouvement de libération animale*[1], traduit par David Olivier et publié en autoédition. C'était une découverte exaltante, si proche de mes convictions ! »

Désireuse de se rapprocher de la campagne, Clèm finit par quitter son poste à l'Institut français d'architecture et s'installe à Chambéry où elle enchaîne les petits boulots dans des centres culturels, souvent en contrats aidés, et devient animatrice et technicienne dans une radio de quartier. À cette époque, Clèm rencontre de plus en plus de végétariens. « Certains avaient choisi de le devenir pour les animaux, d'autres pour des raisons plus spirituelles. Quoi qu'il en soit, nous en parlions relativement peu entre nous. Je ne me disais pas encore que je pouvais dépasser cet engagement personnel en militant pour les animaux. Parmi les groupes de musique qui tournaient dans les lieux que je fréquentais, il y avait un Hollandais végane, Jert-Jan. Même les végétariens se moquaient de lui ! On trouvait son choix radical et bizarre. »

Clèm découvre le tofu, le quinoa, les protéines texturées, encore peu répandus. Elle commence à remettre en question sa consommation de produits laitiers. « Lors de vacances en Dordogne, j'avais entendu une vache meugler désespérément et un ami m'avait expliqué qu'elle appelait le veau qui lui

1. Peter Singer, *Le mouvement de libération animale. Sa philosophie, ses réalisations, son avenir*, éditions Françoise Blanchon, Lyon, 1991.

avait été retiré. J'achetais du fromage de chèvre en me disant que les chevreaux n'étaient probablement pas tués, et des œufs plein air en pensant qu'il n'y avait pas de problème… J'évitais surtout de poser la question et de me renseigner sur les méthodes de production, de peur de découvrir de nouvelles pratiques d'exploitation. De toute façon, il n'y avait pas Internet et l'information était vraiment difficile à trouver. »

La rencontre avec Jert-Jan contribue à faire réfléchir Clèm. Un an plus tard, elle essaie de supprimer les œufs et les produits laitiers de son alimentation, mais ne parvient pas vraiment à s'y tenir, et retourne à un régime végétarien. Elle s'essaie aussi un temps au freeganisme[1], s'autorisant à manger des viennoiseries jetées par une boulangerie, puis opte pour de bon pour le véganisme en 1993.

Peu à peu, les connaissances de Clèm l'ouvrent au milieu libertaire lyonnais : « J'avais des amis de Lyon qui revenaient souvent à Chambéry et que je croisais lors de concerts. Nous avons décidé de créer un squat à Chambéry, qui n'était pas un squat d'habitation mais d'activités, qui s'appelait le Collectif de la ronce. Nous y organisions des débats, des conférences, des concerts et des repas végétariens. »

---

1. Mode de vie alternatif consistant à consommer principalement des aliments gratuits et véganes, pour la plupart issus de déchets (rejets de magasins d'alimentation), mais aussi de troc, de maraîchage, de glanage. Initié aux États-Unis en 1999 par Warren Oakes, ex-batteur du groupe de punk Against Me !, le concept est présenté comme une éthique anticonsumériste de la nourriture.

Dans le même temps, elle se pose la question de ses perspectives professionnelles et décide de valider un diplôme d'accès aux études universitaires (DAEU) en cours du soir pour adultes. Cette reprise d'études la passionne. Clèm s'inscrit ensuite en licence de sociologie et poursuivra plus tard par un master d'ethnologie : « J'ai suivi ce cursus de façon décousue, sur plusieurs années, tout en travaillant. À la fin de mon master, mon directeur de mémoire m'a encouragée à poursuivre par un DEA et une thèse. C'était ce que j'imaginais faire au départ, mais je me suis rendu compte que l'université reposait sur un système très hiérarchique et que je ne pourrais probablement pas travailler sur les thèmes qui m'intéressaient, à savoir les questions de genre, le féminisme ou la condition animale. À cette époque, ces sujets étaient encore très peu présents et légitimes à l'université. »

Fin 1997, Clèm s'installe à Lyon pour se rapprocher de l'Observatoire international des prisons (OIP) et rejoint un programme initié par Elke Albrecht afin de mener un rapport d'observation sur les conditions de détention dans les prisons pour femmes en Europe. « Nous sommes parties de zéro. C'était un travail de recherche passionnant et très difficile, car nous étions quotidiennement confrontées à des situations de violences, de viols, de tortures, etc. »

En parallèle, Clèm fréquente assidûment les squats et le milieu libertaire lyonnais. Dans le cadre de son master en ethnologie urbaine, elle réalise son mémoire sur l'histoire des squats lyonnais. « C'était majoritairement des milieux végétariens et militants. En 1998, j'ai rencontré l'équipe des *Cahiers antispécistes*, ainsi que Brigitte et Sébastien. Je me souviens des réunions qu'ils organisaient dans leur salon avec l'idée de créer des collectifs. Ils avaient déjà cette motivation hors norme, une volonté inflexible. Ils ont aussi cette intelligence de savoir s'entourer, de fédérer autour d'eux. J'allais aux réunions de temps en temps, mais j'avais du mal à m'engager dans un groupe. Et puis, peut-être que je n'y croyais simplement pas. À cette époque, je naviguais aussi dans les milieux féministes qui étaient ma priorité. Dans ces groupes-là, les femmes étaient pour la plupart végétariennes et antispécistes. Puis, ce petit monde s'est délité. Le mouvement a fini par se scinder en deux clans, chaque groupe a créé sa revue… Pour moi, tout cela n'avait plus de sens. Les rapports de pouvoir ont fini par pourrir toutes les relations. En 1999, j'ai quitté le milieu féministe et n'y ai jamais plus remis les pieds. Je suis convaincue que les luttes féministes sont indispensables, mais à ma petite échelle j'en ai été dégoûtée. »

Lorsque la section internationale de l'OIP dépose le bilan, c'est un coup dur pour Clèm et Elke, qui souhaitaient étendre leurs recherches aux prisons pour femmes du monde entier.

En 2000, Clèm part pour un premier voyage de plusieurs mois en Inde, au Pakistan et en Chine. Elle y retourne à plusieurs reprises et créé une petite association dans l'objectif de soutenir les enfants défavorisés, en particulier des enfants tibétains réfugiés en Inde dans un Tibetan Children's Village, une école végétarienne gérée par des Tibétains en exil, en Inde du Nord. « À mon retour, j'ai aussi commencé à rédiger des textes et des affiches sur la question du véganisme et de notre rapport avec les animaux. J'ai créé une petite maison d'édition et j'ai coordonné la publication d'un petit livre dans lequel j'ai demandé à des femmes d'écrire sur leur prise de conscience de la condition animale et leur rapport au végétarisme. J'ai également publié un texte intitulé *Dame nature est mythée : seconde mutation*, qui interroge l'histoire des rapports sociaux entre humains et autres animaux et réfute l'idée de naturalisme. J'avais envie de m'impliquer plus avant dans la réflexion antispéciste, mais je m'étais éloignée des actions de terrain. »

Durant ces années-là, Clèm perd de vue Brigitte et Sébastien : « Ils sont partis s'installer dans le Gard, puis à Clermont-Ferrand. Lorsqu'ils ont lancé le collectif Stop Gavage, je n'ai pas du tout suivi. Plus tard, alors qu'ils vivaient à Metz, je suis allée leur rendre visite. C'est là qu'ils m'ont montré les projets de logo de L214 et les premières images d'enquêtes à l'abattoir Charal et dans des élevages de lapins… J'ai compris qu'ils étaient passés à autre chose. Il n'était plus question de réunir une poignée de personnes. Ils voulaient se professionnaliser. Ils étaient passionnés. Les images qu'ils me montraient me choquaient, mais j'avais le sentiment de faire déjà tout mon possible pour les animaux en étant végane. Avec le recul, quand je vois où leur travail et leur abnégation ont mené, je regrette de ne m'être pas plus investie dès le départ, même si j'ai rapidement adhéré à l'association. J'ai toujours trouvé important d'adhérer aux associations. C'est ce qui leur donne du poids, une légitimité, des moyens d'action. Lorsque les premiers *L214 Mags* sont sortis, je les lisais avec passion. Avec ma micromaison d'édition, je tenais parfois des stands à l'occasion de concerts. Je diffusais des tracts et des brochures que j'achetais à L214. Puis, lorsqu'Internet s'est développé, j'ai régulièrement alimenté pendant trois ans un blog axé sur les animaux. »

Clèm débute alors une licence de français langues étrangères puis, par correspondance, un master de didactique du français et des langues. « Je voulais m'ouvrir des portes, sans savoir exactement où aller. » Durant deux ans et demi, elle travaille en même temps pour l'association Cabiria, à Lyon, qui mène des actions de prévention santé auprès de personnes prostituées. « Il y avait pas mal de migrantes et de migrants auxquels nous donnions des cours de français. C'était un boulot assez passionnant. »

Là encore, les subventions finissent par être coupées, et Clèm se voit contrainte de quitter l'association. Elle trouve alors un poste de professeure de français à l'Alliance française de Lyon. « J'y ai travaillé deux ans et demi, sans grand enthousiasme. Ça n'était plus la même démarche d'enseignement qu'à Cabiria, nous étions plutôt dans un travail de valorisation et de représentation de la langue et de la culture françaises qui ne m'intéressait pas. »

En parallèle, Clèm commence à s'investir auprès de l'association L214, qui grandit doucement. « J'ai d'abord apporté mon aide sur le côté administratif. J'ai aussi travaillé avec Brigitte sur un dossier consacré à l'élevage bovin, que nous avons présenté à l'occasion des *Estivales de la question animale*, en 2012. J'avais envie de m'investir, mais je trouvais parfois que l'association avait un côté welfariste qui me dérangeait. Lorsque la campagne Monoprix a été lancée, j'ai mis longtemps à en comprendre la pertinence. Je me disais que les gens n'avaient qu'à cesser de manger des œufs. Je privilégiais les objectifs idéaux aux objectifs réalisables. Ce sont deux choses bien différentes… C'est une réflexion que j'ai affinée avec le temps. »

Lorsque, après un congé d'été, l'Alliance française propose à Clèm de signer un CDI, elle refuse. « Je ne pouvais plus. L'idée d'y retourner me rendait malade. J'ai accepté un dernier CDD de trois mois, mais mon idée était désormais de travailler pour L214. J'ai postulé officiellement en envoyant une lettre de motivation et un curriculum vitae. Je crois que je mourrais de honte si je devais relire cette lettre qui faisait des pages ! Quelque temps après, les membres de l'équipe m'ont invitée à l'occasion de l'une des réunions bisannuelles. Ils m'ont proposé de partager un poste avec Coralie Fambrini, cofondatrice de l'association, qui s'occupait des envois de la boutique, de la gestion des dons et des adhésions. » Clèm confie que le poste ne répond alors pas exactement à ses attentes. Elle accepte néanmoins la proposition : « C'était une chance à saisir. Je n'imaginais pas que je pourrais travailler un jour pour les animaux. C'était inespéré. »

Clèm prend son poste au mois de juin 2013 et gère la boutique jusqu'à l'hiver 2015. « Au début, je faisais uniquement les expéditions. Puis, petit à petit, comme la somme de travail ne cessait de s'accroître, j'ai commencé à gérer les adhésions, les réassorts de la boutique, et à écrire des notes de blog. Je me suis rapidement aperçue qu'avec ce sentiment d'être utile à la cause animale qui me tient tant à cœur, je pouvais m'acquitter sans problème de tâches administratives qui m'auraient semblé rébarbatives dans un autre contexte. Et puis, à L214, tous les postes sont valorisés de la même manière. Il n'y en a pas un qui soit considéré comme plus ou moins important que l'autre. Nous pouvons également faire évoluer nos missions, en concertation avec l'équipe dirigeante, en fonction de nos besoins, de nos capacités et de nos intérêts. »

Ainsi, Clèm prend peu à peu en charge la coordination du magazine édité par l'association, puis de l'ensemble du *print* (tracts, dépliants et brochures). En 2015, elle intègre l'équipe Vegan Pratique pour apporter son aide à la rédaction. « Vegan Pratique est le fruit d'un travail collectif qui mobilise des salariés et des militants de l'association, mais aussi l'Association des professionnels de santé pour une alimentation responsable (APSARes), un médecin et une diététicienne nutritionniste. Il s'agit avant tout d'un site Internet qui est un outil pour accompagner les gens vers le véganisme, quels que soient leur parcours et leur motivation. Sur ce site, on trouve des informations nutritionnelles, des conseils pratiques, des centaines de recettes, des éléments qui permettent de comprendre ce que c'est que d'être végane, pourquoi et comment on le devient. Il y a également des parties thématiques : comment cuisiner sans viande, comment cuisiner sans œufs et sans lait, et aussi des ressources sur les alternatives au cuir, au miel, à la laine, etc. »

Le volet nutritionnel est particulièrement sourcé et documenté d'un point de vue scientifique et répond aux questions les plus fréquemment posées : où trouve-t-on le calcium, les protéines, le fer ou la vitamine B_{12} lorsque l'on adopte une alimentation végane ? Est-il possible d'être végane lorsque l'on est enceinte ? Qu'en est-il des sportifs, des personnes âgées, des nourrissons et des enfants ? « Tous nos articles sont étayés par des recherches scientifiques récentes et reconnues, explique Clèm. Nous effectuons une veille scientifique, un travail de suivi et de mise à jour. Bientôt, le site sera enrichi par des pages sur les idées reçues et les questions qui nous sont si régulièrement adressées : si on arrête de manger les animaux d'élevage, vont-ils disparaître ? Si on ne trait pas une vache, risque-t-elle de mourir ? »

Le site Vegan Pratique compte à ce jour en moyenne 1 500 visites par jour avec des pics à 6 000 visites quotidiennes lorsqu'une enquête paraît ou qu'une communication sur la page Facebook de l'association redirige vers le site. Plus récemment, l'association L214 s'est également dotée d'un nouvel outil, le Veggie Challenge. « L'idée du Veggie Challenge a germé bien avant mon arrivée chez L214 et a d'abord été développée par Bérénice, avant d'être incluse dans Vegan Pratique. Lorsque le site a été créé et a commencé à bien fonctionner, Stan Carnino et moi avons travaillé sur le Veggie Challenge, dont le principe est de proposer gratuitement un accompagnement personnalisé par l'envoi d'une lettre d'information quotidienne durant vingt-et-un jours, dans le but de cesser de consommer des produits animaux. Nous proposons des recettes, des informations, des menus, etc. Nous redirigeons vers de nombreuses ressources qui peuvent permettre d'approfondir certaines informations. »

En un mois, plus de 9 000 personnes se sont inscrites au Veggie Challenge. Un groupe Facebook privé a également été créé afin que les participants puissent communiquer entre eux et poser des questions à l'équipe. Comme l'explique Clèm, le pôle Vegan Pratique a vocation à développer des actions ponctuelles de promotion du véganisme : « Brigitte a par exemple lancé l'idée d'organiser la plus grande table végane de France, mais nous n'avons pas encore pu développer le projet par manque de temps, ce qui ne nous empêche pas d'y penser sérieusement. Vegan Pratique, tout comme VegOresto sont des outils fantastiques pour avancer vers un monde moins violent pour les animaux. »

De son propre aveu, Clèm n'aurait jamais pensé voir la cause animale devenir en si peu de temps un véritable sujet de société. « Je suis persuadée que L214 est pour beaucoup dans cette extraordinaire avancée, et je suis consciente de la chance que j'ai de pouvoir apporter ma petite pierre à l'édifice. Je me lève chaque jour avec le sentiment de participer à une formidable aventure, mais aussi de devoir donner le meilleur de moi-même pour les animaux et les adhérents grâce auxquels L214 peut exister et mener son combat. Nous faisons déjà beaucoup, mais il reste encore tant à faire ! »

Samuel Airaud, 39 ans, coordinateur de l'observatoire Politique & animaux

Né dans le sud de la Vendée, Samuel grandit dans un village d'une centaine d'habitants, entre le bocage vendéen et le Marais poitevin, région connue pour ses élevages de bovins. Son grand-père est lui-même éleveur, et la moitié de ses camarades de classe sont eux aussi fils et petits-fils d'éleveurs. Le père de Samuel travaille dans un moulin, possède un petit troupeau de moutons, des lapins en clapiers et un poulailler. S'il passe son enfance au contact des animaux d'élevage, Samuel se pose très tôt la question de leur condition. À l'âge de 5 ans, il annonce à ses parents ne plus vouloir manger de viande. « Ils se sont gentiment moqués de moi et m'ont dit que ça me passerait. Et ça n'a effectivement duré que quelques jours. Mais c'est une question qui est sans doute revenue souvent dans mon enfance car mes copains d'alors m'en parlent encore aujourd'hui et me disent que j'en parlais régulièrement à l'école. »

Comme Sébastien, Samuel assiste régulièrement à la « fête du cochon » qui lui laisse un souvenir marquant. Il voit naître les agneaux, leur donne le biberon lorsque la mère n'a pas assez de lait, puis assiste à la tuerie et mange la viande servie à table. « Tout cela m'interpellait. Je me souviens d'une brebis en particulier, Marronière, à laquelle je m'étais beaucoup attaché. Elle était très proche de moi. Mon père l'a vendue, et je revois son regard lorsqu'elle est partie dans une remorque pour rejoindre un autre troupeau. Je ne sais bien entendu pas ce qu'elle est devenue, mais je repense très souvent à elle. C'est une image qui me revient, dans mon combat pour les droits des animaux. »

Dans les années 1990, Samuel est scolarisé au lycée à Fontenay-le-Comte. Il commence à se politiser à cette époque : « Je regardais des émissions de société. J'avais peu d'argent de poche, mais j'essayais d'acheter *Charlie Hebdo*. Je lisais aussi *Maintenant*, un journal révolutionnaire qui traitait de nombreux sujets tels que la légalisation des drogues, les droits des minorités, le néocolonialisme, etc. Beaucoup de sujets dont je n'entendais pas du tout parler dans mon milieu catholique et rural. C'était à l'époque un environnement conservateur, peu ouvert à la remise en question et aux modes de vie différents. Les personnes homosexuelles ou divorcées pouvaient être tentées de changer de région. Les gens n'étaient pas agressifs ni démonstratifs, mais la stigmatisation était bien réelle. J'avais la chance de rencontrer parmi les amis de mes parents des personnes qui voyageaient et étaient engagées dans différentes associations de solidarité internationale (aide alimentaire, adoption, etc.), un milieu qu'on aurait pu qualifier de "cathos de gauche". Je me sentais quant à moi plus proche des réflexions anticapitalistes et libertaires. »

En 1995, son bac scientifique en poche, c'est avec enthousiasme que Samuel quitte Fontenay pour s'inscrire en classe préparatoire maths sup bio, à

Poitiers. « J'aimais les sciences de la vie, et je pensais que je serais passionné par les enseignements. Mais je me suis rapidement retrouvé à devoir faire des dissections sur des souris et des grenouilles. Il n'y en avait que cinq dans l'année, et je n'avais pas la force de m'y opposer. J'avais aussi le sentiment que les seuls horizons professionnels que m'offriraient des études de biologie étaient les filières agroalimentaires ou la recherche pouvant impliquer des expérimentations sur les animaux. Dès la fin de l'année, je me suis donc réorienté en sciences de la terre. »

Durant ces deux années, le jeune étudiant voit s'ouvrir à lui de nouvelles perspectives. Le plan Juppé sur les retraites et la Sécurité sociale provoque à cette période plusieurs semaines de grèves. Samuel participe aux manifestations et fréquente de loin les syndicats. À cette même époque, il commence à réfléchir plus sérieusement à son mode de consommation : « Lorsque j'ai quitté le domicile de mes parents, j'ai refusé de manger de la viande du commerce. Je venais d'un milieu paysan, je m'étais plutôt mis dans une posture d'omnivore consciencieux en ne mangeant que les animaux élevés par mes parents. Une fois par mois, je mangeais du poulet ou un morceau de mouton. Je continuais à manger un peu de poisson, une boîte de sardines de temps en temps. Durant l'été 1995, je suis sorti avec une Suédoise et je lui ai sans doute parlé de ce choix car m'a dit connaître de nombreux végétariens. Je n'en avais jamais rencontré ; c'est à peine si je connaissais le mot ! »

En 1997, Samuel entre comme magistérien à l'École normale supérieure de Paris. Du mois de novembre de cette même année au mois d'avril 1998, un mouvement de chômeurs s'organise partout en France, demandant une revalorisation des minima sociaux. Des bâtiments administratifs (ASSEDIC, ANPE, IEP, etc.) sont occupés par les manifestants. « Lors des occupations auxquelles je participais par soutien aux chômeurs, je me suis assez vite retrouvé en lien avec les mouvements autonomes et anarchistes, se souvient Samuel. J'ai également rencontré des écologistes radicaux. C'est là que j'ai sympathisé avec un militant végétarien qui travaillait au ministère de la Culture. Il a commencé à m'adresser assez régulièrement de la documentation militante sur divers sujets, dont le végétarisme et la protection animale. Nous en discutions lorsque nous nous retrouvions pour des actions. »

Après son année de magistère et une année de maîtrise en sciences de la terre à l'université de Jussieu, Samuel quitte Paris en septembre 1999 pour l'IUFM de Montpellier. « Quelques mois plus tard, j'étais chez mes parents en Vendée lorsque j'ai reçu de la part de mon camarade militant un tract de l'Alliance végétarienne française, qui est plus tard devenue l'Association végétarienne de France. Je me suis rendu compte que leur siège social se trouvait à Coulonges-sur-l'Autize, soit à 15 kilomètres de chez mes parents. Lionel et Marie Reisler, les fondateurs de l'association, y tenaient une boutique bio et végétarienne. J'y suis allé par curiosité. Dans cette boutique, il y avait une petite étagère sur laquelle étaient mis à disposition des brochures et des livres. C'est là que j'ai découvert "le petit Singer". En lisant ce texte, tout m'est apparu limpide, logique. Les arguments étaient implacables. Le livre m'a convaincu et j'ai décidé de devenir végane. »

Ce livre est une telle découverte pour Samuel qu'il en parle autour de lui avec un grand enthousiasme. « Je voulais partager cette lecture avec les personnes de mon entourage, qui étaient pour la plupart militantes et engagées dans de nombreux combats. À ma grande surprise, cela a déclenché des résistances, et parfois même des conflits assez rudes. Certaines connaissances se sont éloignées de moi. D'autres ont lu le livre et sont devenues végétariennes, sinon véganes, ou du moins sympathisantes de la cause antispéciste. J'ai même un vieux copain de cette époque qui est aujourd'hui ambassadeur VegOresto. »

L'édition du livre de Peter Singer par Françoise Blanchon est complétée par des références à différents livres et revues, dont *Les Cahiers antispécistes*, ainsi que par les contacts d'associations françaises et internationales. « Je leur ai écrit, ainsi qu'à tous les collectifs antispécistes de France, afin de leur acheter les brochures qu'ils éditaient. C'était une époque où tout passait par correspondance. On envoyait des timbres pour payer. J'ai reçu de la documentation venant de Lyon, de Strasbourg, de Rennes, etc. »

À Montpellier, Samuel rencontre Yves Bonnardel, cofondateur des *Cahiers antispécistes* et militant de la première heure pour les droits des animaux. En mars 2000 il se rend dans un squat à Lyon pour participer au débriefing du blocage du Salon de l'agriculture, l'une des premières grandes actions menées par des collectifs antispécistes. « C'est à cette occasion que j'ai fait la connaissance de Brigitte et de Sébastien, se souvient Samuel. À partir de là, j'ai commencé à m'impliquer dans le mouvement, à participer à des actions, à la première Veggie Pride et aux Campings antispécistes. »

En juin 2000, Samuel passe le concours d'instituteur et devient enseignant titulaire au mois de septembre de l'année suivante. En 2002, il choisit de se consacrer à l'enseignement à mi-temps et de voyager durant les six autres mois de l'année. Sa première destination est la Nouvelle-Zélande : « Je voulais améliorer mon anglais. C'était la première fois que je partais seul plusieurs mois en voyage et j'aimais l'idée de partir pour le pays le plus éloigné de la France. C'est véritablement l'autre côté de la Terre. La nuit, tu vois l'autre moitié de l'univers, le ciel n'est pas le même. Ce sont d'autres étoiles. »

Aussitôt arrivé à Auckland, Samuel rencontre des activistes de la cause animale du groupe AAA (Auckland Animal Action). La campagne internationale SHAC[1] (Stop Huntingdon Animal Cruelty)

1. Créée en 1999 par trois activistes anglais, après la diffusion de deux séquences vidéo filmées à un an d'intervalle dans les laboratoires HLS (Huntingdon Life Sciences) pratiquant l'expérimentation animale, et diffusées par l'association PETA. Ces images montraient des actes de sévices sur des beagles et la vivisection d'un singe. Après avoir été menacée de procès par

lancée contre les laboratoires HLS bat alors son plein. « On menait des actions de blocage, des manifestations dans les rues, mais aussi des actions ciblant les entreprises qui avaient des liens commerciaux avec HLS (détention d'actions d'HLS, assurances, fournisseurs, etc.). Le cours des actions de la compagnie s'était rapidement effondré l'année précédente et le gouvernement britannique était venu en aide à l'entreprise. Pour resituer le contexte géopolitique de l'époque, il y avait depuis les années 1990 un fort mouvement altermondialiste. Les attentats du 11 septembre 2001 ont entraîné une grande vague de répression antiterroriste qui ne se limitait évidemment pas aux islamistes. De nombreuses lois ont été votées aux États-Unis pour punir tous les actes de désobéissance civile, davantage surveiller les militants de tous bords, et pour alourdir les peines en cas d'obstruction à l'activité d'une entreprise. Toutes ces lois ont porté un coup d'arrêt au mouvement pour les droits des animaux dans le monde anglo-saxon. »

De nombreux militants avec lesquels Samuel participe à des actions dans le cadre de la campagne SHAC sont également impliqués dans la préparation du *Farley Mowat*, navire de la Sea Shepherd

l'entreprise, PETA cessa ses accusations. La SHAC mena durant près d'un an de nombreuses actions visant à déstabiliser et faire disparaître l'entreprise HLS. La campagne fut très relayée par les militants des droits des animaux, en particulier dans les pays anglo-saxons. Plusieurs activistes furent condamnés par la justice pour des incendies volontaires de propriétés détenues par des dirigeants de HLS.

Conservation Society[1], à destination de l'Antarctique où l'équipage entend contrer la chasse à la baleine menée illégalement par la flotte japonaise. « J'y ai participé très modestement, raconte Samuel. J'enroulais des cordages, je cassais de la rouille au marteau et je passais de la peinture noire. C'était une expérience formidable, qui m'a permis de rencontrer de nombreux militants et de voyager dans toute la Nouvelle-Zélande, à Auckland, Hamilton, Wellington, Christchurch, et d'être accueilli chez les uns et les autres. Dans chaque ville, je participais à des actions. »

De retour en France après cette première expérience, Samuel continue d'enseigner une partie de l'année, et de voyager l'autre moitié du temps, essentiellement en Asie. En 2004, à l'occasion des Estivales de la question animale, il rencontre Antoine Comiti. « Antoine nous a fait prendre conscience qu'en plus du mouvement pour les droits des animaux et du mouvement végétarien, il fallait un troisième mouvement, œuvrant au démantèlement de l'industrie de la viande. Il avait mené tout un travail de recherche et de réflexion dont il avait cherché à tirer les enseignements pour proposer une stratégie globale. C'est à cette période qu'a commencé à se constituer le noyau de militants qui

1. Association non gouvernementale internationale fondée en 1977 par Paul Watson, militant écologiste canadien. La Sea Shepherd Conservation Society a pour mission la préservation des écosystèmes marins, la lutte contre la surpêche, la chasse à la baleine, aux dauphins, aux phoques et aux requins.

préfigurait Stop Gavage. Il faut dire que ce milieu était très imprégné par les *Cahiers antispécistes* et par une réflexion utilitariste[1]. Nous pensions déjà en termes de résultats, d'objectifs à atteindre et étions ouverts à des réflexions pragmatiques. Il existait déjà, dans le mouvement, des personnes qui réfléchissaient aux façons d'améliorer la condition des animaux en explorant différentes pistes. Par exemple, Philippe Laporte, un militant antispéciste, avait rédigé une brochure de quatre-vingt-neuf pages intitulée *Psychologie du crime de l'exploitation animale* qu'il diffusait en autoédition. C'est par la lecture de cette brochure que j'ai découvert ce qu'était la psychologie sociale. Je me demande aujourd'hui comment j'ai pu être militant pendant des années, vouloir changer les règles qui régissent la société, sans m'intéresser aux apports des recherches sur la cognition sociale. Ces travaux sont nécessaires pour comprendre comment un groupe peut être conduit à agir d'une certaine façon et à faire perdurer telle pratique. J'ai eu le sentiment d'un tournant important pour le mouvement lors de cette édition des Estivales. »

---

1. Doctrine de philosophie politique et d'éthique sociale qui entend optimiser le bien-être collectif et considère que tout ce qui est utile au bonheur des individus est « bon », mais que cette recherche du bonheur doit trouver ses limites lorsqu'elle empiète sur le bonheur d'un autre individu ou celui d'une communauté d'individus. Avec *La Libération animale*, le philosophe australien Peter Singer a étendu la doctrine utilitariste à la question du droit des animaux en incluant ces derniers dans la sphère des êtres capables d'éprouver des plaisirs (et des déplaisirs) et donc dignes de considération morale.

Bien qu'il ne suive que de loin la création du collectif Stop Gavage, Samuel continue de participer à des campagnes et à des actions menées par des collectifs. « Je n'ai pas été très impliqué dans les cinq années qui ont suivi. À partir de 2008, j'ai commencé à me replonger plus sérieusement dans les livres consacrés à la psychologie sociale. À cette même époque, j'ai pris connaissance des premiers sondages commandés par L214, qui venait d'être créée, et montraient par exemple que 44 % des Français étaient favorables à l'interdiction du foie gras. Cela donnait du sens à mes lectures, et ça m'a encouragé à revenir vers le militantisme. Je voulais me réinvestir, mais autrement, en intégrant les réflexions des années précédentes. J'ai notamment pensé qu'il serait intéressant d'avoir une expérience au sein d'un parti politique, et de voir comment fonctionnent les institutions, comment s'articulent les liens avec la société civile. »

Revenu enseigner en Vendée depuis 2008, Samuel rejoint Europe Écologie Les Verts en 2012 : « J'ai été rattaché à la fédération des Pays de la Loire et investi dans la lutte contre l'aéroport de Notre-Dame-des-Landes. D'un point de vue politique, ça a été une période captivante. En lisant les statuts et les règlements intérieurs du parti, je me suis particulièrement intéressé aux commissions thématiques qui sont des lieux de réflexion ayant pour objectif de formuler des propositions d'action et d'orientation. Je me suis alors rapproché des personnes qui avaient travaillé à l'élaboration de la motion “animaux et société” adoptée par le Conseil fédéral du parti en

2012, afin de contribuer à la création d'une commission thématique sur la condition animale. »

En 2012, Samuel passe une année en France à plein-temps. Il rend régulièrement visite à Brigitte et Sébastien, alors installés à Lyon, et réfléchit à la façon dont il souhaite militer. Dans le cadre de l'élection présidentielle, l'association L214 vient de créer le site Politique & animaux, qui recense les prises de position des candidats liées à la question animale. « Après l'élection, le site a été un peu délaissé. En février 2013, Sébastien m'a proposé de m'en occuper avec l'aide d'un militant de l'association. J'ai accepté et nous avons commencé à développer le site, mais aussi à rencontrer les élus de différents partis, à essayer d'élaborer des propositions afin de les soumettre aux élus locaux. »

À l'origine, le site Politique & animaux répertorie environ trois cents articles, des éléments de programmes des candidats à l'élection, des déclarations de presse liées aux droits des animaux, ce qui permet à l'association de réaliser un tableau comparatif relayé par la presse durant la campagne présidentielle. Les prises de position sont globalement évaluées et les candidats se voient attribuer une note.

« Lorsque je suis arrivé, explique Samuel, nous avons commencé à enrichir le nombre de contenus, à rendre compte de ce que nous trouvions sur le site de l'Assemblée nationale, du Sénat, du Parlement européen, c'est-à-dire des votes, des arrêtés, des amendements, des comptes rendus de séance, des questions parlementaires. Nous avons peu à peu affiné les catégories de prise de position (subvention, vote, question parlementaire, programme) et nous avons réfléchi à la mise en place d'un algorithme de calcul des notes. Les contenus étant de plus en plus nombreux, nous ne pouvions plus nous permettre d'évaluer manuellement les notes thématiques et globales, et il était nécessaire d'automatiser un maximum ces calculs. »

Une des premières étapes de développement de l'observatoire Politique & animaux consiste donc en la création de cet algorithme pour les personnalités politiques, puis pour les partis. « Nous avons cherché à intégrer le vieillissement des prises de position. C'est-à-dire qu'à valeur égale, une prise de position récente compte plus qu'une prise de position ancienne, explique Samuel. Nous avons également mis en place des coefficients : un vote compte par exemple cinq fois plus qu'une déclaration dans la presse. De même, la prise de position d'une personnalité politique influente ou médiatiquement plus présente compte plus que celle d'une personnalité moins connue. Nous avons mis en place une taxonomie car les députés, les sénateurs et les maires sont désormais présents sur le site. Nous essayons aussi de créer des fonctionnalités. »

Politique & animaux est en effet destiné à plusieurs usages. Il peut être utilisé par les citoyens qui souhaitent savoir quelles sont les prises de position d'une personnalité politique ou quelle est la tendance d'un parti sur les droits des animaux, mais aussi par des militants d'associations ou des élus cherchant des alliés pour agir et travailler en commun, ou porter la question animale au sein d'un parti. « Il est ainsi possible de savoir qui est plutôt ouvert sur la question de la chasse ou des cirques, que ce soit au sein de l'Assemblée nationale, du Parlement européen, ou parmi les maires, etc. À la demande d'élus et de militants politiques qui souhaitaient appuyer leur démarche au sein même de leur parti, nous avons également commencé à recenser les enquêtes d'opinion. Le site se doit d'être le plus rigoureux possible et de ne prendre en compte que les prises de position liées directement aux animaux. Les règles sont bien entendu les mêmes pour toutes les personnalités, tous les partis. En cela, notre mouvement doit gagner en complexité dans son appréciation du monde politique. Les notes permettent de s'apercevoir qu'il existe de grandes variations au sein même des partis, et qu'une même personnalité peut également avoir des positionnements très différents, voire contradictoires selon les sujets. Je me souviens par exemple d'un certain député communiste qui avait signé une proposition de loi d'abolition de la chasse à courre, mais qui avait par ailleurs soutenu une proposition de loi proposant d'étendre les privilèges des chasseurs dans de nombreux domaines. Un eurodéputé écologiste est connu pour ses positions en faveur de la chasse aux loups et du gavage mais se trouve aussi faire partie des eurodéputés français qui votent le plus dans le sens d'un renforcement de la réglementation européenne en matière de protection des animaux. Un député de l'Est de la France est quant à lui connu des militants pour avoir déposé une proposition de loi d'abolition de la corrida, mais soutient par ailleurs la chasse. Si nous voulons que les militants et la société s'emparent véritablement de ce débat, il est nécessaire de s'efforcer d'en révéler les nuances et la complexité. »

Pour Samuel, la condition animale a longtemps été ignorée dans le débat politique, voire rejetée au motif qu'il s'agirait d'une préoccupation misanthrope. « C'est pourtant historiquement un grand sujet progressiste, et nous avons le sentiment d'avoir contribué à le réhabiliter. Alors que le travail de veille était autrefois laborieux car il fallait passer beaucoup de temps pour trouver une prise de position, les interventions publiques ou rendues publiques sont désormais bien plus fréquentes. Nous accordons moins d'importance aujourd'hui à ce qui se passe dans la presse qu'à ce qui se passe à un niveau institutionnel ou aux réponses qui sont apportées aux associations. On constate que les politiques répondent davantage lorsqu'ils sont sollicités par les associations, ce qui prouve que la cause animale commence à trouver une certaine légitimité. Ce qu'il faut désormais, c'est que notre mouvement développe des sollicitations collectives et que nous évaluions les politiques en fonction des réponses apportées. Alors que nous étions autrefois à l'affût de ce qu'ils pouvaient déclarer sur le sujet, nous considérons aujourd'hui légitime de demander des comptes aux représentants de la société, notamment au regard des sondages qui s'accordent à prouver l'intérêt des citoyens pour la condition des animaux. Nous devons créer le contexte dans lequel les politiques seront amenés à se prononcer, et nous rendrons compte de leurs actions. »

En parallèle, l'observatoire Politique & animaux commence à archiver un corpus de textes, d'arrêtés municipaux, d'amendements de députés et de propositions de loi afin de faciliter le travail d'élus qui souhaiteraient s'emparer de la question.

Samuel a également participé à la rédaction du manifeste du collectif AnimalPolitique[1], collectif créé à la suite d'une réunion initiée par la députée Laurence Abeille (EELV) et la députée Geneviève Gaillard (PS), qui a notamment créé le groupe d'études Protection des animaux à l'Assemblée nationale. « L'idée était de rassembler un nombre représentatif d'associations françaises de protection animale, dont L214, et de les faire travailler en commun afin de faire émerger un certain nombre de propositions soumises aux candidats à l'élection présidentielle de 2017, explique Samuel. L'intérêt était aussi de créer une culture du travail en commun entre les associations de protection animale. Toutes ces organisations ont des cultures, des éléments de langage, des stratégies différents. Un certain temps a donc été nécessaire avant d'aboutir à trente propositions concrètes et immédiatement applicables, qui peuvent parfois paraître "multiples" ou un peu floues, mais qui ont le mérite d'être parvenues à un accord entre vingt-six organisations. C'est une dynamique positive, qui a permis de tisser des liens et de créer une culture de travail commune tout en respectant l'indépendance de chaque association. »

Depuis 2014, Samuel s'investit dans le développement de l'observatoire Politique & animaux. Il a

1. www.animalpolitique.com/manifeste [consulté le 17 juillet 2017].

notamment coordonné l'envoi de la pétition adressée aux députés pour demander la création d'une commission d'enquête parlementaire sur les conditions d'abattage des animaux. « Nous souhaitons également développer les campagnes par lesquelles les citoyens interpellent et vont à la rencontre des élus de leur circonscription ou de leur mairie. De plus en plus d'associations commencent à avoir des demandes institutionnelles ciblées, qui correspondent aux compétences de leur interlocuteur. Cela a par exemple été le cas pour demander des arrêtés municipaux concernant l'interdiction des cirques détenant des animaux. Les élus sont plus réceptifs. Ils savent désormais que la condition animale est un sujet politique qui rencontre un véritable écho médiatique. Je vais régulièrement à la rencontre des institutions, des militants de partis, et nous souhaitons que chaque parti ait à l'avenir une commission condition animale ou un secrétaire à la cause animale. Pour l'heure, les principaux partis de gauche et de droite n'en ont pas. Notre objectif est aussi que la nouvelle Assemblée comprenne un groupe d'études sur la protection des animaux. »

L'observatoire Politique & animaux développe actuellement le thème des animaux aquatiques (mer et pisciculture). Le site évolue sans cesse afin de faciliter en quelques clics l'interpellation des élus. Pour Samuel, la condition animale est une cause transpartisane : des personnes de différents partis peuvent travailler ensemble et parvenir à dépasser les clivages et les logiques d'appareils afin d'engager une véritable démarche de progrès à l'égard des animaux.

Isis La Bruyère, 28 ans, chargée de campagne pour le pôle Enquête

Isis est membre de l'association L214 depuis deux ans et salariée depuis un an et demi. Née dans une famille végétarienne, elle n'a pas le sentiment d'avoir eu de prise de conscience liée à la condition animale, mais plutôt d'avoir grandi avec une évidence : « Je n'ai jamais mangé de viande, raconte-t-elle. J'ai un frère et une sœur qui sont eux aussi végétariens, et nous avons été éduqués avec l'idée que les animaux ne se mangent pas. Je n'ai jamais questionné ce choix qui me paraissait tout à fait normal. » Au sein de la famille, le sujet est parfois abordé : « Nous étions confrontés à la réalité de l'exploitation des animaux, ne serait-ce qu'en passant devant des boucheries lorsque nous nous promenions dans la rue. Mes parents n'étaient pas véganes, mais leur végétarisme était tout de même un choix éthique. Ils n'avaient simplement pas poussé la réflexion au-delà de la remise en cause de la consommation de la viande. »

À l'école, Isis est aussi confrontée au regard des autres, à la stigmatisation et à la pression sociale : « Je pense que cela a contribué à forger mon caractère, que c'est une composante forte et positive de mon identité. J'ai très tôt été conduite à défendre mon choix, à argumenter de façon presque systématique, à justifier chaque jour à la cantine que je ne mangeais pas de viande. J'ai essuyé des railleries de la part de mes camarades, simplement parce que je mangeais différemment. » Sa famille vit alors en Normandie, à proximité d'élevages de vaches à viande. « Il y avait une pâture à côté de la maison. Chaque année, j'assistais à la venue des bétaillères, à la séparation des veaux et des mères. Après le départ des camions, elles se regroupaient et les appelaient tout le jour, et parfois la nuit suivante. »

Ces scènes lui restent en mémoire et ont contribué à renforcer ses convictions. L'engagement associatif vient pourtant bien plus tard. En 2011, Isis part s'installer en Allemagne, à Stuttgart, avec son compagnon. Elle est alors étudiante en droit et ambitionne de devenir avocate. C'est là qu'elle se rapproche de l'association Animal Equality : « En Allemagne, la question du véganisme est bien plus avancée qu'en France. Jusqu'alors, je m'étais dit qu'il faudrait que je m'investisse plus avant dans la protection animale, mais je n'avais jamais franchi le pas. Je ne savais pas vraiment comment m'engager. Animal Equality venait de se constituer à l'initiative d'un Français installé en Allemagne, Thomas Hecquet. Le contact a donc été facilité. Il m'a proposé de l'aider dans l'organisation de manifestations. C'est à ce moment-là que j'ai découvert le véganisme. J'ai eu accès aux informations, et j'ai pu réfléchir à des problématiques plus larges. »

Pour Animal Equality, Isis effectue quelques travaux de traduction et participe à l'organisation d'actions de rue. Peu à peu, son intérêt pour le droit s'émousse : « C'était pourtant une vocation, confie-t-elle. J'étais dans une forme d'idéalisme. Je voulais défendre, sans savoir qui ou quoi. De nombreuses causes me tenaient à cœur : le droit des enfants et des femmes, la cause animale, etc. Mais je savais qu'il était très peu probable que je puisse m'y consacrer en tant qu'avocate. À l'université, on nous explique qu'il est bien sûr possible de s'engager, mais qu'il est illusoire de croire que l'on peut se dédier à la défense d'une cause. »

Isis poursuit néanmoins son cursus universitaire par un master droit international qui la conduit à voyager dans plusieurs pays. À l'occasion de ces séjours à l'étranger, elle se rapproche ponctuellement d'associations de protection animale et participe aux marches organisées pour les droits des animaux. En 2015, de retour en Allemagne, Isis débute un stage de trois semaines auprès de PETA Germany dans le cadre du mémoire de master qu'elle prépare sur la protection de la sensibilité animale par le droit en Europe. L'avocat de l'association auprès duquel Isis effectue son stage lui parle régulièrement des actions menées par L214, dont l'écho parvient outre-Rhin. À la fin de l'été, comme elle rentre en France et s'installe à Paris, Isis rejoint l'association en tant que bénévole. Elle participe d'abord à des distributions de tracts, à des actions de rue et à l'organisation de Vegan Place[1]. Pour Isis, intégrer le groupe de Paris et comprendre le fonctionnement de

1. Manifestation à l'occasion de laquelle des associations de défense des animaux et de promotion du véganisme tiennent des stands d'information, généralement sur une place publique. Des stands proposent souvent des pâtisseries et des plats véganes afin de faire découvrir au public la cuisine végétalienne.

l'association n'est pas aisé : « Cela m'a demandé un effort. Je suis plutôt de nature réservée lorsque je me retrouve au sein d'un groupe de personnes que je ne connais pas. Mais, peu à peu, j'ai découvert des gens passionnants, et nous étions tous réunis par une même conviction. J'ai aussi commencé à assister aux conférences organisées par Vegan Folie's, qui sont relayées par l'agenda L214. Cela m'a permis d'élargir ma vision au-delà des actions de rue et de prendre conscience des stratégies de militantisme. L'été, je suis allée aux Estivales de la question animale. Je découvrais les théories de l'antispécisme et de l'animalisme[1] qui venaient nourrir le travail que j'effectuais sur mon mémoire. »

En décembre 2015, L214 ouvre un poste de coordination pour son antenne parisienne. Isis n'hésite pas longtemps avant de choisir de postuler : « J'ai compris que je ne serais finalement pas avocate. Je militais depuis plusieurs mois et je commençais à organiser des actions. Mon désir de défendre la cause animale de façon active a supplanté mon intérêt pour le droit. Je savais que je pouvais servir la cause autrement, en étant de plain-pied dans l'action. J'ai donc passé l'entretien d'embauche, qui était en réalité mon premier, et j'ai été choisie. »

Isis prend ses fonctions le 19 janvier 2016. Une de ses premières missions consiste à aider au

1. Courant de l'éthique animale qui s'appuie sur les avancées de l'éthologie cognitive pour défendre les droits des animaux en tant qu'êtres doués de sensibilité, et donc dignes de considération morale.

déménagement du groupe de Paris dans de nouveaux locaux. Johanne Mielcarek l'aide à définir ses futurs objectifs : accueillir les nouveaux militants, veiller à entretenir une dynamique d'équipe, programmer des actions susceptibles d'intéresser les médias, organiser la prochaine vegan place parisienne. Isis encourage les militants à être force de proposition en initiant eux-mêmes des actions. Avec la parution des enquêtes, le nombre de volontaires ne cesse de croître. Toutes les deux ou trois semaines, Isis organise des réunions à l'attention des nouveaux bénévoles. « Pour la plupart, ces personnes sont déjà avancées dans leur réflexion sur l'antispécisme et le véganisme. Elles ont eu à défendre leur choix dans leur vie personnelle et possèdent déjà des arguments, un discours. Le militantisme est le prolongement de cet engagement. Il est en revanche nécessaire que les bénévoles soient bien renseignés sur l'association, les enquêtes et les projets menés, et qu'ils puissent être capables de répondre aux questions des personnes qu'ils seront amenés à croiser lors des actions. Nous leur expliquons aussi l'importance d'une communication non violente et non culpabilisatrice. Il ne s'agit pas de montrer du doigt ou d'accuser les "carnistes", mais de donner accès à l'information et de sensibiliser de façon pédagogique et positive. »

Après un premier CDD, Isis signe un CDI. Elle confie l'importance de ces premiers mois qui lui ont permis de comprendre le fonctionnement de l'association, d'intégrer le discours et les nuances de la communication. Elle évolue rapidement vers un poste de coordinatrice nationale lorsque l'équipe choisit de structurer le réseau de bénévoles en groupes locaux. Officialisées en novembre 2016, les délégations locales n'ont cessé de se multiplier. « La création d'un groupe se fait à l'initiative d'un ou de plusieurs adhérents de l'association. Il faut qu'ils aient rassemblé autour d'eux une dizaine de militants actifs et prêts à mener des actions régulières. Nous leur fournissons alors le matériel nécessaire et supportons leur développement en relayant les informations sur nos groupes Facebook, l'agenda L214 et *via* les lettres d'information que nous adressons à nos abonnés. »

Des téléconférences sont fréquemment organisées entre les référents des groupes locaux et l'association souhaite désormais pouvoir réunir ces représentants une fois par an à l'occasion d'un séminaire de travail. Une liste de communication et un groupe Facebook privé permettent aux référents de communiquer et d'échanger sur leurs pratiques.

En février 2017, l'association se réorganise. Isis quitte le réseau pour le pôle enquête. Olivier Gramain est rapidement rejoint par Camille Ots et Sébastien Coupel à la coordination nationale. La première enquête à laquelle participe Isis porte sur le transport des truies de réforme, conduites à l'étranger pour y être abattues. Elle intervient dans la rédaction des comptes rendus d'enquête, la préparation de la communication, et fait désormais partie des porte-parole de l'association. « Ce travail me passionne. J'ai aussi le sentiment d'avoir gagné une forme de légitimité à parler des enquêtes. Lorsque je militais, je me disais que si j'étais amenée à me retrouver face à un éleveur ou un ouvrier d'abattoir ayant une connaissance du terrain, je me serais sentie peu crédible. Avec les enquêtes, j'ai été confortée dans mon militantisme. »

De nature sensible, Isis appréhendait la confrontation aux images et à la violence. Elle explique s'y être préparée : « La première fois que je suis allée dans un abattoir, c'était dans le cadre d'une visite officielle. Nous y avons passé près de sept heures. Je suis parvenue à gérer mes émotions, parce qu'il le fallait bien. Aujourd'hui, j'ai le sentiment d'être plus détachée vis-à-vis des images. C'est aussi la conscience plus aiguë qu'à chaque instant, maintenant, alors même que nous parlons, des milliers d'animaux sont mis à mort. On peut essayer de l'oublier, mais cette réalité est devenue si présente dans ma vie que je dois composer avec. Ma capacité de révolte reste intacte, le choc émotionnel s'est atténué. C'est aussi ce qui me conforte dans la certitude que nous devons avancer. »

Comme le reste de l'équipe, Isis se demande si les enquêtes continueront de rencontrer le même écho auprès des médias et du public. « Ces enquêtes ont provoqué une telle émotion car L214 est parvenue à briser un tabou, à provoquer une ouverture médiatique et à imposer le sujet de la condition animale dans le débat public et politique. Suite à l'enquête menée à l'abattoir de Limoges, aucune fermeture à titre conservatoire n'a été ordonnée. C'est selon moi le signe que l'industrie cherche à se défendre et n'entend plus céder à la pression des associations ni de l'opinion publique. Nous n'atteindrons peut-être plus 7 millions de vues pour une vidéo, comme cela a été le cas pour l'enquête menée à l'abattoir de Pézenas, mais il reste tant de choses à montrer sur la réalité des pratiques de l'élevage et de l'abattage… Nous avons acquis une légitimité qui nous permet de mener un véritable travail de fond et de diversifier nos enquêtes. Nous ne sommes qu'au début du chemin qui conduira à un nouveau modèle de société. »

Olivier Gramain, 35 ans, coordinateur réseau

Ce grand gaillard à l'allure de rugbyman, passionné de rock, se présente volontiers comme un « viandard » repenti, adepte de tartares, carpaccios et autres viandes crues, capable d'engloutir du haggis (une spécialité écossaise à base d'abats de moutons) au petit déjeuner et de commander la pièce du boucher dans le meilleur restaurant de poisson et fruits de mer de Paris. Il date le début de sa réflexion sur la condition animale à l'hiver 2004. Il est alors invité à un méchoui organisé par un groupe d'amis à l'occasion duquel une vieille chèvre est sacrifiée dans la cour d'une ferme. « Je n'avais jamais assisté à la mise à mort d'un animal. Lorsque je suis arrivé, la chèvre était déjà ouverte et les tripes avaient été sorties. On m'a demandé de scier les pattes de l'animal. En les touchant, j'ai eu la même impression que lorsque je touche les pattes de mon chien. C'est un détail, mais j'ai été interpellé. »

Près de dix ans plus tard, Olivier est devenu père d'un petit garçon âgé d'un an et demi. À l'occasion d'une visite au Salon de l'agriculture, il remarque la spontanéité avec laquelle les enfants présents vont au contact des animaux : « Je tenais mon fils dans les bras et il se laissait tomber sur le flanc des vaches. Les gamins avaient cette empathie immédiate et évidente pour les animaux. Pourtant, à quelques mètres de là, se trouvaient un stand McDonald's, puis un enclos dans lequel les vaches étaient promenées et vendues au prix carcasse. C'est ce qui a été le déclencheur de ma prise de conscience. On voyait passer ces animaux qui nous regardaient eux aussi et dont le prix de vente était celui de leur poids mort. »

Cette année-là, Olivier lit *Faut-il manger les animaux ?* de Jonathan Safran Foer, puis *La Libération animale* de Peter Singer. « Je me suis rendu compte de la violence faite aux animaux, et de l'ampleur de cet holocauste. Quand on considère le nombre de créatures massacrées chaque jour, notre planète apparaît comme un abattoir à ciel ouvert. » Il cesse de consommer de la viande rouge dans les semaines qui suivent sa visite au Salon de l'agriculture, puis renonce à la viande blanche, et enfin au poisson. Lors du réveillon du 31 décembre 2013, il mange son dernier morceau de fromage. « Je me suis inscrit sur des groupes Facebook consacrés au végétarisme. De fil en aiguille, j'ai eu connaissance des actions menées par L214 et de l'existence d'un groupe de militants à Paris. J'avais envie de m'engager pour défendre la condition des animaux, mais aussi pour rencontrer des gens avec lesquels partager un même point de vue. J'étais encore entouré d'une majorité de personnes qui ne comprenaient pas vraiment mon choix. Je me souviens avoir eu des discussions pour le moins animées avec mon demi-frère, qui vit dans le Cantal, où il voit des vaches en pâture toute la journée, et qui rejetait en bloc tous mes arguments. J'ai moi-même été autrefois très critique vis-à-vis des végétariens, alors je suis bien placé pour comprendre les résistances et la méconnaissance qui sous-tendent ces réactions-là, mais aussi pour savoir que même les personnes les plus réticentes peuvent évoluer et changer de point de vue. D'ailleurs, mon demi-frère a depuis commencé à végétaliser lui aussi son assiette… » Aujourd'hui, Olivier porte tatoué sur l'avant-bras gauche le poème de Lamartine *Tu ne verseras aucun sang*.

Pour sa première action avec le groupe L214, Olivier participe à un *happening* organisé dans le cadre d'une campagne visant à dissuader Super U de vendre des œufs de poules en batterie. Il découvre dans le même temps l'existence de l'association 269 Life, représentée en France par deux groupes, à Paris et à Lyon. « J'ai rejoint l'équipe de Paris, qui n'était alors composée que de quatre ou cinq personnes. C'était très informel, mais nous tentions d'organiser quelques actions. Je militais donc pour les deux associations lorsque mon métier me le permettait. » Olivier est alors intermittent du spectacle et gère des sites d'inscription pour des agences événementielles. Lorsque L214 diffuse une annonce d'emploi pour un poste de coordinateur d'équipe, il n'hésite pas un instant avant de postuler : « Isis et moi avons postulé en même temps. Nous ne nous connaissions pas encore à l'époque. Je songeais de plus en plus à quitter mon métier, dans lequel je ne me retrouvais plus. J'avais envie de faire quelque chose qui soit vraiment signifiant pour moi. Isis a été choisie pour le poste, et c'était un casting parfait. Le groupe de Paris est devenu le fer de lance du militantisme pour la cause animale en France, et c'est en partie grâce à elle. »

En septembre 2016, Olivier accepte une mission pour une agence événementielle qui a remporté un appel d'offres de la marque Danone. « Je me suis donc retrouvé à travailler sur un projet de valorisation des produits laitiers, et je devais me taire et m'asseoir sur mes convictions pour préserver mon boulot. C'est alors que Brigitte Gothière m'a rappelé pour me demander si je souhaitais toujours travailler pour l'association. J'ai bien sûr immédiatement accepté. J'ai terminé cette dernière mission qui se passait à Amsterdam, et j'ai pris mes fonctions chez L214 au début du mois d'octobre 2016. »

Olivier rejoint Isis La Bruyère pour développer et structurer le réseau de bénévoles à Paris et dans toute la France. Ensemble, ils administrent également le groupe Facebook consacré aux militants et aux responsables de groupes locaux. « Nous veillons à gérer ces groupes de façon professionnelle, car c'est ce qu'attendent les bénévoles qui nous rejoignent. Nous y parlons essentiellement des actions menées, de l'organisation, nous y diffusons des photos, des informations pratiques. En revanche, ces outils ne sont pas des espaces de débat sur la vitamine B_{12}, l'équitation ou les animaux de compagnie. Nous devons avant tout garder à l'esprit un souci d'efficacité, ce qui n'empêche pas de travailler dans la bonne humeur et la convivialité. »

À Paris, plus de mille militants participent à des actions régulières : distribution de tracts, *happenings* devant les enseignes commercialisant des œufs de poules en batterie, compteur humain[1], actions barquettes, etc. Nombre de ces militants sont également engagés dans d'autres associations et très actifs sur le terrain. Le rôle d'Olivier consiste à encourager les initiatives individuelles, tout en orientant les militants dans le choix des actions à mener. « Ils sont très autonomes et il n'est pas utile de travailler avec eux sur le discours à tenir lors des actions de rue car la plupart se sont souvent longuement renseignés avant de franchir le pas du militantisme. L'esprit L214 est de laisser les gens réfléchir et cheminer par eux-mêmes. Nous communiquons en revanche sur l'image à donner. Il y a des règles élémentaires : saluer les personnes auxquelles on s'adresse, adopter une posture volontaire et avenante. Lorsque des personnes intéressées par nos actions nous contactent *via* Facebook et que nous ne les sentons pas encore suffisamment avancées dans leur démarche, nous les dirigeons vers d'autres groupes sur lesquels elles seront accueillies et trouveront toutes les réponses à leurs questions, comme le groupe *Végétariens et véganes sympas et pragmatiques*. Les militants ne doivent pas avoir un

1. Action de rue consistant à matérialiser le nombre d'animaux tués en temps réel. Les militants alignés tiennent des pancartes sur lesquelles figurent des chiffres et les font défiler à la manière d'un compteur.

discours formaté, mais plutôt être spontanés et militer avec leur singularité. Par ailleurs, il me semble que la force de L214 est d'avoir centré son combat sur l'éthique. Lors d'une rencontre avec un passant à l'occasion d'un tractage, les échanges sont souvent brefs. C'est une première prise de contact pour expliquer que nous n'avons pas besoin de consommer d'aliments d'origine animale et que les animaux sont doués de sensibilité. Le discours est simple, efficace, compréhensible par tous. »

Olivier travaille désormais à la création d'outils plus spécifiques qui permettront à l'association d'avoir une vision globale du militantisme L214 en France : combien de militants mènent des actions, combien de tracts sont distribués, combien de *happenings* sont organisés. Ces outils virtuels, accessibles à tous les groupes locaux, permettront aux référents de renseigner leur activité afin que les informations remontent de façon plus fluide au niveau national.

Aujourd'hui, le fils d'Olivier vient d'avoir 5 ans et est scolarisé à Asnières. Le garçon mange végétalien à la maison, et omnivore à la cantine de l'école. « J'essaie de lui expliquer notre choix en lui disant que nous ne mangeons plus d'animaux pour ne pas leur faire de mal, explique Olivier. J'aimerais le guider vers cette compréhension de façon à ce qu'il soit capable de refuser par lui-même de manger de la viande plutôt que de dire "c'est mon papa qui ne veut pas". » Pour Olivier, le prochain combat à mener sera de convaincre la commune dans laquelle est scolarisé son fils de l'importance d'une alternative végétarienne dans les cantines scolaires.

Antoine Comiti, 50 ans, président de l'association

Son visage est peu connu du public. S'il se tient en retrait des tempêtes médiatiques que soulèvent les enquêtes menées par L214, il représente légalement l'organisation en tant que président. Informaticien, gérant d'une entreprise en région Aquitaine et père de deux enfants, Antoine situe le début de son questionnement sur la condition animale à la naissance de son fils, en 2000 : « Auparavant, je n'avais aucune préoccupation quant à la question des animaux. Je n'étais pas végétarien et ne me sentais pas concerné, explique-t-il. Je pensais naïvement que les institutions suffisaient à assurer le bon fonctionnement de notre société. S'il y avait de la cruauté ou des abus, c'était donc nécessairement une exception et non une règle, et je ne doutais pas que le gouvernement, la police ou des associations s'en occupaient. À la naissance de mon premier enfant, j'ai vu comment un être, un bébé, dont l'intelligence est limitée, plus limitée que celle de bien des animaux adultes, pouvait souffrir, être mal, avoir besoin de repos ou d'attention, mais aussi ressentir des émotions, de la joie, de la peur, de l'angoisse lorsqu'il est séparé de ses parents. Je n'avais pourtant, avant sa naissance, pas plus de sensibilité particulière pour les bébés que pour les animaux. Il y a eu un déclic à ce moment-là. Je me suis dit qu'un bébé, même si ses capacités intellectuelles sont limitées, peut éprouver des émotions complexes. Son bien-être ne se réduit pas à ce qu'on ne le maltraite pas, et il y a tout un tas de choses à faire, de soins à apporter, pour qu'il se sente bien. »

Quelques semaines plus tard, alors qu'il se promène avec son épouse et leur enfant près du bassin d'Arcachon, Antoine voit un chasseur transportant à moto un sac de toile dans lequel s'agitent des animaux. Ce sont des canards que l'homme vient déposer dans des cages au bord d'une pièce d'eau. Ils serviront d'appât pour attirer les oiseaux sauvages qui seront ensuite tirés. « Voir ces oiseaux entassés vivants dans ce sac m'a révolté. À cette époque-là, je lisais l'autobiographie de Gandhi, dans laquelle il parle de son végétarisme. Je me suis dit que ma colère contre ce chasseur n'était pas cohérente, vu que je mangeais de la viande en me doutant bien que les conditions de vie des animaux n'avaient rien d'idéal dans les élevages. J'ai donc choisi de devenir végétarien. »

Cette année-là, à l'occasion d'un séjour en Bretagne, Antoine est invité à visiter un élevage industriel porcin. « J'ai vu des truies enfermées dans des stalles, incapables de se retourner. Le bruit, l'odeur, les cris, le nombre d'animaux… Ça a été un choc très physique. Peu de temps après, j'ai visité un autre élevage, de vaches laitières cette fois. Il y avait des veaux, âgés de quelques jours à peine, isolés dans des boxes sous un petit hangar, qui tentaient de nous téter les doigts. Ces images m'ont marqué et j'ai commencé à chercher des renseignements sur Internet. »

Les premières sources d'information que trouve Antoine sont les sites d'associations de protection animale, dont la PMAF qui commercialise de la documentation sur les animaux d'élevage. Antoine commande une vidéo enregistrée sur VHS, intitulée *Les Coulisses de l'élevage moderne*. Ce qu'il voit sur ces images le sidère et le convainc de la nécessité d'agir. Il commande une vingtaine d'autres VHS auprès d'associations anglaises, portant sur différents types d'élevage. Au fil de ses recherches, il découvre le site des *Cahiers antispécistes*. Au choc des images succède le poids des mots. « Comme beaucoup de personnes, il m'a longtemps semblé que le combat mené par les associations de protection des animaux n'était pas très sérieux, et qu'il reposait plutôt sur une réaction émotionnelle, sinon de la sensiblerie. Je n'étais donc pas très à l'aise pour justifier mon choix de renoncer à la viande, et j'ai cherché des justifications sérieuses. La découverte des *Cahiers* a été fondamentale car elle m'a apporté des arguments réfléchis et éthiques pour penser ce que je ressentais, le mettre en mots et l'argumenter. »

Avant de lire *La Libération animale*, Antoine découvre le livre que Peter Singer consacre à l'activiste Henry Spira, *Ethics into Action, Henry Spira and the Animal Rights Movement* qui lui permet de comprendre comment s'est organisé le mouvement pour le droit des animaux aux États-Unis. Grâce aux listes de discussions sur Internet, il prend connaissance de l'existence d'une communauté végétarienne. « J'ai mesuré l'importance de ne pas se sentir seul. Je découvrais cependant un mouvement qui semblait être scindé en deux courants inconciliables : d'un côté l'antispécisme et son apport théorique, sa réflexion sur l'éthique, de l'autre les campagnes menées par des associations de protection animale dont les vidéos ont participé à ma prise de conscience, mais qui pour la plupart n'étaient même pas végétariennes – le sujet était tabou dans le milieu de la protection animale à cette époque – et considéraient les antispécistes comme des extrémistes. Cette séparation était très marquée. Ce qu'incarnait Spira à mes yeux, c'était l'union des deux approches du mouvement. Spira était un antispéciste convaincu, engagé au quotidien dans des campagnes ciblées d'amélioration des pratiques. Lui-même avait été syndicaliste. Il estimait qu'une bataille dont l'objectif est limité, mais que l'on peut gagner, permet de faire progresser d'un cran la cause des personnes que l'on défend. Elle mérite d'être menée, sans attendre le Grand Soir. Dans l'histoire du mouvement animaliste français, ce sont les associations traditionnelles de protection animale qui ont longtemps fait avancer les choses du mieux qu'elles le pouvaient en termes de pratiques et de réglementation, depuis l'époque de la loi Grammont[1], puis dans les années 1960 avec la création d'associations comme l'OABA ou la Fondation Bardot. La tension qui existait à cette époque entre le mouvement végane et antispéciste et le

1. Le 2 juillet 1850, le parlementaire Jacques-Philippe Delmas de Grammont fait voter la loi Grammont punissant d'une amende de 1 à 15 francs et d'une peine d'un à cinq jours de prison « les personnes ayant fait subir publiquement des mauvais traitements aux animaux ».

mouvement de protection animale était comparable à celle qui a existé dans l'histoire de la gauche entre les mouvements révolutionnaires et les mouvements réformistes. Le reproche des révolutionnaires était qu'en œuvrant pour l'amélioration des pratiques – d'exploitation des travailleurs, par exemple –, on atténue et rend plus acceptable l'exploitation elle-même. Les réformistes seraient donc des traîtres à la cause. »

Henry Spira considère au contraire que les victoires remportées, même si elles concernent peu d'animaux au départ, servent d'illustration, donnent à voir des exemples concrets, et nourrissent une réflexion globale. « On montre ce que subissent des individus. Les gens sont légitimement choqués, réfléchissent, remettent en cause leurs pratiques et leurs idées, et se mobilisent à leur tour. Voilà l'apport de Spira. Visons aujourd'hui des objectifs à notre portée et ainsi nous pourrons demain en atteindre de plus grands encore. Il faut aussi admettre que le mouvement animaliste était un peu dans l'ornière. Depuis plusieurs années il n'y avait pas eu d'avancée significative en France. Il y avait bien eu des avancées au niveau européen, mais qui avaient été à l'initiative d'autres pays de l'UE et qui s'appliquaient à la France par le biais des directives européennes. Nous, militants, nous protestions, mais nous restions frustrés du peu d'avancées concrètes et de notre sentiment d'impuissance. Cela contribuait d'ailleurs à donner au mouvement une image souvent négative, de personnes énervées et vindicatives. Il fallait sortir de ce cercle vicieux, obtenir des victoires, quelles qu'elles soient pour commencer, même petites, redonner de l'espoir au mouvement et ainsi faire grandir notre force et grossir nos rangs. »

En 2003, lors de sa participation aux Estivales de la question animale, qui a marqué les esprits des militants, Antoine vient expliquer que les deux objectifs ne sont selon lui pas antagonistes, mais qu'ils se complètent au contraire. « Je voulais lutter contre l'aspect identitaire et donc marginal du mouvement antispéciste, et même des végétariens. Je pensais au contraire que l'on peut être d'accord pour faire cesser des pratiques, que l'on peut même remettre en cause la viande, sans pour autant être antispéciste. Je l'expérimentais à titre personnel : je n'avais pas besoin de convaincre mes proches de la justesse de l'antispécisme pour que nous nous accordions sur le fait que certaines pratiques doivent tôt ou tard être abolies. En vérité, il y a un consensus sur le fait qu'il ne faut pas faire souffrir ou tuer un individu, y compris un animal, sans nécessité. Il n'est pas nécessaire d'être pour l'égalité animale pour admettre cela. Pourtant, sous la force de cette idée banale, de cette morale commune, s'effondre la justification de la plupart des pratiques d'exploitation des animaux. Mon constat était donc le suivant : contrairement à ce que nous pensions, les objectifs pratiques que poursuivent les antispécistes peuvent être partagés par l'écrasante majorité de la population sans que celle-ci ne devienne pour autant antispéciste. »

Antoine présente à cette occasion la méthode de Henry Spira et diffuse un documentaire sur le militant américain réalisé par Peter Singer et intitulé *One*

Man's Way[1]. Une quinzaine de personnes assistent à la projection, dont Sébastien Arsac. « À l'issue de cette séance, nous avons décidé de réfléchir à une campagne concrète, qui ne soit pas antispéciste, mais qui soit non spéciste. À l'époque, ce n'était pas rien ! La scission entre le mouvement de libération animale et le mouvement traditionnel de protection animale venait aussi du fait que ce dernier utilisait souvent des arguments spécistes. Par exemple, on mettait en avant l'impact que certaines pratiques d'élevage peuvent avoir sur la qualité de la viande. L'idée de la campagne Stop Gavage est née de la volonté de mener une campagne comme une association de protection animale, c'est-à-dire une campagne visant à atteindre un objectif défini et limité, en l'occurrence l'interdiction du gavage. Rétrospectivement, nous voyons combien nous étions naïfs de penser que cet objectif était limité. Nous avons fait un *brainstorming* sur les pratiques d'élevage et le foie gras s'est imposé car c'est un exemple flagrant de maltraitance pour un produit qu'il n'est évidemment pas nécessaire de consommer pour vivre heureux et en bonne santé. Par ailleurs, les avancées concernant le foie gras étaient nombreuses dans d'autres pays. »

En effet, à ce moment-là, de nombreux pays ont déjà aboli la pratique du gavage : la Norvège en 1974, le Luxembourg en 1983, le Danemark en 1991, les Pays-Bas en 1992, l'Allemagne en 1993,

1. Ce documentaire est disponible gratuitement sur la plateforme YouTube : https://www.youtube.com/watch?v=0Kip4XVDYlE [consulté le 19 juillet 2017].

la République tchèque en 1994, la Finlande en 1996, la Pologne en 1997, Israël en 2003. En 2003, pour les militants du collectif Stop Gavage, la campagne doit être menée en parlant uniquement de l'intérêt des animaux. « Nous nous sommes quittés au terme de cette édition des Estivales, et nous avons aussitôt repris notre réflexion *via* les listes de discussion sur Internet, se souvient Antoine. Nous avions la tentation, moi le premier, d'utiliser parfois des arguments spécistes, ou bien d'utiliser des arguments de compromis, pour ne pas être perçus une fois de plus comme des extrémistes. David Olivier était là pour attirer notre attention dès que notre argumentation faisait passer l'animal au second plan.

Le lancement de Stop Gavage est un succès et les médias relaient largement la campagne. « Ce succès nous a surpris, et même induits en erreur. Il ne suffit pas d'articles de journaux et de passages à la télévision pour faire changer les choses, même si cela y contribue. » Antoine se retrouve invité en direct sur Canal+, dans l'émission d'Emmanuel Chain *Merci pour l'info*, pour débattre de la campagne avec un représentant du Comité interprofessionnel des palmipèdes à foie gras (CIFOG) et un scientifique de l'INRA. « On s'est dit qu'il était finalement très simple de porter notre message. Six mois plus tôt, nous réfléchissions à ce que nous pouvions faire, et nous nous retrouvions maintenant en direct sur les grandes chaînes de télévision pour en parler. Bien sûr, nous n'avions pas choisi le foie gras parce que nous voulions nous focaliser uniquement sur cette pratique-là, mais parce qu'elle devait nous permettre de poser la question de l'exploitation animale au sens large. Les arguments que nous utilisions – ne pas faire souffrir ni tuer sans nécessité – étaient applicables à la viande en général. C'est d'ailleurs ce que nous a répondu la filière : "Pendant que vous y êtes, il faudrait aussi abolir la viande !" C'était évidemment ce que nous pensions. Bien sûr le foie gras n'a pas encore été aboli, mais nous avons alors vu l'impact que nous pouvions avoir en montrant une réalité par les images et en tenant un discours abolitionniste et non spéciste. Avec L214, nous avons donc étendu ce questionnement à la production de viande et plus largement aux animaux d'élevage. »

Avant de mener sa première enquête, le collectif crée fin 2003 un site Internet en version française et anglaise par le biais duquel il diffuse le *Manifeste pour l'abolition du foie gras*. L'équipe est alors contactée par des activistes californiens militant pour l'interdiction du gavage en Californie. « Le mouvement anglo-saxon était très en avance sur la question, menait déjà des enquêtes dans les élevages, et œuvrait à l'interdiction du gavage en Californie, explique Antoine. Ces activistes souhaitaient documenter les modes de production du foie gras dans d'autres pays, notamment en France, afin d'en faire également interdire l'import. Ce sont eux qui nous ont proposé de venir avec nous dans des salles de gavage. Ils sont arrivés de Californie et nous les avons accompagnés dans le Périgord. À l'époque aucun lanceur d'alerte ne nous contactait, notre association n'avait pas la notoriété qu'elle a aujourd'hui. Nous nous sommes alors simplement rendus dans des villages connus pour leur production de foie gras. On allait au café du coin, demander où se trouvaient les élevages, puis on frappait aux portes des salles de gavage en expliquant aux éleveurs que nous accompagnions des Américains qui souhaitaient se renseigner sur la production du foie gras. »

En 2004, Stop Gavage mène une campagne contre l'enseigne de surgelés Picard. La marque diffuse alors, dans ses magasins, un mensuel publicitaire dans lequel figure un reportage sur les fournisseurs de foie gras Labeyrie, dont les produits sont revendus par l'enseigne. Des photos montrent des canards élevés en plein air, et l'article vante la qualité des conditions d'élevage des animaux. Antoine se rend dans l'une des salles de gavage, située dans les Pyrénées-Atlantiques, où le gaveur le laisse filmer ses canards, en réalité enfermés dans des cages individuelles de gavage. Pour la première fois, une campagne menée par le collectif cible une enseigne marchande. « L'enseigne Picard est très connue et présente dans de nombreuses villes de France, ce qui offrait des lieux de protestation pour les militants qui pouvaient aller montrer aux clients des magasins la réalité du foie gras. Nous avons contacté la direction de Picard qui nous a reçus à son siège parisien afin de discuter de la situation. C'était notre premier contact avec une entreprise qui prenait très au sérieux notre campagne et était contrainte de réagir face aux actions que nous menions et à leur couverture médiatique dans la presse locale et nationale. Je me souviens très bien de ce rendez-vous. Nous avions face à nous des hommes et des femmes qui pouvaient avoir, en tant que citoyens, des avis proches des nôtres et reconnaissaient à demi-mot que les pratiques que nous dévoilions étaient problématiques. Ce qu'ils voulaient, c'était sortir la marque de ce mauvais pas et faire taire la polémique au plus vite. Ils étaient prêts à négocier. »

La victoire obtenue par les militants semble aujourd'hui bien relative : Picard s'engage à distribuer dans ses magasins un rectificatif d'information et à communiquer sur les conditions de production du foie gras. L'enseigne ne cesse ni la commercialisation des produits ni même de se fournir chez Labeyrie. Mais, pour les membres de Stop Gavage, une étape décisive est franchie : « Ce que cela nous a enseigné, c'est que les entreprises de distribution sont un levier très important pour notre combat. Ce qu'elles souhaitent, c'est vendre des produits, et elles se moquent que ces produits soient ou non d'origine animale, tant qu'ils se vendent. C'est ce à quoi nous assistons avec le développement phénoménal des alternatives aux produits animaux, tels les steaks végétaux. La force de l'économie se met au service de la cause, non par adhésion, mais par opportunisme. C'est décisif pour le combat, et c'est aussi en nous appuyant sur cela que nous l'emporterons. Les idées des militants influent sur les demandes des consommateurs qui poussent alors les acteurs économiques à changer de pratiques, donc à transformer la réalité. C'est alors que les lois peuvent elles aussi commencer à changer significativement. »

En 2005, lors des Estivales de la question animale, Antoine vient présenter une réflexion comparative sur le mouvement d'abolition de l'esclavage au XVIIIe siècle et le mouvement de libération des animaux. « Ces mouvements sont tous deux des mouvements historiques de l'humanité, au même titre que les mouvements d'émancipation des femmes ou des travailleurs. Il est important d'en avoir conscience, parce que cela nous donne du courage, de la légitimité et une force tranquille. Les mouvements d'émancipation mettent des décennies ou des siècles avant de se réaliser pleinement. Le mouvement animaliste est un mouvement multiséculaire. Pythagore refusait déjà de consommer des animaux. J'ai cherché à comprendre quelles étaient les similitudes entre exploitation humaine et exploitation animale, et à rendre compte de la façon dont les militants pour l'abolition de l'esclavage ont mené leur combat. J'avais lu *Bury the Chains*[1], d'Adam Hochschild, qui m'avait conforté dans l'idée que l'approche du mouvement animaliste ne doit pas être identitaire ni excluant, mais qu'il doit au contraire embrasser le public le plus large possible, être ouvert à l'ensemble des gens qui pensent qu'il ne faut pas tuer ou maltraiter les animaux sans nécessité, soit à peu près tout le monde. Je pense que le combat des idées est déjà gagné. Ce qu'il faut désormais, c'est le traduire en pratique. Or le mouvement d'abolition de l'esclavage comptait dans ses rangs un certain nombre de personnes racistes, qui pensaient qu'il ne fallait pas exploiter les Noirs, sans pour autant être pour l'égalité humaine, ni même

1. Adam Hochschild, *Bury the Chains : Prophets and Rebels in the Fight to Free an Empire's Slaves*, Mariner Books, 2005.

pour attribuer aux Noirs le droit de vote. Cela n'a pour autant pas empêché l'abolition de la traite des Noirs, puis de l'esclavage. Le parallèle avec le mouvement animaliste est simple : il n'est pas nécessaire d'être antispéciste ni de penser que la souffrance d'un animal compte autant que la souffrance d'un humain pour considérer que le gavage, par exemple, doit être aboli. Nous pouvons obtenir des victoires qui sont bien plus importantes qu'elles n'en ont l'air, et même abolir une bonne partie de l'exploitation animale, sans pour autant convaincre les gens d'être antispécistes. C'est une idée qui nous semble simple aujourd'hui, mais qui ne l'était pas à l'époque. Nous pouvons abolir la viande en nous basant sur le principe qu'il ne faut pas maltraiter ni tuer sans nécessité, ce que stipulent même des textes de loi déjà existants. Il s'agit d'une morale très commune. Non, nous ne sommes pas des extrémistes. Nous sommes au contraire représentatifs de ce que pense une grande partie de la société. Il faut simplement que nos concitoyens soient informés de ce que subissent les animaux, et que le débat public à ce sujet puisse pleinement avoir lieu. D'où l'importance des enquêtes. La dissonance entre l'horreur de ces pratiques et la morale commune est si forte que ces pratiques ne pourront pas éternellement être tolérées par la population. D'autant moins que le nombre de ceux qui ont un intérêt direct à l'exploitation des animaux s'est effondré avec l'industrialisation de l'élevage. Le nombre de personnes travaillant dans la production animale a plus baissé ces dernières décennies qu'elle baisserait aujourd'hui si la viande était abolie. »

Antoine a toujours eu à cœur de faire accroître le soutien aux idées du mouvement pour les droits des animaux. Comme il l'explique, il n'est même pas nécessaire d'être végétarien pour considérer que la viande pose un problème éthique et devrait être abolie. « Nous voulons faire évoluer les pratiques et nous aspirons à ce qu'à terme notre monde soit végane. Bien sûr, il est préférable que nous soyons les plus nombreux possible à renoncer dès maintenant à la consommation de produits animaux, que les consommateurs changent leurs pratiques. Mais nous devons faire avancer des idées. Nous sommes aussi un mouvement politique. Si quelqu'un pense que ces idées sont justes et aide à les faire progresser, c'est une bonne chose, que cette personne soit ou non végétarienne, végane ou antispéciste. Nous pouvons ainsi nous appuyer sur dix fois plus de gens pour les défendre. Le mouvement pour l'abolition de la viande peut être bien plus large que ne le laisse penser le nombre actuel de végétariens et de véganes. »

Depuis la création de L214, la stratégie d'ouverture du mouvement soutenue par Antoine Comiti semble avoir porté ses fruits. Le président de l'association garde en particulier deux souvenirs marquants de ces dernières années de lutte pour les droits des animaux : le « procès Soulard », et la commission d'enquête parlementaire sur les conditions d'abattage des animaux de boucherie dans les abattoirs français. « Le procès Soulard, qui s'est déroulé à La Roche-sur-Yon, a posé la question de la légitimité du gavage, pratique contrevenant aux lois sur la maltraitance des animaux. Nous nous retrouvions dans un palais de justice, une institution de la République, pour parler des canards d'un élevage en particulier, mais représentatifs de tous ceux détenus dans des conditions similaires partout en France. Ce qui était au centre de cette salle de tribunal, pris au sérieux lors des débats, c'était les intérêts de ces oiseaux. Le jugement n'a pas été celui que nous espérions, car il ne s'est finalement pas prononcé sur la question de fond. Mais la légalité de beaucoup de pratiques d'élevage, nocives pour les animaux, reste très fragile, et tôt ou tard des jugements les remettront en cause. Quant à la Commission d'enquête créée sous l'impulsion du député Olivier Falorni, elle portait sur ce qu'endurent les animaux lors de leur mise à mort, et là encore leurs intérêts étaient au cœur des débats dans cette salle de l'Assemblée nationale. Avec Brigitte, nous avons contribué à informer les parlementaires sur cette terrible réalité, sur les dispositions réglementaires existantes, sur leurs insuffisances et leur non-respect. Nous avons aussi parlé des dispositions envisageables pour inciter les gens à consommer moins de viande. Parmi les dispositions que nous proposons figure l'alternative végétalienne au menu des cantines collectives, mais aussi la diffusion d'une information diététique honnête sur le fait qu'il n'est pas nécessaire de manger de la viande et des produits d'origine animale pour être en bonne santé. Avec le recul, j'aurais aimé insister sur ce point des alternatives, tout en sachant que ce serait considéré comme hors cadre par une partie de ces élus. D'ailleurs, après notre audition, les membres de la commission se sont réunis et ont décidé que la question du végétarisme serait exclue des débats. J'aurais aimé leur dire : « Faites votre possible pour améliorer les pratiques d'abattage, car toute amélioration est préférable. Mais, quelle que soit votre bonne volonté, vous verrez combien il vous sera difficile de réaliser des progrès significatifs sans réfléchir aussi aux alternatives à l'abattage, aux alternatives à la viande. Car tant que l'on abattra des millions d'animaux chaque jour en France, comment imaginer concrètement pouvoir les tuer en masse d'une manière douce pour chacun d'entre eux ? Il existe une solution : arrêtons simplement de les manger. Il est rare, en politique, qu'un problème d'une telle ampleur ait une solution aussi simple. Il nous faut donc continuer de développer les alternatives végétales et accompagner les filières et leurs travailleurs dans cette transition. »

Paroles de sympathisants

Donateurs, adhérents ou sympathisants, nombreux sont celles et ceux qui écrivent à l'association pour partager leurs impressions, témoigner de leur prise de conscience, transmettre un encouragement. Eux aussi sont le signe d'un changement profond de notre société.

« C'est grâce à vos vidéos et vos interventions que j'ai pu, il y a un an, faire enfin le lien entre ce que je mangeais et la réalité de ce qu'endurent les animaux. Je ne vous remercierai jamais assez de m'avoir permis d'ouvrir les yeux et de le permettre à de plus en plus de gens. Votre travail est essentiel, et de mon côté j'en parle énormément autour de moi. »

« Vos actions m'ont ouvert les yeux l'année dernière. Je suis devenue végétarienne (en route vers le véganisme, petit à petit), en emmenant mon mari, mes enfants et en sensibilisant mon entourage. »

« J'étais convaincu, en mangeant de la viande, que quelque chose clochait. Vos images ont été l'élément déclencheur qui m'a permis d'arrêter d'en manger. Cela fait plus d'un an que je ne mange plus de viande et je ne pourrais pas revenir en arrière. Au-delà des images, c'est surtout cette question posée par l'un de vos porte-parole qui a été décisive et que je garde en tête : notre plaisir de manger de la viande est-il plus important que la souffrance des animaux ? C'est une question parfaite pour évoluer et faire évoluer… J'ai encore du chemin à faire personnellement pour les produits laitiers mais ça viendra… Continuez ! »

« Depuis deux ans, vos campagnes ont agi sur moi comme une douche froide. Maintenant, je “sais”. Il y a un avant et un après, si je puis dire. Vous m'avez ouvert les yeux sur cet holocauste que vivent les animaux d'élevage… et j'avoue que même si j'étais au courant de certaines dérives qui pouvaient se dérouler dans les abattoirs, j'étais loin de penser que cette horreur était la norme (la com' de l'industrie agroalimentaire est bien rodée mais le vernis se craquelle de plus en plus). Donc merci, vous faites un travail terriblement difficile mais nécessaire, et efficace puisque cela porte ses fruits : je suis devenue végétarienne comme de plus en plus de gens autour de moi. »

« C'est avec grand plaisir que je me joins à vous pour défendre les causes nobles dans lesquelles vous êtes impliqués. Mon parcours jusqu'à vous n'a pas été simple et si, il y a deux ans de cela, on m'avait dit que je finirais par changer mon mode d'alimentation, je ne l'aurais jamais cru. J'ai été un carnivore convaincu. J'ai conspué le végétarisme et ses thuriféraires, j'ai savouré chaque morceau de viande avec un plaisir non dissimulé, je vous ai vus, vous les défenseurs de la cause animale, comme une bande de "bobos-gauchos" utopistes (eh oui, c'était violent !). Cependant, j'ai toujours aimé les débats sur l'alimentation (végétarisme / omnivorisme) quand bien même je campais fortement sur mes positions. Toutefois, avec le temps, j'ai commencé à reconnaître certains arguments comme légitimes, au point de décider un jour d'étudier les arguments en faveur d'une alimentation végétarienne / végétalienne : l'objectif n'était pas de juger, mais de comprendre. Pendant trop longtemps je m'étais permis de juger sans vraiment avoir pris le temps d'écouter le camp que je vilipendais. Au fil de mes lectures, mon opinion a commencé à changer. Aujourd'hui ? J'ai rejoint vos rangs. C'eût été impensable il y a quelque temps. Merci pour le travail que vous faites ! »

« Je vous soutiens pour fermer les abattoirs. Je suis devenue végétarienne car je ne veux plus contribuer à la souffrance animale. J'ai insisté auprès de ma mère pour vous faire un don de 50 euros avec mon argent de poche. J'aimerais devenir membre de L214. »

« Je profite de ce don pour vous faire part de toute mon admiration et ma profonde reconnaissance pour tout ce que vous faites en faveur des animaux. Je suis végétarienne depuis de nombreuses années et je me tourne de plus en plus vers le véganisme. Mais ma vie a changé lorsque j'ai su tout ce qu'endurent les animaux, et je pense chaque jour à leur détresse. Il en résulte une profonde souffrance morale pour moi, et un tel sentiment d'impuissance. Mais je reprends espoir grâce à vous, alors surtout continuez, les animaux ont tellement besoin de vous ! »

« Vous faites un travail formidable, tellement difficile, mais grâce à vous, de plus en plus de personnes ouvrent enfin les yeux, et j'espère que, de mon vivant, je pourrais enfin voir ce monde auquel j'aspire profondément, car pas un jour ne passe sans que je ne pense à ce que subissent des milliards d'animaux chaque année. Ne lâchons rien… chaque individu à sa propre responsabilité pour changer les choses. »

« Merci pour votre formidable travail ! Je suis un ancien éleveur de cochons bio qui a arrêté notamment à cause de la problématique des abattoirs, et aussi grâce à une véritable remise en question personnelle. »

« Merci aux fondateurs, aux adhérents et aux sympathisants de L214 qui contribuent à l'avènement d'un monde où la reconnaissance de la sensibilité et des droits des animaux modifie les consciences et les actions humaines. »

« Depuis la publication de la vidéo sur l'abattoir d'Alès, vous avez changé ma vie. Je refusais de voir, mais vous avez retiré mes œillères. Sincèrement, merci. J'espère que vous allez permettre à d'autres personnes de voir cette réalité-là. Merci pour les animaux, merci pour la planète et pour la vie tout simplement. »

« Merci pour ce que vous faites et pour m'avoir ouvert les yeux. Je suis une personne "lambda" qui depuis qu'elle a visité votre site, il y a une semaine, ne peut plus manger de viande. Je me demande si je n'aurais pas préféré ne pas savoir… Mais maintenant que je sais, c'est différent. »

9

Conclusion

Le 12 avril 1963, Martin Luther King est arrêté à Birmingham, en Alabama, pour avoir mené une campagne d'action directe non violente afin de dénoncer les inégalités de traitement des Afro-Américains dans cette ville des États-Unis. Les citoyens noirs de Birmingham subissent à cette époque de graves injustices sociales, juridiques et économiques, ainsi que les effets d'une violente ségrégation raciale. Les activistes appellent à un boycott des entreprises et commerces de Birmingham refusant l'embauche ou l'accueil de personnes de couleur, puis organisent une série de marches et de *sit-in* à travers la ville. Les autorités de la ville répliquent par la violence, et des centaines de manifestants – dont de nombreux étudiants – sont arrêtés puis incarcérés. Depuis sa prison, King rédige sa célèbre *Lettre de la prison de Birmingham*, destinée à ceux qui l'accusaient d'avoir attisé les tensions. Il écrit :

« Peut-être demanderez-vous : "Pourquoi l'action directe ? Pourquoi ces occupations, ces cortèges et autres manifestations ? Ne vaut-il pas mieux négocier ?" Vous avez raison d'en appeler à la négociation. En vérité, elle est l'objectif même de l'action directe dont le but est de créer un tel état de crise, de susciter une telle tension que la société, après avoir obstinément refusé de négocier, se trouve contrainte d'envisager une solution. L'action a pour objet de porter la question sur une scène où il sera impossible de prétendre l'ignorer[1]. »

Ces événements se sont déroulés il y a cinquante-quatre ans à peine. King prononça son discours *I have a dream* à Washington l'été suivant, et le Civil Rights Act, déclarant illégale toute discrimination reposant sur la race, la couleur, la religion, le sexe ou l'origine nationale, ne fut adopté qu'un an plus tard, le 2 juillet 1964.

Contrairement à la communauté noire et à toutes les populations dominées qui ont mené le combat de leur émancipation au cours de l'Histoire, les animaux ne peuvent porter eux-mêmes le discours de leur libération. Leur « silence » les condamne à subir leur privation de liberté, la violence, leur exploitation effrénée, leur mise à mort arbitraire et systématisée. Pourtant, chaque jour, dans tous les abattoirs du monde, les animaux résistent bel et bien : ils tentent de fuir, opposent une résistance physique aux opérateurs qui les mènent vers les postes d'abattage, se débattent, cherchent à éviter la lame qui les égorge. Ce sont des gestes brefs, d'aucuns diront anecdotiques. Des rébellions esquissées, impitoyablement réprimées.

---

1. http://www.deslettres.fr/martin-luther-king-prisonnier-2/ [consulté le 17 juillet 2017].

Qu'il soit mal compris ou caricaturé, le mouvement de libération animale est souvent accusé de vouloir donner aux animaux non humains des droits équivalents à ceux des animaux humains. Or, ce que défend l'antispécisme, c'est une égale considération des intérêts des êtres sensibles. Il ne s'agit pas de donner le droit de vote aux vaches, mais de reconnaître des droits fondamentaux aux animaux, indépendamment de leur appartenance à une espèce et indépendamment de leurs capacités.

Depuis la plus haute Antiquité, des hommes et des femmes ont interrogé les liens qui nous unissent aux animaux non humains et ont considéré que, à égalité de nature, les individus doivent bénéficier d'une égalité de statut. Il aura cependant fallu attendre les années 1970 et l'émergence de la pensée antispéciste développée par Peter Singer pour voir s'organiser un mouvement de libération des animaux qui, depuis, n'a cessé de s'amplifier et de gagner en légitimité. En France, L214 est devenue en l'espace de quelques années la figure de proue de ce mouvement. En côtoyant les militants de cette association, j'ai pleinement réalisé la nécessité de leur combat pour les droits des animaux, mais aussi l'intelligence avec laquelle ils le mènent. Idéalistes pragmatiques, tous rêvent d'un monde dans lequel les humains n'exploiteront plus les animaux et travaillent à le préparer avec courage et abnégation, conscients de mener leur combat pacifiste au sein d'une société profondément spéciste. Ce rêve, ils entendent le conquérir pas à pas, en luttant sans répit contre la souffrance animale, et en travaillant simultanément à l'éveil des consciences.

Dans l'essai *Zoopolis, une théorie politique pour les droits des animaux*, Sue Donaldson et Will Kymlicka proposent d'étendre la citoyenneté aux animaux, et de considérer nos devoirs envers eux. Partant du constat désormais communément admis que l'animal est un être sensible, qui éprouve de la douleur, du plaisir, des émotions et possède une conscience du monde, Donaldson et Kymlicka estiment que celui-ci doit être titulaire de droits universels négatifs : « le droit de ne pas être torturé, possédé, réduit en esclavage ou à l'état de sujet d'expérimentation, enfermé ou tué ». Ainsi, la plupart des pratiques d'élevage devraient être interdites, et *Zoopolis* propose un modèle de cohabitation entre humains et autres animaux, dans la perspective d'un bien commun. En admettant les animaux dans une conception large de la citoyenneté, qui ne suppose pas de participation active, Donaldson et Kymlicka proposent trois catégories d'animaux (domestiques, sauvages et liminaires) et trois modes de cohabitation définis selon leurs besoins et les interactions que ces animaux entretiennent avec nous, humains. Les animaux domestiques, avec lesquels nous avons noué des liens souvent millénaires, pourraient être protégés par la citoyenneté, comme le sont les enfants ou les personnes victimes de certains types de handicaps qui bénéficient de droits bien qu'ils ne puissent pas prendre part active à l'organisation de la société. Les animaux sauvages seraient souverains sur les territoires qu'ils occupent et que nous veillerions à protéger sans provoquer d'interaction inutile (respect des limites de leur territoire, limitation des nuisances indirectes, etc.). Les animaux liminaires (tels les rats ou les pigeons), avec lesquels nous vivons bien qu'ils ne soient pas domestiqués, auraient enfin un statut de résident, au même titre que des réfugiés ou des immigrés. En France comme outre-Atlantique, l'utopie citoyenne de *Zoopolis* n'a pas manqué (ni fini) de faire débat. Dans la postface qu'elle signe pour l'édition française, la philosophe Corine Pelluchon rappelle que ce livre « ouvre des pistes de réflexion visant à promouvoir un monde plus juste envers ces êtres sensibles et individués[1] ». *Zoopolis* marque une étape importante dans le développement de la théorie des animaux et du courant de l'éthique animale que les auteurs entendent poursuivre dans le cadre d'une politique globale en définissant des règles de coexistence. Donaldson et Kymlicka estiment, comme Antoine Comiti, que le combat des idées est en partie gagné : nous avons compris que nous ne devrions pas faire subir des souffrances inutiles aux animaux, et nous devons désormais réfléchir à la façon de cohabiter avec eux.

Grâce à L214 et à l'ensemble des associations qui œuvrent inlassablement pour porter à notre connaissance les conditions d'exploitation des animaux, notre société a probablement atteint « l'état de crise » et de « tension » dont parle Martin Luther

1. Corine Pelluchon, postface à Sue Donaldson, Will Kymlicka, *Zoopolis, une théorie politique des droits des animaux*, Alma Éditeur, 2016.

King depuis sa geôle de Birmingham, qui doit la contraindre à envisager une solution. Cette solution, affirment les antispécistes, est d'une simplicité confondante : cessons de consommer les animaux. Notre société s'en trouverait évidemment bouleversée. En premier lieu, nous réduirions de façon colossale la souffrance des animaux. Notre modèle agricole moribond pourrait également se réinventer en développant des cultures végétales et responsables, plus respectueuses de l'environnement. Notre santé publique serait certainement améliorée. Enfin, cela nous engagerait à reconsidérer notre façon de cohabiter autrement avec les animaux. Bien qu'encore rares, les refuges et sanctuaires animaliers nous permettent d'ores et déjà d'entrevoir ce que pourrait être la nature de ces liens nouveaux.

J'ignore si les militants de la cause animale connaîtront la *zoopolis* à laquelle tous aspirent. Il est fort probable que plusieurs générations aient à poursuivre le combat pour l'abolition de l'exploitation des animaux. Mais des avancées significatives peuvent d'ores et déjà nous laisser penser qu'un changement profond est engagé et qu'il ne reculera pas. En 1996, l'anthropologue et ethnologue Claude Lévi-Strauss écrit dans le journal italien *La Repubblica* : « Un jour viendra où l'idée que, pour se nourrir, les hommes du passé élevaient et massacraient des êtres vivants et exposaient complaisamment leur chair dans les vitrines, inspirera sans doute la même répulsion qu'aux voyageurs du XVe ou du XVIIe siècle, les repas cannibales des sauvages américains, océaniens ou africains[1]. »

Faisons ici le pari que ce jour adviendra. Ne voudrions-nous alors pas être, dès maintenant, de ceux qui auront œuvré à son avènement ?

1. Claude Lévi-Strauss, « La leçon de sagesse des vaches folles », *Études rurales*, 157-158, 2001, 9-14.

Annexes

Annexe 1 / Évolution de la répartition de la faim dans le monde : nombre de personnes sous-alimentées dans les différentes régions et part de chacune des régions dans le nombre total, pour 1990-1992 et 2014-2016.

	Nombre (millions)		**Part de la région (%)**	
	1990-92	2014-16	1990-92	2014-16
Régions développées	20	15	2,0	1,8
Asie du Sud	291	281	28,8	35,4
Afrique subsaharienne	176	220	17,4	27,7
Asie de l'Est	295	145	29,2	18,3
Asie du Sud-Est	138	61	13,6	7,6
Amérique latine et Caraïbes	66	34	6,5	4,3
Asie de l'Ouest	8	19	0,8	2,4
Afrique du Nord	6	4	0,6	0,5
Caucase et Asie centrale	10	6	0,9	0,7
Océanie	1	1	0,1	0,2
Total	1 011	795[1]	100	100

1. Sont inclus les chiffres pour le Soudan qui ne sont pas compris dans ceux de l'Afrique subsaharienne, suite à la partition du pays quand le Soudan du Sud est devenu un État indépendant en 2011.

Source : FAO.

Annexe 2 / Liste des méthodes d'étourdissement et spécifications annexes

Tableau 1 — Méthodes mécaniques

N°	Nom	Description	Conditions d'utilisation	Paramètres essentiels	Prescriptions spécifiques pour certaines méthodes
1	Dispositif à tige perforante.	Lésions graves et irréversibles au cerveau provoquées par le choc et la pénétration de la tige perforante. Simple étourdissement.	Toutes les espèces. Abattage, dépeuplement[1] et autres situations[2].	Position et direction du tir. Vitesse, longueur et diamètre appropriés de la tige en fonction de la taille et de l'espèce de l'animal. Intervalle maximal entre étourdissement et saignée/mise à mort (en secondes).	Sans objet.
2	Dispositif à tige non perforante.	Lésions graves au cerveau provoquées par le choc d'une tige sans perforation.	Ruminants, volailles, lapins et lièvres. Abattage : ruminants uniquement.	Position et direction du tir. Vitesse, diamètre et forme appropriés de la	Lorsqu'ils utilisent cette méthode, les exploitants veillent à éviter toute fracture du crâne.

1. Dépeuplement : mise à mort d'animaux pour des motifs de santé publique, de santé animale, de bien-être animal ou des motifs liés à l'environnement, sous le contrôle de l'autorité compétente.
2. Autres situations : mises à mort exécutées dans le cadre de l'élevage (par exemple pour des animaux blessés, non viables ou dits « mal-à-pied »).

		Simple étourdissement.	Abattage, dépeuplement et autres situations pour les volailles, les lapins et les lièvres.	tige en fonction de la taille et de l'espèce de l'animal. Force de la cartouche utilisée. Intervalle maximal entre étourdissement et saignée (en secondes).	Cette méthode est utilisée uniquement pour les ruminants de moins de 10 kilos de poids vif.
3	Arme à feu de balles.	Lésions graves et irréversibles au cerveau provoquées par le choc ou la pénétration d'un ou de plusieurs projectiles.	Toutes les espèces. Abattement, dépeuplement et autres situations.	Position de tir. Puissance et calibre de la cartouche. Type de projectile.	Sans objet.
4	Broyage.	Écrasement immédiat de l'animal entier.	Poussins jusqu'à 72 h et embryons dans l'œuf. Toutes situations autres que l'abattage.	Taille maximale du lot à introduire[1]. Distance entre les lames et vitesse de rotation.	Cette méthode assure le broyage instantané et la mort immédiate des animaux. Le dispositif contient des lames à rotation rapide ou des bosses en mousse[2]. La capacité de l'appareil

1. C'est-à-dire du nombre de poussins à introduire dans le broyeur.
2. Ce système brise les os des poussins, et donc les nuques, sans pour autant les broyer intégralement.

				Mesure de prévention des surcharges.	est suffisante pour que les animaux soient mis à mort immédiatement, même s'ils sont traités en grand nombre.
5	Dislocation du cou.	Étirage et torsion manuels ou mécaniques du coup provoquant une ischémie cérébrale.	Volailles jusqu'à 5 kilos de poids vif. Abattage, dépeuplement et autres situations.	Sans objet.	Ces méthodes ne sont pas utilisées de manière courante, mais uniquement dans le cas où l'on ne dispose pas d'autres manières d'étourdissement. Ces méthodes ne sont pas utilisées en abattoir, sauf à titre de méthode d'étourdissement de remplacement. Nul ne met à mort par dislocation manuelle du cou ou percussion de la boîte crânienne plus de soixante-dix animaux par jour.

					La dislocation manuelle du cou n'est pas appliquée à des animaux de plus de 3 kilos de poids vif.
6	Percussion de la boîte crânienne.	Coup ferme et précis porté à la tête provoquant des lésions graves au cerveau.	Porcelets, agneaux, chevreaux, lapins, animaux à fourrure et volailles jusqu'à 5 kilos de poids vif. Abattage, dépeuplement et autres situations.	Puissance et emplacement du coup.	Mêmes prescriptions que ci-dessus.

Tableau 2 — Méthodes électriques

N°	Nom	Description	Conditions d'utilisation	Paramètres essentiels	Prescriptions spécifiques pour certaines méthodes
1	Étourdissement exclusivement crânien.	Exposition du cerveau à un courant générant une forme épileptique généralisée sur l'électro-encéphalogramme. Simple étourdissement.	Toutes les espèces. Abattage, dépeuplement et autres situations.	Courant minimal (A ou mA). Tension minimale (V). Fréquence maximale (Hz). Durée d'exposition minimale. Intervalle maximal entre étourdissement et saignée/mise à mort (en secondes). Fréquence d'étalonnage du matériel. Optimisation du flux de courant. Prévention des chocs électriques avant l'étourdissement. Position et surface de contact des électrodes.	Lors de l'étourdissement électrique exclusivement crânien, les électrodes enserrent le cerveau de l'animal et sont adaptées à sa taille. L'étourdissement électrique exclusivement crânien s'effectue conformément aux courants minimaux indiqués au tableau 2a.

2	Étourdissement de la tête à la queue.	Exposition du corps à un courant générant une forme épileptique généralisée sur l'électro-encéphalogramme et la fibrillation ou l'arrêt du cœur. Simple étourdissement en cas d'abattage.	Toutes les espèces. Abattage, dépeuplement et autres situations.	Courant minimal (A ou mA). Tension minimale (V). Fréquence maximale (Hz). Durée d'exposition minimale. Fréquence d'étalonnage du matériel. Optimisation du flux de courant. Prévention des chocs électriques avant l'étourdissement. Position et surface de contact des électrodes. Intervalle maximal entre étourdissement et saignée en cas de simple(s) étourdissement(s) (en secondes)	Les courants minimaux pour l'étourdissement de la tête à la queue sont de 1 ampère pour les ovins et les caprins et de 1,30 ampère pour les porcins. Pour les renards[1], les électrodes sont appliquées au niveau de la bouche et du rectum avec un courant minimal de 0,3 ampère et une tension minimale de 110 volts pendant au moins trois secondes. Pour les chinchillas[2], les électrodes sont appliquées de l'oreille à la queue avec un courant minimal de 0,57 ampère pendant au moins soixante secondes.

1. Utilisés pour leur fourrure.
2. *Idem*.

3	Bain d'eau.	Exposition du corps entier, par un bain d'eau, à un courant générant une forme épileptique généralisée sur l'électro-encéphalogramme et éventuellement la fibrillation ou l'arrêt du cœur. Simple étourdissement, sauf lorsque la fréquence est inférieure ou égale à 50 Hz.	Volailles. Abattage, dépeuplement et autres situations.	Courant minimal (A ou mA). Tension minimale (V). Fréquence maximale (Hz). Fréquence d'étalonnage du matériel. Prévention des chocs électriques avant l'étourdissement. Atténuer autant que possible la douleur lors de l'accrochage. Optimisation du flux de courant Durée maximale d'accrochage avant le bain d'eau. Durée d'exposition minimale pour chaque animal.	Les animaux ne sont pas accrochés s'ils sont trop petits pour le bain d'eau ou si l'accrochage est susceptible de provoquer ou d'accroître la douleur (pour les animaux visiblement blessés, par exemple). Dans ce cas, ils sont mis à mort par une autre méthode. Les crochets sont humides avant que les animaux vivants soient accrochés ou exposés au courant. Les oiseaux sont suspendus par les deux pattes. Pour les animaux visés au tableau 2b, l'étourdissement par bain d'eau s'effectue conformément aux courants minimaux figurant dans le tableau,

				Immersion des oiseaux jusqu'à la base des ailes. Intervalle maximal entre étourdissement et saignée/mise à mort pour une fréquence supérieure à 50 Hz (en secondes).	les animaux étant exposés au courant pendant une durée minimale de quatre secondes.

Tableau 2a — Courants minimaux pour l'étourdissement exclusivement crânien

Catégorie d'animaux	Bovins de 6 mois ou plus	Bovins de moins de 6 mois	Ovins et caprins	Porcins	Poulets	Dindes et dindons
Courant minimal	1,28 A	1,25 A	1,00 A	1,30 A	240 mA	400 mA

Tableau 2b — Prescriptions en matière électrique pour l'étourdissement par bain d'eau

Fréquence	Poulets	Dindes et dindons	Canards et oies	Cailles
< 200 Hz	100 mA	250 mA	130 mA	45 mA
De 200 à 400 Hz	150 mA	400 mA	Interdit	Interdit
De 400 à 1500 Hz	200 mA	400 mA	Interdit	Interdit

Tableau 3 — Méthodes par gazage

N°	Nom	Description	Conditions d'utilisation	Paramètres essentiels	Prescriptions spécifiques pour certaines méthodes
1	Dioxyde de carbone à forte concentration.	Exposition directe ou progressive des animaux conscients à un mélange gazeux contenant plus de 40 % de dioxyde de carbone. La méthode peut être utilisée dans des puits, des tunnels, des conteneurs ou des bâtiments préalablement calfeutrés. Simple étourdissement en cas d'abattage de porcins.	Porcs, mustélidés[1], chinchillas, volailles à l'exception des canards et des oies. Abattage : porcs uniquement. Situations autres que l'abattage pour volailles, mustélidés, chinchillas et porcs.	Concentration en dioxyde de carbone. Durée d'exposition. Intervalle maximal entre étourdissement et saignée en cas de simple étourdissement (en secondes). Qualité du gaz. Température du gaz.	Pour les porcs, les mustélidés et les chinchillas, une concentration de dioxyde de carbone de 80 % est utilisée. En cas d'utilisation de dioxyde de carbone et de gaz inertes ou d'une combinaison de ces mélanges de gaz, les gaz ne pénètrent en aucun cas dans le puits ou le local où les animaux doivent être étourdis et mis à mort d'une manière telle qu'ils pourraient provoquer des brûlures ou une excitation résultant du refroidissement ou du manque d'humidité.

1. Utilisés pour leur fourrure.

2	Dioxyde de carbone en deux temps.	Exposition successive des animaux conscients à un mélange gazeux contenant jusqu'à 40% de dioxyde de carbone, suivie, après la perte de conscience des animaux, d'une exposition à une plus forte concentration de dioxyde de carbone.	Volailles. Abattage, dépeuplement et autres situations.	Concentration en dioxyde de carbone. Durée d'exposition. Qualité du gaz. Température du gaz.	Sans objet.
3	Dioxyde de carbone associé à des gaz inertes.	Exposition directe ou progressive des animaux conscients à un mélange de gaz contenant jusqu'à 40% de dioxyde de carbone associé à des gaz inertes provoquant l'anoxie. La méthode peut être utilisée dans des puits, des tunnels, des conteneurs ou des bâtiments calfeutrés.	Porcs et volailles. Abattage, dépeuplement et autres situations.	Concentration en dioxyde de carbone. Durée d'exposition. Intervalle maximal entre étourdissement et saignée/ mise à mort en cas de simple étourdissement (en secondes). Qualité du gaz. Température du gaz. Concentration en oxygène.	En cas d'utilisation de dioxyde de carbone et de gaz inertes ou d'une combinaison de ces mélanges de gaz, les gaz ne pénètrent en aucun cas dans le puits ou le local où les animaux doivent être étourdis et mis à mort d'une manière telle qu'ils pourraient provoquer des brûlures ou une excitation résultant du refroidissement ou du manque d'humidité.

		Simple étourdissement pour les porcins si la durée d'exposition à une concentration d'au moins 30 % de dioxyde de carbone est inférieure à 7 minutes. Simple étourdissement pour les volailles si la durée totale d'exposition d'une concentration d'au moins 30 % de dioxyde de carbone est inférieure à 3 minutes.			
4	Gaz inertes.	Exposition directe ou progressive des animaux conscients à un mélange de gaz inertes tels que l'argon ou l'azote, provoquant l'anoxie.	Porcs et volailles. Abattage, dépeuplement et autres situations.	Concentration en oxygène. Durée d'exposition. Qualité du gaz. Intervalle maximal entre étourdissement	Mêmes prescriptions que ci-dessus.

		La méthode peut être utilisée dans des puits, des tunnels, des conteneurs ou des bâtiments préalablement calfeutrés. Simple étourdissement en cas d'abattage de porcins. Simple étourdissement pour les volailles si la durée d'exposition à l'anoxie est inférieure à trois minutes.		et saignée/ mise à mort en cas de simple étourdissement (en secondes). Température du gaz.	
5	Monoxyde de carbone (source pure)	Exposition des animaux conscients à un mélange gazeux contenant plus de 4 % de monoxyde de carbone.	Animaux à fourrure, volailles et porcelets. Situations autres que l'abattage.	Qualité du gaz. Concentration en monoxyde de carbone. Durée d'exposition. Température du gaz.	Les animaux font l'objet d'une surveillance visuelle à tout moment. Ils sont introduits un par un et, avant d'introduire l'animal suivant, l'on s'assure que le précédent est inconscient ou mort.

					Les animaux restent dans le puits jusqu'à ce qu'ils soient morts.
6	Monoxyde de carbone associé à d'autres gaz	Exposition des animaux conscients à un mélange gazeux contenant plus de 1 % de monoxyde de carbone associé à d'autres gaz toxiques.	Animaux à fourrure, volailles et porcelets. Situations autres que l'abattage.	Concentration en monoxyde de carbone. Durée d'exposition. Température du gaz. Filtrage du gaz produit par le moteur.	Mêmes prescriptions que ci-dessus.

Tableau 4 — Autres méthodes

N°	Nom	Description	Conditions d'utilisation	Paramètres essentiels	Prescriptions spécifiques pour certaines méthodes
1	Injection mortelle[1].	Perte de conscience et de sensibilité suivie d'une mort certaine résultant de l'injection de médicaments vétérinaires.	Toutes les espèces. Situations autres que l'abattage.	Type d'injection. Utilisation de substances approuvées.	Sans objet.

1. Méthode non applicable à l'abattage, cette technique rendant impropre la viande à la consommation. Elle est rarement utilisée en élevage, car coûteuse, et les éleveurs lui préfèrent souvent une méthode d'étourdissement crânien.

Remerciements

J'adresse mes plus vifs remerciements aux militants de l'association L214 qui m'ont permis de partager leur parcours respectif et leur combat commun,

à Sébastien Arsac et à Brigitte Gothière pour leur confiance et leur générosité,

à Bérénice Riaux pour son écoute, son implication et son amitié,

à Anne-Cécile Beaudoin, Vivien Brunel, Stan Carnino, Clèm Guyard, Claire Krumenacker, Johanne Mielcarek pour leur relecture attentive et leur patience,

à Valérie Dumeige pour m'avoir confié ce projet.

Table

Les sites
de l'association L214

L214.com
viande.info
politique-animaux.fr
vegan-pratique.fr
vegoresto.fr
stop-foie-gras.com
fermons-les-abattoirs.org
lait-vache.info
blog.L214.com

Facebook
https://www.facebook.com/l214.animaux

Twitter
https://twitter.com/l214

Instagram
https://www.instagram.com/association_l214/

Youtube
http://www.youtube.com/user/AssociationL214

Cet ouvrage a été mis en page par IGS-CP
à L'Isle-d'Espagnac (16)

N° d'édition : L.01EBNN000553.N001
Dépôt légal : janvier 2019
Imprimé en Espagne par Novoprint (Barcelone)